KB265848

한국현대소설의 주제론적 탐색

한국현대소설의 주제론적 탐색

역락

한국현대소설의 주제론적 탐색

장 소 진

역락

문학이 화려한 외장으로 자신의 존재를 현현시킨다 할지라도 그 안에서 궁구되고 있는 내장은 삶이다. 숱한 존재성의 다양한 외현에도 그것의 본질은 삶의 궁구이다. 어떻게 살아야 하는가, 왜 살아야 하는가, 어디로 향해야 하는가, 무엇을 지향하며, 무엇을 그리며 살아야 하는가, 혹은 '나'는 누구인가, '너'와 '나'의 관계성은 무엇이며, 또 어떠해야 하는가. 문학은 그 많은 물음 앞에 각양의 방식으로 답을 하지만, 그것을 관통하는 본질은 삶의 궁구이다.

그래서 주제론에 주목해 본다. 문학이 숱한 현현들을 통해 말하고 있는 삶의 국면국면들을 직접적으로 투시해 보고자 하는 것이다. 그것들이 삶을 두고 무엇이라 말하는지를 명쾌하게 짚어 보고자 하는 것이다. 그렇다고 주제론이 문학이 쌓아온 미학적 진실들을 외면하는 것은 아니다. 그것은 결코 문학이 어떻게 말하고 있는가를 외면하지 않는다. 그것은 분명 문학의 언어적 외현을 역으로 파고드는, 언어적 진실 공방에 주목한다. 하여 주제론은 문학을 연구하는 데 있어 가장 넓은 외연을 지닌, 문학 이해의 길이기도 하다.

문학은 많은 이들의 '교양'의 터전이다. 때문에 그 이해의 길은 본질적이면서 쉽고 평탄할 필요가 있다. 그러나 그 길은 결코 안이하거나 지루한 여정이어서는 안 된다. 역동적이고 창조적인 가치가 배제되는 까닭이다. 하여 그 길에는 문학이 지니는 함축과 여백을 탐사할 수 있는, 주도의 묘미와 긴장의 파고가 허여되어야 한다. 그 길은 분명 탐색의 여정이 되어야 하는 것이다. 그러할 때 그것은 문학이 '교양'의 터전일 수 있는 이유가 실현되는 장으로 가치화될 것이다.

나의 연구 과정에서 늘 부족함을 채워 준 이부순 선배님께 감사드린다. 출판의 길을 열어 준 후배 김남미와 김경수 선배님께 감사드린다. 출판을 허락해 준 역락 출판사 이대현 사장님께, 그리고 편집을 맡아 준 박선주 씨께도 감사드린다.

문학의 인연으로 만난, 일일이 열거할 수조차 없는, 나의 동문들께 감사드린다. 산내리 모옥의 평화를 전한다.

2011. 7.
장 소 진

차 례 ● ● ●

1

가족·몰락과 부상의 변천

▌시대의 전환과 가족사의 변이
　－박경리의 『김약국의 딸들』

▌부정된 아비들, 불모의 어미들
　－김원일의 「어둠의 혼」·윤흥길의 「양」

시대의 전환과 가족사의 변이
-박경리의 『김약국의 딸들』

1. 머리말

어떤 특정한 문제 의식이 한 작가의 문학 세계에서 반복적으로 다루어진다면 그것은 그 작가의 개인사적 특수성 때문이기도 하겠지만, 또 다른 한 편으로는 그 문제가 우리의 공통된 삶의 영역에서 여전히 문제적인 상태로 남아 있음을 의미하는 것이기도 하다. 작가는 늘상 자신을 둘러싸고 있는 현실 세계에서 문제점을 인식하고, 그것을 화두로 삼아 작품을 통해 나름의 진리가를 구현하고자 애쓰는 존재이기 때문이다. 작가 박경리가 여인의 비극적 운명의 문제를 자신의 주된 문학적 테마로 삼아 그 문제에 대해 지속적으로 천착한 것도 운명과도 같은 견고한 틀에 묶여 한스러운 삶을 살 수밖에 없었던 여성들의 현실을 외면할 수 없었기 때문일 것이다. 물론 작가는 그러한 현실에 주목하는 데 그치지 않고 끊임없이 여성들이 그 굴레에서 벗어날 수 있는 길을 모색하곤 한다. 그녀가 1962년에 전작으로 발표한 바 있는 『김약국의 딸들』은 그와 같은 작가 의식을 보여주는 작품의 하나이다.

『김약국의 딸들』[1]은 전근대에서 근대로의 이행이라는 시대의 전환을 거치면서 커다란 변이를 겪게 되는 김약국 집안의 가족사를 다루고 있다. 여기서 초점이 되는 것은 할머니에서 손녀들에 이르는 다수의 여성들이 부딪혀야만 했던 비극적인 운명들이다. 물론 작품에서 아버지 김약국의 비극적인 운명이 뚜렷하게 부각되고 있는 것도 사실이지만, 그것조차도 어머니 숙정의 한(恨)의 연장선 속에 위치함으로써 여성들의 비극적인 운명을 강화하는 역할을 하고 있다. 더욱이 어머니의 원한으로 인해 그가 가부장으로서의 권위를 상실해 가는 방향으로 그의 운명이 진행되면서 그의 그러한 역할이 더욱 뚜렷해진다. 결국『김약국의 딸들』은 운명적 굴레에 속박된 여성들의 한(恨)맺힌 삶의 비극성을 보여주고 있는 작품이다. 그러나 작가는 그러한 가운데에서도 시대 전환의 흐름을 타고 운명에 속박된 여성들의 삶이 이성적인 의식을 통해 극복될 수 있는 가능성을 탐색하는 작업을 잊지 않는다.

2. 한(恨)의 맺힘과 비극적인 운명

전통적으로 우리 민족을 "서러움을 남달리 잘 타고, 원한을 남들보다 더하게 가슴에 끼고 사는 사람들"[2]이라고 한다. 이는 우리 민족의

---

1)『김약국의 딸들』이 박경리 문학 세계에서 갖는 의미는 다음과 같은 유종호의 평가를 통해 짐작해 볼 수 있다. "그는 62년의『김약국의 딸들』로써 작가로서의 성장에 굵은 한 획을 긋게 된다. 전작으로 간행된 이 작품은 그 후 이 작품의 줏대되는 매력으로 공론된 속도 있는 사건처리를 짙은 페이소스 속에 보여 주어 많은 젊은 독자들을 매혹시켰다. 한편 통곡이라고 할까, 울부짖음이라고 할까 운명의 선불을 맞고 짐승처럼 아파하는 많은 작중인물을 생생하게 보여주고 있다는 점에서 대작『토지』로의 발전을 미리 예고해 주고도 있다." (유종호, 「여류다움의 거절」,『동시대의 시와 진실』, 민음사, 1982, 343쪽)

2) 김열규,『恨脈怨流』, 주우, 1982, 15쪽.

한(恨)의 의식을 일컫는 말이다. 『김약국의 딸들』3)은 이와 같은 한(恨)의 의식에서 출발한다. 그것도 가부장제 사회에서 억울하게 죽을 수밖에 없었던 여성의 한(恨)에서 출발하고 있다. 김약국의 어머니 숙정은 돌도 지나지 않은 성수(김약국의 이름 – 필자주)를 남겨 둔 채 비상을 먹고 죽는다. 난폭한 성격의 소유자인 남편 봉룡이 그녀의 정절을 의심하자 그에 대한 항변으로 목숨을 버린 것이다. 가부장제 사회에서 여성의 정절은 목숨보다 더 귀한 것이었기에 자신의 결백을 드러내기 위해서 숙정은 죽음을 택할 수밖에 없었다. 그런데 그녀의 죽음은 죽음 그 자체로 끝나지 않고 이승에 남겨진 자들에 의하여 원한 맺힌 죽음으로 해석되면서, 그 원한이 이승에서 운명적으로 실현될 것으로 받아들여진다.4) 그것도 아들 성수를 통해 실현될 것으로 받아들여진다. 일반적으로 원한의 문제는 죽은 당자가 그것을 실현하는가의 여부보다는 살아 남은 자들이 그러리라고 믿고 두려워하는 것에서 그 의미가 증폭된다. 작품에서도 숙정의 죽음에 접한 이들이 "비상 묵은 자손은 지리지 (번식) 않는다"라는 속설에 의지하여 그녀의 죽음을 두려워하고 그녀의 아들 성수를 경원시함으로써 숙정의 한(恨) 맺힘의 의미가 심화된다. 결국 『김약국의 딸들』은 이처럼 자신의 존재 가치를 죽음을 통해서 드러낼 수밖에 없었던, 전근대적 삶의 방식에 익숙한 여성의 한(恨)에서 출발하고 있는 것이다.

실제로 그러한 숙정의 한(恨)은 아들 성수를 통해 외화되기 시작한다. 성수가 그 원한의 대상이 되어 "비상 묵은 자손은 지리지 않는다"라는 운명의 굴레를 짊어지고 살아가게 되는 것이다. 절손은 가문의

---

3) 이 글은 나남 창작선에 묶인 『김약국의 딸들』(나남, 1994)을 텍스트로 삼는다. 인용할 경우 해당 지면만 인용문 뒤에 밝힐 것이다.
4) 무속에서 "죽은 지 얼마 안되는 영혼은 가족이나 이웃사람에게 붙어 탈이 나기 쉬운 존재"로 규정된다. (배영기, 『죽음학의 이해』, 교문사, 1992, 253쪽)

죽음을 의미하고, 그러한 상황을 야기한 존재는 그 존재 가치를 상실하기 마련인 가부장제 사회 속에서 절손의 운명을 짊어지게 된 성수의 삶은 비극적인 흐름을 타고 나아갈 수밖에 없게 되는데, 여기서 보다 분명해지는 것은 유교적 전통과 무속적 의식의 교묘한 얽힘에 매인 성수의 비극적인 삶의 출발선에, 억울하게 죽을 수밖에 없었던 어머니 숙정의 한(恨)이 자리하고 있다는 사실이다.

물론 성수의 비극적 운명은 초월적인 힘에 의해 부여된 것이기보다는, 그것을 믿었던 당대의 인식의 패러다임에 의해 축조된 것이다.

> 사람이 살지 않는 도깨비집에도 철따라 살구꽃이 피고, 앵두꽃이 피었다. 봄, 여름에는 앵두, 살구, 석류가 열렸다. 아이들은 도깨비집에 대한 무서움보다 그 소담스런 과실에 더 많은 매력을 느낀다. 무너진 돌담 사이를 두꺼비처럼 엉금엉금 기어 들어가서 그윽한 향기를 뿜는 과실을 따내는 것이다. 어른들은 숙정이와 나그네의 혼령이 나와서 그 과실을 따 먹는다고 했다.
>
> (25쪽)

어머니 숙정이 죽고 아버지 봉룡이 마을을 떠난 후 성수가 큰아버지집에서 자라게 됨으로써 성수가 태어난 집은 버려진 채 폐가가 되었다. 마을 사람들은 폐허화된 그 집을 도깨비집이라 불렀다. 사건이 발생한 지 십육 년이 지나도록 원한에 대한 그들의 강박 관념은 씻기지 않은 채 여전히 그들의 의식을 지배하고 있었다. 그리하여 위 인용에서처럼 아이들의 천진한 행위조차도 "혼령"의 짓으로 오인되었다. 그것은 단순한 오해가 아니라 당대를 살아가는 그들의 무속적 믿음에서 비롯된 인식의 패러다임의 결과였다.5) 그리고 바로 그러한 인식이

---

5) 이와 같은 당대 인식의 문제는 다음의 인용 지문에서도 확인된다. "연순은 무너진 돌담 사이로 뜰안(도깨비집 — 인용자 주)을 들여다 보았다. 덕이의 말대로 성수가 앉아 있었다. 몇 해 전 바람에 쓰러진 채 그대로 내버려둔 버드나무 — 마을

자라나는 성수의 운명을 축조하였던 것이다.

더하여 그러한 운명 의식이 성수 자신의 것으로까지 자리잡게 되는데, 성수가 그렇게 된 데에는 어린 성수를 키웠던 큰어머니 송씨와 동네 사람들의 역할이 크게 작용한다. 특히 큰어머니 송씨는 남달리 성수를 두려워함으로써 성수를 괴롭히기까지 했다.

> 송씨는 성수를 무서워하고 있는 것이다. 숙정의 무참한 임종시의 얼굴을 잊을 수 없다. 그 어미를 그대로 뽑아놓은 듯한 성수에게서 늘 동서의 망령을 보는 듯 기분이 나쁜 것이다. 그 이상야릇한 무서움은 또한 이상한 그리고 잔인한 방법으로 발산된다. 성수를 괴롭혀 주는 일이다. 괴롭혀 주는 일이라면 도깨비집의 역사를 들려주면 된다. 되도록 무시무시하게 생모 숙정을 그려내는 것이다. 죽기 전부터 사람이 아닌 여우라도 둔갑을 해서 있었던 것처럼.
>
> (37~38쪽)

송씨는 원한에 대한 두려움 때문에 성수를 무서워하고 그로 인해 그를 괴롭혔던 것이다. 그러한 유의상황이 반복되는 가운데 성수 자신도 자신의 존재를 주체하지 못하는 상황에 이르고 만다. 사촌 누이 연순에게 "나는 구신이 붙었입니더, 동네 사람들도 그라고 큰어무이도 안 그랍니꺼."라고 반문하는 성수의 언술은 그와 같은 상황을 대변한다. 동네 사람들이나 큰어머니의 이야기들이 하나의 주술이 되어 성수의 의식을 지배하게 됨으로써 결국은 성수 자신도 그와 같은 상황을

사람들은 공연히 벼락맞은 나무라 했다 - 위에 성수는 오도마니 앉아서 턱을 양손으로 괴고 있었다." (39쪽, 강조 - 인용자) 이 인용에서 강조된 부분은 자연 현상조차도 무속적인 관점으로 이해하고자 했던 당대 인식의 편린을 보여 준다. 뿐만 아니라 작품에서 처년 귀신 신세나 면케 해 주겠다고 신병이 있는 연순을 변변치 못한 인물인 강택진에게 시집 보내는 것도 그와 같은 인식을 보여 주는 한 예이다.

자신의 운명으로 받아들이게 된 것이다. 이는 결국 성수 역시 운명론적인 당대의 인식을 공유하는 인물로 자라게 된 것임을 의미한다.

그런 가운데서도 성수는 "아부지를 찾고 싶"은 혹은 "넓은 곳에 가서 혼자 살고 싶"은 바람을 키운다. 이는 질곡과도 같은 운명으로부터 벗어나고 싶은 성수의 무의식적 욕망의 표출인 것이다. 실제로 그는 큰아버지 봉제 영감의 삼년상을 벗지도 않은 채 고향을 떠나고자 길을 나선다.

> 쨍쨍 내리쬐는 한여름 햇볕이 고개를 숙인다. 해가 떨어지려고 했다. 호졸근히 풀이 죽었던 나뭇잎들이 되살아나는 듯했다. 성수는 보따리 하나를 들고 북문고개를 넘어섰다. 북문고개를 넘어서는 순간 성수는 왈칵 쏟아지는 눈물을 느꼈다. 길이 보이지 않았다. 그는 언덕배기로 올라가서 주저 앉는다. 서서히 스며들기 시작한 어둠, 안뒤산 뒷모습이 가슴을 찌른다.
>
> (60쪽)

운명이 인간에게 주어진 피할 수 없는 길이라면, 운명으로부터 벗어나고자 고향을 떠나는 성수에게 길이 보이지 않는 것은 당연한 일이다. 이미 자신이 속한 시대의 운명론적 인식을 공유한 성수이기에 그는 운명으로부터 자유로울 수 없는 것이다. 그리하여 그는 뒤쫓아온 사촌 매형 강택진과 큰어머니 송씨를 따라 결국 다시 돌아오고 만다. 이는 운명으로부터 벗어나고 싶은 욕망의 좌절이다. 따라서 성수는 이제 어쩔 수 없이 운명에 매인 존재로 살아갈 수밖에 없게 된다. 그 운명이란 곧 절손의 운명이다. 여기서 절손의 의미는 보다 다의적이지만, 어쨌거나 그 운명이 앞으로 전개될 성수의 삶의 굴레인 것만은 분명하다.

3. 비극적인 운명에 속박된 사람들

이제 성수는 성례를 올리고 성인이 된다. 큰아버지의 뒤를 이어 관약국(官藥局)이 된 것은 훨씬 이전의 일이다. 그는 가업을 잇고 가정을 거느린 어엿한 가장이 된 것이다. 그러나 절손의 운명을 짊어진 그에게 가업과 가정은 그러한 운명이 실현되는 장일 뿐이다. 그의 아들 용환이 여섯 살에 돌림병 마마에 걸려 죽는데, 그 사건조차도 그의 비극적인 운명의 시작에 불과했다.

한일합방 후 이십 년의 세월이 흐르면서, 김약국은 나이 오십이 넘은 노년을 맞는다. 그 사이 다섯 딸의 아버지가 된 그는 가업인 약국은 그만 둔 채 어장을 경영하고 있었다. 어떻게 보면 그는 자신에게 부여된 비극적인 운명과는 무관한 듯한, 평온한 삶을 살고 있었다. 그러나 아들 용환이 죽은 이후 딸만 다섯을 두었다는 사실부터가 그의 절손의 운명을 상기시킨다. 여전히 지속되는 가부장제 사회6)에서 아들의 부재는 분명한 절손인 까닭이다.

그러나 김약국이 짊어져야 할 운명인 절손의 의미는 여기서 그치지 않는다. 이는 성년에 접어든 그의 딸들의 삶이 전혀 예측하지 못했던 파행적인 방향으로 진행되면서 그 의미가 보다 확장되기 때문이다. 작품에서 그녀들의 파행적인 삶은 김약국 집안이 대대로 지녀왔던 체면과 권위를 모조리 부정하면서 김약국의 집안을 당대 사회에서 매장시키는 데까지 이른다. 이는 절손의 의미가 아들의 부재라는 생물학적인 차원7)을 넘어 집안의 매장이라는 사회·문화적 차원으로까지 확장되

---

6) 김약국의 아내 한실댁이 "자손 귀한 집에 와서 아들 못 낳는 것을 철천지한으로 삼고", "남편보기 부끄럽고 남 보기가 부끄"럽다고 생각하는 것에서 여전히 뿌리 깊은 가부장제 사회의 일면을 확인할 수 있다.

7) 가부장제 사회에서 아들의 부재를 생물학적인 차원의 절손으로 파악하는 것은 지

어 실현되고 있음을 보여 준다.

다음의 인용은 그녀들의 삶이 파행적인 방향으로 흘러가기 이전에 어머니인 한실댁이 그녀들에게 가졌던 기대치가 무엇이었는가를 보여 준다.

> 한실댁은 그 많은 딸들을 하늘만 같이 생각하고 있었다. 그는 딸을 기를 땐 큰딸 용숙은 샘이 많고 만사가 칠칠하여 대가집 맏며느리가 될 거라고 했다. 둘째딸 용빈은 영민하고 훤칠하여 뉘 집 아들자식과 바꿀까보냐 싶었다. 셋째딸 용란은 옷고름 한 짝 달아입지 못하는 말괄량이지만 달나라 항아같이 어여쁘니 으례 남들이 다 시중들 것이요, 남편 사랑을 독차지하리라 생각하였다. 넷째딸 용옥은 딸 중에서 제일 인물이 떨어지지만 손끝이 야물고, 말이 적고 심정이 고와서 없는 살림이라도 알뜰히 꾸며나갈 것이니 걱정 없다고 했다. 막내동이 용혜는 어리광꾼이요, 엄마 옆이 아니면 잠을 못 잔다. 그러나 연한 배같이 상냥하고 귀염성스러워 어느집 막내며느리가 되어 호강을 할 거라는 것이다.
>
> (83쪽)

그러나 어느 딸도 한실댁의 이러한 기대치를 만족시켜 주지 못한다. 모두가 비운의 삶을 살아가는 까닭이다. 종내는 한실댁조차도 딸들의 비운에 휘말려 자신의 삶에 비극적인 종지부를 찍게 된다. 이는 모두 숙정의 한(恨)에 뿌리를 둔 김약국의 비극적 운명과 무관하지 않다.

김약국 딸들의 비운의 삶은 그녀들이 속한 시대적 상황과 맞물려 진행되는데, 그녀들이 속한 시대는 전근대에서 근대로 이행해 가는 전환기라는 특징을 드러낸다. 작가는 그러한 상황을 그녀들의 제도적인 교육 상태를 통해 제시해 주고 있다.

나친 단순화이다. 가부장제 사회는 남성 중심주의 사회이므로 아들의 부재는 사회·문화적 맥락과 연결될 수밖에 없는 것이다. 따라서 본 논문이 이 부분에서 아들의 부재를 생물학적인 차원으로 한정한 것은 표면적인 측면만을 전제한 것이다.

용빈이 서울의 미션 계통의 여학교를 마치고 S여전까지 가게 된 것은 그들 영국인이 김약국에게 권고한 때문이다. 용숙은 집에서 한문을 좀 배우다가 시집을 갔고, 용란은 몹시 글배우기를 싫어하여 언문도 어설프다. 용옥은 소학교를 마치자 본인이 더 이상 바라지 않고 가정에 들어 앉아 집안일을 알뜰히 돌보고 있었다. 용빈은 용혜만은 자기가 공부를 시켜야겠다고 단단히 마음먹고 있었다.

(86쪽)

위 인용은 그녀들이 제도적 교육이 여성들에게도 적용되기 시작한 즈음의 시대를 살아가고 있었음을 보여 준다. 전통적 사회에서 여성들에게 교육의 기회를 허용하지 않았다는 상식적인 사실에 기대어 볼 때, 이상에서처럼 그녀들이 제도권 교육에 편입되었다는 사실은 그녀들이 전근대의 시점을 넘어선, 근대로의 이행기 내지는 전환기를 살았음을 의미한다.[8]

일반적으로 전환기란 어느 하나의 속성이 주요하게 작용하는 안정적인 시기이기보다는 해체와 형성이라는 이원적 속성이 혼효된 '과정적 시기'이다. 그런데 그녀들은 그러한 시기적 속성과는 무관하게 누가 보아도 강한 개성을 가진 존재들이다.[9] 따라서 시대의 속성과 그녀들의 삶이 갈등 관계에 놓일 것임은 자명한 이치이다. 그리고 바로 그로 인해 그녀들의 삶은 비극으로 치닫는다.

이러한 갈등의 폭을 가장 극화시키는 인물이 용숙과 용란이다. 그녀

---

8) 여기서 당시를 본격적인 근대가 아닌 이행기 혹은 전환기로 규정하는 것은 위 인용에서 드러나듯 그녀들의 교육 상태가 용빈을 제외하고는 본격적인 단계에 이르지 못하고 있기 때문이다. 당시는, 여성들에게 교육의 문은 열었지만 여성들이 반드시 그것을 받아야 할 어떤 필연성을 강제하지는 않았던 시대였던 것이다. 때문에 그녀들이 살아가던 시기를 이행기 혹은 전환기로 규정하는 것이다.

9) 전통적인 여인상의 용옥조차도 강한 개성을 보여 준다. 막내 용혜만은 성격이 분명하게 드러나지 않고 있는데, 둘째 용빈과 연결지어 생각해 볼 수 있는 여지는 보여 주고 있다.

들은 전통적 사회가 아직 철저하게 해체되지 않은 시점에서 너무 많이 전통적 사회의 규율에서 벗어난 인물들이다. 달리 말하면 그녀들은 의식적이든 무의식적이든 시대와 동떨어진, 시대와 융화할 수 없는 인물들인 것이다. 그녀들은 전통적 사회가 여성들에게 금기시했던 윤리들을 거리낌없이 어김으로써 자신들의 삶을 황폐화시킨다.

맏딸 용숙은 김약국의 딸들의 삶이 파행적일 것임을 예시하는 인물이다. 그녀는 시집간 후 아들 하나를 낳고 곧 과부가 된다. 그녀의 그러한 상황은 "맏딸이 잘살아야 밑의 딸들도 잘산다"라는 속설과 배치되면서 집안에 암운을 드리운다. 그리고 그녀의 삶의 파행성은 여기서 그치지 않는다. 어려서부터 "용렬하고 성미가 고약한" 용숙은 친정에 들러서는 반드시 무언가 하나라도 들고 가 자신의 살림에 보태야 직성이 풀릴 만큼 욕심이 많은 인물이다. 그녀는 과부가 되었음에도 전통 사회가 과부에게 요구하는 삶의 양상과는 무관하게 "삶에 대한 강한 의욕"을 보인다. 그리하여 그녀는 넉넉한 시가 살림에도 어장을 하는 친정에 기대어 대구 장사를 할 요량을 세우는 등 자신의 앞날에 철저히 대비하려는 의욕을 보이기도 한다. 이러한 인물인 용숙이가 집안에 머물면서 조용히 법도를 지키는 수절 과부가 될 리가 없다. 실제로 그녀는 아들의 병을 핑계로 집안에 드나들던 의사와 정을 통한다. 그리고 그 현장을 어머니에게 목격당하고도 그녀는 당당하다. "흥! 요조숙녀가 따로 있나? 남편이 있음 다 요조숙녀제."라고 거침없이 뇌까리는 그녀의 언술은 그녀의 삶이 전통적 윤리 의식에서 빗겨나 있음을 보여 준다. 그녀에게는 외적인 체면보다는 자신의 내적 본능이 더 소중했던 것이다. 이러한 측면은 정을 통한 의사와의 사이에서 낳은 아이를 살해했다는 혐의로 경찰서까지 다녀 온 후에도 그녀가 수그러들지 않는 당당한 자세로 자신의 삶을 꾸려 나가는 것에서도 확인된다.

그녀는 사채 놀이 등을 통해 스스럼없이 자신의 부를 쌓음으로써 자신만을 위한 물적 토대를 마련해 간다. 이러한 용숙의 삶의 태도는 집안의 체면과 권위를 욕되게 함으로써 김약국의 비극적인 운명을 실현시키는 도구가 되는 것이다. 이는 그녀 역시 할머니 숙정에게서 비롯된 비극적 운명으로부터 자유로울 수 없음을 의미한다.

그러한 운명에 속박되기는 용란도 마찬가지이다. 작품에서 용란은 원시적인 생명성을 가장 강하게 지닌 인물이다. 그녀는 마치 자연인과도 같은 존재이다. "어떻게 보면 천사처럼 무심하고 어떻게 보면 표독스런 암짐승과 같이 민첩하고 본능적"인 인물이 그녀인 것이다. 실제로 용란은 자신의 천성대로 본능적인 삶을 살아간다. 그녀는 어려서부터 한 집안에서 자란 머슴 한복에게 몸과 마음을 다 주어 버린다. 그러기까지 그녀에게는 아무런 갈등도 없었다. 자신이 그를 좋아한다는 하나의 이유만으로 그것은 가능했다. 그러나 그녀의 그러한 행위 자체가 당대 사회에서 받아들여질 수 없는 것임은 물론이다. 그것이 당대의 통념적인 윤리를 배반한 행위인 까닭이다. 그리하여 "가시나가 서방질을 했"다는 비난과 더불어 그녀의 삶에도 먹구름이 끼기 시작한다. 온전한 혼처가 나설 리 없는 상황에서 그녀는 마약중독자요 성불구자인 최연학을 신랑으로 맞이하게 된다. 유독 본능적인 용란이 그러한 상황에 처하게 됨으로써 그녀의 삶의 행보는 더욱 파행적인 세계로 치닫는다. 그러한 때에 도망갔던 한복이 다시 나타나 용란을 꾀어내어 문제의 심각성은 극에 달한다. 결국 이 사실을 알게 된 연학이 도끼를 들고 난동을 부림으로써 한실댁과 한복은 그 도끼에 맞아 죽고 용란은 그 충격으로 정신이상자가 되는 파경에 이르고 만다. 자연적인 본능이 윤리의 외피를 벗었다는 이유로 참으로 무서운 응보를 받게 된 것이다. 자연인과 같은 용란의 개성이 이처럼 용납되지 않는 것은 가부장제 사회의 윤리적인 억압 때문이다. 과거에 할머니 숙정을 억울한 죽음으로 몰아갔던 가부장적 사회 윤리가 용란의 대에서도 여전히 폭력적인 힘을 발휘하고 있는 것이다. 사위 연학이 약을 투여 받지 못해 물속으로 뛰어든 현장에서 동네 사람들이 "김약국도 볼장 다 봤다. 딸들이 들어서 집구석 자알 망해묵지."라고 비난하는 장면은, 용란의 삶 역시 김약국 집안의 체면과 권위를 손상시키는 데 큰 역할을 하고 있음을 단적으로 드러낸다. 용란 역시 할머니 숙정의 한(恨)에 뿌리를 둔 비극적인 운명의 구현체였던 것이다.

용옥은 용숙과 용란의 삶과는 대척적인 방향에서 자신의 삶을 살아가는 인물이다. 그러나 그녀 역시 집안의 비극적인 운명의 구현체가 되기는 마찬가지이다. 집안의 다른 자매들과 달리 매우 전통적인 여인인 그녀는 집안에 들어앉아 어머니 한실댁을 도와 묵묵히 집안 살림을 맡아 보면서 언니들이 일으키는 모든 불란을 조용히 감당하며 기울어 가는 집안을 힘겹게 지탱해 간다. "양미간이 좁아서 어딘지 고생 상"을 한 그녀의 생래적인 이미지는 집안의 비운과 너무도 잘 맞아떨어진다. 더하여 "우수를 나타낸" 얼굴이 "아름다워" 보이는 그녀의 인물상은 그러한 해석을 더욱 뒷받침해 준다. 김약국의 말대로 그녀는 "가진 거라곤 마음씨 착한 것 밖에 없"고 또 "복이 없는" 인물인 것이다. 하여 표면적으로는 가장 무난한 듯한 그녀의 결혼 생활에서도 여러 가지 문제점들이 노정된다. 애초에 용란에게 마음을 두었던 남편 기두는 용옥, 그녀에게는 아무런 애정도 없다. 그녀는 그러한 상황에서의 자신의 외로움을 오직 인종의 덕목에 기대어 해결하려 한다. 독실한 기독교 신자이기도 한 그녀는 종교의 테두리 속에서 자신의 인종적인 삶의 자세를 더욱 강화할 뿐인 것이다. 기독교라는 종교조차도 그녀의 전통적 여성성을 강화하는 역할을 할 뿐, 그녀에게 자신의 현실을 새롭게 개척해 나가고자 하는 의지를 심어 주지는 못한다. 그러한 상황 속에서 그녀의 삶은 마침내 더 큰 시련에 부딪힌다. 점잖지 못한 시아버지가 아들이 없는 틈을 타 며느리를 강간하려는 사건이 발생한 것이다. 겁탈하려는 시아버지를 물린 친 그녀는 견딜 수 없는 치욕과 부끄러움으로, 그리고 극도의 공포와 두려움으로 부산에 있는 남편을 찾아 나선다. 가부장제 문화에 익숙한 여성에게 유일한 의지처가 지아비이기 때문이다. 하지만 결국 남편도 그녀의 의지처가 되지 못한다. 부산에 도착한 그녀는 남편을 만날 수 없었던 것이다. 하여 그녀는 다시 통영으로 돌아오는 길을 택하게 되는데, 도중에 배가 가라앉는 사고로 죽게 된다. 이로써 그녀에게 발생했던 치욕스런 사건은 그녀의 죽음과 함께 세상의 이면으로 가라앉아 버리지만, 실질적으로는 그녀의 죽음의 근원적인 동인으로 작용함으로써 용옥 역시 집안의 비극적 운명에서 비켜서지 못한 인물로 자리하게 한다.

용옥이까지 죽음으로써 김약국 집안의 비운은 끝 간 데까지 간 셈이다. 이제 김약국 집안의 회생은 불가능하다. 그것이 비록 의도적인 것은 아니었을지라도 그녀들이 집안에 끼친 누는 집안의 체면과 권위를 손상하고 전통을 끊어 버리는, 사회·문화적 차원에서의 절손이라는 결과를 낳은 것이다. 이로써 김약국의 절손의 운명은 현실화 된다.

그리고 그것은 김약국 자신의 죽음을 통해 보다 확고하게 가시화 된다. 딸들의 파행적인 삶을 통해 집안이 몰락 일로로 치닫는 과정은 김약국이 병들어 육신이 무너져 가는 과정과 맞물려 진행된다. 따라서 김약국의 병듦과 죽음의 일련의 과정은 집안의 몰락의 징후들이 구체화되고 현실화되는 과정이다. 그리고 마침내 그의 죽음은 가부장제적 관점에서의 절손의 운명이 가장 확실히 실현되는 순간으로 자리한다.

그의 삶이 이와 같이 비극적인 의미로 마감되기까지는 딸들의 파행적인 삶의 행적만이 그 징후로 작용했던 것은 아니다. 그 자신의 삶에서도 나름의 징후가 작용했던 것이 사실이다. 일찍이 그는 가업인 약국을 정리하고 어장을 경영하고 있었다. 그리고 그것은 그에게 확고한 부를 가져다주기도 했다. 그러나 어장 경영은 그의 삶에 또 하나의 역작용을 가해 오는데, 그것은 정치망 어장(定置網 漁場)을 하던 그가 빚을 내어 모구리(잠수업) 어장을 시도하면서부터 시작된다. 모구리 어장을 위해 제주도로 떠나 보낸 배가 도중에 풍랑을 만나 실종되고 이후 기존의 어장에서조차 고기가 잡히지 않는 비운이 겹쳐 결국 그는 어장 경영에 실패하게 된다. 그의 실패는 그가 모구리 어장을 하기 위해서 배의 낙성식을 갖던 날 고사에 쓰려고 갖다 놓은 산다이떡이 없어진 것에서부터 암시되었다.

> 두 사람(한실댁과 서기두 – 인용자 주)은 서로 마주 보며 근심에 싸인다. 대수롭지 않은 일이라면 그만이겠으나, 고사도 지내기 전에 제물의 중심인 그 산다이떡이 없어졌다는 것은 기분이 좋은 일이 아니다. 더군다나 어장 하는 사람들의 신에 대한 외포심(畏怖心)은 강하다.
>
> (175쪽)

이처럼 김약국의 삶에는 지속적으로 비극적인 운명의 기운이 맴돌고 있었다. 그리고 그것은 그의 절손의 운명을 보다 확고하게 현실화시키는 데 기여한다. 산다이떡이 없어진 불길한 사건을 통해 암시된 바대로 김약국은 어장에 실패하게 되었고, 그로 인하여 그의 집안은 경제적으로까지 몰락하는 상황에 이른다. 그리고 마침내 그가 죽음에 이르게 됨으로써 그의 비극적 운명이 극대화된 것이다.

김약국은 전직이 관약국(官藥局)이었음에도 위암이라는 자신의 병을 치유하지 못하고, 운명이라는 인간 외적인 힘에 얽매여 살다가 세상을 떠난 것이다. 그의 삶 역시 자신의 어머니의 삶과 마찬가지로 한(恨)으로 점철된 삶이었다. 오히려 그의 한(恨)은 어머니의 것보다 더 심화된 것이었는지도 모른다. "눈을 번히 뜨고 천장을 노려본 채 임종"한 그의 모습이 그의 한(恨)의 깊이를 짐작케 한다.

그러나 또 다른 한편에서는 한(恨)의 의식이 더 이상 감정의 응어리로서, 삶을 관장하는 기제로서 작용할 수 없는 시점이 도래하고 있었다. 시대가 변화하고 있었던 것이다.[10] 그러한 변화의 징후는 둘째딸 용빈이 집안의 식구들과는 구별되는 새로운 의식을 가지고 당대 사회에 적응하며 자신의 삶을 개척해 가는 모습을 통해서 뚜렷이 제시된다. 이제 한(恨)의 맺힘은 변화하는 시대 논리에 의해 새롭게 의식되어야 하는 시점에 놓인 것이다.

4. 이성적 회의(懷疑)와 현실적 대응

할머니 숙정이나 아버지 김약국이 자신이 속한 시대 인식에 감금된 삶을 살았던 것처럼 딸들도 역시 자신들이 속한 시대 인식에 감금된 삶을 살아간다. 인간은 자신이 몸담고 살아가는 시대 인식으로부터 자유로울 수 없기 때문이다. 그녀들이 몸담고 살았던 시대는 앞서 언급한 바대로 전근대에서 근대로의 이행기라는 전환기였다. 전환기란 어느 하나의 뚜렷한 시대 인식을 제시하기보다는 양대의 속성이 혼효된, 혼란스러운 시대 인식을 보이기 마련이다. 김약국의 딸들은 그러한 혼

---

10) 이러한 변화는 김약국의 삶의 행보에서도 흔적처럼 드러나고 있다. 그가 관약국을 그만 둔 것이나 어장의 종류를 정치망 어장에서 모구리 어장으로 바꾸려 한 것이 모두 그러한 변화의 징후들이다. 그러한 징후들을 통해 시대 전환에 따른 정치적·경제적 논리의 변화를 짐작해 볼 수 있다.

란스러운 시대 인식 속에서 뚜렷한 방향을 상실한 채 파행적인 삶을 살다가 결국에는 비극적인 파국에 이르렀었다. 그렇다면 그녀들의 그러한 비극적인 삶은, 보이지 않는 힘에 의한, 즉 운명에 의한 것이 아니라 그녀 자신들이 시대 흐름에 발맞추지 못함으로써 야기된 결과이기도 하다. 다만 그것이 할머니 숙정에게서 비롯된 한(恨)의 문제와 접맥되어 마치 절손의 운명을 현실화시킨 것으로 비추어짐으로써 그 비극성이 강화되었을 뿐이다. 여기서 그녀들의 비극적인 삶이 이중의 맥락으로 작용하고 있음이 드러난다. 즉 할머니와 아버지 대의 인식의 관점에서는 절손 운명의 도구로, 그녀 자신들 대의 인식의 관점에서는 시대와 조화하지 못한 결과로 작용하고 있음이 드러나는 것이다. 이러한 이중적 작용은 그녀들이 몸담고 살았던 시대의 이중성 때문이다. 즉 시대의 이중적 구조가 그녀들의 삶조차 이중화시킨 것이다. 여기서 할머니 숙정과 아버지 김약국이 살았던 시대의 운명 의식도 그 당대의 시대 인식에 의해 축조된 것이었음을 상기할 때 결국 인간의 삶이란 당대의 시대 의식에 감금된 것이라는 앞서의 전제를 재확인하게 된다.

그러나 감금은 열림을 전제하고 있다는 사실 또한 상기되어야 한다. 물론 그 열림은 시대적 변화와 그 변화에 의한 인식의 변화를 의미한다. 김약국 대의 감금이 그 딸들 대의 감금으로 이행된 것부터가 그러한 열림을 실현한 것이다. 따라서 김약국 딸들이 몸담았던 시대 역시 새로운 열림을 지향해 갈 수밖에 없다. 즉 그 시대 역시 전환기의 경계를 넘어 근대로의 이행과 근대적 인식의 실현에 이를 수밖에 없는 것이다. 작품에서 이러한 열림의 실현은 용빈의 삶을 통해 확인된다. 용빈은 근대라는 새로운 시대에 적응해 근대적 인식을 자기 삶의 틀로 삼고 살아가는 인물이다.

　용빈이 근대로의 이행이라는 시대적 흐름에 편승할 수 있었던 것은 일찍이 기독교 신자가 된 때문이다. 어려서부터 신자가 된 그녀에게 기독교는 그녀의 정신적 토대이다. 우리의 근대화의 의미가 많은 부분 서구화의 의미와 착종되어 있는 상황에서 그녀의 이와 같은 종교적 배경11)은, 전근대적 삶의 양식에 보다 익숙한 그녀의 집안 식구들과 그녀를 변별시키는 중요한 특징이다.12) 더욱이 그녀가 근대적인 삶의 방식을 체득하는 데 결정적인 역할을 한 근대적인 교육을 받을 수 있었던 것도 바로 그녀가 기독교와 인연을 맺은 덕분이었기에 그것의 중요성은 더욱 커진다. 근대적 교육 덕분으로 후에 그녀는 집안의 몰락에도 그 흐름에서 비켜서서 자신의 삶을 이어갈 수 있게 된다.

　용빈은 그 외모에서부터 "강한 개성과 이지를 느끼게" 하는 인물이다. 이러한 이미지는 용빈이 근대적 속성을 담보한 인물임을 의미한다. 실제 생활에서 그녀는 현실을 거리를 두고 객관화시켜 바라보는, 냉철한 모습을 보여 줌으로써 그러한 이미지가 사실적인 것임을 보여 준다. 그녀가 이처럼 근대적 속성을 담보하게 된 것은 앞서 언급한 그녀의 성장 배경 때문이다.

　그런데 그녀의 그러한 속성을 보다 분명하게 확인시켜 주는 또 하

---

11) 기독교가 서구에서 전래된 종교이며, 처음 우리나라에 들어왔을 때 우리나라 근대화의 발판을 마련하는 데 여러 가지 면에서 기여했음은 주지의 사실이다. 작품에서 기독교 신자인 용빈과 집 앞 느티나무에다 대고 자식들의 안녕을 빌고 어려워진 집안일로 점장이를 찾아가 점을 치고 가장예식(假葬禮式)까지 치르는, 전근대적인 의식으로 간주되는 무속적 의식에 젖어 있는 어머니 한실댁을 비교해 볼 때 그 의미가 보다 분명해진다.

12) 이 점은, 용옥 역시 같은 기독교인이면서도 유독 전통적인 여인상을 보인다는 사실과 관련하여 보충적인 설명이 필요하다. 두 사람이 기독교를 믿는 태도에는 상당한 차이가 있다. 용옥의 태도에는 맹종적인 측면이 강한데 반해 용빈의 그것에는 회의적인 측면이 강하다. 바로 이러한 차이가 같은 기독교인인 그녀들을 서로 다른 시대 의식을 가지고 살아가는 인물들로 변별시킨다. 용빈의 회의적인 태도는 그 자체로서 그녀를 보다 근대적인 인물이게 하는 것이다.

나의 특징이 있다. 그녀가 김약국의 다섯 딸들 중에서 유일하게 현실을 회의할 줄 아는 인물이라는 것이다. 이는 용숙과 용란과 용옥이 어떠한 맥락에서건 자신들이 당면한 현실에 즉자적인 반응을 보이거나 순응적인 태도를 취하는 것과는 매우 대조적이다. 그녀의 이러한 특징은 기독교 신자인 그녀가 자신이 처한 현실을 기독교의 논리에 꿰맞추어 이해하기보다는 오히려 종교와 현실이 배치되는 상황을 직시하면서 괴로워하는 모습에서 단적으로 드러난다.

> "영혼과 육체를 같이 주시지 않고 본능과 육체만 주셨다면 하나님은 그 여자를 벌주실 수 있을까요? 그러나 모든 사람은 그 여자에게 벌을 주고 있습니다. 그러나 그 여자는 벌을 받고 있지 않습니다. 모르니까요, 벌을 받고 있는 사람은 아버지예요, 어머니예요, 그리고 우리들이예요."
> 용빈은 눈을 내리깔았다.
> "용빈은 회의하고 있어요. 하지만,"
> "그렇습니다. 케이트 선생님, 저의 신앙은 지금 걷잡을 수 없는 혼돈 속에 있습니다."
> 용빈은 더욱더 눈을 내리깔았다.

(115쪽)

위 인용은 한돌과의 정사 사건 이후에도 천진하기만 한 용란을 보면서 선과 악, 영혼과 육체라는 기독교적 이분법에 모순을 느낀 용빈이 전도사인 케이트 양을 찾아와 자신의 신앙적 회의를 고백하는 부분이다. 기독교는 그녀의 정신적 토대이다. 그럼에도 그 토대가 현실과 배치되는 상황에서 그녀는 그 토대를 의심하고 회의한다. 그녀의 그러한 정신 자세는 비단 위 인용의 상황에서만이 아니라 그녀의 삶 전반에서 나타나는, 그녀 삶의 중심 의식이다. 그녀는 그러한 회의론적 사고를 토대로 자신에게 닥친 현실 상황들을 이성적으로 대처해 나간다. 이는 그녀가 보다 근대적인 의식에 접근한 인물임을 보여 주는 한 징표이다.

이처럼 용빈은 삶의 객체가 아닌 주체의 자리에 서 있는 인물이다.13) 그리고 그러한 용빈의 삶의 자세는 집안에서 그녀의 위치를 부각시킨다. 그러한 가운데 그녀가 인척 오빠들인 정윤이나 태윤과 동일한 반열에 서서 자신의 삶을 개척해 가는 모습은 매우 중요한 의미를 지닌다. 정윤과 태윤은 당대의 지식인들로 자신들의 뚜렷한 인생관을 가지고 주체적인 삶을 살아가는 인물들이다.14) 그들은 가부장제적 승계의 흐름을 타고 자연스럽게 세계의 중심으로 자리한 존재들15)인데, 용빈은 바로 그러한 인물들과 어깨를 나란히 하여 삶을 고민하고 회의하며 살아가는 모습을 보여 준다. 이는 이제껏 집안에서의 여성들의

---

13) 그녀가 광주학생사건과 관련하여 피검된 것은 이러한 맥락의 한 예가 된다. 그녀가 그 사건에 참여한 것은 상황에 대한 변혁 의지가 작용한 때문이다.

14) 정윤과 태윤은 동시대를 살면서 서로 다른 세계관을 가지고 서로 다른 삶의 길을 걸어가는 대척적인 모습을 보여 준다. 정윤은 개인의 실존적인 차원에서 인생을 바라보며 삶에서 오는 강한 허무를 병든 아내 윤희를 사랑하는 것으로 메우며 살아가는 인물이다. 이에 반해서 태윤은 민족주의적 입장에서 인간 역사의 진화를 믿으며 살아가는 이상주의자로, 죽은 친구의 아내인 순자를 사랑하여 그녀와의 삶을 위해 고향과 집안을 등지고, 결국에는 독립운동에 투신하는 인물이다. 그러나 이러한 차이에도 두 인물 모두에게서 확인할 수 있는 것은 인간에 대한 오뇌에 찬 애정이다. 다음의 인용에서 확인되듯, 용빈의 의식을 빌어 제시되는 두 인물에 대한 서술이 이를 뒷받침해 준다.
   "용빈은 윤희를 일별하는 순간, 그리고 그 병적인 미소를 보는 순간 정윤이라는 인간성과 태윤이라는 인간성에 어떤 깊은 관련이 있는 것을 느꼈다. 두 형제가 다 같이 쓴 안경, 그리고 차가운 눈빛 속에 감추어진 어떤 인간에 대한, 인생 자체에 대한 오뇌를 보는 듯하였다.
   병적인 미소—실상 윤희는 T·B 환자였지만—를 지닌 여자를 사랑하는 정윤이와 지식의 수준이 얕은, 그리고 과부인 순자를 사랑한 태윤이, 그 비정상적인 연애 속에서 그들은 일종의 자학을 맛보고 있는 것이나 아닐까? 맹목적인 사랑에 빠지기에는 너무나 그들 형제는 지성이 승(勝)했다." (340~341쪽)

15) 이는 당시의 정치적 상황이 식민지 상태였다는 사실까지를 전제한 평가는 아니다. 다만 당시가 가부장제 사회였음을 전제한 것이다.

비주체적인 모습과는 대조되면서, 근대 사회에서 나름대로 격상된 여성의 지위를 확인시켜 준다.[16] 할머니 숙정의 비참한 삶이 과거의 전근대적 인식의 산물이었다면 용빈의 현재의 주체적 모습은 당대의 근대적 인식의 산물인 것이다. 변화하는 시대 속에서 여성의 삶의 양상도 변화되는 가운데 용빈은 근대적인 맥락 안에서 삶의 주체이되, 여성적 주체로서 자리 잡은 것이다.

그러나 용빈을 여성적 주체로 단정하기에는 아직 이른 감이 있다. 어려서부터 남다른 배려와 신임을 받고 자란 용빈은 아들이 없는 집안에서 "아들격"의 자리를 차지하고 있기 때문이다.

---

16) 할머니 숙정이, 어머니 한실댁 그리고 자매들인 용숙·용란·용옥으로 이어지는 일련의 인물들의 비극적인 삶의 모습들은 가부장제 사회가 여성들에게 가한 억압의 결과이다. 특히 그것들은 가부장제 사회에서 결혼이라는 제도가 얼마나 여성들에게 억압적인가를 보여 준다. 김열규는 전통 사회에서 남성에게는 혼례식 자체가 하나의 통과의례가 되지만 여성에게는 평생의 과정이 통과의례라고 주장한다. "한 여성이 신부에서 며느리로 다시 시어머니로 성장하여 마침내 안채 안방에 좌정하게 되었을 때" 비로소 여성 혼례의 통과의례가 완성된다는 것이다. (김열규, 「女性과 집에 관한 試論」, 『家와 家門』, 서강대 인문과학연구소, 1989, 1~18쪽 참조) 그 만큼 전통사회에서 여성에게 결혼은 삶의 굴레였던 것이다. 이 작품의 인물들은 바로 그와 같은 맥락의 결혼 제도 하에서 고통받는 여성의 모습을 보여 주고 있다. 숙정은 정절의 문제로 생목숨을 끊어야 했고, 더욱이 그로 인하여 아들 성수에게 깊은 한(恨)을 남겨 주어야 했다. 한실댁은 남편 김약국으로부터 늘상 무시받는 삶을 살아야 했고, 용빈은 늘상 그런 어머니를 바라보며 가슴 아파해야 했다. 용숙과 용란과 용옥의 삶의 모습들도 모두 결혼을 통해 안정된 삶을 얻지 못함으로써 결국은 파국을 맞게 된 경우들이다. 더욱이 그녀들이 모두 – 한실댁을 제외하고 – 정절의 문제에 연루되었다는 사실은 성의 문제가 얼마나 강력한 여성 억압의 도구였는가를 확인시켜 준다. 어떤 이유에서건 안방 차지를 할 수 없었던 그녀들이었기에 그녀들의 삶은 비극적일 수밖에 없었다. 그러나 용빈의 삶은 이러한 맥락에서 예외적이다. 그녀 역시 홍섭의 배반으로 인해 결혼 문제로 시련을 겪지만 그녀는 그 시련에 함몰되지 않고 새로운 사랑을 찾는다. 강극과의 사랑이 그것이다. 이처럼 용빈은 김약국 집안에서 할머니 대에서부터 내려왔던 여성의 굴종적인 삶의 틀에서 벗어난 최초의 인물이다.

> 용빈은 김약국 집에 있어서 아들격이다. 김약국도 마누라에게 의논하지
> 않으면서도 집안 일에 관하여 용빈의 의견을 물었고, 또한 그 의견을 존중
> 하였다.
>
> (86쪽, 강조−인용자)

> "쯧쯧, 어이구 애타는 세상도 있다. 어느 누가 선영에 물을 떠놓으며, 적
> 막강산이구나! 용빈이 너라도 있으니 망정이지. 그 어질고 착한 양반이 무슨
> 액운인고! 하나님도 애닲구나!"
>
> (331쪽, 강조−인용자)

위 인용들에서 알 수 있듯이 집안의 중심이 암묵적으로 그녀를 향
해 있지만 그것은 딸 그대로의 자격으로서보다는 딸이지만 아들이라
는 대리의 자격으로서이다. 결국 용빈은 집안의 대리아들인 것이다.
이로써 주체로서의 여성의 위상은 아직 대리인의 단계에 있음을 알
수 있다.[17]

이러한 용빈이 집안에서 감당하여야 할 삶의 몫은, 비록 대리아들의
자격이긴 하지만, 어쨌거나 절손된 집안을 이어가는 것이다. 그러나
여기서 용빈의 가계 계승은 새로운 맥락을 함축한다. 즉 그것은 직계
적이기보다는 방계적인 계승의 특색을 보여줌으로써 새로운 시대의
도래를 암시한다. 그 계승이 방계적임은 계승의 주체인 그녀가 본래

---

17) 그러나 여기서 "여성 정체성은 하나의 과정"이라는 가정을 제시한 가디너의 주
　장을 상기할 필요가 있다. 그는 여성 정체성은 남성의 그것보다 덜 고착되고 덜
　획일적이고 더 융통성이 있어 사회학적이고 역사적인 흐름에 따라 변화한다고
　주장한다. 그러한 주장은 위에서와 같이 용빈을 통해 드러나는 당대 여성의 위상
　에 하나의 희망을 제시한다. 그러한 가정에 비추어 볼 때, 할머니에서 어머니로,
　그리고 어머니에서 다른 자매들로 이어졌던 여성의 비극적인 삶의 패턴은 용빈
　이 보여 준 정도의 변화에서 그치지 않고 앞으로의 사회적·역사적 흐름에 따라
　새롭게 변화할 가능성을 지니고 있기 때문이다. (쥬디스 키건 가디너, 「여성의 정
　체성과 여성의 글」(신은경 역), 『페미니즘과 문학』(김열규 외 역), 문예출판사,
　1993, 220~224쪽 참조)

적인 아들이 아니라 대리아들이라는 사실과 장녀가 아닌 차녀라는 사실에서 뚜렷하게 드러나는데, 이는 장자를 중심으로 가부장제를 이어오던 전대 사회의 가계 계승의 모습과는 확연히 구별되는 것으로 결국 그녀의 가계 계승은 새로운 시대의 도래를 의미하는 것이다.

작품에서 용빈의 집안에서의 역할이 뚜렷해지는 부분이 병든 김약국을 진주 정윤의 병원으로 모셔가는 일에서부터인 것도 그러한 맥락을 뒷받침한다. 그 이전까지는 그녀는 항상 집안으로부터 거리를 두고 있었다. 서울에서 유학을 하고 있었던 그녀는 그간 집안에서 일어난 그 많은 비극적인 사건들의 현장에 함께 있지 않았던 것이다. 통영과 서울의 지리적인 거리가 그녀로 하여금 집안의 불운의 현장에 있을 수 없게 하였다. 그러나 그것은 일차적인 이유에 불과하다. 그녀의 그러한 집안과의 거리는 보다 상징적인 의미를 갖는다. 그녀와 집안 사이에 놓여 있던 지리적 거리는 시대적인 거리를 의미한다. 아버지와 어머니 그리고 자매들의 삶의 비극이 전근대나 혹은 전근대의 잔재에 뿌리를 두었던 것이었기에 근대적인 세계의 세례를 받은 용빈으로서는 그와 같은 사건들에 참례할 수 없었던 것이다. 그러던 것이 한 시대의 마감이 닥쳐옴으로써 비로소 그녀는 집안의 불운의 현장에 들어설 수 있게 된다. 물론 그것은 한 시대의 마감에 이어 새로운 시대를 열어가기 위한 전환의 첫 시작이다.

용빈은 계속되는 가족들의 죽음 앞에서 아연해 한다.

"지금 저는 또 한 사람의 죽음을 지키고 있어요."
용빈은 강극의 눈을 응시하였다.
"아버지예요. 오래 사셔야 다섯 달? 아니 한 달 전에 진단을 받았을 때의 얘기죠. 위암이에요. 다른 가족도, 아버지 자신도 모르세요."
"……."

"저의 아버지는 고아로 자라셨어요. 할머니는 자살을 하고 할아버지는 살인을 하고, 그리고 어디서 돌아갔는지 아무도 몰라요. 아버지는 딸을 다섯 두셨어요. 큰딸은 과부, 그리고 영아살해 혐의로 경찰서까지 다녀왔어요. 저는 노처녀구요. 다음 동생이 발광했어요. 집에서 키운 머슴을 사랑했죠. 그것은 허용되지 못했습니다. 저 자신부터가 반대했으니까요. 그는 처녀가 아니라는 험 때문에 아편장이 부자 아들에게 시집을 갔어요. 결국 그 아편장이 남편은 어머니와 그 머슴을 도끼로 찍었습니다. 그 가엾은 동생은 미치광이가 됐죠. 다음 동생이 이번에 죽은 거예요. 오늘 아침에 그 편지를 받았습니다."

(380~381쪽)

계속되는 가족들의 죽음은 집안의 몰락을 의미한다. 따라서 그녀는 새로운 가계(家系)를 건설해야 하는 상황에 처하게 되고, 그와 관련된 모든 문제들도 처리해야 하는 상황에 놓이게 된다. 그녀는 어쩔 수 없이 그 모든 짐을 감당해야 하는 것이다.

물론 용빈은 자신 앞에 닥친 현실을 고통스럽게 느낀다. 그러나 용빈은 그러한 현실에 매몰되지 않는다.

"오빠, 저 같은 여자도 결혼할 수 있을까요?"
정윤은 성냥을 긋다 말고 한쪽 눈을 치뜨며 용빈을 본다.
"오빠를 보았을 때, 그리고 언니를 보았을 때, 무척 외로웠어요. 애정이 아니라도 저 자신의 벅찬 짐을 나누어 가질 사람이 있었음 생각했어요."
(…중략…)
"상관없고 말고요. 저는 현재 동정심에도 주리고 있는걸요, 지쳤어요."
그러나 정윤의 표정은 동정이 아니었다. 용빈의 얼굴에도 동정을 바라는 기색은 없었다. 조용하고 냉정하다.
"용빈은 인간의 운명이 다르다고 생각하나?"
"다르겠지요."
"다르다는 것은 운명이 아니야. 나는 내 직업상 수없는 인간의 죽음을 보았어. 인간의 운명은 그 죽음이다. 늦거나 빠르거나 인간은 그 공동 운명

시대의 전환과 가족사의 변이   **33**

체 속에 있다. 죽음을 바라보는 꼭 같은 눈동자가 있다. 우리는 그것을 생
각하지 말자."

　"다르다는 것은 개인의 능력이라구요? 그러면 저의 능력 때문에 저는 이
런 현실 속에 서 있는가요?"

(346~347쪽)

위 인용에서 알 수 있듯이 용빈은 고통스러움 속에서도 냉정함을
잃지 않는 이지적인 모습을 보여 준다. 그녀는 자신의 현실을 회의하
는 가운데 주어진 상황을 처리해 가는 것이다. 용빈의 이러한 태도는
이전 세대의 운명론적 삶의 태도와는 구별된다. 오빠 정윤의 말대로
용빈의 세대에게는 오직 인간의 죽음만이 운명일 뿐이다. 그밖의 모든
현실은 자신의 능력대로 개척해 나가야 하는 것이다. 따라서 용빈도
자신의 능력을 통해 이전 시대의 몰락을 딛고 새로운 시대를 열어가
야 하는 것은 물론이다.

아버지의 죽음 이후 용빈은 집안을 정리하기 시작한다. 그것은 새로
운 시작을 위해 필연적이다. 이미 몰락한 집안이기에 "정리라고 해야
묵은 집 한 채와 살림부스러기" 정도를 정리하는 것에 불과하다. 그러
나 그래도 문제는 있다. 남아 있는 사람들에 대한 정리가 그것이다. 특
히 정신이상자인 동생 용란의 문제는 그리 간단한 문제가 아니다. 용
란의 문제는 새로운 시작은 과거와의 절대적 절연이 아니라 그것의
상처를 부여안고 치유하는 것에서 출발해야 함을 함축한다. 그러나 용
빈은 현실적인 능력의 한계로 인해 그 치유의 문제를 잠시 보류한다.
그리하여 기한부로 언니 용숙에게 용란을 맡기고 자신은 막내 용혜[18]

[18) 앞서 언급한 대로 김약국의 다섯 딸들 중에 그 존재감이 가장 미미한 인물이 막
　내 용혜이다. 그러나 그녀가 용빈과 삶의 궤적을 같이 할 것임은 여러 곳에서 시
　사된다. 용빈은 자신의 학업을 마치고 그녀를 서울로 데려다 자신이 재직하고 있
　는 학교에 보내서 공부를 시킨다. 인척 오빠인 정윤도 그녀를 데려다 공부를 시

를 데리고 통영을 떠난다. 과거에 아버지 김약국이 통영을 탈출하고자 했던 것처럼 이제 그녀도 통영을 떠나는 것이다. 그러나 아버지 김약국이 탈출에 실패하고 통영에 머물면서 비운의 삶을 살았던 것과는 달리 용빈은 무사히 통영을 벗어남으로써 새로운 삶을 기약한다. 그렇다고 그 삶이 낙관적인 것만은 아니다. "봄이 멀지 않았는데, 바람은 살을 에일 듯 차"기만 한 것이 그녀가 당면한 현실이기 때문이다. 용빈이 자신의 능력의 한계 때문에 어쩔 수 없이 용란을 용숙에게 맡기고 떠나는 상황은 그와 같은 현실을 보다 구체적으로 제시한다. 그러나 분명한 것은 그녀가 처한 현실이 비록 고통스러운 것일지라도 그녀가 할머니 숙정의 대에서부터 내려온 삶의 운명적인 굴레로부터 벗어나서 보다 주체적인 태도로 자신의 삶을 이끌어가고 있다는 것이다.

5. 맺음말

전근대적인 시대 인식이 여성들에게 강한 굴레였음은 주지하는 사실이다. 더욱이 그것은 피할 수 없는 운명으로 인식됨으로써 여성들은 한(恨) 맺힌 삶을 살아야 했다. 그리고 그러한 한(恨)은 세대를 이어 지속됨으로써 여성들의 삶의 모습은 반복적으로 비극적인 양상을 띄울 수밖에 없었다. 그러나 전근대적 질서가 해체되고 근대적인 질서가 대두되면서 그 인식의 내용도 변화되어 여성들의 삶의 양상이 점진적으로 변화하기 시작하였다. 여성이 비극적인 운명에서 탈피하여 스스로

킬 의향을 비춘다. 이처럼 그녀는 근대적 교육 제도권에 수렴되는 인물로서, 언니 용빈과 같이 근대적 의식의 범주 속에서 자신의 삶을 꾸려갈 것이다. 용빈이 결말에서 용혜를 데리고 떠나는 사실도 모두 그와 같은 맥락을 시사한다.

자기 삶을 이끌어 가는 주체가 되기 시작한 것이다. 박경리의 『김약국의 딸들』은 바로 그와 같은 여성 삶의 변화를 한 집안의 가족사를 통하여 포착하고 있는 작품이다. 작품은 봉건적인 시대 인식으로 말미암아 억울하게 죽어야 했던 할머니 숙정의 한(恨)과 그 한(恨)의 운명적 실현으로 인한 자손들의 비극적인 삶의 모습들을 제시하면서, 그러한 일련의 비극적인 삶도 근대로의 이행이라는 시대 전환의 흐름을 타고 새롭게 대두한 인식의 변화에 의해 극복 가능한 것임을 손녀 용빈의 삶을 통해 시사하고 있다. 결국 『김약국의 딸들』은 시대 인식이 여성의 삶을 규제하고 있음을 보여 줌으로써 시대 인식에 대한 여성들의 주체적인 대응을 요구하는 것이다. 물론 작품은 그러한 대응이 현실적으로 용이하거나 그로 인한 결과가 낙관적이라고 주장하지는 않는다. 이는 작품에서 용빈이가 자신 앞에 주어진 현실에 대해 고통스러워하는 모습에서 충분히 짐작할 수 있다. 그러나 그럼에도 용빈이 좌절하지 않고 현실에 능동적으로 대처해 가는 모습에서 주체적인 대응의 당위성을 읽어낼 수 있다. 그런데 그러한 대응의 자세가 비단 여성들에게만 요구되는 것은 아닐 것이다. 인간은 늘 억압적인 상황에 처해 있는 까닭이다. 그러므로 이 작품에서 여성은 억압적인 상황에 처한 인간에 대한 상징으로도 읽힐 수 있다.

▌부정된 아비들, 불모의 어미들*
 −김원일의 「어둠의 혼」·윤흥길의 「양」

1. 머리말

어린아이가 문학 작품의 주인공으로 등장한 것은 근대 사회에서 비로소 가능해진 일이라고 한다.[1] 이는 근대 사회에 들어서 아버지의 권위가 몰락하고, 대신 아이의 권리가 부상하면서[2] 어린아이가 사회적 주목의 대상이 된 까닭이다. 그런데 근대 사회에서 아버지의 권위가 몰락하고 아이의 권리가 부상한 사실은 가정의 역할이 축소되고 사회의 역할이 확대되는, 가정과 사회의 역학 관계의 변화와 관련된다. 즉 그것은 근대 사회가 아버지 스스로가 수직적 법으로 존재하던 이전의

---

* 이 논문은 2004년도 동덕여자대학교 학술연구비 지원에 의하여 수행된 것이다. 논문의 제목은 새로 수정하였다.

1) 린 헌트는 프랑스 혁명기를 전후로 전통적인 가부장적 역할이 감소되고 어린이 행동의 독자적인 영역에 대한 인식이 강화되면서 어린이를 독자적인 주인공으로 삼은 소설이 등장하였다고 한다. (린 헌트, 『프랑스 혁명의 가족 로망스』(조한욱 역), 새물결, 2000, 51쪽 참조)

2) 필리프 쥘리앵, 『노아의 외투』(홍준기 역), 한길사, 2000, 49~62쪽 참조.

사회와는 달리, 계약 관계에 근거하여 새롭게 마련한 수평적 법을 통해 오히려 아버지를 규제하는 사회로 전환되면서 나타난 현상인 것이다. 그리고 그러한 변화는 아이의 양육과 성장의 방향에까지 영향을 미친다. 이미 아버지의 권위를 압도한 사회는 법과 제도의 틀을 통해 미래 사회의 중심적 구성원이 될 아이들의 양육과 성장에 관여한다. 그것은 아이들이 아버지의 권위를 배반하고 자신들 스스로가 규범적 존재가 되기를 요구하는 방향으로 나타난다. 그리하여 근대 사회는, 아이의 성장에 주목하여 그 아이가 어떠한 역정을 통해 당대 사회로 편입되는가를 살피는 문학 장르의 등장을 하나의 문화적 현상으로 지니고 있다.3) 사회라고 하는 존재 기반으로부터 자유로울 수 없는 문학이, 특히나 소설이 그러한 근대 사회의 지향적 일면을 장르적 관습으로 수용하고 있는 것이다. 이러한 맥락을 전제로 할 때 근대 소설 연구에서 아이들을 주인공으로 하여 그들의 시선과 의식에 주목한 유년의 서사4)들을 논의하는 것은 나름의 타당성을 지닌다.

사실 근대 사회에서 가정의 의미와 역할이 축소되고 사회의 의미와 역할이 강화된 상황은 유년의 아이들의 성장이 파격적인 갈등을 수반할 수밖에 없는 상황임을 의미한다. 미력한 존재에 불과한 아이들이 근거할 최초의 생존의 울타리는 가정일 수밖에 없다. 그런데 사회가 법과 제도의 틀을 통해 가정을 구속하고 지휘함으로써 궁극적으로 아이들은 가치론적인 측면에서 가정의 울타리를 넘어 사회를 지향할 수

---

3) 이를 통해 근대문학에서 성장소설이 하나의 독자적 장르로 자리하게 된 역사적 맥락을 이해할 수 있다.
4) 이는 흔히 언급되는 성장소설의 개념에 근거한 표현으로 이해되어도 좋을 것이다. 다만 본 논문이 아이의 성장 그 자체를 논의하기보다는 성장하는 아이에게 직·간접적으로 영향을 미치는 아비와 어미에 대해 논의하는 까닭에 성장의 문제를 간접화시키고자 유년의 서사라는 표현을 사용하였다.

밖에 없게 된다. 그것은 결국 가정 내의 지배자로 자리하는 아버지를 극복 내지 배반 하는 문제로 이어진다. 프로이드가 언급한 부친살해의 욕망5)은 이러한 근대 사회의 이면적 질서와 무관치 않은 것이다. 그렇다면 아이는 어떠한 명목으로 아버지를 넘어서는 것일까. 그것은 앞의 논의에서 시사되듯이, 아버지의 미력함에 근거한다. 아버지는 이미 사회와의 역학 관계에서 스스로를 떠받칠 권위를 상실한 존재이다. 자존의 권위를 상실한 아버지는 어느 누구도 지켜 주지 못한다. 자신의 육친 아이조차도 지켜 주지 못할 뿐 아니라, 더하여 자기 자신조차 지키지 못한다. 그는 자신의 마지막 영역인 가정으로부터 배제되고 축출되는 수모를 감당해야 한다. 그러한 상황에서 아이는 아버지의 미력함에 근거하여 아버지로부터의 분리를 감행한다. 결국 근대 사회에서 아버지는 대단히 모순적인 존재이다. 아이에게 일차적으로는 지향의 대상이면서 궁극적으로는 극복의 대상인, 역설적 위상을 보이는 까닭이다.6)

그렇다면 가정에서 아버지와 대칭축을 이루는 어머니의 위상은 어떠할까. 결과적으로 어머니는 아버지의 미력함을 입증하는 또 다른 존재일 뿐이다. 자력으로 스스로의 생존을 모색한 역사를 지니지 못한 어머니에게는 가정 내에서 아버지가 보여 주는 미력함의 위상을 대체하거나 보완할 힘이 근원적으로 부재한다. 아버지의 미력함을 대체하거나 보완하려는 어머니의 일련의 행위들은 언제나 아이들에게 지독한 허기와 감당하기 버거운 짐을 안겨줄 뿐이다. 하여 어머니는 일차적으로 아이들의 지향의 대상으로 자리하지만, 이내 분리의 대상으로

---

5) S. 프로이트, 「토템과 터부」, 『종교의 기원』(이윤기 역), 열린책들, 2003, 213~221
　쪽 참조.
6) 김윤식, 「부성 원리의 형식」, 『김윤식 선집 2·소설사』, 솔, 1996, 456~458쪽 참조.

의미 전환을 겪는다. 어머니는 충일의 존재이기보다는 결핍의 존재인 까닭이다. 생산적이기보다는 소비적인 방식으로 양식을 공급하는 어머니, 독자적인 생존을 모색하기보다는 의탁과 의존의 방식으로 삶을 꾸려가는 어머니, 그녀들은 결국 자족적 생산의 풍요로움을 상실한, 불모의 어머니인 것이다. 근대 사회에서 축출된 가부장의 그늘을 덧입지 못한 어머니는 역사적 유전 속에서 생산과 풍요라고 하는, 신화적 원형성조차 감당치 못하는 결핍의 존재로 드러나는 것이다.

김원일의 「어둠의 혼」과 윤흥길의 「양」은[7] 위와 같은 문제의식을 분명하게 입증해 주는 작품들이다.[8] 근대사의 흐름이 파란을 이루며 격랑을 일으키던 해방 이후 혹은 육이오 동란의 시기를 시간적 배경으로 삼아 그러한 파란과 격랑의 와중에서 성장하고 있는 아이들의

---

7) 김원일이나 윤흥길 모두 유년의 서사들을 자신들의 작품 세계의 한 갈래로 형성하고 있는 작가들이다. 본 논문이 논의 대상으로 삼고 있는 이상의 두 작품들 역시 그와 같은 관점으로 분류 가능한 작품들이다. 따라서 이들 작품들에 대한 기존 논의들 또한 성장의 관점을 취하고 있다. 그러나 그들 논의들이 대개가 단편적인 언급에 그치고 있어 개별 작품 자체의 전체적인 의미를 수렴해 내는 데에는 한계가 있다. 성장에 따르는 다층적인 곡절들과 그 안에 내재된 의미들에 대한 조망이 충분치 못한 것이다. 성장의 여정에서 주요 관건으로 자리하는 아비·어미에 대한 본 논문의 논의가 그와 같은 한계를 보완하는데 기여할 수 있을 것이다.
   김 현, 「생활과 비밀」, 『윤흥길』(오생근 외), 은애, 1979, 50~56쪽 ; 홍기삼, 「이데올로기의 민족적 해체」, 『윤흥길』(오생근 외), 은애, 1979, 82~88쪽 ; 오생근, 「개인과 사회의 역학」, 『윤흥길』(오생근 외), 은애, 1979, 112~114쪽 ; 권오룡, 「개인의 성장과 역사의 공동체화」, 『김원일 깊이 읽기』(권오룡 엮음), 문학과지성사, 2002, 81~91쪽 ; 오생근, 「분단 문학의 확장과 현실 인식의 심화」, 『김원일 깊이 읽기』(권오룡 엮음), 문학과지성사, 2002, 102~106쪽 ; 하응백, 「장자(長子)의 소설, 소설의 장자(長者)」, 『김원일 깊이 읽기』(권오룡 엮음), 문학과지성사, 2002, 130~139쪽.
8) 본 논문이 분석 대상으로 삼은 텍스트는 다음과 같다. 인용할 경우 인용문 뒤에 해당 지면만 밝힐 것이다.
   김원일, 「어둠의 혼」, 『어둠의 혼』(김원일 중·단편전집 1), 문이당, 1997 ; 윤흥길, 「양」, 『현대문학』, 1974. 1.

의식을 다루고 있는 이들 작품들은, 지극히도 교조적인 선택과 배제의 논리로 기존의 권위를 축출하고 새로운 권위를 옹립하고자 했던 당대의 흐름 속에서 기존의 권위의 상징체인 아버지가 몰락하고 어머니가 무력한 한계점을 드러내는 모습을 뚜렷하게 보여 준다. 지향적 역할 모델로 자리하기보다는 극복과 분리의 대상으로 자리하는 아비·어미의 이미지를 보여 주고 있는 것이다.9) 따라서 본 논문은 이들 작품들을 대상으로 작품에서 형상화된 아비·어미의 이미지를 보다 구체적인 맥락 속에서 살펴보면서, 근대 사회에서 드러나는 가족과 성장의 문화사의 일단을 조망해 보고자 한다.10)

---

9) 사적 세계와 공적 세계의 분리, 그리고 그러한 분리를 전제한 사적 세계의 의미 축소 문제는 근대가 가지는 기본적인 속성이다. 따라서 근대에서 아버지 거부는 공적 세계와 사적 세계의 분리에 대한 동의와 더불어 사적 세계에 대한 의미 축소를 뜻한다. 이는 역으로 공적 세계에 대한 권위를 인정하는 것이고 더 큰 아버지를 지향하는 것으로 설명될 수도 있다. 그렇다면 결국 아비 부정을 통한 사적 세계에 대한 거부는 피 내지는 혈연에 대한 거부이며 공적 세계에 대한 지향은 이성과 합리 내지는 법과 계약 혹은 제도에 대한 지향을 뜻한다. 이는 주관성에 대한 지향을 떠나 객관성에 대한 지향에 나서는 것인데, 그러나 이 객관성을 통제하는 보이지 않는 자의성은 또 다른 중심성을 조장함으로써 근대가 비판받을 수밖에 없는, 근대의 근원적 한계로 자리하면서 탈근대로의 지향을 야기한다. 따라서 아들의 근대에 대한 지향은 중심성의 전환일 뿐이라는 한계를 가지기도 한다. 그러나 본 논문은 역사가 가지는 과정성을 의식하면서 근대의 아비 부정의 논의를 전개하고자 한다.

10) 해방에서 6·25 동란에 이르는 동안, 그리고 그 이후의 오랜 동안 한국 근대사는 다른 어느 국면보다도 이념적 국면이 앞서 주도하는 시기를 거친다. 자국의 역사적 맥락을 통한 귀납적 귀결보다는 공시적인 세계사의 역학에 의한 연역적 선택 상황에 직면하게 됨으로써 과도한 이념적 공세가 형성된 것이다. 그것은 냉철하고 합리적인 합의를 전제하기보다는 강압적이고 폭력적인 방식을 구사함으로써 자유와 평등 그리고 그것에 기반한 개인의 존엄이라는, 근대 사회의 기본 이념들조차 외면하는 역사적 오류를 낳는다. 그리하여 6·25 동란을 전후한 한국 근대사 속의 아버지들은 강압적인 이념에 의해 무력화된 개인이라는 위상을 전제한다. 그런데 그러한 위상은 결국 논리적으로 공적 세계와 사적 세계의 분리와, 그를 통한 사적 세계의 가치 절하라고 하는 근대적 속성과 맞닿는다. 그리하여 한국 근대사의 특수성에 기반한 아버지의 논의 역시 근대의 보편적 속성에 기반한

2. 죄인이 된 아비들, 하여 부정된 아비들

필리프 쥘리앵은 20세기 들어 '아버지'는 사회적으로 몰락했다[11]고 선언한다. 원래 아버지는 한 여자의 남편이 아니라 지배자(ma tre), 즉 국가를 이끄는 사람을 지칭했다. 아버지는 법이며 신이었던 것이다. 그리하여 아버지란 처음에는 정치적·종교적 아버지였으며 가족적 의미의 아버지는 오히려 그것에서 파생된 개념이었다. 그런데 근대 시민 사회에 들어서면서 아버지의 권위는 정치적·종교적 영역에서의 위엄을 상실한 채 19세기 부르주아의 이상에 따라 운영되는 가족에 대한 권리로 축소된다. 즉 '아버지라는 존재'의 의미 영역이 공적−사회적 존재에서 사적−사회적 존재로 제한된 것이다.[12] 이는 아버지를 살해하고 형제애에 기반한, 그리하여 계약에 근거한 근대 사회가 법률적 제약을 통해 국가적 개입을 강화함으로써 아버지의 권위를 약화시켰다는 린 헌트의 논의와도 상통한다.[13]

우리의 역사 속에서 근대적 아버지의 위상 역시 이상에서의 논의와 같은 약화 일로의 흐름을 보이는 것이 사실이다. 거기에 더하여 우리의 근대사 속에서 역사적 특수성으로 자리하는 식민지 피지배와 민족 분단의 경험이 아버지의 권위를 보다 더 약화시키는, 가속적 요인으로 작용함으로써 아버지의 권위는 배제와 축출의 지경에까지 이른다. 해

아버지의 논의로 환원하여 전개할 수 있다. 뿐만 아니라 본 논문이 논의 대상으로 삼고 있는 김원일의 「어둠의 혼」과 윤흥길의 「양」과 같이 아이의 시선에 기대어 아버지를 바라볼 경우 아버지의 근대적 위상의 속성은 그렇게 차별적으로, 정밀하게 의식되지 않는 것도 사실이다. (이재선, 『현대한국소설사 1945−1990』, 민음사, 1991, 95쪽 참조)

11) 필리프 쥘리앵, 앞의 책, 48쪽.
12) 위의 책, 50~55쪽 참조.
13) 린 헌트, 앞의 책, 98~101쪽 참조.

방 이후 자유와 평등이라는 근대적 이념에 앞서 민족주의와 사회주의라는 이념적 대립이 우선하면서 사회적·국가적 이념의 강고성이 개인적 존엄을 넘어서는 체제 속에서 이미 개인화된 아버지의 권위조차 무력화되는 역사적 경험을 지니게 된 것이다. 해방 후 좌익 활동에 나섰다가 결국 죽임당하는, 김원일의 「어둠의 혼」의 아버지나, 전쟁통에 양민증을 잃어버렸다는 이유로 전선의 노무자로 끌려가는, 윤흥길의 「양」의 아버지가 모두 그를 입증하는 존재들이다. 그들은 민족주의라는 이념이 제도화된 현실 속에서, 그리고 그것이 모든 구성원을 강제하는 상황 속에서, 그러한 제도적 강제에 조응하지 못함으로써 아버지로서의, 즉 한 가정의 가부장으로서의 책임을 감당하지 못하여 결국에는 가족들의 삶을 피폐하게 하고, 그 자신 또한 사회로부터 배제되고 축출되는, 패자의 면모를 여실히 보여 주는 것이다.

애초에 두 작품에서 두 아버지들이 보여 주는 개별적 위상은 나름대로 차별적이다. 김원일의 「어둠의 혼」에서 갑해의 아버지는 사회적 변혁을 꿈꾸는, 대단히 이상주의적인 면모를 지닌 인물로 제시된다. 그는 식민지 시절에 일본 유학까지 다녀왔으며, 마을 사람들로부터도 "똑똑한 사람"으로 인정을 받는다. 그러한 그는 해방을 전후해서 좌익 활동에 나서면서 스스로가 지향하는 세상을 현실화시키고자 동분서주하며 살아간다. 그 때문에 가족들은 고통스럽고 곤궁한 처지에서 살아가지만 그 자신은 분명 이상을 꿈꾸며 살아가는 인물이다. 이에 반해 윤흥길의 「양」에 등장하는 '나'의 아버지는 작품 문면에 제시된 대로 "돈도 없고 빽도 없고, 없는 돈빽만큼이나 재수도 없는" 초라한 일상인이다. 오랜 동안 별다른 사고 없이 근무해온 직장에서 "납득할만한 이유도 없이 감원대상"에 올라 쫓겨나고, 홧김에 술을 마시고 양민증을 빼앗겨도 아무런 대응도 하지 못하는, 미력한 일상인으로 등장하는 것이다. 그런데 애초의 그러한 차별적인 위상과는 달리 두 아버지가 결과적으로 맞이하게 되는 위상의 수위는 동일하다. 갑해의 아버지는 순경에게 붙잡혀 총살당하고, '나'의 아버지는 돌아올 기약 없이 전선의 노무자로 끌려감으로써 두 아버지 모두 무력한 가부장의 위상을 증명하기는 마찬가지인 것이다.

아버지들을 그토록 무력하게 만든 것은 근대 사회에서의 제도화된 법의 위력이다. 그 결과로 스스로 법이었고 권위였던 아버지들이 또 다른 상위적인 법과 권위에 의해 지배당하는, 역전의 현상이 빚어지게 된 것이다. 「어둠의 혼」에서 갑해의 아버지가 "무슨 법"을 피해 다닌다는 아래의 인용문은 제도화된 법의 위력을 실감하게 한다.

> 몇 해 전, 해방되던 날만도 아버지는 읍내 사람들과 함께 장터마당에서 독립만세를 불렀다. 여름 한낮, 태극기 흔들며 기세껏 독립만세를 불렀다. 재작년 겨울에 무슨 법(강조 – 인용자)이 만들어지고부터 아버지는 갑자기 집에서는 물론, 읍내에서 사라졌다. 사람을 피해 숨어 다니기 시작했다. 밤중에 살짝 나타났고, 얼굴을 보였다간 들킬세라 금방 사라졌다. 아버지가 무슨 일을 맡아 그러고 다니는지 어머니도 잘 모른다. 장터마당 주위 사람들이 아버지를 두고 좌익질한다며 쑤군거렸고, 순경이 자주 우리집을 들랑거렸지만, 재작년 겨울부터 누구도 아버지를 봤다는 사람이 없었다.
>
> (214〜215쪽)

위 인용문은 어린 갑해의 시선에 의해 포착됨으로써 무슨 법인지, 그 실체조차 분명하지 않은 법이, 그저 법이라는 분명한 사실 하나만으로 아버지라고 하는 가부장적 존재를 무력화시키고 있음을 보여 준다. "무슨 법"이 만들어지고서부터 자신의 존재를 숨기기에 급급한 아버지의 모습에서 제도화된 법의 위력이 시사되는 것이다. 윤흥길의 「양」에서의 아버지 역시 제도화된 법에 의해 규제당하는 모습을 보인다.

'나'의 아버지가 양민증을 빼앗기고, 검문을 받고, 그 검문에서 양민증이 없다는 이유로 전선의 노무자로 끌고 갈 사람들을 모아 놓은 수용소에 갇히고, 그러다가 결국 전선으로 끌려가는, 일련의 사건들은 '나'의 아버지가 제도화된 법적 질서에 의해 제재당하고 있음을 보여 준다. 결국 법의 격을 지니던 아버지들이 어느덧 근대 사회에서 죄인의 몸이 되어 사회로부터 배제되고 혹은 규제당하는 존재로 전락해 버린 것이다.

이처럼 아버지들은 사회로부터 배제되고 규제당함으로써 자신들의 가정 내에서 가부장으로서의 역할과 책임을 다하지 못한다. 그들의 사회적 열패가 그들을 가정에서 분리시키고 단절시킴으로써 결과적으로는 그들을 가정에서 부재하는 존재로 만들어 버린 까닭이다. 그 결과 그들의 가족들은 가부장이 부재하는 현실에 처하게 됨으로써 지독한 고통과 곤궁의 상황으로 내몰리게 된다. 그리고 그 고통과 곤궁의 상황은 일차적으로 아이들의 배고픔으로 환치되어 드러난다. 「어둠의 혼」에서 갑해는 가난과 굶주림 속에서 늘 배가 고프다는 의식에 사로잡혀 지낸다. 그는 굶주림으로 인해 죽음을 의식하기도 한다. 그래서 갑해는 아버지가 붙잡힌 날조차 자신의 배가 고프다는 사실을 더 절박하게 의식한다.

아버지가 드디어 잡혔다는 소문이 읍내 장터마당 주위에 퍼졌다. (…중략…) 경찰을 피해 문득 나타났다, 잽싸게 사라져버리는 아버지의 요술도 이제 끝났다. 그 요술의 뜻을 내가 미처 깨치기 전에 아버지가 돌아가신다는 게 슬플 뿐, 나는 당장 해결해야 할 절박한 괴로움에 떤다. 배가 지독히 고프다.

(213~214쪽)

작품 도입부에 해당되는 위 인용문 이후의 상황에서도 갑해의 의식은 배가 고프다는 사실에 모아진다. 붙잡힌 아버지가 오늘밤 안으로 처형될 것이라는 소문에도 갑해는 보리쌀 됫박을 들고 나간 어머니를 간절히 기다릴 뿐이다. 아니 기다리다 못해 마침내 그 어머니를 찾아 나서기까지 한다. 그러나 갑해는 아버지가 지서에 붙잡혀 있다는 사실을 명확히 알고 있음에도 아버지를 찾아 나서지는 않는다. 물론 갑해는 "두렵긴 하지만 지서로 가보고 싶다."라는 생각을 하기는 한다. 그러나 거기에는 "배만 고프지 않다면"이라는 단서가 붙는다. 자신의 배고픔 앞에서 아버지의 위기는 그다지 절박한 현실이 아닌 것이다. 결국 갑해는 배가 고프다는 이유로 뻔히 알고 있는, 아버지가 계시는 지서를 향하지 않고 어디에 있는지도 불확실한, 그러나 분명 양식을 구하러 간 어머니를 찾아나선다. 어머니가 찾아가셨을 것으로 짐작되는, 장터에서 주막을 열고 있는 이모집을 향해 길을 나서는 것이다. 갑해가 실제로 아버지가 계시는 지서로 향한 것은 이모집에서 국밥 한 그릇을 배불리 먹고 난, 즉 자신의 고픈 배를 채우고 난 이후의 일이다.

「양」에서도 역시 아이들은 지독함 배고픔에 허덕인다. '나'의 어린 동생들인 윤석이와 성자는 수용소에서 혹여 돌아오실까 하는 일말의 기대로 아버지를 위해 남겨 놓은 잡곡밥 한 그릇을 순식간에 먹어치워 버린다. 수용소에 있는 아버지는 아침도 점심도 저녁도 쌀밥을 먹을 거라며 조잘대는 그들의 모습에서 아버지에 대한 염려는 찾아 볼 수 없다. 그리고 그러한 모습, 즉 지금 당장 자신들이 처한 배고픔의 상황에 급급해 하는 모습은, 동생들보다는 더 나이를 먹어 상황을 조금 더 잘 의식하고 있고, 그렇기 때문에 그 상황에 맞게 조금 더 의젓하게 행동할 줄 아는 '나'에게서도 발견된다. 낡은 고리짝에 남겨져 있던 마지막 옷을 팔아 마련한 사식을 아버지에게 전하기 위해 길을 나선 '나'가 도중에, "짐치쪼가리 하나라도 손대는 날이면 입주딩이를 짝짝 찢어놀라니께 그리 알어라."라고 말하던 어머니의 으름장을 환기하면서도 결국 그 음식들에 손을 대고 마는 사건은 그를 단적으로 증명한다. "면돗날로 도려내는 것같은 공복감"이 '나'를 무의식적 상황으로까지 몰고 간 것이다.

> 처음에는 그저 무엇무엇이 들었는가만 확인해보고 도로 덮어둘 작정이었다. 그리고 맛보기로 조금 뗀 달걀부침의 둥근 갓 이상은 절대로 축내지 않을 작정이었다. 내 책임이 아니었다. 밥은 더욱 그랬다. 사발 위로 수북이 솟은 부분만 한 꺼풀 걷어낸 다음 입을 씻으려 했다. 그런데 본래대로 감쪽같이 수습해놓으려던 게 어느새 절반 가량이나 빈 자리가 생겨 버렸다. 결코 내 책임이 아니었다. 육미붙이나 누름적들의 맛이 무우짠지 따위와 같을 수는 없었다. 더구나 우리의 주식이 되다시피한 지게미죽과 밀기울개떡, 그리고 때로는 그것도 궁해서 뚝새풀 이삭을 빻아 뜬 수제비들이 감히 혀끝에서 기름처럼 녹는 햅쌀밥과 비교될 수는 없었다.
>
> (131~132쪽)

물론 '나'는 "달걀부침을 담았던 빈 접시"를 보고서 자신이 저지른 일의 난감함의 무게를 의식하고 당황스러워 하지만 그것은 공복감을 해결한 이후의 판단일 뿐, 배고픔의 현실 앞에서는 '나'가 집안에서 보여 주는 상대적인 어른스러움조차도[14] 아무런 역할을 하지 못했다. 하

---

14) 작품에서 '나' 스스로가, "굶고 주려 언제나 비리비리한 형제들 중에서 산송장이나 매한가지인 막내를 업을만한 기력을 가진 건 그래도 나 혼자였다. 더구나 그 일을 감당할 사람이 우리 집안에 더는 없다는 사실을 자각할 줄 아는 유일한 인물 또한 나였다."라고 서술하고 있다. (127쪽) 그러나 이러한 서술의 내용과는 달리 '나'가 홍역을 앓고 있는 막내 윤봉이를 두고 "그 웬수녀르것 아직도 안 뒈졌다냐?"라고 외쳐대곤 하는 어머니의 발화를 액면 그대로 받아들이고 어머니의 그 이면의 심리를 올바르게 인식하지 못 하는 것에서는 '나'의 유아성을 확인할 수 있다. 따라서 이러한 사실들에 비추어 볼 때 '나'의 어른스러움이란 '나'의 의식에 근거한 상대적인 면모일 뿐이다.

여 '나'는 공복감 앞에서 아버지의 권위나 그에 대한 존중 의식을 망연히 잃어 버렸던 것이다. '나'의 이러한 무의식적 행위들은 '나'에게 있어 배고픔이 얼마나 절박한 현실인가를 확인시켜 준다. 결국 아버지들이 가부장으로서의 무력함을 드러냄으로써 아이들은 배고픔이라는 절대 곤궁의 상황으로 내몰리게 되고, 그러한 절대 곤궁의 상황에서 아이들은 아버지의 권위에 대한 존중의 의식을 놓아 버리는 것이다. 그 결과 아버지들은 가정 내에서조차 배제되는 수모를 겪게 된다.

이상의 논의에서 확인할 수 있듯이 아이들에게 아버지들은 이미, 자신들의 배고픔조차 견디며 지향해야 할 '그 무엇'의 존재가 아니었다. 아이들에게 아버지들은 자신들의 가장 기본적인 생존의 문제인 배고픔조차 해결해 주지 못하는 무력한 존재였던 까닭이다. 그렇기에 아이들은 아버지의 권위를 혹은 아버지에 대한 존중 의식을 쉽게 놓아 버릴 수 있었던 것이다. 이는 결국 무력한 아버지들이 아이들에게 부정당하는 것으로 지극히 비도덕적인 현상인 듯하지만, 아이들이 뒤늦게나마 아버지들을 찾아갔을 때, 아버지들 스스로가 아이들에게 자신들의 사회적 열패의 모습을 뚜렷하게 입증함으로써 아이들이 아버지를 부정하는 행위에 당위성을 제공한다. 사회와의 합의 속에서 스스로의 존립 기반을 마련해 가야 하는 근대적 아이들에게 사회적 열패자로서의 아버지 모습은 결코 지향의 대상일 수 없는 것이기에 아이들의 아버지 부정은 정당성을 확보하게 된다.

「어둠의 혼」에서 이모의 주막집에서 배를 채운 갑해가 이모의 권고대로 지서로 가 부딪친 아버지는 피칠갑을 한 채 가마니로 뒤덮여져 있었다. 집안을 쑥대밭으로 만든 아버지를 두고 자신이 과거에 느꼈던 증오와 연민의 감정을 환기하며, 그래도 지서 주임과 가까운 사이인 이모부님의 힘을 의지하며 일말의 무의식적 기대로 찾아간 지서에서

갑해가 부딪친 것은 피멍이 든 채 너부러져 있는 아버지의 시신이었
던 것이다.

> 이모부님이 내 손을 놓더니 가마니를 뒤집는다. 나는 달빛 아래 희미하
> 게 드러난 아버지 얼굴을 본다. 아버지 얼굴은 피칠갑을 한 채 찌그러졌다.
> 눈을 부릅떴다. 턱은 부었고, 입은 커다랗게 벌어졌다. 아버지가 저렇게 변
> 해버렸다는 걸 나는 믿을 수 없다. 아버지가 아닌, 다른 사람만 같다. 낡은
> 검정색 국민복 단추가 풀어진 사이로 보이는 아버지 가슴은 내 어릴 적, 그
> 무릎에 앉아 재롱을 떨던 가슴이다. 이제 아버지 가슴은 그 두려운 보라색
> 으로 변하고 말았다. 두 팔과 다리는 아무렇게 내던져졌다.

(235~236쪽)

패배자의 형상으로 아무렇게나 내던져진 아버지의 주검에 직면한
아들은 아버지의 죽음이 안겨 주는 서러움과 두려움을 뿌리치듯 멀리
로 내닫는다. 아들에게 아버지는 여전히 "강 건너 키 큰 미루나무"와
같은, 다가갈 수 없는 존재일 뿐이고, 그러한 아버지의 삶은 너무 어려
운, 알 수 없는 수수께끼일 뿐이다. 더하여 그것들은 갑해가 발딛고 서
있는 현실과는 무관한 것들일 뿐이다. 하여 갑해는 아버지의 죽음의
상황에서 "나는 이제 집안을 떠맡은 기둥으로 힘차게 버티어나가지
않으면 안된다."라는 결심을 할 뿐이다. 아버지가 돌보지 않았던 그 집
안을 힘차게 떠안기로 다짐할 뿐인 것이다. 이러한 갑해의 다짐은 자
신의 위상을 아버지의 삶의 양식에 반하는, 가족 내적 존재로 제한하
는 것을 의미한다. 즉 아버지가 보여준 반사회적 모습에 대한 분명한
거리 두기를 의미하는 것이다.[15] 이는 갑해가 이모부님의 죽음을 핑계

---

15) 갑해가 자신의 위상을 가족 내적 존재로 제한한 것은 그가 근대 이전의 가부장
　　적 권위를 지향한 것이 아니라, 제도적 틀을 벗어남으로써 가족의 삶을 피폐한
　　상황으로 몰아갔던 아버지를 부정하고 그러한 아버지로부터 거리 두기를 지향한

로 끝내 아버지의 죽음이 가지는 의미를 거부하는 것[16]에서도 확인된다. 그것은 아들로서 아버지의 삶을 거부하는 것이고 아버지를 부정하는 것이다. 아버지는 사회적 계약을 위반하여 사회로부터 배제되고 축출된 열패자요, 그로 인해 가족 부양의 책임을 감당하지 못한 무능자였던 까닭이다. 아들에 의한 아버지의 부정, 거기에는 법으로서 자리했던 아버지의 위상을 찬탈한 근대 사회의 위력이 자리하고 있는 것이다.

「양」에서도 아들 앞에서 아버지가 사회적 열패자로서의 모습들 드러내기는 마찬가지이다.

> 마지막 한 모금을 길게 빨아들인 다음 아버지는 잡을 자리도 없게 짧아진 꽁초를 땅에 던졌다. 흘러내리는 바지춤을 붙잡고 어기적 걸음으로 멀어져가는 아버지의 뒷모습을 보자니까 자꾸 눈물이 쏟아지려 했다. 어떤 보이지 않는 커다란 손이 우리집을 보호하고 있어 다른 사람 다 노무자로 끌려가도 우리 아버지만은 요행수로 빠질 거라는 여태까지의 막연한 믿음이 여지없이 무너지는 순간이었다.
>
> (134쪽)

아버지에게 차입할 사식을 두고 칼날같은 공복감과의 씨름을 거친 후 찾아간 수용소에서 '나'가 만난 아버지의 초상은 참으로 허름한 것

것으로 이해해야 한다.

16) 작품 말미에서 갑해는 "아버지가 돌아가신 그해 초여름, 이 땅에 전쟁이 났다. 이모부님은 남쪽과 북쪽이 싸운 그 전쟁이 지금의 휴전선 부근에서 밀고 당길 이듬해 가을, 갑자기 별세하셨다. 나는 성년이 된 뒤까지 이모부님이 왜 그때 아버지 시신을 내게 확인시켜 주었는지에 대해 여쭈어볼 기회를 놓치고 말았다."라고 회고하고 있다. (237쪽) 여기서 마지막 문장에 주목해 보면 갑해가 이모부님의 별세를 핑계삼아 아버지의 죽음을 자신의 인생에서 의미화시키지 않고 있음을 확인할 수 있다. 이는 갑해의 아버지 부정의 심리가 우회적으로 제시되고 있는 것이다.

이었다. 까칠한 수염에 추저분한 옷차림을 한, 거기다 도망에 대한 염려로 허리띠조차 빼앗겨 늘 괴춤을 부여잡아야 하는 헐렁한 바지를 입은, 더욱이 아들이 자신의 마음을 눈치채고 헌병이 피우다 버린 담배꽁초를 집어주자 못이기는 척 받아 피우는, 그러한 아버지의 모습에서 '나'가 가부장으로서의 위엄과 권위를 찾기란 불가능한 것이었다. 아버지는 그저 상위의 권력에 억압된, 그리고 그 상황에서 한 치도 벗어날 수 없는 수용자일 뿐이었다. 그래서 몰락한 아버지의 뒷모습을 바라보는 '나'의 시선에는 오히려 연민의 눈물이 차오르는 것이다.

그러나 '나'의 그러한 연민의 눈물의 틈새를 뚫고 아버지에 대한 부정의 의식이 솟는다. '나'는 이미 세상의 이치를 꿰뚫고 있었다. "수복이 되어 인민군이 쫓겨 가고, 쫓겨난 그 자리의 공백을 메운 경찰이 기능을 되찾아 완전히 치안을 확보하기까지" 겪어야 했던 "격심한 북새" 속에서 "스스로 제 앞자락을 조심할 줄을 알"아야 한다는 사실을 알고 있었던 '나'였던 것이다. 즉 '나'는 제도화된 사회적 권력의 막강한 위력을 알고 있었던 것이다. 그러하기에 '나'가 아버지의 허름한 초상의 무력함을 직관하기란 그리 어려운 일이 아니었다. 하여 '나'의 아버지 부정의 의식이 전개되는 것인데, 그것은 작품에서 좀 더 교묘한 방식으로 치환되어 나타난다. '나'는 아버지의 현실적인 몰락을 사람 구실을 못하는 막내 윤봉이의 탓이라고 생각한다. "우리 집안의 불행은 죄다 윤봉이 녀석이 악마하고 손을 잡은 데서 비롯되는 재앙"이라고 생각하는 것이다. 그리고 윤봉이가 홍역을 앓자 동생의 죽음을 염원하는 것으로 심리적 보복을 가한다. 그런데 작품에서 윤봉이는 시대적인 희생양으로서 의미를 가지면서,[17] 동시에 아버지를 대리하는 존

---

17) 이는 어눌한 발음으로 인민군가를 불러대는 윤봉이의 희화적 행위들을 방패삼아 자신들의 안전을 도모하고자 하는 마을 사람들의 모습에서 확인된다. "윤봉이는

재로서 의미를 갖는다.18) 이는 논리적으로 '나'의 아버지 역시 시대적
인 희생양으로서 의미를 가지면서 동시에 아들에 의해 죽음이 염원되
는 존재임을 의미한다.19) 이처럼 '나' 역시 비록 간접화된 방식이기는
하나 아버지를 부정하는 아들인 것이다. 물론 여기에도 그 나름의 정
당성이 부여된다. 원칙주의적일 뿐 세상의 흐름에는 둔감한 아비의 현
실적 무능력과 아직은 미성숙한 아이이지만 그래도 세상 속에서의 처
세의 방식을 직관하는 아들의 영악함이 대비되는 가운데 사회와의 합
일을 지향하는 근대 사회의 속성이 아들에게 나름의 무게를 부여하는
까닭이다. 근대의 아버지들, 그들은 분명 친제도적인 근대적 속성을
지향하는 아들들에 의해 부정당하고 버림받는 존재들이다.

3. 결핍을 낳는 불모의 어미들, 지향에서 분리로

일상 속에서 관념적으로 의식되는 어머니는 영원한 본향이며, 자아
와의 관계 속에서 대립이나 갈등이 자리할 여지가 없는 절대 평화와
안식의 세계이다. 더하여 어머니는 풍요로운 생산의 터전으로 의식되

(곡마단의 – 인용자 주)한 마리의 곰이었다. 곰이 되어가는 윤봉이를 슬퍼하는 사
람은 아버지 혼자였다. 아버지는 슬픔을 넘어 분개하고 있었다. 동네사람들의 극
성 뒤에 감추어진 불순한 저의를 개탄하고 있었다. 철부지 어린애를 방패막이로
삼아 자기네들이 인민군을 환영하고 공산당에 적극 동조한다는 사실을 은근히
드러내는 데 이용하려 한다는 것이었다." (129쪽)

18) 직장에서 쫓겨나고 전선의 노무자로 끌려가게 된 일련의 상황 속에서 아버지가
시대적 희생자임은 자명하게 드러난다. 그런데 '나'가 그러한 아버지의 상황을,
시대적 희생자로서 의미를 갖는 윤봉이의 탓으로 돌리는 것에서 윤봉이와 아버
지의 상동적 관련성이 시사되는 것이다.

19) 작품에서 아버지가 일선으로 떠나는 기차에 오른 날 윤봉이 죽음을 맞이하는 것
은 이러한 의미를 더욱 뒷받침한다.

기도 한다. 그러나 그러한 관념들이 어머니가 가지는 원형적인 상징적 의미라 할지라도, 아버지가 부재하는, 더 나아가 아들에 의해 아버지가 부정당하는 근대 사회에서 현실적인 의미를 확보하는 것은 아니다. 근대적 어머니 역시 근대적 아버지의 위기로부터 자유롭지 못한 까닭이다.

가정 내에서 아버지들의 부재가 현실화되면서 어머니들은 아버지의 빈자리까지 감당해야 하는 새로운 짐을 짊어지게 된다. 그런데 문제는 그러한 어머니들이 자력적인 존재들이지 못하다는 사실이다. 그녀들은 자신들의 힘으로 자신들의 가정을 이끌지 못한다. 스스로 가정의 중심으로 서지 못하고 남편 혹은 또 다른 삼자를 지향하는, 의존적이며 주변적인 존재로 자신들의 위치를 제한한다. 그리하여 어머니들은 아버지가 부재하는 상황에서 아버지의 진정한 대리자로 거듭나지 못하는 것이다. 또한 그녀들은 어머니로서의 위상도 온전히 지켜내지 못한다. 아버지의 부재로 허기진 아이들의 배고픔을 달래줄 '수유자'[20] 로서의, 어머니로서의 기본적인 역할조차 감당하지 못하는 것이다. 그녀들은 '수유자'로서의 어머니의 역할이 가부장의 그늘 안에서만 가능한 것임을 입증함으로써 오히려 어머니의 위상의 한계성을 드러낼 뿐이다. 그리하여 결국 그녀들은 결핍을 낳는, 불모의 존재들로 자신들의 위상을 제한한다.

「어둠의 혼」에서 갑해의 어머니는 분명 아버지의 대리자로 등장한다. 이는 갑해의 아버지가 도망다니는 신세가 된 후 그녀가 남편을 대신하여 순경의 감시의 표적이 된 채 수시로 아버지를 대신하여 지서

---

20) 아이에게 젖을 줄 수 있는 유일한 존재가 어머니이다. 따라서 수유는 어머니의 본원적 역할일 수 있다. 이러한 맥락에 근거하여 '수유' 혹은 '수유자'를 어머니의 역할과 관련한 상징적 의미로 사용하고자 한다.

로 끌려갔다가 보라색의 "피 멍든 모습"으로 풀려나곤 하는 것으로 드러난다. 따라서 대리자로서의 그녀의 위상은 이미 법의 표상으로서의 권위를 상실한 아버지를 대신하는 것이기에, 그녀에게 상징적 권위를 기대한다는 것은 원천적으로 불가능한 일이다. 그를 입증하듯 그녀는 가부장제 하에서의 아내들이 보여 주는 의존적 위상을 그대로 유지한다. 그녀가 한밤에 남몰래 찾아든 남편을 향해 "그래 임자가 사람 탈을 쓴 인간인교, 아니모 짐생인교. 짐생도 지 식구를 이래 내삐리지는 안할 낌더."라고 목소리를 높이며 남편을 부여잡고자 하는 모습이나, 혹은 언니의 주막을 찾아가 하소연을 늘어놓는 모습이나 모두 그녀의 의존적 위상의 한계를 보여 주는 모습들이다. 그녀를 향해 호되게 내지르는 언니의 충고는 그녀의 의존적 위상의 문제점을 적시하면서 그녀가 나아가야 할 바를 지시한다.

> "(…전략…) 그 미친갱이 서방이사 큰물질 때 떠내려보냈다 치고 악착같이 살 생각은 않고 무신 탄식이 그래 많노. 인자 허리끈 졸라매고 머든지 해바라. 발벗고 나서모 산 입에 금구 치겠나. 니도 함안댁 뽄 좀 바라. 해방되던 해, 호열자로 서방 잃고 판돌이 데불고 얼매나 야무지게 사노 (…하략…)."
>
> (230쪽)

스스로 강한 존재가 되어야 함을 역설하는, 그녀의 언니의 지시에서 역으로 시사되듯이 남편이 부재하는 상황 속에서도 스스로 주체로 서지 못하는 그녀인 까닭에 그녀는 어머니 그 자체로서의 역할도 온전하게 감당하지 못한다. 그것은 아버지의 부재가 야기한 허기를 그녀 역시 감당치 못하는 사실 속에서 확인된다. 앞에서 논의했듯이 아버지 부재의 현실 속에서 아이들은 지독한 배고픔에 허덕이게 되는데, 이를 해결하기 위해 갑해의 어머니는 양식을 꾸는 방식으로 아이들의 배고 픔을 달래 준다. 그리하여 "이집 저집 너무 여러 집에서 양식을 꾸어 다 먹었기에 더 꾸어줄 집도 없"는 지경에 이른다. 위 인용문에서 언 급된 함안댁과는 꾸어다 먹은 보리쌀을 갚지 않은 문제로 싸움까지 벌인 상황이다. 스스로의 생산에 기반하지 못한 까닭에 그녀의 수유는 늘 불안정하고 불충분하다. 따라서 아버지의 부재에서 비롯된 아이들 의 허기는 어머니가 수유하는 상황 속에서도 여전히 지속된다. 역설적 이게 어머니의 수유가 결핍을 낳는 것이다. 이는 부재하는 가부장에 대한 심리적 기대를 떨쳐내지 못하고, 스스로의 생산을 모색하지 못하 는, 갑해 어머니의 의존적 존재로서의 한계를 여실히 보여 준다.[21]

이러한 맥락은 「양」의 경우에서도 예외가 아니다. '나'의 아버지가 수용소에 갇힌 이후 집안에 대한 책임이 어머니에게 놓인 것은 자명 한 일이다. 그러나 어머니의 관심은 가정 내부로, 즉 남아 있는 아이들 로 향하지 못한다. 그녀는 제대로 사람 구실을 하지 못하는, 거기에 더 하여 홍역까지 앓고 있는 막내 윤봉이조차 방치한 채 밖으로의 외출 만을 거듭한다. 아버지를 수용소에서 빼내올 방법을 찾기 위해서 아버 지 친구들은 물론, 한때 구호품을 받기 위해 나가다 현재는 나가지 않 고 있는 교회의 장로님을 만나느라 그녀는 분주한 시간을 보낸다. 그 녀의 의식은 여전히 가장인 남편에게로 집중되어 있는 것이다. 이는 그녀의 어머니로서의 의존적 위상을 증명한다. 이러한 상황에서 수유

---

21) 「어둠의 혼」에 등장하는 어머니의 이미지는 김원일의 『마당 깊은 집』에서 등장 하는 어머니와는 사뭇 다르다. 『마당 깊은 집』의 어머니가 아버지가 없는 상황에 도 굴하지 않고 강한 생활력을 바탕으로 아이들을 엄히 길러가는, 억척어멈의 모 습을 보이는 것과는 달리 「어둠의 혼」의 어머니는 이상에서 논의한 바와 같이 가장에 대한 심리적 의존 의식에서 헤어나지 못한 채 소비적이고 미봉적인 방식 으로 아이들을 돌보는, 거칠지만 유약한 모습을 보인다.

자로서의 어머니의 역할 또한 불충분하기는 마찬가지이다. 어머니는 고리짝을 열어 그의 소지품들을 파는 방식으로나마, 즉 생산적인 방식이 아닌, 소비적인 방식으로나마 아이들의 허기를 달래가지만 그 역시 아이들의 지독한 허기를 채우기에는 역부족이다. 그녀의 수유 역시 결핍을 낳을 뿐인 것이다. 그리고 그 결핍은 죽음을 야기하기도 한다. 막내 윤봉의 죽음이 그를 증명한다.[22] 아버지 부재의 상황에서 어머니는 생명의 생산이 아닌, 죽음의 야기라고 하는 극단적 부정성을 드러내기까지 하는 것이다.

그런데 이상의 논의에서 드러난 바와 같이 어머니라는 존재가 지니는 결핍의 한계에도 그녀들은 아이들의 우선적인 지향의 대상으로 자리한다. 그녀들은 그래도 여전히 아이들의 생존의 통로인 까닭이다. 「어둠의 혼」에서 갑해는 아버지가 지서에 잡혀 있다는 소식에도 고픈 배를 움켜쥐고 어머니를 기다린다. 어머니의 수유가 불충분한 것일지라도 그것이 당장의 허기를 끌 수 있는 유일한 통로인 까닭이다. 때문에 갑해는 어머니를 기다리다 못해 직접 어머니를 찾아 길을 나서기까지 하는 것이다. 「양」에서의 '나' 역시 외출에 나선 어머니를 끊임없이 기다린다. 어머니의 귀가 시간이 늦어질 때면 혹여 자신들을 놓아두고 어머니가 도망간 것은 아닐까 하는 염려로 애를 끓이곤 한다. 이는 어머니가, 아버지가 부재하는 상황 속에서 감히 자립을 꿈꿀 수 없는, 미숙한 유년의 '나'에게 유일한 현실적 의지처인 까닭이다. 작품에서 '나'가 어머니를, 자신의 등에 업혀 마지막 생명을 태우고 있는, 자신에게는 분명 무거운 짐인 윤봉이를 내려놓을 수 있는 유일한 구원자

---

22) 윤봉이 홍역에 걸린 사실을 알고도, "한약방에 갈 약값은 고사하고 미움 쑬 쌀 한 주먹 구할 돈도 없는 형편"이었던 까닭에 어머니는 "잠시의 궁리 끝에 민간요법을 택"한다. 윤봉이를 두고 한 어머니의 선택은 냉정한 것이었고 그 결과 윤봉이는 죽음을 맞는 것이다.

로서 의식하면서 그런 어머니의 이른 귀가를 갈망하는 것[23])도 그와 같은 맥락을 전제한 것이다.

그런데 두 작품에서 어머니들은 아이들의 궁극적인 지향점으로까지 형상화되지는 못한다. 결핍을 낳는, 그녀들의 메마른 불모성이 아이들이 그리는 모성의 이미지와 상충되면서 결국 아이들은 어머니로부터의 분리를 경험하는 것이다. 「어둠의 혼」에서 어머니를 찾아 길을 나선 갑해는 무의식적으로 지향하던 새로운 모성을 깨닫게 된다. 함안댁네 집 앞을 지나다가 환기하게 된 함안댁에 대한 친화적 감정이 그것이다.

> 분선이와 나는 함안댁한테 떡을 자주 얻어먹었다. 함안댁은 어머니와 사이가 좋지 않지만 아이들을 좋아했다. 나는 자주, 정 많은 함안댁이 어머니였으면 하고 바라기도 했다. 언젠가, 함안댁을 보고 어머니라고 불러본 꿈도 꾸었다.
>
> (225쪽)

함안댁에 대해 갑해가 친화적 감정을 느끼는 것은 그녀가, 현실적 허기를 방기하는 어머니로부터의 결핍을 떡을 주곤 하는 행위를 통해 대리적으로 충족시켜 주는 "정 많은" 존재이기 때문이다. 함안댁의 그러한 모습은, 갑해가 어머니를 찾아 이모님 주막에 들렀을 때 그를 향해 "이늠의 빌어묵을 자슥아, 집에 처박히 안 있고 머하로 나왔노."라고 거칠게 소리치는 어머니의 모습과는 사뭇 대조되면서, 또 다른 지향의 대상으로 자리하는 것이다.

그런 까닭에 자신을 찾아온 아들에게 연신 알밤을 먹이며 "니 쪼매 있다 집구석에 들오기만 해바라. 뻬가죽을 안 남길 끼다."라고 외치는

---

23) "내가 짊어진 피곤과 고통에서 나를 구해줄 오직 한 사람은 지금 집에 없는 어머니였다. 나는 어머니가 어서 속히 돌아오기를 싹싹 빌었다." (138쪽)

어머니로부터 갑해는 분리의 길을 걷는다. 그것은 어머니는 이모에게서 얻은 양식 자루를 이고 집으로 떠나고, 갑해는 이모가 주는 국밥 한 그릇으로 배를 채우고 아버지를 찾아 떠나는 것으로 그려진다. 그러한 분리가 가능한 것은 갑해가 어머니를 지향하는 궁극적 원인인 배고픔이 꼭이 어머니를 통해서만이 아닌, "술만 마시지 않으면 참 좋은 분"인 이모님을 통해서도 충족 가능한 것이었기 때문이다. 생존의 통로는 굳이 어머니를 통해서만 가능한 것이 아니었던 것이다. 어차피 갑해의 어머니 지향은, 어머니 앞에 놓인 양식 자루를 보자 가슴이 뛰고 "이젠 살았구나."라고 생각하는 갑해의 모습에서 확인되듯 어머니 그 자체이기보다는 어머니로부터 공급되는 "양식"이었던 까닭이다. 갑해가 함안댁에게서 친화적 감정을 느꼈던 주된 원인이 떡을 얻어먹은 것 때문이라는 사실을 환기해 보면 갑해에게서 어머니가 차지하는 위상이 어떠한 것인지는 더욱 분명해진다. 갑해에게서 어머니는 결국 수유자로서의 위상을 지닌 존재일 뿐이다. 따라서 허기를 수유하는 어머니, 하여 결핍을 낳는 어머니는 근원적인 합일의 위상으로부터 밀려날 수밖에 없다.[24]

어머니와 아이의 분리 문제는 「양」의 경우에서도 마찬가지로 드러난다. 수유의 결핍을 안고 있기는 하지만, 동시에 유일한 현실적 의지처로서 현재 '나'의 등에 업힌 무거운 짐을 덜어줄 수 있는 유일한 구원자이기도 한, 즉 현실적 생존의 통로이기도 한 어머니이기에 그녀에 대한 '나'의 지향은 간절하다. 그럼에도 '나'는 그러한 어머니로부터 분리를 경험하게 된다. 앞에서도 언급되었던, "그 웬수녀르것 아직도

---

24) 작품에서 어머니와 갑해 사이에 정서적 유대감보다는 물화적 관계성이 부각되는 것은 근대 사회에서 가족 간의 관계성이 어디에 초점을 두고 전개될 것인지를 시사한다고도 볼 수 있다.

안 뒈졌다냐?”라는 물음은 외출에서 돌아온 어머니가 막내 윤봉이의
안부를 묻는 말이다. 그런데 ‘나’는 어머니의 그 말을, 아버지의 실직
과 수용 사건으로 집약되는 집안의 난국의 상황과 관련지어 액면 그
대로 받아들인다. 즉 아버지가 몰락하고 그로 인해 식구들이 어려운
상황에 처하게 된 것이 모두 윤봉이 때문이라고 생각하면서 그 자신
스스로가 윤봉의 죽음을 소망하면서 어머니의 말도 액면 그대로 해석
하여, 어머니도 윤봉이의 죽음을 바라는 것으로 이해하는 것이다. 따
라서 윤봉이 죽었을 때 어머니가 보인 반응에 ‘나’는 몹시 당황한다.

> 　　어머니가 보인 뜻밖의 반응은 실로 나를 당황하도록 만들었다. 칭찬같은
> 걸 기대하지 않았었다. 그러나 입때까지의 입버릇으로 보아 그것이 비록
> 모르는 사이에 밤도둑처럼 찾아온 죽음이어서 잠시 놀라긴 했을망정 당연
> 한 순서로, 어쩌면 어렵게 이룬 소망으로 다소곳이 받아들일줄만 알았다.
> 그런데 그게 아니었다. 어머니가 덜미를 움켜 동댕이치는 바람에 나는 방
> 구석에 넉장거리로 끌어박혔다. 헐떡거리는 숨결이 얼굴을 덮었다.
> 　「웬수야, 이것아!」 어머니는 닥치는대로 꼬집고 할퀴었다. 「어쩌자고 동
> 상놈 숨넘는종도 모르고 업고만 있었냐.」 어머니는 남정같은 억센 주먹으
> 로 아무데나 쥐어박았다. 「누구 춤추라고 니 동상 잡어먹었냐, 이 웬수녀르
> 것아!」 어머니는 마침내 통곡하기 시작했다.
>
> (140쪽)

‘나’의 예상과 기대치를 배반한 어머니의 모습은 “낭중에라도 우리
집 양반이 살어서 돌아오면 뭐라고 대답헌디야. 뭐라고 둘더댄디야.”
라는 통곡의 읊조림 속에서 드러나듯 끝없는 아버지 지향의 맥락과
연결된다. 그러나 이미 아버지를 부정한 ‘나’에게 어머니에게서 드러
나는 아버지 지향 의식은 어머니와 ‘나’ 사이의 심리적 소원화를 야기
할 뿐이다. 뿐만 아니라 어머니는 시대적 부정성을 시사하는 윤봉의
죽음을 ‘나’의 탓으로 돌림으로써[25] 어린 ‘나’가 짊어지기에는 너무도

과한 심리적인 짐을 안겨 준다. '나'가 자신의 유일한 의지처로서 현재 자신의 등에 놓여져 있는 무거운 짐을 덜어줄 구원자로 의식했던 어머니는, 오히려 지금보다 더한 짐을, 즉 시대적 부정성조차 책임지도록 하는, 너무도 과도한 짐을 '나'에게 안기는 무력함을 드러낸다. 어머니 역시, 무력한 아버지 이상의 존재가 아니었던 것이다.

이러한 맥락들이 형성되면서 결과적으로 윤봉의 죽음은 '나'와 어머니를 분리시키는 계기로 작용한다. 혹여 아버지가 돌아올까 하는 기대로 하룻밤을 보내고 나서 결국 어머니는 삯군을 얻어 윤봉의 주검을 지고 나서면서, '나'가 윤봉의 주검을 따르는 것을 허락하지 않는다. 윤봉의 죽음에 대한 '나'의 책임을 묻는 어머니의 질책이 계속되고 있는 것이다. 그런데 이 사건은 어머니와 '나'의 분리가 단행되는 순간으로서 의미를 지닌다. 즉 시대의 부정성은 '나'가 아니라, 아버지 혹은 어머니가 책임져야 할 몫임에도 어머니는 오히려 '나'에게 그에 대한 책임을 지속적으로 요구함으로써 결국 어머니 스스로가 자신의 무력함을 다시 한번 증명하는 결과를 낳으면서, 궁극적으로는 자신과 아들의 분리라는 또 다른 결과에 이르는 것이다.

이러한 분리의 맥락은 윤봉의 장례 과정을 멀리서 바라보는 '나'의 의식의 흐름 속에서 보다 분명하게 뒷받침된다. 어머니의 불허로 인해 '나'는 멀리서 "언제나 엉터리로만 세상을 바라보던" 윤봉의 주검이

---

25) 이러한 일련의 맥락은 작품에서 아버지의 상징체로 자리하는 윤봉이의 주검에 대한 묘사를 통해 확인된다. "포대기에 싸인 윤봉이를 와락 끌어당겨 어머니는 한참이나 눈여겨보았다. 나 역시 놀라지 않을 수 없었다. 눈은 꼭 감고 입은 맥없이 벌린 채 윤봉이는 잿빛이다 못해 시꺼맸다. 그와같은 얼굴을 전에 여러 번 본 적이 있었다. 그것은 무수히 죽창에 찔려 밭둑에 함부로 나뒹굴던 사람의 얼굴이었다. 그것은 사지를 포박당한 채 구덩이 속에 절반쯤 파묻혀있던 사람의 얼굴이었다. 어머니가 나 있는 쪽으로 천천히 고개를 돌렸다. 삼킬 듯이 노려보는 얼굴이 더욱더 험악하게 일그러졌다." (140쪽)

화염에 싸여 "티끌이 되어 연기가 되어 냄새가 되어 어지럽게 흩날리"
는 것을 애끓는 마음으로 바라본다. 그러면서도 '나'는 "동생을 죽였다
는 누명이 아무래도 분하고 억울해서" 끝내 울음을 터뜨린다. 이는
'나'의 의식 속에서 어머니의 책임 추궁이 끝내 수용되지 않음을 의미
한다. 그렇기에 어머니와 '나'의 분리는 필연적이다. 여전히, 시대의
부정성을 떨치지 못했던 무력한 아버지를 지향하며 살아가는, 그러면
서도 시대의 부정성을 아들의 책임으로 떠넘김으로써 스스로 무력한
존재임을 드러내는 어머니이기에, 그런 어머니로부터의 '나'의 분리는,
이미 무력한 아버지를 부정한 '나'가 현실적으로, 그리고 논리적으로
취할 수 있는 필연적 귀결인 것이다. 근대 사회 속에서 무력함은 지향
의 가치가 아니라 배제의 대상인 까닭이다.

4. 맺음말

　본 논문은 김원일의 「어둠의 혼」과 윤흥길의 「양」을 대상으로 유년
의 서사에 나타난 아비·어미의 이미지를 살펴보았다. 아버지 스스로
가 수직적 법으로 존재하던 이전의 사회에서와는 달리, 계약 관계에
근거하여 새롭게 마련한 수평적 법을 통해 오히려 아버지를 규제하는
근대 사회 속에서 아버지들의 몰락은 필연적이다. 더욱이 식민지 피지
배와 민족 분단이라는 역사적 특수성 속에서 과도한 이념적 체제를
구축한 우리의 근대 사회의 경우 아버지들은 더 이상 법의 위상을 지
니지 못한다. 오히려 그들은 죄인의 위상을 지닌다. 그 결과 그들은 배
제되고 감금되고, 더 나아가 죽임당한다. 그리고 그들은 아들들에 의
해 거부되고 부정당한다. 뿐만 아니라 몰락한 아버지를 대신한 어머니

들도 신화적 의미에서의 풍요로운 생산의 능력을 상실한 채 불모의 존재가 되어 아들들에게 지독한 허기와 감당하기 어려운 짐을 안겨주는 결핍의 존재로 드러난다. 그리고 그 결과 어머니들 역시 아들들에게 있어 분리의 대상으로 자리하면서 아들들과 심리적 소원화의 길을 걷는다. 이를 통해 근대 사회 속에서 유년의 아이들에게 아비·어미란 선택과 지향의 대상이기보다는 배제와 분리의 대상으로 자리하고 있음이 확인된다.

근대 사회가 개인화를 지향한다고 할 때 궁극적으로 개인화가 가능할 것인가 하는 문제에서 그것이 본원적으로 불가능한 지향임은, 인간은 관계성으로부터 자유로울 수 없다는, 진부한 한계를 통해 설명된다. 그럼에도 여전히 그것이 지향되고 있는 아이러니는 욕망의 이름으로 설명될 수 있다. 이상에서 살펴보았듯이 근대 사회에서의 유년의 아이들 역시 아비와 어미를 부정하고 한계지음으로써 그 관계성을 떨쳐내고자 한다. 하여 아비와 어미 모두 배제적인 대상으로 그려진다. 그것은 일종의 홀로서기에 대한 지향일 수 있다. 따라서 성장에 대한 논의가 가족의 해체에 대한 논의로 이어지는 것은 일면 타당한 것이기도 하다. 그러나 우리는 또 다른 유년의 서사들에서 아비와 어미를 떨쳐낸 아이들이 또 다른 제도권에 묶여 틀 지워지는 것을 발견하게 된다. 마을에서 학교에서 그들은 또 다른 형상의 아비와 어미를 만나, 그들을 통해 형성의 길을 걷는 것을 발견하게 되는 것이다. 결국 근대 사회 속에서 해체되고 부정되는 것은 제한적 의미의 아비이고 어미이고 가족일 뿐이다. 더하여 제한적 의미의 관계성일 뿐이다. 따라서 유년의 서사를 대상으로 제한적 의미의 아비와 어미를 넘어선, 또 다른 형상의 아비와 어미에 대한, 그리고 관계성에 대한 논의가 계속될 필요가 있을 것이다.

2

유년과 성장

소년과 소녀, 이탈과 고착의 성장
－이동하의 「유다의 시간」·오정희의 「중국인 거리」

소년과 소녀, 이탈과 고착의 성장

-이동하의 「유다의 시간」·오정희의 「중국인 거리」

1. 머리말

한 사회 안에서의 인간 성장의 방향은 그 사회가 지향하는 이데올로기적 자장 안에 근거하기 마련이다.[1] 그 간의 인간의 역사가 증명해 준 바대로 인간은 절대적 주체일 수 없는 까닭이다. 따라서 한 사회의 차세대적 성장과 그를 위한 진통 역시 당대적 이데올로기 안에서의 파장으로 제한될 수밖에 없다. 이는 문학 영역 내에서 성장소설[2]이 지

[1] 성장소설에서 취급된 주인공의 교양은 그 시대와 나라 및 그 문화권의 문화와 깊이 관련되어 있다. 왜냐하면 그 주인공의 인격 형성은 그 당시의 문화적 환경 속에서 이루어지기 때문이다. 이보영, 「성장소설의 중요성」, 『성장소설이란 무엇인가』(이보영·진상범·문석우), 1999, 청예원, 13쪽 참조.

[2] 일반적으로 성장소설은 독일 관념론에 기초한 교양소설은 물론 교육소설이나 발전소설, 혹은 입사식소설 등 여러 하위 장르들을 아우르는 광의적인 개념으로 사용된다. (장소진, 「이광수의 무정 연구-형성소설의 특징을 중심으로」, 서강대학교 석사학위논문, 1990, 8~19쪽 참조) 그러한 가운데 본 논문은 성장소설이 개인의 중요성이 인식된 근대라는 시대적 배경 속에서 배태된, 개인의 자아 확립의 문학으로 성장기에 놓여 있는 개인이 세계를 경험하는 가운데 그 속에서 자신의

니는 근원적 한계이기도 하다. 그러나 성장소설이 주인공의 개인적 성
장사이면서, 그에게 영향을 주는 그 시대의 본질적인 문제에 대한 작
자의 비판과 통찰이기도 하다는, 그리하여 훌륭한 성장소설은 그 양자
가 뗄 수 없이 융합되어 있는, 주인공의 정신적 성장의 내력 이야기이
자 문명비판서이기도 하다3)는 지적은 성장소설에서 주인공의 성장이
기존 이데올로기의 전적인 체화 내지는 수용일 수 없음을 시사한다.
더불어 성장소설의 주인공에게 반드시 닥쳐오는 자아의 위기는 그가
처한 시대와 그 민족의 문화의 위기4)라는 진술은 일면 성장소설이 지
니는 모색과 열림의 가능성을 시사한다. 통합과 조화를 지향하는, 성
장소설의 주인공은 자신이 처한 정신적 위기를 극복하는 과정에서 그
자신과 사회를 위한, 의미 있는 출구를 모색할 것이기 때문이다. 그런
측면에서 성장소설은 인간을 주체로서 이해하는, 근대적 장르인 것이
사실이다.5)

자아를 확립시키는 성장 과정을 형상화한 작품이라는 사실과, 그 성장의 여정을
통해 결과적으로 개인이 당대의 문화적 양상과 관련하여 세계와 긍정적인 관계를
맺을 수도, 부정적인 관계를 맺을 수도 있다는 사실과, 마지막으로 그 개인의 성장
은 주어진 세계의 대표적 개인으로의 성장이라는 사실에 보다 주목하고자 한다.
3) 이보영, 앞의 논문, 15쪽.
4) 위의 논문, 39~40쪽.
5) 한국 현대 성장소설에 대한 논의는 김윤식, 이재선 등에 의해 시작된 이후 여러
연구자들에 의해 지속적으로 전개되어 왔다. 그리하여 장르로서의 개념 정착을
시도한 논의에서부터 시작된 연구가 개별적인 여러 논의들을 거치면서 최근에는
종합적인 체계화를 시도한 논의에까지 이르고 있다. 뿐만 아니라 기존 논의에 성
별적 관점이 더해지면서 여성적 성장소설과 남성적 성장소설에 대한 논의까지도
이루어지고 있다. 본 논문은 이러한 기존 논의를 토대로 성별적 차원에서 여성과
남성의 성장의 문제를 대비적 관점에서 살펴보고자 한다. 이는 개인의 내면적 차
원의 성장을 넘어선, 사회적 차원의 성장의 문제를 살펴보고자 하는 것이다. 그
것은 결국 성장의 구조화를 통해 재생산되는, 개인과 사회의 역동적 관계 속에
내재된 성차적 차별성을 확인하는 결과에 이를 것이다. 성장소설에 대한 기존 논
의를 제시하면 다음과 같다.
이재선, 「황순원과 통과제의의 소설」, 『한국현대소설사』, 홍성사, 1979 ; 김윤식,

그런데 그러한 성장소설의 모색과 열림의 가능성도 때로는 성별적 차이에 의해 차등적으로 드러난다. 소년은 세계 변화의 역동적 주체일 수 있는 남성으로의 성장의 길을 걷고, 소녀는 주어진 세계에 피동적으로 안착할 수밖에 없는 여성으로의 성장의 길을 걷는다면, 그것은 분명 성장소설의 모색과 열림의 가능성이 성차에 의해 차등적으로, 보다 분명히는 차별적으로 작용하고 있음을 보여 주는 것이기 때문이다. 자유와 평등을 내세운 근대적 인간관이 성차별적 인식에 기반하고 있음[6]은 이미 주지의 사실인 상황에서, 성장의 문제가 이에올로기적 자장 내에서 의식상의 상향적 전환이라는 사실에 비추어 볼 때, 성장의 지향이라는 것 역시 성차별적인 근대적 인식의 연장선상에 있을 것임은 자명한 이치이다.

이동하의 「유다의 시간」과 오정희의 「중국인 거리」는 바로 그러한 성차별적인 성장의 지향성을 명시적으로 보여 주는 작품들이다. 두 작품은 공통적으로 한국전쟁 이후 지방 소도시를 배경으로 척박하고 불온한 환경 속에서 자라는 아이들의 성장 문제를 다루고 있음에도, 결과적으로 전자의 인물은 세상의 부정성을 떨치고 그로부터 벗어나려

「교양소설의 본질」, 『한국현대소설비판』, 일지사, 1981 ; 김병익, 「성장소설의 문화적 의미」, 『세계의 문학』, 1981. 6 ; 남미영, 「한국현대 성장소설연구」, 숙명여대 박사학위논문, 1991 ; 신희교, 「성장소설과 상상력의 빈곤」, 『현대소설연구』 6호, 한국현대소설학회, 1997 ; 천이두, 「성장소설의 계보와 실상」, 『우리 시대의 문학』, 문학동네, 1998 ; 장경렬, 「반성장소설로서의 성장소설」, 『김주영 깊이 읽기』(황종연 편), 문학과지성사, 1999 ; 서정자, 「페미니스트 성장소설과 자기발견의 체험」, 『한국 여성소설과 비평』, 푸른사상, 2001 ; 최현주, 『한국현대 성장소설의 세계』, 박이정, 2002.

6) 근대적 이념의 발흥지인 프랑스에서조차 혁명기에 정치적 활동에 나섰던 여성들이 남성들의 공격과 저항에 부딪혀 점차 공적 영역에서 배제되고 사적 영역으로 귀속되고 제한당하는 변화를 겪는다. 그리고 그러한 변화는 곧 근대적 여성의 운명이 된다. (린 헌트, 『프랑스 혁명의 가족 로망스』(조한욱 역), 새물결, 2000, 163~173쪽 참조)

는 초월적 지향성을 보여 주고, 후자의 인물은 세상의 부정성을 운명적으로 떠안은 채 그것을 체념적으로 수용하는 자세를 보여 준다.7) 그런데 그 차이는 두 작품이 내세운 주인공들의 성적 차이에서 비롯된다. 「유다의 시간」은 소년을 주인공으로 내세우고 「중국인 거리」는 소녀를 주인공으로 내세우면서,8) 두 작품은 각기 아이들이 자신들이 해당하는 성별 문화권에 진입하여 그 안에서의 경험들을 통해 자신들의 삶의 방향성을 모색, 혹은 획득하는 모습들을 보여 주는데, 그것이 결과적으로 성차에 의한 성장의 거리를 드러내는 까닭이다. 결국 이러한 현상은 앞서 언급한 성차별적인 이데올로기의 제한성과 무관하지 않다. 따라서 본 논문은 이들 작품들을 대상으로 이데올로기적 제한성에 근거한, 성별에 따른 문화적 차이와 유년의 아이들의 성장을 통한 그것의 변용과 확대, 혹은 재생산의 문제를 살펴보면서 성별과 성장의 문제, 더 나아가 성별과 삶의 문제를 고찰해 보고자 한다.

---

7) 이러한 차이가 차별로 이해되는 것은 두 인물의 성장의 방향성이, 남성은 이성적인 존재로 세상의 변혁의 주체로 이해되고 여성은 열등하다는 의미에서의 자연적·생산적 존재로 받아들여지는 현실의 이데올로기적 통념과 맞닿아 있기 때문이다.

8) 여성의 자기 발견의 서사에 주목한 리타 펠스키는 여성 성장 소설의 경우 주인공의 나이의 범위를 보다 넓게 확장해야 한다고 주장한다. 여성의 자기 발견이 결혼 경험 이후나 상대적으로 인생의 늦은 단계에서 이루어지기 때문이다. (Rita Felski, *Beyond Feminist Aesthetics*, Cambridge · Massachusetts : Harvard University Press, 1989, pp.137~138.) 그런데 성장의 문제를 주체로서의 자기 발견의 문제로 보기보다는 사회적 관계 속에서의 자기 정립의 문제로 볼 때 여성 성장소설은 또 다른 논의를 필요로 한다. 리타 펠스키의 지적대로 왜 여성의 자기 발견은 그토록 뒤늦게 이루어지는 것일까, 자기 발견 이전의 여성은 도대체 어떠한 모습을 하고 있는 것일까, 또 그 모습은 성장의 맥락과는 전혀 무관한 것일까 하는 등의 문제에 주목해 볼 필요도 있는 것이다. 본 논문의 머리말 모두에서 언급한 대로 주체는 당대적 이데올로기로부터 자유로울 수 없다. 그것은 성장이 사회화의 문제와 무관치 않음을 의미한다. 따라서 여성이 어떻게 사회화되는가 하는 문제 역시 여성 성장소설이 다루어야 할 하나의 논제임에 틀림없다. 본 논의가 유년의 소년과 소녀를 대상으로 성장의 문제를 논의하고자 하는 것도 이와 같은 맥락을 전제한다.

2. 폭력적 현실과 폭력의 체화, 그리고 분리와 이탈

연작소설이기도 한 「유다의 시간」[9]은 앞서 발표된 「장난감 도시」와 「굶주린 혼」을 잇는, 연작소설의 마지막 완결편이다.[10] 한국전쟁 이후 농촌 마을에서 지방 소도시로 이동한 '나'의 가족은 도시 생활에 적응하지 못해 힘겨운 생활고에 시달리다가 결국 아버지는 장물 운반죄로 감옥에 가고, 그로 인해 생활이 더욱 막막해진 상황에서 누나는 이웃집에 민며느리로 가고, 임신한 어머니는 굶주림으로 세상을 떠난, 그리하여 도시의 불온하고 척박한 판자촌에 열 살 남짓 나이의 '나'가 홀로 남겨진, 그러한 상황에서 「유다의 시간」은 시작된다.

따라서 「유다의 시간」에서 '나'는 이미 가족 공동체가 해체된 상태에 놓이면서 그 어떠한 방패막이도 없이, 혹은 매개자도 없이 세상과의 직접적인 대면을 시작한다. 이때 '나'가 대면해야 하는 세계는 전쟁 이후의 폐허화된 모습을 그대로 간직한 채 정신적·물질적 빈곤함으로 충만한, 더하여 폭력으로 얼룩진, 불온한 형상을 하고 나타난다. '나'는 그러한 세상을 두고 "법보다는 주먹이 판치는" 세상이라 단정한다. 그리고 무의식 중에 그러한 세계상이 폭력적인 전쟁과 무관치 않음도 의식한다.[11] 그러나 그렇다고 '나'가 그러한 세상과 거리를 두며 건실한

---

9) 이동하, 「유다의 시간」, 『문학사상』, 1982. 3. 작품을 인용할 경우 인용문 뒤에 해당 지면만을 밝힐 것이다.
10) 이동하는 이 세 작품을 묶어 연작소설집 『장난감 도시』(문학과지성사, 1982)를 출간하였다.
11) 작품에서 그것은 다음의 인용문에서 확인할 수 있듯이 '나'가 꿈 속에서 전쟁의 녹슨 유물들을 파헤쳐 내는 것에서 시사되고 있다. "밤새 땅을 파헤치느라고 나는 잠을 제대로 이루지 못하였다. 우리 판자촌 골목 어떤 지점을 파헤쳐도 온갖 무기들이 쏟아져 나왔다. 엠원 소총에서부터 박격포탄에 이르기까지, 부러진 대검에서부터 시작하여 탱크의 케터필러 조각에 이르기까지, 군번이 새겨진 알미늄 조각에서부터 깨진 철모에 이르기까지……모양도 크기도 용도도 각양각색인

일상을 꾸려가는 것은 아니다. 오히려 '나'는 그러한 세계상에 스미듯 젖어들어, 불온한 세상에서 불온한 일상을 살아간다. 이는 세계와의 대결에 나서기에는 '나'는 아직 미력한, 유년의 아이일 뿐인 까닭이다.

하여 '나'는 밤마다 동네 큰형들이나 친구들과 더불어 거리로 나가 덫에 걸린 사람들을 잡아다 물리적 공격을 감행하는 인간 "사냥"에 나서거나, 동네 이발소 주인이면서 "감동"어린 솜씨로 스스로를 주먹 세계의 강자로 입증하곤 하는 강씨를 "불가사의한 존재"로 영웅시하며[12] 그의 일거수 일투족에 촉각을 들이댄 채 하루하루의 시간을 살아간다. 훗날 이 때를 두고 "악(惡)이 무성한 여름이었다."라고 회고할 만큼 '나'는 이 시절 어둠의 시간을 보내며 어둠의 존재가 되어 간다.

> 비록 작고 허약한 체구이긴 할지언정 그러나 그 속에 무슨 엄청난 괴력을 숨기고 있는 것같이 스스로 믿어졌다. 사지에 힘이 차오르고 가슴이 홧홧 달아올랐다. 나는 아무에게도 분별없이 시비를 걸고, 거친 욕을 내뱉고, 내 작은 주먹을 겁 없이 휘둘러댔다. 때문에 내게 부여된 역할, 즉 사냥감을 우리들의 함정으로 끌어들이는 미끼의 역할을 다른 녀석들보다 훨씬 더 잘 해낼 수 있었는지도 모른다. 결과는 언제나 빛나는 찬사뿐이었다.
>
> (340쪽)

그 물건들은, 그러나 한결같이 뻘겋게 녹이 슬어 있었다. 지난 전쟁을 실제로 목격한 적이 없던 나는 몹시 큰 충격을 받은 나머지 소리쳤다. 「야, 여기다 여기! 바로 여기서 전쟁을 했던 거야……」 그리고 문득 깨어났다." (352쪽)

12) "그는 ― 이미 말한 바이지만 ― 실로 불가사의한 인물이었다. 외견상으로는 계집애처럼 나약해 보이는 체격과 기생오라비 같은 용모에도 그러나 그는, 살인적인 힘과 칼날 같은 차가움을 감추고 있는 사내였기 때문이다. 그는 지난 전쟁 때 무슨 특수부대의 요원으로서 사선(死線)을 아침 저녁으로 무수히 넘나든 사내로 알려져 있었다. 그가 사살한 적군의 숫자만 가지고도 일개 중대 병력은 편성할 수가 있고, 전공으로 포상받은 각종 훈장만도 무게로 따져 족히 한 관은 된다는 얘기였다." (342~343쪽) 작품에서 강씨는 이러한 이력을 지닌 인물로 자신의 이발소를 찾아드는 적수들을 상대로 "비장한 솜씨"를 선보이며 숱한 활극을 펼쳐 늘 승자의 자리를 차지한다. 그런 까닭에 그는 '나'의 의식 속에서 영웅으로 자리한다.

위 인용문은 전쟁으로 폐허화된 밤거리에 널려 있는 사각 지대 중
한 곳에서 인간 사냥의 미끼로 나선 '나'가 허황한 영웅 심리에 달떠
"어둠의 시대"를 유희하는 모습을 보여 준다. "빛나는 찬사"에 가리워
진 부당한 잔혹성을 외면한 채 스스로의 행위를 즐기는, 위와 같은
'나'의 의식은 '나'가 이미 "세상의 무성한 악"의 한 부분으로 동화되
어 버렸음을 드러낸다. 불온한 세상 속에서 '나'는 어느덧 악행을 놀이
로 인식하는 지경에까지 이른 것이다.13)

'나'의 그러한 인식의 밑받침을 이루는 것은 물론 어른들의 세계이
다. '나'는 강씨 이발소에서 벌어지곤 하는 강씨와 그의 맞상대들 간의
주먹질을 바라보며 어른들도 폭력을 유희로 즐기는 것이라고 생각한
다.14) 결국 '나'에게 세계는 폭력의 놀이판으로 의식되고 있는 것이다.
그렇다면 '나'가 그 폭력의 놀이판이 보다 흥성스러워지기를 소망하는
것은, 즉 '나'가, 강씨에 대해 확고한 믿음을 가지고 강씨가 자신의 세
계인 이발소에서 보다 강한 적들을 물리침으로써 그곳에 강씨의 보다
강한 왕국을 건설하기를 소망하는 것은, 폭력적 세계에 대한 '나'의 심
리적 동화의 정도를 확인시켜 주는 것이 된다. 잔혹한 전쟁이 멈추었

---

13) 작품에서 '나'는 인간 사냥 행위를 "놀이"라고, 혹은 "유희"라고 의식하고 그렇게
명명한다. (주14) 인용문 참조)
14) 다음의 인용문이 그러한 이해를 뒷받침한다. "도대체 그들은 무엇 때문에 그처
럼 드라마틱한 활극을 연출했던가. 물론 우리는 그 점에 대해서도 전혀 생각이
없었던 건 아니었다. 하지만 어차피 그런 것 따위야 아무래도 좋았다. 우리의 관
심은, 그들이 벌이는 그 살벌한 대결에 있었기 때문이다. 우리는 쉽게 생각했고
그래서 대충 이렇게 결론을 내려두었다. 즉, 우리가 밤의 사냥을 미치게 좋아하
는 것처럼 그들은 또, 그런 식의 유희를 좋아하기 때문일 것이라고." (344쪽) 뿐만
아니라 작품에서 '나'가 강씨에 대한 서사를 처음 시작할 때 "우리 아이들만 유
독, 사냥놀이 같은 것에 홀딱 빠져 있었다고는 말할 수 없다. 왜냐하면, 어른들의
세계에서조차도 그와 흡사한 유희들을 얼마든지 목격할 수 있었기 때문이다. 일
테면 「강씨 이발소」가 그 좋은 예이다."(341쪽)라고 서술하고 있는 것에서도 '나'
가 폭력을 유희로 받아들이고 있음을 거듭 확인할 수 있다.

다고는 하지만 여전히 그 흔적을 몸에 지닌, 하여 여전히 폭력적인 현상이 난무하는 세상 속에서 '나'는 그렇게 폭력에 대한 동화 내지는 체화의 길을 걷는다.15)

그러나 그렇다고 '나'가 그러한 세계에 전적인 동화 내지는 체화를 지향하고 나서는 것은 아니다. 작품에서 '나'가 질척한 장마로 인해 음습하고 더러워진 세상에 대해 숱한 욕지기를 느끼는 것은 폭력적이고 불온한 세상에 대한 '나'의 심리적 거리를 상징적으로 제시하고 있는 것이다. 하여 '나'는 어두운 세상을 대신할 새로운 세상에 대한 꿈을 지닌다. 가족 공동체 복원에 대한 염원이 그것이다.16) 사실 '나'는 거리를 떠돌면서도 마음만은 늘상 "방"을 향한다. 기다림 때문이다. 아버지를 기다리고, 누이를 기다리고, 심지어 돌아가신 어머니를 기다린다.

---

15) 프랭클린은 남성들의 공식적인 학습기능을 책임지지 않음에도 남성들의 사회화를 담당하는 비의도적 학습공간이 있는데, 그 중의 하나가 이발소라고 한다. 남성들이 자신들만의 세계의 하나인 이발소를 드나들면서 자신들이 해야 할 것과 하지 말아야 할 것을 자연스럽게 체득하기 때문에 그렇다는 것이다. 즉 그곳에서 남성들이 우월적이고 공격적이고 폭력적이며 경쟁적인 남성다움을 익히게 되기 때문이라는 것이다. (C. W. Franklin Ⅱ, 『남성학이란 무엇인가』(정채기 역), 삼선, 1996, 202~204쪽 참조) 작품에서 강씨 이발소에서 폭력적 행위들이 자행되고 '나'가 폭력의 강자인 강씨를 동경의 시선으로 바라보는 것 역시 통념적인 남성다움을 체화시키는 과정이라고 볼 수 있다.

16) 다음의 인용문이 그와 같은 이해를 뒷받침한다. "빈방에서 거의 혼자 온종일을 보내면서 문득문득 나는 생각했다. 아직도 돌아오지 않고 있는 아버지를, 다시는 돌아올 수 없는 내 어머니를, 그리고 친구 두부살의 집에 민며느리로 가 있는 누나를. 어쩌다 잠이 들면 꿈속에서 나는 종종 그해 여름으로, 또는 그해 봄으로 되돌아가 있곤 했다. 누나와 나는 더 이상 풀빵굽기를 포기했고, 아버지는 리어카를 처분한 돈으로 털털거리는 고물 자전거를 끌고 오셨다. 어느 날 저녁에. 그리고 또, 세간들과 우리 네 식구를 실은 트럭이 고향마을을 천천히 등지기 시작하자 어머니는 치마폭으로 얼굴을 가린 채 아주 조그맣게 우셨다. 하지만 누나는 환하게 웃었고 나는 휙휙 휘파람을 날렸다. 문득 꿈에서 깨어나면 빌어먹을 비는 여전히 루핑지붕을 두들겨대고 있었고, 어느새 내 눈 언저리도 축축하게 젖어 있곤 했다." (350쪽) 이 밖에도 작품 359~360쪽의 내용을 보면 '나'의 가족 공동체 복원에 대한 소망이 보다 직접적으로 드러나 있다.

'나'가 친구인 두부살네 집의 민며느리로 들어간 누이에 대해 강한 거부와 혐오의 감정을 보이는 것도 모두 가족 공동체 복원에 대한 염원 때문이다. 돌아와야 함에도 돌아오지 않는 누이에 대한 배신감으로 '나'는 누나를 대할 때마다 반어적인 차원의 강한 저항 의식을 드러내는 것이다. 사실 '나'의 폭력적 세계에 대한 동화 내지 체화가 '나'의 남성적 질서에 대한 편입을 의미함에도 '나'가 그러한 세계에 대한 편입을 심정적으로 거부하면서, 이처럼 가족 공동체라고 하는 유년적 세계로의 회귀를 염원하는 것은 아직은 '나'의 성장이 불완전한 단계임을 의미한다. 그러면서 동시에 그것은 또한 세계의 형상이, 즉 세계의 폭력적인 형상이 불완전한 것임을 의미하는 것이기도 하다. 세계는 분명 '나'를 그 세계의 구성원으로 온전하게 품어주지 못하고 있는 까닭이다.[17]

그런데 '나'는 이내 자신의 염원이 이미 시의가 지나간, 실현 불가능한 것임을 깨닫는다. 그것은 역설적이게도 '나'가 그토록 기다리던 아버지의 귀가를 통해 확인된다. 아버지는 집을 나선 지 꼭 일 년만에 빡빡 깎은 머리를 하고 이른 새벽에 "도적처럼 살그머니" 돌아온다.

---

[17] 그렇기 때문에 '나'의 가족 공동체 복원의 염원에서 누나의 존재는 대단히 의미심장하다. 누나는 돌아가신 어머니를 대신할, 즉 '나'가 유년적 세계로 돌아갔을 때 그러한 '나'를 현실적으로 품어줄 대체 모성이다. 정유성이 남성도 어머니라는 여성의 몸과 바탕에서 나고 자랐으므로 모성과의 시원적 융합 상태에 있을 수밖에 없는데 그 모성과의 시원적 융합 상태에서 분리되어 공격적인 남성 세계로 마구잡이로 옮겨가는 것이 남성의 남성되기의 과정이라고 언급한 것에 따르면, '나'의 폭력적 현실 세계로부터의 심리적 거리와 누이에 대한 반어적 지향이 의미하는 바가 보다 분명해진다. '나'는 남성적 현실 세계를 거부하면서 과거의 여성적 세계, 즉 유아적 세계를 지향함으로써 '나'의 성장이 아직은 미완의 상태에 머물러 있음을 드러내는데, 그것은 한 존재를 온전하게 품어 주지 못하는 세계의 불완전함, 폭력 세계의 척박함 때문이다. 이에 대해서는 작품 후반에 대한 논의에서 보다 본격적으로 다루어질 것이다. (정유성, 『따로와 끼리』, 2004, 45~46쪽 참조)

그런데 그는 가족의 생계를 책임지기 위한, 가부장으로서의 안간힘을 증명해 주던 털털거리는 고물 자전거조차 어딘가에 놓아 버리고, 늘상 서툴고 어설퍼 보였던, 더하여 지금은 여위기까지 한 "손"을 지니고 돌아온다. 무력하기 짝이 없는 빈 손으로, "녹슨 기계"와 같은 모습으로 돌아온 것이다. 그 결과 그의 귀가에도 상황은 아무 것도 변하지 않는다. 죽은 어머니가 돌아오지도, 민며느리로 집을 떠난 누나가 돌아오지도 않는다. 아버지의 귀가에도 '나'가 그토록 염원하던 가족의 복원은 끝내 이루어지지 않는다.

그렇다고 '나'의 바람의 좌절이 아버지의 무능력 때문만은 아니다. 그것은 시의의 변화 속에서 '나'가 필연적으로 맞이할 수밖에 없는 결과이기도 했다. 어머니의 죽음은 그 누구도 돌이킬 수 없는, 인간 삶의 근원적인 한계이며, 누나의 변화된 모습은 시간의 흐름과 상황의 변화 속에서 인간 역시 변화하기 마련인 때문이다. 그럼에도 '나'는 아버지에 대한 기다림을 방패삼아 그러한 한계와 변화의 수용을 거부해왔던 것이다. 그러다 아버지의 귀가에도 그 어떠한 변화도 일어나지 않는 상황을 가시적으로 확인하면서 비로소 '나'는 그러한 한계와 변화를 인정하고 수용하게 되는 것이다.

그 결과는 물론 '나'에게 일차적으로 "커다란 배반감"으로 다가오지만, 그러나 보다 궁극적으로 그것은 '나'의 성장 여정에 있어서 커다란 전환의 계기로 작용한다. '나'는 그러한 배반감을 통해 비로소 아버지로부터, 그리고 어머니를 대신한 누이로부터 의식상의 분리를 이루고 보호와 보살핌의 대상으로서의 어린아이적 상황에서 벗어나 독립된 개체로서 홀로서기의 여정에 나서는 것이다.[18] 작품에서 이러한 변화

---

18) 작품에서 아버지가 돌아온 후 '나'가 누이에게서 더 큰 혐오감을 느끼면서 누이가 집으로 가져다주는 밥에 손을 대지 않고 굶주림을 견뎌 내거나 야시장 등을 떠돌

는 '나'가 방에 묶여 있던 의식 상태에서 벗어나 거리로 향하는 것으로 제시된다. 밖에 나와 쏘다닐 때라도 가족에 대한 기다림 때문에 늘 "빈방"을 지키던 '나'의 마음은 이제 어머니와 누이, 그 누구도 그곳으로 돌아올 수 없다는 사실을 인식하면서 기다림의 의식을 털어버리고, '나'의 몸 역시 미련없이 거리로 나선다. 그리고 그 거리에서 '나'는 전쟁 이후의 폐허와 빈곤의 상황을 목도하면서, 이제까지 자신이 이해해 왔던 놀이판으로서의 세상이 아닌, 치열한 삶의 현장으로서의 세상을 새롭게 인식하기 시작한다.

그리고 '나'의 그러한 세상에 대한 새로운 인식은 야시장을 헤매다 우연히 만난 짤뚝이[19]를 따라 구두닦이로 나서면서부터 보다 본격화된다. '나'는 짤뚝이의 제안에 따라 엉겁결에 구두닦이의 길로 들어서게 되는데, 그 길에서 '나'는 다양한 생존의 현장들을 목격하고 경험하게 된다. 이때 세상은 '나'의 서툰 솜씨를 위로해 주는 따뜻함으로 다가오기도 하지만, 더 이상 가릴 것도 없어 밑바닥을 그대로 드러내는 거칢과 뻔뻔함의 모습으로 다가오기도 한다. 어쨌거나 그 모습이 어떠하든, 세상사의 풍속은 '나'에게 사는 것의 버거움만은 분명하게 확인시켜 준다. 그리고 그것은 끝내 "법보다는 주먹이 판치는," 폭력적인 지배 논리를 드러냄으로써 '나'에게 생존의 험난함을 확인시켜 준다. 어느 날 '나'는 무의식 중에 구두닦이로서 자신에게 허용된 영역을 넘어 힘 있는 자들의 "성역"을 침범하게 되는데, 그 때문에 그 성역의 관리자에서 매를 맞고 돈을 빼앗기는 폭력을 경험하게 된다. 이를 통해

면서 주린 배를 채워내는 것도 위와 같은 맥락을 뒷받침한다. (359~362쪽 참조)
19) 짤뚝이는 가족으로부터 분리를 경험한 '나'에게 새로운 심리적 의지처가 되면서 동시에 '나'를 삶의 현장으로서의 세상으로 이끄는 안내자의 역할을 한다. 성장 소설에서 흔히 등장하는 교화자의 역할을 담당하는 인물인 것이다. 그러나 작품의 결말부에 이르면 교화자로서의 그의 역할이 불완전한 것이었음이 드러난다.

‘나’는 폭력적인 불온함이 앞서 자신이 인식했던 것과 같이 단순히 유희적 판놀음의 도구로서 그치는 것이 아니라, 삶의 실질적 원리로서 작용하는 권력적 도구로서까지 자리하고 있음을 의식하게 된다. 삶은 분명 냉엄한 현실임을 의식하게 된 것이다.

이제 ‘나’는 세상을 새롭게 해석하기 시작한다. 이제껏 “불가사의한 인물, 우리들의 우상”으로 여겼던 강씨가 “가장 원시적인 폭력”으로 무자비하게 무너진, 죽음에 이른 사건이 발생하자, ‘나’는 그 사건의 추이를 바라보면서 “이 세계의, 그 잔인하고 기이한 질서를 결코 이해할 수가 없”다고 고백한다. 또 “어버이들보다도 더” 믿고 따랐던, 매일 밤 인간 사냥을 지휘했던 동네 큰형들로부터도 심리적인 거리를 의식하기 시작한다. 놀이적 차원에서 세상을 의식하던, 하여 폭력조차 놀이로서 이해하며 그 안에 녹아들던 ‘나’가 생존적 차원의 실질적인 삶과 접하면서 세상의 부정성을 보다 명시적으로 의식하고 그에 대한 비판적인 거리를 확보하기 시작한 것이다.

그런데 ‘나’는 자신이 몸담고 있는 세계가 부정하면서도 또한 얼마나 허름하고 무력한 세계인지, 그리하여 결과적으로 얼마나 무법하고 무질서한 세계인지를 아버지의 모습을 통해 다시 한번 확인하게 된다. “이 각박한 세상에서 남의 호주머니 속에 든 돈을 투망질한다는 일이 얼마나 어려운가를” 기왕에 터득한 아버지는 천성적이면서도 자포자기적인 게으름으로 도시의 생활을 어설프게 엮어가던 어느 날 밤 각양각색의 피륙뭉치를 지게에 싣고 돌아온다. 이미 아버지에 대해 육친적 친밀성을 잃어버린 채 덤덤하게 지내던 ‘나’였지만 그 날의 아버지의 모습에서는 아연한 긴장을 의식하게 된다. 그 날의 아버지의 행각은 장물 운반으로 교도소까지 다녀온, 아버지의 지난 이력을 환기시키기에 충분한 사건이었던 것이다. 결국 아버지의 그러한 모습은 허름하여 무법적일 수밖에 없는 도시적 삶의 아이러니 내지는 한계를 적시하면서, '나'에게 자신이 몸담고 있는 세계 그 어디에도 희망이 없음을 확인시켜 준다.

그리하여 결국 '나'는 그 도시에서 벗어나는, 그것도 매우 공격적인 방식을 통한 이탈을 단행한다. '나'는 우선 구두닦이 가방을 망치로 두들겨 산산조각을 내 버린다. 그것은 결코 "세계를 여행할 수 있는 가방"이 아님을 이미 확인한 바 있는[20] '나'는 자신이 몸담고 있는 세계가 짤뚝이가 보여 주고 있는 성실성과 순박함[21]으로 접근할 수 있는, 진정성을 담보한 세계가 아니며, 하여 구두닦이 가방은 그저 그 장난감 같은 도시의 허름한 삶의, 때로는 무법적이고 무질서한 삶의 엉성한 도구에 불과한 것임을 의식하고 그것을 부수어 버린 것이다. 그리고 이어서 '나'는 누나를 밤마다 인간 사냥을 주도하던 동네의 큰형들에게 인계하여 버린다. 그것은 누나에 대한 지독한 배반감을 안겨 준, 보다 본질적으로는 가족 공동체 복원에 대한 자신의 염원에 지독한 배반감을 안겨 준, 그러한 세계에 대한 '나' 나름의 역설적인 부정이고 비웃음이다. 그 세계의, 그 도시의 폭력적인 논리에 따라 지극히 폭력적인 방식으로 감행된, 역설적인 부정이고 역설적인 비웃음인 것이다. 그리고 그것은 분명 뜨겁고 잔혹한 성장의 진통이자 성장의 의례였

---

20) '나'가 짤뚝이와 함께 구두닦이에 나선 첫날 첫손님이었던 중년신사가 '나'의 서툰 솜씨를 위로하며 구두를 닦는 일이 "구두통 하나만 둘러메면 세계를 온통 여행할 수도 있는, 아주 훌륭한 기술"이라고 격려해 준 바 있지만 '나'는 이후의 체험 속에서 그것이 불가능한 일이라는 것을 인식한다. (362~368쪽 참조)

21) 짤뚝이라는 명명에서 시사되듯, 그는 다리를 절룩거리는 불구의 몸이다. 그럼에도 그는 구두닦이 가방을 메고 누구보다도 부지런히 새벽길을 나선다. 뿐만 아니라 구두닦이로서 서툴기만 한 '나'를 열심히 독려하며 넉넉하게 감싸 주는, 깊은 인간애를 보여 준다. 부정한 세상을 원칙적인 자세로 살아가는 모범적인 인간상을 대표하는 인물인 것이다.

다.22)

마지막으로 '나'는 짤뚝이를 만나기 위해 개척교회에서 운영하고 있는 천막학교를 찾아간다. 그곳은 폭력적이고 무질서한 세계에서 그래도 도덕적이고 원칙적인 논리로 살아가려는 짤뚝이의 성실성과 순수성이 또 다시 확인되는 현장이다. 그러나 '나'는 그곳에서 들려오는, "하나님 말씀에는 거짓이 없"으되, "다만 구원의 때가 이르지 않았을 뿐"이며, 따라서 지금은 "유다의 때요 어둠의 시대일 뿐"이라는 목사님의 말씀을 뒤로 하고 짤뚝이조차 만나지 않고 돌아선다. 그것은 그 "유다의 때요 어둠의 시대"를 짤뚝이의 방식으로 이겨낼 수 없다는 판단 때문이다. 따라서 이때의 '나'의 돌아섬은 단순히 천막학교로부터의 돌아섬이 아니라 이제껏 자신이 몸담고 있었던 세계로부터의 돌아섬을 의미한다. 즉 "유다의 시대"로 응축되는 폭력적이고 부정한 세계, 성실성과 순수함이 스밀 수 없는 세계로부터의 이탈을 의미하는 것이다.

그러한 가운데 '나'가 천막학교를 떠나면서 문득 시골학교를 머리에 떠올린 것은, 그리고 덧붙여지는, "남향 창가에서 둘째 줄 여섯 번째 책상―거기, 내가 남긴 낙서들을 나는 애써 기억해 내려고 했다."라는 진술은, 폭력적인 세계로부터의 이탈을 감행하는 '나'의 의식적 지향점이 어디인가를 시사한다. '나'는 물신적 가치를 기저에 깔고 폭력적

―――――――

22) 이남호는 누나를 동네 형들에게 넘기는 '나'의 행위를, 절망에 빠진 '나'가 구원을 포기하고 이 시대의 유다가 되는 것이라고 해석한다. 즉 '나'의 그러한 행동은 절망을 준 이 시대에 대한 가장 심각한 자학적 반항이며, 어머니와 아버지를 차례로 앗아간 전쟁에 대한 인간적인 반항이라는 것이다. (이남호, 「6·25 체험의 지속성과 오래된 사진첩」, 『분단문학비평』(김승환·신승범 편), 청하, 1987, 286쪽) 또 김현은 '나'가 누나를 동네 형들에게 넘겨 준 것은, 전통적인 여자의 삶을 살아가는 누나의 수동성에 대한 증오 섞인 반발 때문이라고, '나'의 그 위악적 행위 속에는 능동적으로 세상을 살아야 한다는, 누나에 대한 지극한 사랑이 숨어 있는 것이라고 설명한다. (김현, 「가난의 문화의 현장」, 『우리시대 우리작가⑦ 이동하』(이동하), 동아출판사, 1994, 411~412쪽 참조)

인 양상으로 꾸려지는 도시적 삶의 한계를 의식하면서 그에 대한 부정으로 인간적인 이해와 교감이 가능한, 더하여 합리적인 비상을 꿈꿀 수 있는 세계를 지향하고 나선 것이다.[23] '나'의 이러한 의식적 지향이 현실 세계가 지니는 부정성을 극복하고자 하는, 현실 비판적 의식의 표현임은 물론이다. 때문에 '나'의 의식적 지향점은 공격적이고 억압적인 삶의 자세를 기본으로 하는 남성적인 삶의 태도와는 대비되는, 나눔과 소통의 맥락을 향하고 있는 것이다.[24] "남성이 되는 정체성을 획득하고 정체성이 제조되는 과정에는 늘 여성에 대한, 그리고 다른 남성 및 스스로에 대한 억압과 폭력이 내재되어 있다"[25]라는 진술에 기대어 볼 때 그 대비적 맥락은 더욱 분명해진다. 결국 '나'는 기존의 세계 속에서 통념적인 남성성을 획득하는 것을 부정하고 새로운 세계에서 새로운 남성성을 모색하고자 하는 것이다. 그런데 그러한 모색의 의지조차 '나'가 남성이기 때문에, 세계에 대한 변혁을 꿈꿀 수 있는 남성이기 때문에 가능한 것으로 읽혀진다. 이는 다음에서 살펴볼 「중국인 거리」에서의 '나'의 모습과 대비해 볼 때 더욱 그렇다.

---

23) 연작소설의 첫 편인 「장난감 도시」는 '나'가 도시로 떠나오기 전의 기억으로 시작된다. "학예회"라는 장 제목으로 전달되는 '나'의 학교생활에 대한 기억은 학예회를 준비하는 과정에 관한 것으로 모아진다. 학생들의 행사라기보다는 마을 사람 전체를 위한 축제였던 학예회를 준비하는, 아이들과 선생님이 함께 어우러졌던 교실은 천진난만한 웃음이 빈발하고 인간적인 이해와 소통이 습득되고 형성되는, 순수하고 인간적이고 합리적인 세계였다. 「유다의 시간」 말미에서 '나'는 바로 그러한 세계를 지향하고 나선 것이다.

24) 나눔과 소통의 의식은 억압적이고 폭력적인 기존의 남성성과 대비되면서 손쉽게 여성성의 특징으로 받아들여질 수 있다. 그렇다고 하더라도 그러한 의식이 기존의 남성성의 문제성을 의식하고 대안적 차원에서 모색되는 것이라면 새로운 남성성으로, 대안적 남성성으로 수렴될 수 있을 것이다. 남성성과 여성성에 대한 논의는 그것들을 분리하고 구분하는 그 자체가 중요한 것이 아니라 그것들을 토대로 얼마나 지향적인 가치를 창출하느냐가 중요한 까닭이다.

25) 정유성, 앞의 책, 44쪽.

3. 성 역할의 세대적 반복과 운명적 고착

오정희의 작품 <중국인 거리>는 초등학교 2학년 나이의 여자 아이가 6학년의 나이가 되기까지의 성장 과정을 다루고 있는 작품이다. 이 작품을 두고 작가는 "인천 차이나타운에서 보낸 시절의 기억의 모음"으로 "소설이라기보다는 전쟁, 휴전, 복구에 이르는 황폐한 시기를 의식치 못하고 겪은 나 자신의 성장의 기록"이라고 설명한 바 있다.[26] 어쨌거나 이 작품은 전쟁으로 인한 황폐한 시기를 거쳐야 했던 초등학교 여자 아이의 성장 과정을 그린 소설이다. 2학년에서 6학년까지라는 서사 전개 시간은 단편소설로 압축하여 제시하기에는 다소 긴 시간이기는 하지만, 그러나 그러한 시간적 경과 과정이 아이의 성장을 증명하는 징후적 요소로 작용하고 있는 것만은 분명한 사실이다.

이 작품에서 성장의 초점은 폭력적이기까지 한 남성중심적 세계 속에서 '나'라고 지칭되는 아이가 중성적 세계에서 점차 여성적 세계로, 자신의 세계 영역을 제한해 들어가는 과정에 놓여진다. 그것은 동네 여기저기를 개구지게 쏘다니던 '나'가 시간적 흐름 속에서 할머니와 어머니와 매기 언니의 삶을 스치면서 끝내는 골방과 다락으로 기어들어가는, 일상의 시 · 공간을 이동해 가는, 보다 엄밀히는 제한해 들어가는 과정을 통해 제시되고 있다. 그런데 '나'의 그러한 시 · 공간적 이동 및 제한은 결국 낯선 남성의 시선을 의식하는 가운데 여성적 육체의 성징인 초조를 경험하는 내용을 동반함으로써 '나'가 남성중심적 세계 속에서 여성적 정체성을 체득하고 있음을 보여 준다.

작품 서두에서 '나'는 학교가 파하는 대로 책가방은 던져 둔 채 동

---

26) 오정희, 「나의 소설, 나의 삶」, 『작가세계』, 1995. 6, 152쪽.

네 아이들과 떼를 지어 선창이고 항만이고 철도역이고를 가리지 않고 개구지게 싸돌아다니는 동네 악동의 모습으로 등장한다.

> 드디어 화차가 오고 몇 번의 덜컹거림으로 완전히 숨을 놓으면 우리들은 재빨리 바퀴 사이로 기어들어가 석탄 가루를 훑고 이가 벌어진 문짝 틈에 갈퀴처럼 팔을 들이밀어 조개탄을 후벼내었다. (…중략…) 석탄은 때로 군고구마, 딱지, 사탕 따위가 되기도 했다. 어쨌든 석탄이 선창 주변에서는 무엇과도 바꿀 수 있는 현금과 마찬가지라는 것을 우리는 알고 있었고, 때문에 우리 동네 아이들은 사철 검정강아지였다.[27]

위 인용에서 짐작할 수 있듯이 전후의 폐허와 빈곤의 상황에서 아이들은 의도하지 않은 악동들이 되어 놀이와 생존을 동시적으로 해결하고 다녔고, '나' 역시 그 속에 뒤섞여 성별 구분과 무관하게 뛰놀며 지낸다.

그러나 '나'의 그러한 중성적인 일상에도 '나'가 몸담고 있는 세계는 성적 차이를 전제로 성적 역할이 구분되는, 보다 명시적으로, 가부장적 질서가 지배하는 세계이다. 이는 '나'의 아버지의 위상과 역할 속에서 분명하게 확인된다. '나'의 가족이 이 도시로 이사 오기 전, 일자리가 없어 취직 운동을 하고 다니던 아버지를 대신해 단속을 피해 힘겹게 담배장사를 나다니던 어머니는 "늬아버지가 취직만 되면……"이라는 말을 입버릇처럼 되뇌였다. 어머니의 그러한 되뇌임은 집안에서 아버지라는 존재가 차지하는 위상의 높이를 시사한다. 그리고 '나'의 아버지는 그 후에 실질적으로 그 위상에 걸맞는 역할을 감당하는 것으로 그려진다.[28]

---

27) 오정희, 「중국인 거리」, 『문학과 지성』, 1979. 3, 242~243쪽. 이후 인용문의 경우 인용문 뒤에 해당 지면만을 밝힐 것이다.
28) 우찬제는 「중국인 거리」에서의 아버지를 "부성의 거세"라는 관점으로 설명한다.

> 아버지는 피난 시절의 셋방살이 혹은 다리 밑이나 천막에서 아이들을 끌
> 어안고 밤을 새우던 기억에 복수라도 하듯 끊임없이 집 손질을 했다. 손바
> 닥만한 마당을 없애며, 바느질을 처음 배운 계집애들이 가방의 안쪽이나 옷
> 의 갈피짬마다 비밀 주머니를 만들어 붙이듯 방을 들이고 마루를 깔았다.
>
> (254쪽)

전쟁에서 재빨리 벗어난 친구나 동창들을 찾아다니던 아버지는 드
디어 이곳 지방도시의 석유소매업소의 소장으로 취직을 하여 가족 모
두를 이끌고 이곳으로 이사를 했다. 그러고는 위 인용문에서 드러나
듯, 이곳에서 그는 열심히 집을 늘려 간다. 그의 그러한 모습은 그가
한 가정의 중추임을 확인시키는 상징적인 맥락을 지닌다. 위 인용문
을, 한때 가부장으로서의 권위와 역할을 상실했던 그가 그것들을 회복
함과 동시에 보다 견고하게 다듬어 가는 모습을 보여 주는 것으로 해
석 가능한 것이다. 그리고 그러한 아버지의 모습은 전쟁으로 인해 "쑥
밭"이 된 세계의 재건 과정과 맞닿음으로써, 즉 포격으로 무너진 건물
들의 형해가 "썩은 이빨처럼 서 있"는 지방도시에서 사람들이 끊임없
이 해인초를 끓여대며 "개미처럼, 열심히 집을 지어 빈터를 다스"리는
맥락과 맞닿음으로써 이데올로기적인 차원에서 남성중심적이고 가부
장적인 세계를 다시 일으키는 것으로 재해석된다. 따라서 이러한 일련
의 정황은 결국 '나'가 몸담고 있는 세계가 남성 중심의, 혹은 가부장

전쟁에서 돌아온 후 딸아이를 중국인 거리라는 무대로 옮겨 놓는 것까지가 아버
지의 몫일 뿐 그 이후 아버지는 어떠한 역할도 하지 않는다는 것이다. (우찬제,
「'텅 빈 충만', 그 여성적 넋의 노래」, 『오정희 문학앨범』(오정희 외), 웅진출판,
1995, 72쪽 참조) 그런데 작품에서 아버지의 역할이 전경화되지 않는 것은 오히
려 남성의 삶과 여성의 삶이 철저하게 분리되고 단절되었음을 보여 주는 것이라
고 해석할 수도 있다. 그러한 분리와 단절 때문에 여성인 '나'의 성장 여정에서
아버지의 삶은 일단 배면으로 물러나 있는 것이라고 볼 수 있는 것이다. 그러나
분명한 것은 아버지가 '나'의 성장 여정에서 드러나지 않는 기저로 자리하고 있
다는 사실이다. (본문에서 이후의 논의 참조)

적인 질서에 근거하고 있는 세계임을 확인시켜 준다.

더하여 '나'가 속한 세계는 남성 중심적 세계라는 기본 속성에 전쟁 이후라는 시대사적 맥락이 부가되면서 제국주의적 내지는 군국주의적 폭력성이 덧입혀진다. 남성 중심의 세계가 가지고 있는 폭력성이 보다 강화되어 드러나는 것이다. 작품에서 백인 지아이가 과녁을 향해 겨누던 칼의 방향을 갑자기 군부대 주위를 배회하던 동네 아이들이 지나가고 있는 쪽으로 바꾸어서는 그곳을 향해 칼을 던져 지나가던 도둑고양이를 죽이는 사건에서 확인되듯 그 폭력성은 대단히 위협적인 것으로 드러난다. 백인 지아이가 칼을 던진 의도가 결과적으로 고양이를 겨눈 것으로 드러나기는 했지만 갑작스레 칼이 자신들 쪽으로 날아오는 것을 의식한 아이들의 놀라움은 자신들도 모르게 바지에 오줌을 쌀 정도로 크고 깊은 것이었다. 그럼에도 아이들은 여전히 "전설로 길이 남을 것이라는 상륙 작전의 총지휘관이었던 노장군의 동상"이 있는 세계를 배회하며 자신들의 놀이와 생존을 펼쳐간다. 그러한 아이들의 모습은 전쟁이 남긴 폭력의 그늘이 이미 일상 속에 깊이 스며 있음을 의미하면서 폭력성이 강화된 남성 중심 세계가 뿌리 깊음을 확인시켜 준다.

그렇다면 그러한 세계 속에서 여성들은 어떠한 삶을 사는 것일까. 앞의 논의에서 시사되듯 남성이 폐허화된 세계를 다시 일으키는 재건의 이미지를 동반하고 있는 것과는 다르게, 여성은 재건의 맥락에서 소외된, 혹은 오히려 그것의 피해자가 된 형상으로 제시된다. 더하여 여성의 삶은 죽음의 맥락에 맞닿아 있는 것으로까지 제시된다. 작품에서 이러한 여성적 삶의 형상은 '나'의 할머니와 어머니, 그리고 이웃의 매기 언니의 삶의 모습들로 응축되어 제시되는데, 그들 세 여성은, 현상적으로는 세대적인 혹은 양상적인 차이를 보이면서도 본질적으로는 동일한 맥락의 삶의 모습들을 보여줌으로써 현상적인 차이들과 무관한 여성적 삶의 반복성 내지는 동일성을 보여 준다. 즉 그녀들은 모두 남성들의 성적 대상화의 범주를 넘어서지 못한 채 비인간적인 삶을 영위하는 존재들로 형상화 되고 있는 것이다.

'나'의 어머니의 서모인 할머니는 "시집온 지 석 달만에 영감님이 처제를 본" 까닭에 영감님과 평생을 "조면"하고 의붓딸인 '나'의 어머니에게 의탁한 채 살아가고 있다. 결국 할머니는 비인격적인 현실을 감수하며 남성의 방종적인 성적 자유의 희생자로 일생을 살아온 것이다. 어머니의 경우는 표면적으로는 할머니와 다르게 아버지와 안정적인 구도의 가정을 꾸리고 있다. 하지만 이면적으로는 그녀 역시 여덟 명의 아이를 낳으며, 아이를 낳고 집안의 대를 잇는 것을 삶의 전적인 역할과 몫으로 인식하고 동물적 차원의 삶을 감내하는, 성적 존재로서의 여성적 삶의 비극성을 보여주고 있다. 그런가 하면 '나'의 친구 치옥이네 집에 세들어 살고 있는, 흑인 군인과 동거중인 양공주 매기 언니는 미국에 가서 흑인 군인과 결혼하여 살게 될 것이라는 희망에 부풀어 살아가던 중 어느 날 밤 술에 취한 흑인 군인에게 내동댕이쳐져서 죽임을 당한다. 미군의 성적 노리개가 되어 목숨조차 한낱 놀이감으로 취급당하고 마는 그녀의 삶의 모습은 여성적 삶의 비루성을 극단적으로 보여 준다.

이처럼 세 여인은 각기 다른 세대의 혹은 각기 다른 양상의 삶을 살아가는 듯하지만, 그녀들 모두의 삶의 기저에는 인간적 존엄의 가치와는 무관한, 남성의 성적 대상으로 제한된 여성적 삶의 한계가 관통하고 있다. 성 역할의 세대적 반복이 거듭되고 있는 가운데, 남성들이 공적 영역에서 폐허화된 세계를 복구하고 그것을 재건하는 역동적인 모습을 보이는 것과는 무관하게, 여성들은 모두 사적 영역에서 비인격적이고 동물적인 차원의 삶을 살고 있는 것이다.[29] 더욱이 남성적 삶에 내재된 폭력성이 비가시적인 차원을 넘어 가시적인 차원으로까지 확대되는 것에서 여성적 삶의 위기가 보다 심화되고 있음을 확인할 수 있다.30)

결국 '나'는 남성적 삶과 여성적 삶이 분화된, 보다 엄밀히는 남성 중심성이 강화되고, 여성적 삶의 비루성이 심화된, 남성 중심적 세계의 와중에 놓여 있는 것이다. 따라서 '나'의 성장 여정은 그러한 세계적 양상으로부터 자유로울 수 없다. 그 누구도 지배적인 사회화의 이념으로부터 자유로울 수 없는 까닭이다. 그리하여 '나'는 이제까지의 중성적 삶의 양식으로부터 벗어나 점차로 남성 중심적 세계 내에서의 여성적 정체성을 체화하는 길을 걷는다.

작품에서 '나'가 남성 중심적 세계 내의 여성적 존재임은, 분명치는 않으나, 충분히 의식 가능한 "그의 시선"의 존재를 통해 입증된다. "그의 시선"은 '나'가 이 도시로 이주한 첫 날부터 의식된 것으로 '나'가 이 낯선 도시와 최초로 나눈 "악수"와 "공감"의 맥락과 연결되어 있다.

> 아, 그제야 나는 그 냄새의 정체를 알 수 있었다. 그 냄새는 낯선 감정을 대번에 지우고 거리는 친숙하고 구체적으로 내게 다가왔다. 그것은 나른한 행복감이었고 전 날 떠나온 피난지의 마을에 깔먹여진 색채였으며 유년(幼年)의 기억이었다. (…중략…) 나는 잊혀진 꿈속을 걸어가듯 노란빛의 혼미 속에 점차 빠져들며 문득 성큼 다가드는 언덕 위의 이층집들과 굳게 닫힌 덧창 중의 하나가 열리며 젊은 남자의 창백한 얼굴이 나타나는 것을 보았다.
>
> (249쪽)

위 인용문에서 제시되는 냄새는, 즉 '나'가 이 도시로 입성한 첫 날

---

29) 매기 언니의 매춘 행위는 사적 영역을 넘어선 일일 수 있으나, 그것이 진정한 의미의 공적 영역으로의 편입인가 하는 문제에서 그 답은 매우 부정적일 수밖에 없다.

30) 할머니의 남편이 처제를 본 일 역시 지극히 폭력적인 사건이지만, 매기 언니가 흑인 군인에 의해 내던져진 사건은 남성의 폭력성 그 자체를 구체적으로 그리고 극단적으로 보여주면서 동시에 그것이 얼마나 강화되었는가를 확인시켜 준다.

의 새벽부터 피어오르기 시작한 냄새는 바로 해인초 냄새다. 그것은 '나'가 어렸을 적 할머니가 끓여 주시던, '나'의 유년의 기억 속에 자리하고 있던 냄새였기에 그러한 냄새를 풍기는 낯선 도시와 '나'는 손쉽게 "악수"를 나눈다. 즉 도시에서 풍기는 해인초 냄새가 '나'에게 몽롱한 꿈속과도 같은 유년의 행복감을 환기시킴으로써 '나'는 낯선 도시와 쉽게 "공감"을 나눈 것이다. 그런데 바로 그 순간, 해인초 냄새에 젖어 도시의 낯설음을 떨치고 유년의 행복감에 젖은 순간, '나'는 "언덕 위의 이층집들과 굳게 닫힌 덧창 중의 하나가 열리며 젊은 남자의 창백한 얼굴이 나타나는 것을" 본다. 이는 그가, '나'와 공감을 형성한 도시의 부분으로 자리함으로써 결국 '나'와도 공감을 이룬 존재임을 의미한다. 이후 그는 '나'의 도시 생활 곳곳에서, 혹은 시시때때로, '나'를 지켜보는 하나의 시선으로 자리한다.[31]

그런데 문제는 '나'와 그 혹은 그의 시선 사이의 공감 관계에도 불구하고 "그의 시선"에 의해 '나'가 대상적 차원의 존재로 전락한다는 사실이다. 그는 "언덕 위의 이층집 열린 덧창"에서 '나'를 바라보곤 하고, '나'는 문득문득 그의 시선을 느끼면서 야릇한 감정에 젖어들곤 한다. 그는 응시의 주체이고 '나'는 응시의 대상인 것이다. 따라서 '나'는 응시의 주체인 그의 시선으로부터 자유롭지 못하다. 즉 남성인 그의 시선으로부터 자유로울 수 없는 것이다. 그렇다면 결국 '나'는 남성 중심적 시선에 포착된, 대상화된 여성적 존재, 즉 남성 중심적 세계 내의

---

31) 그런데 작품에서 그의 존재를 의식할 때 '나'는 슬픔이나 비애의 감정에 젖어들기도 하는데, 이때의 슬픔이나 비애의 감정은 그에 대한 거부나 부정의 감정이기보다는 남성적 시선으로부터 자유로울 수 없는 여성의 현실적 한계에 대한 직관적인 인식으로 보아야 할 것이다. 이는 작품의 결말에서 '나'가 그의 손짓의 부름에 응하고 돌아와서 골방으로 기어들고, 바로 이어서 어머니의 죽음과도 같은 산고와 더불어 '나'의 여성적 성징인 초조가 시작되는 서사적 설정을 통해 보다 분명하게 드러난다. (이후의 본문 논의 참조)

여성적 존재인 것이다.

　그러한 맥락을 보다 강화시켜 주는 상징체가 "방"이다. 작품에서 '나'가 그의 시선을 의식하는 상황에서 주로 등장하는 공간이 "방"인 것이다. '나'는 매기 언니의 "방"에서 그의 시선을 의식하고, 이발소에서 그의 시선을 의식한 후 "골방"을 찾아들고, 그의 부름에 응한 후 그가 내민 종이 꾸러미를 받아들고 "골방"과 "다락"으로 기어든다.32) 그렇다면 왜 모두가 "방"일까? 여기서 주목해 볼 점은 할머니, 어머니, 매기 언니 모두가 방이나 집안의 영역을 넘어서지 못한 삶을 살았다는 사실이다. 이는 방이나 집안이 지극히 제한적이고 폐쇄적인 여성 세계를 대표하는 공간임을 의식하게 한다. 따라서 그의 시선이 '나'를 "방"의 세계로 몰아넣는다는 사실은, 즉 남성인 그의 시선이 동네의 악동의 하나로 중성적인 세계에서 뛰놀던 '나'를 "방"으로 몰아넣는다는 사실은, 그의 시선이 '나'를 점차 여성의 세계로 몰아넣는 것임을 의미한다. 그리하여 결국 앞서 논의한 대로 '나'는 남성인 그의 시선을 의식하는 가운데 여성적 정체성을 획득해 가는, 남성 중심적 세계 내의 여성적 존재로 자리해 가는 것이다.

　결국 '나'는 현상적으로 존재하는 할머니와 어머니와 매기 언니의 삶의 양상들을 모방적 대상으로 삼아 자신의 삶을 키워나갈 수밖에 없는 상황에 처해 있는 셈이다. 즉 그녀들을 바라보고 의식하는 가운데 자연스레 여성적 존재로서 자신의 삶의 방향성을 체득해 갈 수밖에 없는 상황에 처해 있는 것이다.

---

32) '나'의 이러한 모습은, 앞 장에서 논의한 이동하의 「유다의 시대」에서 아버지의 귀환 이후 가족에 대해 깊은 배반감을 느끼고 방에 대한 집착의식에서 벗어나 거리로 나서는 '나'의 모습과 대비된다. 이러한 대비적 모습에서도 개방적으로 뻗어나가는 남성적 태도와 폐쇄적으로 위축되는 여성적 태도의 차이를 확인할 수 있다.

그러나 실제적으로 할머니, 어머니, 매기 언니 중 그 누구도 '나'의 삶의 온전한 지향점으로 자리할 수는 없다. 그녀들 모두의 삶 속에는 앞서 논의한 대로 여성적 삶의 비루성이 내재되어 있는 까닭이다. '나'의 눈앞에서 사물화되어 목숨조차 내던져진 매기 언니의 삶이나, '나'의 감성적 연민을 자극하는 할머니의 삶이나,33) '나'의 시선에 동물적으로 비춰지는 어머니의 삶이나 모두 비루하기는 마찬가지인 것이다. 하여 '나' 자신조차도 그러한 여성적 삶의 비루성을 거부하고 나선다. 작품에서 그것은 '나'의 어머니에 대한 부정적 의식을 통해 집약적으로 드러난다.

> 집으로 돌아왔을 때 어머니는 수채에 쭈그리고 앉아 으윽으윽 구역질을 하고 있었다. 임신의 징후였다. 이제 제발 동생을 그만 낳아주었으면 좋겠다고 생각하며 나는 처음으로 여자의 동물적인 삶에 대해 동정했다. 어머니의 구역질에는 그렇게 비통하고 처절한 데가 있었다. 또 아이를 낳게 된다면 어머니는 죽게 될 것이다.
>
> (74쪽)

위 인용문은, 친구인 미옥에게 자신의 어머니가 계모라고 말할 정도로 어머니에 대하여 부정적인 의식을 지닌 '나'가 임신한 어머니를 바라보며 느끼는 격동적인 의식을 보여 준다. '나'는 임신으로 인해 힘겨워하는 어머니를 바라보며 부정적 의식의 단계를 넘어 연민과 동정의 감정을 느끼기도 하고 심지어 죽음이라는 위기 상황을 의식하기도 한다. '나'의 이러한 일련의 의식과 감정은 여성의 생래적인 성적 역할에 얽매인 어머니의 삶을 부정하고 거부하는 것이다. '나'의 의식 속에서

---

33) 할머니가 통한에 찬 세월의 무게를 감당치 못하고 결국은 풍을 맞고 쓰러져 어린아이와 같은 상태가 되어 버리자 '나'는 모성적 이미지가 느껴지는 손길로 할머니를 돌보아 드린다.

어머니를 통해 확인되는 여성의 생산적 능력은 결코 거룩하고 신비로운 것으로 자리잡지 못한다. 그것은 오히려 죽음의 길로 여겨질 만큼 고통스럽고 공포스러운 것으로 자리한다.[34]

그런데 아이러니하게도 생산적 존재로서의 여성적 정체성이 '나'에게 운명의 모습으로 다가온다. 여성에게 있어 생산력이라는 것이 생래적으로 부여되는, 여성적 운명임을 상징하는 "초조"가 '나'에게 찾아든 것이다. 따라서 '나'의 초조의 시작은 '나'가 생래적인 여성적 정체성을 획득했다는 성장의 징후로서 의미를 갖는다. 그리고 그것은 다시 아이러니하게도 '나'가 그토록 부정하고 거부하고자 했던 어머니의 삶을 답습하게 되리라는, 하여 남성의 성적 대상으로 자리하는 여성적 삶의 비루성은 '나'에 의해서도 반복되리라는 강한 시사이다.[35]

> 내가 낮잠에서 깨어났을 때 어머니는 지독한 난산이었지만 여덟 번째 아이를 밀어내었다. 어두운 벽장 속에서 나는 이해할 수 없는 절망감과 막막함으로 어머니를 불렀다. 그리고 옷 속에 손을 넣어 거미줄처럼 온몸을 끈끈하게 죄고 있는 후덥덥한 열기를, 그 열기의 정체를 찾아내었다. 초조(初潮)였다.

(81쪽)

---

34) 작품에서 생산을 죽음으로 인식하는 '나'의 의식 전개는, '나'를 포함한 아이들이 성당의 종소리를 들으며 수녀의 죽음을 의식했던 사건과 무관치 않다. "영적 사랑의 거장"인, 따라서 육체적 불모성이 전제된 수녀와 육체적 생산에 함몰되어 있는 어머니가 죽음의 이미지를 매개로 연결됨으로써 생산은 불모라는, 즉 죽음이라는 의미가 강화되는 까닭이다. (브라이언 터너, 『몸과 사회』(임인숙 역), 몸과 마음, 2002, 258~259쪽 참조)

35) 김경수는 「바람의 넋」을 예로 들어 오정희가 그려내고 있는 여성 성장소설은 남성 주인공의 성장의 과정을 그린 경우처럼 사회와의 조화를 이루는 성공적인 것이 아니라 어디서나 상처를 받으며, 살아남기 위해서는 불가피하게 남성적 사회질서에 편입될 수밖에 없다는 처절한 각성을 담고 있다고 주장한다. (김경수, 「여성성의 탐구와 그 소설화」, 『문학의 편견』, 세계사, 1994, 380쪽 참조)

인용문에서 드러나는 바와 같이 어머니가 여전히 동물적 삶의 사슬에서 놓여나지 못하고 있음을 증명하는, 아이를 낳는 상황에서 '나'에게도 그러한 삶을 가능케 하는, 초조라고 하는 육체적 징후가 찾아든 것은, 위에서 언급한 대로 여성의 비루한 삶이 '나'에 의해서도 반복될 가능성을 강하게 시사한다. 그리고 '나'의 성장의 징후가 이처럼 운명처럼 주어진 생래적인 여성적 정체성을 획득하는 것으로 집약되는 것은 여성의 성장이라는 것이 유동적이고 역동적인 차원에서 의식되기보다는 정태적이고 폐쇄적인 차원에서 이해되고 있음을 보여 준다. 그렇다면 결국 여성의 성장은 세계에 맞서 능동적으로 살아가는 역동적인 주체로 비상하지 못하고 주어진 운명에 수동적으로 안착하는, 비주체적 대상에 머무는, 고착의 형질을 지니는 셈이다.

그러하기에 여성의 성장은 비극적인 정조를 떨쳐내지 못한다. 작품에서 '나'는, 위 인용 바로 앞에서 제시되고 있는, "나는 차라리 죽여줘라고 부르짖는 어머니의 비명과 언제부터인가 울리기 시작한 종소리를 들으며 죽음과도 같은 낮잠에 빠져들어갔다."라는 서술을 통해, 자신의 성장과 맞닿아 있는 운명적인 여성적 삶에 대한 비극적인 인식을 분명하게 드러낸다. 인용문에서 생산의 "비명"이 죽음의 "종소리"36)와 중첩되고 그 중첩이 '나'의 "죽음"과도 같은 낮잠으로 이어지는 일련의 상황 설정을 통해 생산과 죽음을 등가적으로 인식하는 '나'의 역설적인 의식이 그와 같은 인식을 드러내고 있는 것이다. 하여 '나'는 자신의 성장의 징후인 초조를 "이해할 수 없는 절망감과 막막함"으로 맞이하는 것이다.

---

36) 인용문에서 제시된 "종소리"가 죽음의 종소리로 해석될 수 있는 것은, 수녀가 죽어갈 때 성당의 종이 끊임없이 울린다는 내용이 이전의 서사를 통해 전제되어 있기 때문이다. (「중국인 거리」, 257쪽 참조 ; 주 34) 참조)

4. 맺음말

　본 논문은 한 사회의 차세대적 성장과 그를 위한 개인의 정신적 진통의 문제를 다루는 성장소설이 성별적 차이에 의하여 성장의 방향을 근본적으로 달리한다는 전제 하에 이동하의 「유다의 시간」과 오정희의 「중국인 거리」를 대상으로 성별과 성장의 문제를 논의해 보았다. 소년의 성장을 다룬 「유다의 시간」은 가족 공동체의 와해라고 하는 아픔을 극복하고, 더하여 전쟁 이후의 폐허화된 세계 속에 만연되어 있는 폭력성에 저항하며, 사회적 이탈이라고 하는 극단의 방식을 통해 새로운 세계를 모색하고자 하는, '나'의 성장의 여정을 보여 주고 있다. 작품에서 드러나는 폭력적인 부정한 현실을 떨치고자 하는 '나'의 태도는, 세계 변혁의 주체로 자리하며 보다 적극적인 삶의 자세를 지향하는 남성 중심적 이념에서 비롯된 것임은 물론이다. 이에 반하여 소녀의 성장을 다룬 「중국인 거리」는 주인공 '나'가 남성 중심적 세계 속에서 비루한 삶을 살아가야 하는 여성적 정체성을 체화하는, 일련의 성장의 여정을 보여 주고 있다. 세대를 거듭하며 반복되는, 생래적으로 주어진 생산적 존재로서의 여성 정체성을 받아들여야 하는 '나'의 성장의 여정은 남성 중심적 세계에서 성적 대상으로 고착된 여성의 운명을 체화하는, 비주체화의 여정을 보여 준다. 이러한 논의들은 결국 이원적으로 분화된 남녀의 차별적인 삶의 양상이 성별에 따른 차별적인 성장을 유도함으로써 결과적으로 성차별적인 이념이 재생산되고 있음을 증명한다.

　성장이란 당대의 문화적 환경 속에서 이루어지되, 그 시대의 본질적인 문제에 대한 비판과 통찰이 동반되는 여정이라고 할 때, 그것은 성차를 초월한 보편적 개념이기보다는 남성중심적 이데올로기에 근거한 남성적 개념임이 본 논문의 논의를 통해 확인된 셈이다. 실제로 본론의 논의에서 확인되었듯이 여성의 성장은 직선적으로 전진하는 형성과정을 동반하지 못한 채 원환적인 반복적 차원에서 종결되어 버린다. 발전의 개념을 동반하지 못하는 것이다. 결국 여성은, 성장소설이 근대문학의 대표적 장르라는 통념에 근거해 볼 때 문학 영역에서조차 소외된 존재인 것이다. 그런데 이를 역으로 바라보면 모든 것의 중심으로 자리해야 하는, 남성의 억압적 현실이 환기되기도 한다. 결국 성장소설에 대한 논의를 통해 확인되는 남·녀 모두의 삶은 고단하다. 하여 인간사에서 성장의 이념이 소외와 억압으로부터 자유로워질 필요를 제기해 본다. 그것은 곧 근대적인 성장 이념의 해체와 재구에 대한 논의의 필요성을 제기하는 것이기도 하다.

3

남성·그늘진 제도의 억압과 희생

규율과 통제의 군대, 저항과 절망의 군인
-이문열의 「새하곡」·서정인의 「후송」·김유택의 「자메이카여 안녕」

1. 머리말

동족상잔의 역사를 지니고 분단의 현실 속에서 살아가는 우리 사회에서 군은 근원적으로 부정할 수 없는 독자적 의미와 위상을 지닌, 더 나아가 나름으로 성역화된 세계이다. 그러면서도 군은 군사 독재라고 하는 정치적 경험과 군사 문화라고 하는 사회 일반의 경향으로 인해, 그리고 무엇보다도 조직과 개인의 상충을 내포하는 군 자체의 내적 모순과 한계로 인해 우리 사회에서 문제적 영역으로 자리하고 있기도 하다.[1]

---

[1] 군이 가지는 문제성에 대해서는 조성숙의 논의를 참조할 수 있는데, 특히 위 내용과 관련하여 다음의 내용에 주목해 볼 수 있다. "일부 군인들의 불법적인 헌정 찬탈 및 독재정치는 사회 구석마다 군사문화적인 비민주적 관행을 심어 놓았고 사회전반적인 부정부패 비리구조를 낳았다. 군대경험을 한 남성 개인들은 군내 조직의 경직성과 강압성으로 인해 창의적 사고력이 저하되고, 무사히 군복무를 마치기 위한 지혜로 무사안일주의, 요령주의, 형식주의, 권위순응태도 등이 길러지기도 한다." (조성숙, 「군대문화와 남성」, 『남성과 한국사회』(여성한국사회연구

특히나 국민개병주의 원칙 하에 군복무를 국민의 의무로 부과받고 있는 남성들의 입장에서 군은 부정할 수 없는 질곡의 세계이다. 남성들에게 군은 피할 수 없는, 반드시 거쳐 갈 수밖에 없는 세계인 상황에서, 군대를 갔다 와야 남자가 된다는 사회적 통설이 뒷받침하듯 남성의 사회적 정체성이 확립되는 곳이기도 하지만, 동시에 개인의 존재성 내지는 주체성이 위협받는 곳이기도 한 까닭이다. 더욱이 가치적인 차원에서 볼 때 그 중 어느 것도 지향적이지 못한 까닭에[2] 남성들에게 군이 부과하는 질곡의 무게는 분명 가볍지 않다.

푸코에 따르면 군대는, 신체의 미시적 영역에까지 권력이 작용할 수 있도록 체계화된 규율을 통해 통제되는 전형적인 사회이다.[3] 그곳에

회 편), 사회문화연구소, 2000, 156~157쪽)

2) 군이 남성의 사회적 정체성 확립에 기여하는 문제를 두고 조성숙은 그것은 결국 가부장적 의식의 강화, 혹은 남성 우월의식의 강화에 기반한 것이어서 결과적으로 그 폐해가 심각하다고 지적하고 있다. (위의 논문, 157~158쪽 참조)

3) 인간의 신체를 권력의 대상이자 표적으로, 즉 권력의 객체이자 도구로 파악한 푸코는 근대로 접어들면서 인간의 신체가 "만들어지고 교정되고 복종하고 순응하고 능력이 부여되거나 혹은 힘이 다양해질 수 있는 것"으로 재발견되면서, 그것이 공간의 분할, 시간의 구분, 훈련, 그리고 힘의 조합 등을 통해 "순종하는 육체"가 되어 권력의 작용에 순응하게 되었다고 보고, "신체의 활동에 대한 면밀한 통제를 가능케 하고, 체력의 지속적인 복종을 확보하며, 체력에 순종 - 효용의 관계를 강제하는 방법"을 규율이라 규정한다, 그리고 그러한 규율에 의해 지배되는 대표적인 세계의 하나로 군대를 들고 있다. (M. 푸코, 『감시와 처벌』(오생근 역), 나남출판, 2003, 203~329쪽 참조) 이러한 가운데 푸코는 규율을 "세부적 사실의 정치 해부학"이라 언급하기도 하는데, 이는 지극히 사소한 일까지 혹은 아주 세부적인 영역까지 엄밀하게 규정화하여 신체를 치밀하게 통제하는, 즉 신체를 대상으로 미시적 권력을 행사하는 규율의 속성에 주목한 것으로, 이를 통해 푸코는 신체를 지배하는 규율이 얼마나 미시적으로 체계화되어 있는가를 밝힌다. 푸코가 제시한, "앞에 총은 세 박자로 행할 것, 먼저 오른손으로 총을 들어 올려서 총이 오른쪽 무릎과 수직으로, (⋯중략⋯) 두 번째 박자로 안쪽에 있는 총신이 눈과 눈 사이에 수직으로 올 때까지 왼손으로 총을 몸쪽으로 당길 것. (⋯중략⋯) 세 번째 박자로, 총에서 왼손을 떼어 넓적다리를 따라 내리고, 오른손으로 총을 들 것. (⋯하략⋯)"(위의 책, 229쪽)이라는 규정은 신체에 대한 규율이 얼마나 미시적

서 개인은 위계적인 군 조직의 최하위적 단위로 자리하면서 군의 역량을 극대화하기 위한 부속적이고 도구적인 가치로 존재한다.[4] 국가 수호라는 대의적 명분에 근거한 집단적 가치를 지향하며 군의 질서 유지와 명령 복종의 체계를 중시하는 군 내에서, 개인은 결코 의식 있는 주체로서 혹은 존엄한 개인으로서 존재할 수 없는 것이다. 하여 군 조직과 군 개인 간에 떨쳐낼 수 없는 갈등과 부조화가 발생하곤 한다. 군의 엄하고 치밀한 규율적 통제를 두고, 그것에 철저하게 대상화될 수 없는 문제적 개인들의 저항적 행위가 돌출되거나, 혹은 역으로 대상화 그 자체를 감당할 수 없는 패배적 개인들의, 군으로부터의 분리와 이탈이 야기되곤 하는 것이다.

본 논문은 군과 군인들을 다루고 있는 몇몇의 작품들을 대상으로 그와 같은 문제들에 주목해 보고자 한다. 군이 지니는 억압성, 그것이 개인의 삶에 가하는 무게, 그리고 둘의 불균형한 상충 등 이러한 일련의 상황들이 인간 삶 속에 빚어내는 파장을 두고 문학은 어떠한 이해를 보여 주고 있는가를 주목해 보고자 하는 것이다. 이를 위해 이문열

으로까지 체계화되어 있는가를 보여 주는 한 예이다.

4) 이러한 맥락을 보완하는 차원에서 푸코의 다음과 같은 논의에 주목해 볼 수 있다. 그는 규율이란 "다수의 인간을 질서정연하게 배치하기 위한 기술"이며 더 나아가 "집단 다수의 유용한 규모를 확장시키면서 동시에 다수를 참으로 유용하게 만들어 놓기 위한 것"이라 규정한다. 그리고 "군대는 이미 군중을 모아 놓은 집단으로서가 아니라, 그 집단적 단위에서 증폭된 힘을 추출해 낼 수 있는 단위체로서 존재할 수 있어야 하고, 그러기 위해서는 규율이 기본 기술"로 작용하여, 그것은 "모든 병사의 능력을 개발하고 그러한 여러 능력에 질서를 부여하며, 부대의 기동성을 높이고, 화력을 강화시"키고 "또한 맹렬함을 그대로 유지시킨 채 공격전선을 넓혀가고, 저항력을 증대시킨다."라고 한다. 그렇기 때문에 "신체적으로 일정한 활동을 위해서 부분별로 기능하도록 훈련받아 왔던 병사는 또 다른 차원의 구조 안에서 한 구성요소가 되어 (…중략…) (병사의 - 인용자 주) 신체는 다양한 부분으로 이루어진 기계장치의 부품처럼 조직"된다는 것이다. (위의 책, 247 · 309~321쪽 참조)

의 「새하곡」과 서정인의 「후송」, 그리고 김유택의 「자메이카여 안녕」을 대상으로5) 체제적 규율과 통제의 현장성을 전면적으로 드러내는 군부대 내에서의 군 생활과 그것의 결과적인 문제성이 응집되는 현장으로 볼 수 있는 군 병원 내에서의 군 생활을 이원적으로 살펴볼 것이다. 이는 결과적으로 문학 속에 형상화된 군 문제를 보다 총체적인 차원에서 바라보고 이해하게 할 것이다.6)

2. 훈련과 규율의 장, 통제되지 않는 절망

1) 계급적 위계의 억압과 무너지는 정대함

이문열의 「새하곡」은 군의 실전 훈련 과정을 배경으로 군 조직 내에서의 병사들의 절망을 그리고 있는 작품이다. 이러한 서사적 흐름 속에서 일차적으로 주목을 요하는 인물은 강 병장이다. 작품에서 초점화자로 역할하고 있는 통신 장교 이 중위는 자신의 휘하에 있는 강 병

---

5) 이문열, 「새하곡」, 『이문열 중단편전집 1·그해 겨울 외』, 둥지, 1994 ; 서정인, 「후송」, 『사상계 : 1962년 문예특별증간특대호』, 1962. 11 ; 김유택, 「자메이카여 안녕」, 『어메이징 그라스』, 문학과지성사, 1993.
   작품 인용시 인용문 뒤에 해당 지면만 밝힐 것이다.
6) 군이나 군인에 대한 연구로 이영아, 이재선, 송승철의 논의를 살펴볼 수 있다. 이영아는 신소설에 나타난 신식군인들의 특성을 규명하고 있고, 이재선은 전후 문학을 대상으로 전쟁 상황에서의 군인의 심리적 저변에 대해 살피고 있다. 송승철은 베트남 참전을 다룬 소설들을 대상으로 피해자이면서 가해자이기도 한, 그러면서 또한 주체일 수는 없는, 참전군인들의 용병으로서의 한계를 다루고 있다. (이영아, 「신소설에 나타난 '군인'의 형상화 고찰」, 『민족문학사연구』 32권, 민족문학사회, 2006 ; 이재선, 「전장의 상황 속에 있는 군인들」, 『현대한국소설사 1945~1990』, 민음사, 1991 ; 송승철, 「용병의 교훈」, 『전쟁의 기억, 역사와 문학 하』(동국대학교 한국문학연구소), 월인, 2005)

장을 "그만의 어떤 특이한 힘"과 "깊이 모를 능력"을 지닌 인물로 그리면서, 이 중위는 "그가 모른다거나 할 수 없다고 하는 것을 한 번도 본 기억이 없"고, "장비는 물론 작전면까지 그의 능력이 미치지 않는 곳"이 없으며, 심지어는 자신의 임무인 과원들의 통솔까지도 그에게 의지하는 경우가 허다하다고 서술하고 있다. 강 병장은 분명 군 조직 내에서 영웅적 차원의 인물이다.

그런데 강 병장이 부대에서 그처럼 탁월한 힘과 능력을 발휘할 수 있었던 것은 육사를 다녔다는 그의 개인적인 이력과 무관치 않다. 비록 사고를 쳐 퇴교를 당하기는 했지만, 가난한 수재였던 그는 육사에 입학하여 이학년 때까지 모범 생도로 지낸 인물이다. 즉 그는 군 지휘관으로서도 어느 정도 훈련을 받았던, 그리하여 군에 대한 사전 숙지와 이해를 나름대로 갖춘 인물이었던 것이다. 때문에 그는 비교적 합리적인 차원에서 과를 이끌고 있는 이 중위의 휘하에서 병사 이상의 역할을 하며 군 생활을 할 수 있었던 것이다.

그렇다고 그의 군 생활이 그 스스로에게 만족스러운 것은 아니다. 그, 그리고 그와 가깝게 지내는 박 상병을 두고 이 중위가 그들이 군 생활에서 드러내는 "철저한 자기 방기"에 대해, 보다 구체적으로 그들이 보이는 "탐식"과 "나태"와 "탐락"에 대해 그 원인을 물을 때 강 병장은 "니힐이죠. 병사의 절망입니다."라고 답한다. 겉으로 드러나는 외연과 다르게 그는 내면적으로 병사로서의 자신의 군 생활에 대해 깊이 절망하고 있는 것이다. 그는 그 절망을 "모든 것을 타아(他我)에 맡겨 버린 자아의 절망"으로 다시 설명하면서, "모든 병사는 군번과 함께 그 절망을 잠재 의식 속에 지급받"는다는 부연을 통해 자신의 절망이 계급으로 구획된 군의 위계 조직에서 비롯된 것임을 시사한다.

사실 충성과 복종은 최고의 덕목이고, 명령복종의 규칙은 다른 모든 덕목이 그에 의존해야 할 유일한 덕목이라고[7] 여겨지는 군 조직에서 계급적인 위계는 절대적 가치이다. 이는 작품에서 비교적 합리적이고 포용적인 이 중위조차도 군의 계급의 위계가 위협받아서는 안 된다고 인식하는 것에서 확인된다. 이 중위는 "이른바 '신삥 소위'"로 지나치게 계급을 따지는 심 소위가 훈련 중에 자신의 사적 감정을 개입시켜 박 상병에게 행한 치졸한 행위[8]를 두고, 강 병장이 박 상병을 대신하여 심 소위에게 합법으로 위장한 보복을 감행하려는 것을 알고는 강 병장과 박 상병을 향해 다음과 같은 의식과 태도를 드러낸다.

> 그는 역시 한 사람의 육군 장교였던 것이다. 심소위의 소행은 충분히 가증스러운 것이었으나, 그보다 더 중요한 것은 집단이 고수해야 할 근본적인 질서와 위계(位階)였다. 그런데 조금 전 그가 엿들은 것은 바로 핵심을 폭력으로 부인하겠다는 것이었고, 그것은 또 그가 아무리 믿고 사랑하는 과원들이라도 인정할 수 없는 일이었다. (…중략…)
>
> 「만약 이 일로 또 다른 무슨 일이 생기면 너희 두 놈은 모두 영창이야. 시시한 사단 영창이 아니라, 군법회의에 붙여 남한산성으로 보내겠어」
>
> (66~67쪽)

위 인용에서 확인되는, 심 소위의 행위가 아무리 부당한 것이었다고 할지라도 그것으로 인해 계급의 위계가 위협받아서는 안 된다는 이 중위의 생각은 군의 계급적 위계 규율이 얼마나 강고한 것인가를 확인시켜 준다.[9]

---

7) 온만금·김인수, 『군대와 사회』, 육군사관학교 화랑대연구소, 2005, 54쪽.

8) 강 병장의 분석에 따르면 심 소위는 대학 콤플렉스가 있는 인물이다. 박 상병이 석사 과정까지 수료한 대학이 자신이 두 번이나 떨어진 대학이라는 사실 때문에 박 상병에게 사적 감정을 가지고 있던 심 소위는 훈련 중에 복장 규정을 위반한 박 상병에게 과도한 폭력을 행사한다. 그리고 이후에도 박 상병을 향한 심 소위의 보복적 행위는 계속된다.

그리고 그러한 원칙은 강 병장 스스로도 충분히 인지하고 있다. 이는 위 인용의 생략된 부분에서 강 병장이 이 중위를 향해 그러한 "집단의 원리를 충분히 이해하고 있"음을 강변하는 것에서 증명된다. 그 자신이 병사 이상의 역량을 지니고 있고 때로는 병사 이상의 역할을 담당하기도 하지만, 결국 병사일 수밖에 없고 병사이어야 함을 강 병장 자신도 잘 알고 있는 것이다.

그러나 강 병장은 그것을 그대로 체화하지 못한다. 그것은 일차적으로 강 병장의 저항의 행위를 통해 드러난다. 사실 강 병장의 출중함은 군사적 능력에 있어서의 탁월함에서만 나타나는 것은 아니다. 심 소위의 치졸한 행위에서 드러나듯 군의 위계적 규율이 반드시 합리성을 담보한 것만은 아니기 때문에 그것은 나름의 저항에 부딪힐 수밖에 없는 내재적 모순과 한계를 지니고 있다. 그리고 강 병장은 그 내재적 모순과 한계를 묵과하지 못하고 나름으로 그것에 저항을 시도함으로써 계급적 위계의 허울을 파쇄시키곤 한다. 일례로 과거 그는 신병에게까지 깍듯이 경어를 쓰다, 그것을 군기의 문제로 파악한 장 대위에 의해 정식 금지 명령을 받았음에도 그것에 맞서 저항하여 결국 장 대위의 명령이 부당함을 밝히기도 했고, 보안대의 위력에 기대어 계급을 사칭하고 군의 물품을 사적으로 남용하는 장 일병을 호되게 물리치기도 했다. 부당한 규율에 순종적이지 않음이, 더 나아가 저항적임이 또한 그의 출중함이기도 한 것이다. 강 병장이 앞의 인용에서 드러난 이 중위의 경고에도 자신의 계획대로 심 소위에게 합법적으로 위장한 보복을 감행한 것 역시 그와 같은 맥락에서 바라볼 수 있다.[10]

---

9) 결국 군 조직 내에서 개인은 철저하게 계급으로 재생산된 단위적이고 부품적인 존재일 뿐이다. 그리하여 군의 직책은 계급에서 유래하는 것이 원칙이다. (온만금·김인수, 앞의 책, 47쪽 참조)

10) 강 병장은 실전 훈련 상황에서 적 게릴라의 출현 상황을 빙자해서 박 병장을 괴롭

그런데 문제는 강 병장 스스로가, 자신의 그러한 저항 의지를 실현시켜 가는 가운데서도, 또 다른 한편으로는 지독히도 사병적인 존재가 되어 가는 자신을 의식하게 된다는 것이다. "군대는 요령이다"라는 어느 무전병의 말이 시사하듯 군에서 병사에게 자발성과 자기 충일성을 기대하기는 어렵다. 계급적 위계를 기반으로 명령과 복종의 체계로 짜여진 군 조직에서, 더욱이 군이 "효과적인 동기 부여나 정치화"를 실현하지 못하고 구태의연한 "정훈"에나 의지하는 것이 고작인 상황에서, "모든 것을 타아(他我)에 맡겨 버린" 사병에게 능동성과 적극성을, 더 나아가 군이라는 "집단을 통해 자아를 실현하는 것"을 기대하기란 어려운 것이다.11) 그것은 군 조직 체계가 지닌 기본적인 모순이고 한계이다. 그런 모순과 한계를 강 병장은 어느덧 자신 안에서 발견하게 되고, 더 나아가 군의 계급적 규율이 자신의 내면조차 관통하고 있음을, 그리고 그것은 결코 떨칠 수 없는 질곡임을 의식하게 된다. 그리하여 그는 앞서 언급한 절망의 "니힐"에 더욱 깊게 빠져들게 되는 것이다. 그의 깊어지는 "니힐"이 어떠한 맥락에서도 군의 계급적 위계를 체화할 수 없는 강 병장의 실존적 의식이 작동한 결과임은 물론이다.

강 병장은 실전 훈련을 마치고 본대로 귀대한 날, 과원들과 벌였던

히던 심 소위의 소행을 역으로 이용하여 심 소위를 게릴라로 간주하고 그에게 개머리판으로 일격을 가해 기절시킨다. 사병이 합법으로 위장하여 장교를 친 것이다. (「새하곡」, 79~81쪽 참조)

11) "장교의 복무 동기는 폭력관리 기술에 대한 사랑과 이 기술을 사회의 안녕복지를 위해 사용하고자 하는 사회적 책임의식이며, 이 두 가지가 결합하여 장교의 직업적 동기를 형성한다고 할 수 있다." 반면 "장교에 종속되어 있는 사병들은 군대라는 관료조직체의 일부이지만, 전문직업적 관료라고 할 수 없다. 사병들에게는 장교의 지적 기술도 없고 직업적 책임도 지지 않는다. 이들은 폭력사용(Application of Violence)의 전문가이지 폭력관리의 전문가는 아니며, 단순한 기능직이지 전문직은 아니다."라는 대비적 진술은 장교와 사병의 직무 사이에는 근본적인 차이가 있음을 드러내면서 피동적 존재로서의 사병의 위치를 짐작케 한다. (온만금 · 김인수, 앞의 책, 45~47쪽 참조)

술자리를 정리한 후 자신의 "몸에 드럭드럭 밴" 사병 근성에 대한, 그리고 그것으로 인한 자신의 절망을 이 중위에게 고백한다. 그것은, 사단장의 진급이 확실하다는 풍문이 들릴 만큼 부대의 훈련이 성공적이었다는 평가와 대비되면서 그 우울의 깊이를 더한다.

> 「네, 무책임하고 피동적이고 잘 굴종하고 거기다가 뇌동하는 버릇, 감격하는 버릇, 그리고 정대하지 못하고 잔꾀에 밝은 것.」
> 「예를 들면 심소위를 친 것 말인가?」
> 「짐작하고 계실 줄 알았습니다. 사실 나는 그저께 밤에 이미 심소위라는 걸 알아 놓고 어제 저녁 숨어서 기다렸지요.」
> 「통쾌했겠지.」
> 「그런데 그게 그렇지 못했습니다. 어젯밤은 통쾌한 기분으로 잤지요. 그러나 날이 밝아 오면서부터 그 통쾌감은 점점 불쾌감으로 변해 갔습니다. 내 행위가 드러날지도 모른다는 불안에서는 절대로 아닙니다. 그것이 내가 할 수 있는 유일한 방도였다는 게 처량하고 서글펐죠. 나의 왜소함, 나의 천박스러움—이런 것들이 말입니다.」

(98~99쪽)

이처럼, 작품 서두에서 언급된 그의 사병으로서의 절망이 작품 말미에서 심 소위와의 사건을 통해 다시 언급되는 것은 강 병장 개인으로서는, 그 개인의 역량으로서는 헤어나올 수 없는, 그 자신의 절망의 깊이를 시사한다. 강 병장은 조직의 모순이 양성한 한계와 그로 인한 문제성을 인식하면서 더불어 어느덧 자신도 그러한 것들에 지독하게 물들어 있었음을 의식하며 자신의 절망의 깊이를 더할 수밖에 없었던 것이다. 조직의 위계 규율의 내적 모순과, 거기에 더하여 그것이 실현되는 데 있어서의 작위적 부당함과 같은 그런 문제성들에 대하여 그가 고작 대응할 수 있었던 길은, 역시나 그러한 문제성들과 마찬가지로 부당함을 속성으로 한 "정대"하지 못한 길뿐이었다. 그는, 그것이

비록 규율의 엄격한 통제로 인한 어쩔 수 없는 길이었다고 하더라도 혹은 그것이 어쩔 수 없는 길이었기에 그 길을 택할 수밖에 없었던 그 자신에게서 더욱 깊은 고통을 의식한다. 사실 그는 다시 한번 반전을 시도했었다. 즉 "정대해지고 싶"어서 심 소위를 찾아가 그 간의 사실을 밝혔었다. 그런데 그가 심 소위에게서 얻을 수 있었던 최후의 결과는 "그렇게밖에 생각하지 못하니까 너는 더러운 잔꾀나 부리는 사병이"라는 일침이었다. 정대하지 못한 심 소위에게서까지 자신의 정대함을 되찾을 수 없을 정도로 자신이 사병 근성에 철저히 물들어 있음에 대한 확인, 그 확인 앞에서 강 병장은 무너질 수밖에 없었던 것이다. 이러한 강 병장의 깊은 절망 속에서 철저한 위계 규율 앞에서 한 개인의 주체적 의지가 얼마나 무력한 것인가가 거듭 확인된다.

2) 대의적 명분의 무실화와 사적 현실의 극대화

군은 개인과 집단의 관계성과 관련하여 군의 모든 활동은 승리를 위해 개인의 의지를 집단의 의지에 종속시켜야 한다는 방향성을 지니고 있다.[12] 하여 개인은 가족적이고 사회적인 연관 관계에서 완전히 분리되어 군이 지향하는 새로운 관계 체계 속에 편입되어야 한다. 그리고 그 체제 안에서 조국과 민족과 국가를 위해 자기 자신을 희생해야 할 의무를 짊어져야 한다.[13] 즉 개인보다는 숭고한 대의를 위해 복무해야 하는 것이다.[14] 그러나 그것은 어디까지나 지향이고 방향일 뿐이다. 많은 경우 현실에서의 개인들은 그러한 대의적 명분에 충실하지

---

12) 위의 책, 50쪽.

13) U. 프레베르트, 「병사, 국민으로서의 남성성」, 『남성의 역사』(토마스 퀴네 외, 조경식·박은주 역), 솔, 2001, 126~127쪽 참조.

14) G. L. 모스, 『남자의 이미지』(이광조 역), 문예출판사, 2004, 188쪽.

못하다. 때로 사적 현실이 공적 이념보다 우위적으로 작용하는 까닭이다. 특히나 군 생활이 자발적 선택이 아닌, 제도적 강압에 의한 것일 때 더욱 그렇다. 하여 사적 생활로부터의 분리 내지는 격리에도 군 개인들의 의식은 여전히 사적 현실을 향한다. 게다가 군 조직도 군 개인의 사적 생활을 철저하게 배제하지 못한다. 군 역시 규율로서만 통제될 수 없는, 기계적 세계가 아닌, 인간의 세계인 까닭이다. 「새하곡」에 등장하는 군 개인들의 절망의 또 다른 측면은 바로 그와 같은 문제들과 관련된다.

군의 집단성에 대한 강조는 결국 평균성을 전제한 것이라 볼 수 있다. 개인의 사적 개별성 내지는 차별성은 고려의 대상이 되지 못한다. 이러한 맥락 속에서 일차적으로 주목할 수 있는 인물은 박 상병이다. 작품에서 군은 사병들에게 자발적 동기화를 부여하지 못한 상태에서, 더 나아가서는 그에 대한 의식조차 없는 상태에서 그저 하향 평균적 의식에 근거해서 명령과 규율에 입각한 통제를 실현하고 있다. 실전 훈련 중 박 상병이 심 소위의 표적이 되었던 것도 근본을 따지고 들어가면 평균성을 위반한, 그리하여 개별성이 두드러지는, 즉 평균율을 웃도는 그의 학력과 나이 때문이다. 이 중위조차도 박 상병의 학력과 나이가 부담스러움을 밝힐 정도로 그의 과도한 학력과 나이는 군의 획일적 지배와 통제의 걸림돌로 받아들여진다. 군의 공적 체제가 박 상병의 사적 현실을 장애로 받아들이고 있는 것이다. 이는 역으로 고스란히 박 상병이 감내해야 하는 절망의 늪으로 자리한다. 훈련 중 심 소위의 주먹질에 부어터진 박 상병의 얼굴은 박 상병의 절망의 현장이다.

그런데 군의 평균성 문제는 그것을 상회하는 존재에게만 적용되는 것은 아니다. 작품은 그것을 하회하는 존재 역시 문제가 됨을 보여 준

다. 작품에서 이 중위의 눈에 "어떻게 현역 입대가 가능했을까 싶을
정도로 학력과 지능이 낮은" 존재로 비춰졌던 천 일병이 그것을 증거
한다. 천 일병은 군 내에서도 어머니와 농사일을 걱정하며 눈물을 흘
릴 정도로 여리고 순박한 심성의 소유자로, 강한 신체, 강한 정신의 군
사 이미지와는 거리가 먼 병사이다.15) 그런데 그가 실전 훈련 중에 탈
영을 감행한다. 작품이 그의 탈영 이유에 대해 명시적인 언급을 하고
있지는 않지만, 학력이나 지능이 낮은 것으로 비춰졌다는 이 중위의
인상 정보에서 시사되듯 그는 조국과 민족과 국가를 위한 개인적 헌
신이라는, 군의 대의명분적 이념을 의식의 차원에서조차 감당할 수 없
었던 열등한 인물이었기에, 그러한 일련의 상황적 맥락이 그의 탈영의
이유였으리라 짐작할 수는 있다. 즉, 자신이 몸담고 살았던 산촌에서
의 생활과 혈육으로서의 어머니가, 그러한 사적 현실이 자신이 감당할
수 있는 세계의 전부인 그에게 조국과 민족과 국가의 수호라는 대의
적 명분은 의미화 될 수 없었고, 그럼에도 그에 대한 규율적 강요가
지속됨으로써 천 일병의 절망은 심화되고, 결국 그것이 탈영으로 이어
졌으리라 짐작할 수 있는 것이다.16)

---

15) "징병 제도가 시작되자 군대는 체육을 통해 단련된 남성의 육체를 남성 육체의
   신고전주의적 이상형으로 채택"하고 그러한 육체적 단련을 통해 고통을 금욕적
   으로 인내하고 대의를 위해 희생할 줄 아는 강인한 정신력을 강화하고자 했다.
   천 일병은 이러한 군사 이미지와는 거리가 있는 인물이다. (위의 책, 187~198쪽
   참조)
16) 더욱이 작품 말미에서 천 일병이 군에 의해 체포되어 월북 기도의 혐의를 받는
   것으로 처리되는 것은, 국가 수호라는 군의 집단주의적 이데올로기가 개인에게
   얼마나 폭력적일 수 있는가를 확인시켜 준다. 군 보안대는 그의 탈영 루트가 간
   첩들의 남파 및 월북 루트와 일치한다는 점과 과거 그의 아버지가 부역죄로 총
   살당했고 또한 삼촌이 월북했다는 사실을 근거로 그의 탈영을 월북 기도로 단정
   해 간다. 천 일병의 직속상관으로서 참고인으로 불려간 이 중위는 그럴 리가 없
   다는 "자기의 강한 확신"에도 천 일병의 변호를 단념한다. 이 중위의 그러한 단
   념은 군의 폐쇄성과 강고성의 강도를 짐작케 한다.

평균성의 문제를 차치하고라도 군의 집단주의적 가치와 개인의 사적 현실 간의 부조화의 국면은 계속된다. 군이 집단주의적 가치에 입각한 감시와 통제의 사회임은 작품 곳곳에서 등장하고 또 언급되는 통제관의 존재와 그의 통제 행위를 통해서도 시사되고 있다. 군의 부대 내 일상 생활에는 물론 실전 훈련 과정에도 통제관의 통제와 평가는 수시로 개입한다. 그런 만큼 그 안에서 개인은 군 조직을 구성하는 부품으로서 통제관이 의도하는 방향에 맞게 움직여야 한다. 개인의 사적 현실은 소거되어야 하는 것이 원칙인 것이다. 그러나 그 안에서도 사적 현실이 작용력을 발휘하는 것이 사실이다. 그러할 때 군의 명분은 무력해지고 병사의 절망은 깊어진다. 때로 사적 현실이 지극히 비현실적 외형으로 개입해 들어오는 것은 하나의 아이러니이다. 김 일병과 문 중사의 경우에서 그러한 맥락의 문제들이 드러난다.

아내가 백일도 안 된 아이를 시가에 떼놓고 어디론가 가버린 상황에 처한 김 일병은 자신의 그러한 상처로 인해 환청에 시달리는 인물이다. 하나같이 젊고 아름다운 아내나 약혼녀를 가졌던 병사들의 망령이, 그것도 이 땅에서 죽은 외국인 병사들의 망령이 교환병인 그에게 거의 매일 저녁 전화를 걸어온다는 것이다. 사적 현실로부터 격리되어 대의적 명분에 종사하고 있는 그이지만, 그가 그 격리된 세계 속에서 그 같은 환청에 시달린다는 사실은 그에게 있어 사적 현실이란 자신에게서 분리해 낼 수 없는, 그의 존재적 근거의 영역임을 의미한다. 더욱이 환청 속에서 그를 찾아드는 망령이 이 땅에서 숨진 외국인 병사들이라는 사실은 그가 조국 수호라는 대의적 명분에 대해 그다지 깊이 있게 호응하고 있지 않음을, 그것에 대한 그의 무의식적 회의를 시사한다. 이는 역으로, 그럴 만큼 사적 현실이 그를 압도하고 있음을 의미한다. 그런데, 즉 그에게는 자신의 사적 현실이 그렇게 절박한데, 군은 실전 훈련을 이유로 예정되었던 그의 휴가조차 연시시켜 버린다.
군의 집단주의적 가치가 개인을 향해 가할 수 있는 폭력성이 그대로
노정되고 있는 것이다. 훈련을 성공적으로 마치고 귀대한 날 밤, 다시
휴가를 허락받은 김 일병이 목을 매 죽음의 길을 가는 것은 사적 현실
이 그를 지배했던 위력을 역설적으로 드러낸다.

　문 중사도 군의 대의적 명분보다는 자신의 사적 현실에 매여 죽음
의 길을 가는 인물이다. 그가 다른 병사들과 달리 직업 군인이기도 한
까닭에 그에게 나름의 투철한 군인 정신을 기대할 수도 있겠지만, 애
초 그가 하사관이 된 동기가 그의 불행한 사적 현실 때문이었다는 사
실은 그에 대한 기대를 불가능하게 한다. 그는 고등학교 때 알게 된
술집 여급과 헤어진 후 자포자기적 심정으로 하사관 학교에 지원하였
던 것이다. 그 후 그는 국가 수호의 대의적 명분에 충실하기보다는 술
과 계집에 찌든 삶을 살아왔다. 만년 중사라는 현재의 그의 위상이 그
를 입증한다. 그런데 실전 훈련에 나서기 전날 밤 그는 과거의 연인이
었던 술집 여급의 꿈을 꾸게 되고 우연히 훈련지 인근 부락의 술집에
서 그녀를 만나게 된다. 결국 그는 그녀를 목 졸라 죽이고 자신은 그
녀를 죽인 괴로움을 이기지 못해 술에 취한 상태로 운전을 하다가 사
고로 죽는다. 그녀를 다시 만났을 때 자신이 여전히 그녀를 사랑한다
는 사실을 알게 되어 그녀 자신을 위해 죽인 것이라는 게 나중에 밝혀
진 그의 살인 동기이다. 군의 대의적 명분이 절대적 장악력을 확보하
고 있지 못하며, 군이 개인에게 사적 현실의 소거를 강제할 수 없음이
직업 군인인 문 중사를 통해서 재차 확인된다.

　작품에서 이 중위는 박 상병을 향해 군 역시 다른 사회와 같이 "평
범하기 짝이 없는 집단"임을 역설한다. 군이 아닌 다른 사회에도 "복
종해야 할 권위"와 "불합리한 줄 알면서도 시인해야 할 규율"이 있음

을, 누구도 순수한 개인이 아니며 따라서 개인의 자유란 허구적 이념임을 역설한다. 그러나 그것이 박 상병에게 소통되지 않음은 물론이다. 군이 지니는 문제성을 의식의 차원을 넘어 몸으로까지 체험한 박 상병으로서는 군의 규율과 통제를 보편적 이념으로 정당화시키거나 타당한 용납할 수 없는 까닭이다. 이 중위 자신 역시 작품 말미의 김 일병의 주검 앞에서 "병사의 절망"을 인정하게 되는 것에서 시사되듯 규율과 통제의 군이 사적 개인을 패배적 상황으로 몰아가고 있음은 부인하기 어려운, 군의 문제적 현실인 것이다.

3. 치료와 복구의 장, 회복되지 않는 절망

1) 불합리한 제도적 규율과 개인적 실존의 패배

서정인의 「후송」은 귀에 소리가 나는 증상에 시달리는 성 중위가 복무지인 전방 CP의 사단의무중대에서 제50야전병원을 거쳐 17후송병원으로, 그리고 그곳에서 다시 부산의 후송병원으로 후송되는 일련의 절차적 과정을 그리면서, 군 병원의 제도적 규율이 한 개인의 실존적 현실과 얼마나 무관한 것인가를, 하여 그것이 한 개인에게 얼마나 억압적일 수 있는가를 보여 준다. 치유의 공간인 병원이 제도적 규율로 인하여 치유의 역할을 감당하지 못한다는 사실은 분명 아이러니이다.

군 장교로 복무 중인 성 중위의 의식의 기저에는 죽음의 그늘이 자리하고 있다. 포병 테스트장에 파견 근무를 나가 있던 성 중위가 귀대하면서 자신의 시야에 들어오는 밤의 장막을 죽음의 손길로 의식하는 것을 시작으로 작품은 사이사이에 죽음의 의식 가까이에 있는 성 중위의 모습을 전하고 있다.

(321쪽)

위 인용은 귀에 소리가 나는 증상 때문에 후송을 바라는 성 중위가 의무 참모에게 자신의 후송을 부탁하며 그 연유를 설명하는 대목이다. 그는 의무 참모에게 귀에서 소리가 나는 증상을 설명하는 것이 아니라 "죽을거 같은" 자신의 심리 상태를 설명하고 있다. 이러한 죽음에 대한 그의 강박 의식은 후에 17후송병원에서 도봉산 쪽으로 외출을 나갔다 연상적으로 떠올린 기억 속에서도 드러난다. 어느 초여름 성 중위는 17번 도로를 걷다가 지나가는 차에 편승하려고, 달려오는 쓰리쿼터를 세웠으나 쓰리쿼터는 서지 않고 오히려 그를 지나쳐 전 속력으로 달리다 전복되는 사고를 일으킨다. 그 사고로 부상당한, 쓰리쿼터에 타고 있던 중위의 신음 소리가 성 중위의 뇌리에 강하게 각인되면서 이후 성 중위는 죽음을 의식하게 된다.[17] 뿐만 아니라 그의 죽음에

---

17) 서사의 진행 과정에서 이 사건은 성 중위의 이명 사건을 중심으로 전개되는 현재 사건이 아니라 성 중위의 의식 속에서 연상된 과거 사건이다. 그것은 서사적 현재가 가을을 시간적 배경으로 삼고 있는 것과 달리 이 사건에 대한 서술이 시작되는 첫 문장이 "풀이 무성하게 자라나는 첫여름이었다"라는 것에서 확인된다. (「후송」, 334쪽 참조) 그런데 작품에서 그의 죽음에 대한 강박 의식은 신체적 이상 징

대한 강박 의식은 그가 사단의무중대에 입원한 이후 병원을 옮겨 다니는 과정에서, 계속 몸에 지니고 다니면서 틈날 때마다 읽는 책의 주인공 "엘"이 결국 죽음에 이르는 것에서도 시사된다.

그렇다면 그는 왜 죽음에 대한 강박 관념을 지니게 된 것일까. 앞의 인용에서 드러나듯 그의 죽음의 의식을 의무 참모는 노이로제로 진단한다. 그는 불안하고 억압적인 상황에 처해 있는 것이다. 앞의 인용 상황에서, 그는 의무 참모에게 연대 OP수색 소대장으로 657고지 OP에서 부하들과 있었을 때는 괜찮았는데, 지금의 사단 군수처로 전속되면서 죽음의 손길을 더 강하게 느끼게 되었다고 고백한다. 이러한 그의 고백은 결국 그가 군 체제에서 억압을 느끼고 있음을 시사한다. 군이라는 직업 자체가 죽음과 무관치 않은 상황에서[18] 거기에 위계적 체제의 억압이 더해지면서 그의 죽음에 대한 강박 의식이 심화된 것이다.[19] 그리고 그러한 심리적 강박이 귀의 이명 현상으로 전환된 것임은 계속되는 의무 참모와의 대화에서 확인된다.[20] 후에 그가 17후송병

후인 이명으로 전이되어 나타나는데, 그러한 전이는 이때 부상당한 중위의 신음 소리와 무관치 않을 것으로 판단된다.

18) 더욱이 이 작품이 1962년도에 발표된 작품임을 고려할 때 작품 내적 상황에서 6·25 전쟁의 그늘을 짐작하는 것은 어려운 일이 아니다.

19) 연대 OP수색 소대장 시절은 군 조직의 직접적 통제로부터 어느 정도 거리를 유지할 수 있었던, 하여 군의 기계주의적 체제를 그다지 의식하지 않고 지낼 수 있었던 시기였다면, 지금의 사단 군수처는 군의 계급적 위계와 조직적 규율이 집약적으로 구현되는 세계인 까닭에 성 중위는 지금의 상황에서 보다 강한 억압을 느낄 수밖에 없다.

20) 성 중위의 이러한 신체적·정신적 이상 징후는 프로이트의 억압에 관한 이론에 기대어 이해해 볼 수 있다. 프로이트는 "본능의 목표 달성이 쾌락이 아닌 불쾌를 만들어 내는 경우"에 억압이 발생하며, 이때 억압의 본질은 "어떤 것을 의식으로 진입하지 못하게 하여 의식과 거리를 두게 하는" 것으로, 억압된 표상이 "파생자들을 이용하여 이전에는 진입을 거부당했던 의식에 진입할 수 있"게 되는 것을 신경증 증상이라고 한다. 그리고 그러한 신경증에는 불안·전환·강박의 유형들이 있다고 한다. (S. 프로이트, 「억압에 관하여」, 『정신분석학의 근본 개념』(윤희

원에서 이비인후 과장에게 자신의 이명 현상이 20개월 전 쯤 45권총 150발을 한꺼번에 쏘아댄 후에 발생했음을 이야기하며 떠올린 기억은, 즉 빈 깡통을 본 순간 그것을 없애버리고 싶은 충동에 사로잡혔던 기억은 무의식적 차원에 갇혀 있던, 억압에 대한 폭발의 욕망을 확인시키면서, 그것은 결국 군과 군 체제의 억압을 환기시킨다.

그런데 그러한 군의 체제적 억압은 역설적으로, 성 중위가 군의 체제적 억압으로 인해 얻게 된 신체적 이상을 치유받기 위해 군 병원을 전전하며 경험하게 되는, 군 병원의 불합리한 제도적 규율이 가해오는 폭력적 작용력을 통해 보다 구체적으로, 그리고 보다 분명하게 확인된다. 그는 자신의 강박적 죽음 의식이 구체적 징후로 드러난 신체적 이상을 치유받기 위해 사단의무중대의 군의관을 찾아다니며 후송을 요구한다. 그러나 그의 요구는 번번이 "후송불요"라는 군의관의 판정에 직면한다. 환자의 자각증상과는 별도로 의학적 판단을 내리는 것은 의사이며, 의사는 겉으로 확인되지 않는 증상에 대해서는 인정할 수 없다는 것이 "후송불요"의 이유이다.[21] 환자의 증상을 진단할 수 있는

기 역), 열린책들, 2007, 137~153쪽)

21) 이러한 군의관의 태도는 근대 의학을 "시선의 권력"으로 바라본 M. 푸코의 논의를 환기시킨다. 그는 19세기의 의학을 시선의 권력이 팽배하던 시기로 보면서, 그 시기에는 "의학이 과거와 똑같은 인식의 대상을 놓고도 가시적으로 드러나는 유기체의 질병이나 병리학적 형태 속에서 일정한 규칙성을 갖는 것에 주목"하였으며, 또한 "하나의 질병이 인간의 신체에 자리잡으려면 과familles, 속genres, 종espéces의 위계질서로 분류"되고 표로 작성되어, 그것들을 통해 "수많은 의학 지식 속에서 의사가 비로소 각각의 질병을 기억하고 치료할 수 있게" 되었다고 분석한다. 그리고 계속해서 그는 "분류하기 의학은 자기만의 지식의 공간을 가지고 있어, 질병이 성립하기 위해서는 반드시 그 공간 안에서 자신의 자리를 마련해야만 하며, 또 그곳에서만 하나의 질병은 자신의 성격을 드러낼 수 있다"고 정리한다. 이는 결국 "의학적 지식이 자신의 목표를 달성하려면 환자의 위치를 중립적인 위치에 놓아야 할 뿐만 아니라, 환자를 관찰하는 의사들의 개입 또한 의학적 지식을 구성하는 데 있어서는 허락될 수 없음"을, 하여 그것이 개인성과 주관성을 배제한 일반론적 체계를 지향하고 있음을 시사한다. (M. 푸코, 『임상의학의

시설이나 설비가 불충분하다는 객관적 현실은 고려의 사안조차 되지 않는다. 결국 환자의 절박함은 외면한 채, 의사의 권위주의만을 앞세우는 의학적 체계가 일차적으로 그를 억압하는 것이다. 그런데 문제는 거기서 그치지 않는다. 성 중위가 앞서 언급된 의무 참모의 힘에 기대어 다시 사단의무중대의 군의관을 찾아가 후송을 요구하자, 군의관은 "안하시는 게 좋을 겁니다. 물론 사단의무중대는 벗어나실 겁니다만 야전병원을 빠져나가기는 어렵습니다. 설사 그곳을 빠져나간다 하더라도 후송병원은 더 까다롭습니다. 거기는 야전군 바운다리를 벗어나는 거니까요."라고 대응한다. 그러한 군의관의 대응은 군 병원이 철저하게 위계적 체계를 갖추고 그 체계에 의해 움직여지고 있음을, 즉 환자 개인의 현실과는 무관하게 지극히 기계적으로, 더 나아가 폭력적으로 운영되고 있음을 시사한다.

그러한 실태는 이후 성 중위의 후송 과정에서 지속적으로 확인된다. 의무 참모의 힘이 작용하면서 성 중위의 후송은 비로소 가능성이 열리기 시작한다. 사단의무중대의 군의관은 증상에 대한 의학적 판단이 필요하다는, 의학적 체계의 문제를 들어 사적으로 시설이 좋은 수도육군 병원을 소개시켜 준다. 성 중위는 그곳에서 오디오 테스트를 통해 귀에서 소리가 난다는 의학적 판단을 받는다. 그러나 그곳 의사 역시 군 병원의 체계상 "지원부대가 아니라서 진단서는 발행할 수 없"다고, 의견서를 써 줄 뿐이다. 어쨌거나 사단의무중대 군의관은 의학적 판단이 기재된 의견서에 기대어 비로소 성 중위의 후송의 길을 열어 준다. 그리하여 성 중위는 제50야전병원으로 후송된다. 그런데 그곳에서 성 중위는 다시 사단의무중대에서와 같은 상황에 처한다. 그곳은 이비인후과조차 없어 외과 부장 군의관에게 진료를 받게 되는데, 그 군의관

탄생』(홍성민 역), 이매진, 2006, 30~40쪽)

역시 성 중위에게서 드러나는 증상이 없다는 이유로 퇴원을 판정한다. 하여 성 중위는 또 다시 수도육군 병원에서 받은 검사표를 들이밀고, 그 결과로 17야전병원으로의 후송을 허락받는다. 그곳 역시 환자의 현실은 외면한 채 의학적 체제의 권위만을 고집하고 있었던 것이다. 그런데 새로 후송된 17야전병원에서도 성 중위는 동일한 과정을 겪는다. 그곳 역시 "절벽"의 세계이기는 마찬가지여서, 그곳 이비인후과 군의관 역시 처음에는 성 중위의 입원을 허락하지 않다가 수도육군 병원의 검사표를 보고서야 비로소 입원을 허락한다.

그런데 군 병원의 불합리한 제도적 규율의 문제는 거기서 그치지 않는다. 사실 성 중위는 17야전병원에 와서야 비로소 전문의에게 전문적인 진단을 받는다. 그곳 군의관은, 자신의 이명이 권총 150발을 한꺼번에 쏜 이후에 나타난 것이라는, 성 중위의 설명을 듣고 포병장교에게 많이 나타나는 "일종의 신경외상"이라는 진단을 내린다. 그러나 그것은 앞서 언급한 성 중위의 죽음의 강박 의식과는 거리가 있는, 즉 개인적 실존과는 거리가 있는 일반론적 진단일 뿐이다. 때문에 그것은 분명 궁극적 치유에 이를 수 없는 한계를 담보한 진단이다. 그런데 거기서 더하여, 군의관은 성 중위에게 병원에 "적당한 치료법이 없"다고 치유 불가의 뜻을 비치기까지 한다. 하여 성 중위는 그나마 이비인후과 시설이 가장 좋다는 수도육군 병원으로의 후송을 요구하는데, 군의관의 답은 또 다시 제도적 규율의 불합리성으로 이어진다.

「여기를 벗어나면 수도로 가기는 더욱 어렵지요. 수도가 이비인후과 시설이 좋다는 이야기지 일반적으로 보면 명칭은 육군 병원이지만 후송병원 비슷해요. 거기서도 후방육군 병원으로 많이 후송을 보내고 있습니다. 거기는 벳드 수가 적어서 항상 환자가 넘치니까요. 그런데 후방육군 병원에서 그리로 후송이 되겠어요?」 (…중략…)

「그리고 어디로 후송가느냐 하는 문제보다 후송이 되느냐 하는 것부터 생각해 봐야죠.」

「후송이 되느냐 라뇨? 입원환자에게 적당한 치료방책이 없으면 후송시키는거 아닙니까?」

「입원은 내가시켰지만 후송은 내가 안시켜요. 후송심사위원회라는 것이 있어요. 군사령부 의무 참모부에서도 나오지요. 그리고 개인후송도 없어요. 다 집단후송입니다.」

(333쪽)

결국 군 병원 체제상 수도육군 병원으로의 후송은 불가능하다는 것이다. 역시 환자의 개인적 상황은 고려의 대상이 되지 못하고 있음이 드러난다. 더욱이 개인후송도 없고 집단후송만 있다는 군의관의 설명은 병원에서조차 집단주의적 가치를 지향하는 군의 기본적 방향을 여실히 드러내면서 그것의 억압성을 재확인시킨다.

성 중위의 후송에 대한 바람은, 표면적으로는 이명에 대한 치유를 목적으로 한 것이지만 무의식적 차원에서 보면, 즉 그의 이명이 군의 체제적 억압에서 오는 죽음에 대한 강박 관념이 전이된 것이라는 관점에서 보면 군으로부터의 이탈에 대한 염원이기도 하다.[22] 그러나 그것이 용이치 않음이 이러한 일련의 후송 과정에서 지속적으로 확인되고 있는 것이다. 군 병원 역시 억압적 군 조직의 일부일 뿐인 까닭이다. 그러한 사실은 후송병원에 대한 성 중위의 인상 속에서도 확인된다.

---

22) 그의 그러한 염원은 그가 병원 생활을 하면서 계속해서 라디오를 들고 다니며 그것에서 흘러나오는 음악에 귀를 기울이고자 하는 행위를 통해 상징화되기도 한다. 그는 "음악은 강요함이 없이 언어 이상의 것을 말하여 주었다. 직관은 불완전하고 오해의 가능성이 많았으나 그만큼 신경의 소모가 적었고 편리하다."라고 생각한다. 그런 측면에서 볼 때 그가 라디오를 들고 다니는 것은, 또 다른 한편으로 그가 자신의 죽음에 대한 강박 관념을 시사하는 책인 「앨」을 소유하고 다니는 것과 반대적 맥락을 형성한다. 그런데 그 라디오는 늘상 음악에 대한 그의 기대를 저버림으로써 결국 그의 염원이 실현될 가능성이 희박함을 시사한다.

　　무거운 쇠줄을 늘어 뜨리고 정문을 지키고 있는 집총한 위병과 그들의
위병소, 부대를 둘러싸고 있는 높은 철조망, 그 철조망 밖으로는 아스팔트
깔린 국도가 연변의 점점 작아지는 가로수들과 함께 멀리까지 뻗쳐 있었
고, 안으로는 쓰레기 무덤과 푸른 옷을 입은 창백한 ……창백한, 머리 깎은,
사나이들, 그리고 단조로운 단풍의 암갈색 막사들이 떠오르는 태양광선 속
에서 깨어나고 있었다. 성 중위의 머리에는 그것에 대한 잔인한 그러나 적
절한 표현이 떠올랐으나 그는 군이 그것을 소리내어 입 밖으로 발설하려하
지 않았다. 그 자신도 푸른 옷을 입고 있었으니까.

(327~328쪽)

　　위 인용은 제50야전병원에 대한 성 중위의 인상이다. 그의 눈에 들
어온 병원은 그가 무의식적으로 지향한 자유의 세계가 아닌, 푸른 옷
을 입은 이들이 모인, 감옥을 연상시키는, 감금의 세계, 억압의 세계,
곧 군의 세계였던 것이다. 그가 17후송병원에서 느낀 "모두 같은 크기
에 같은 모양이었고 서로의 간격도 일정하였다"는 인상 역시 같은 맥
락으로 해석할 수 있다. 결국 후송을 통한 그의 이탈의 염원은 실현
가능하지 않은 것이다.23)

　　하여 그는 억압적 체제로부터의 이탈에 대한 자신의 염원을 체념적
으로 거두어들인다. 17후송병원의 군의관으로부터 수도육군 병원으로
의 후송이 불가능하다는 이야기를 듣고 병실로 돌아온 그는 "병실은
이미 낯설지 않았다. 빈 벌판에 천막을 치고 풀을 깔아 그 위에서 지
나는 야영도 며칠 밤을 자고나면 아늑한 곳이 되지 않았던가. 아무리
허술해도 성곽은 성곽이었다."라고 생각한다. 자신이 억압적으로 느꼈

---

23) 성 중위가 치유를 위해 계속 후송병원을 옮겨 다니지만 결국 치유의 가능성에서
　　멀어져가는 서사적 흐름과 그가 지니고 다니던 책 「앨」에서 주인공 앨이 집을
　　향해 갔다가 다시 길을 나서 결국 죽음을 맞이한다는 서사적 흐름은 상호 유비
　　적 관계를 이루면서 결과적으로 성 중위의 서사적 미래를 보다 어둡게 전망하게
　　한다.

던 군 조직의 연장선상에 있는 군 병원을 그는 나름의 성곽으로 의식함으로써 차후로 그 자신이 군 체제에 순응할 것임을 시사하는 것이다. 물론 그렇다고 그가 억압의 무게를 전적으로 떨쳐낸 것은 아니다. 그날 이후에도 그는 지속적으로 라디오의 음악에 귀를 기울였고, 앨은 서사 상에서 죽음을 맞이했고,[24] 산보를 나갔다가는 과거 쓰리쿼터의 사고를 떠올리며 죽음의 공포를 되새김질한다. 여전히 그는 죽음에 대한 강박 의식으로부터 자유롭지 못한 채 그것으로부터의 이탈을 욕망하는 것이다. 그래도 그는, 산보를 나갔다 쓰리쿼터의 사고를 떠올리며 죽음의 공포를 되새김질하다 술에 취해서 의식의 대혁명을 상징하는 "코페르니쿠스"라는 별명을 지닌 친구를 그리워하면서도, 병실로 돌아온다. 그리고 그곳을 "하루의 긴 항해가 끝나고 피곤한 선원들"이 그나마 삶의 여운을 달래는 선실로 바라본다. 허술하나마 나름의 "성곽"으로 바라보는 것이다. 군 체제에 대한 그의 체념적 수용이 의식되는 부분이다.

그 후 그는 다시 부산의 후송병원으로 후송을 떠난다. 이명에 대한 치료의 기약은 없다. 그런 만큼 이명을 부른 무의식적 발원에 대한 치료는 더욱 기약할 수 없다. 그저 그의 의식적 전환에, 즉 억압적 현실에 대한 체념적 수용에 희망을 둘 뿐이다. 그러나 그것이 궁극의 치유일 수 없음은 물론이다. 억압의 수용이 억압의 무화를 의미하는 것은 아닌 까닭이다. 오히려 그것은 체제의 강고성에 대한 개인의 실존적 패배를 확인시킨다. 하여 "서로 다른 많은 환자들을 싣고 기차는 새로운, 그러나 단순한 또 하나의 다른 세계를 향하여 캄캄한 간이역을 떠나 어둠속을 달렸다."라는 서사의 종결은 그러한 패배의 저점이 어디인가를 의식하게 한다.

---

24) 주 22) 참조.

2) 신체적·정신적 규율의 와해와 젊음의 망실

　군인의 신체는 그의 힘과 씩씩함을 드러내는 일종의 문장이다.[25] 체육을 통해 단련된 남성의 육체를 이상형으로 삼아 강건한 신체의 이미지를 군인의 기호로 삼고 있는 것이다.[26] 그러나 현실적으로 군인의 신체는 많은 결격과 결핍의 문제를 안고 있기도 하고, 그러한 결과들로 이어지기도 한다. 강한 신체를 통한 강한 체제 구현을 지향하는 군의 이면에 깊은 그늘이 자리하고 있는 것이다. 김유택의 「자메이카여 안녕」은 군의 그러한 신체 수사학의 허구성을, 병원이라는 공간에서 환자의 모습으로 전락하여 육체적으로 정신적으로 마모되어 가는 군인들을 통해 증거하고 있다. 신체를 통한 규율적 통제라는 이념의 한계를 보여 주고 있는 것이다.

　군 병원을 배경으로 그곳에 입원해 있는 군인들을 인물군으로 다루고 있는 「자메이카여 안녕」의 서사 구성은 대단히 분편적이다. 서술자인 '나'의 일관된 서술에 의존하고는 있으나 '나'의 시선에 포착된 일련의 사건들은 그다지 유기적이지 않다. 일반외과 병실에 입원해 있는 개개 환자들의 정황 소개가 병렬적으로 제시되거나 병원에서 발생하고 있는 불연속적인 사건들이 병렬적으로 제시되고 있다. 작품의 이러한 분편적 구성의 문제는, 개인을 조직의 부품적 단위로 간주하며 전체적인 유기적 체계를 지향하는 군 조직의 기본 방향성과 대비되면서 독자로 하여금 그것을 군 조직의 유기적 체제의 와해를 시사하는 상징적 맥락으로 이해하게 한다.

　군 병원이 군 체제 내의 조직임은, 즉 그것이 위계적 질서에 근거한

---

25) M. 푸코, 앞의 책, 2003, 203쪽.
26) G. L. 모스, 앞의 책, 187쪽 참조.

규율적 세계임은, 병원 내에서 "저마다 자대에서의 계급을 군번·성명과 함께 종이에 그려 오려붙인 후 오른쪽 가슴에 달고" 다니며 환자들 간에 상명하복의 질서를 이어가는 것에서, 보다 엄밀히는 담당 군의관들이 회진을 도는 시각이면 "바늘이 떨어지더라도 그 소리가 들릴 만큼 엄숙"한 분위기 속에서 저마다 군의관을 향해 계급과 성명과 병명을 우렁차게 복창하는 모습에서, 혹은 정신과 군의관들이 환자들을 호되게 구보를 시키는 모습에서 확인된다.[27] 그러나 그 위계적 규율의 작동은 그 정도에서 멈춘다. 그러한 상황과 순간들이 지나면 환자들은 각자 자유의 시간을 보낸다. 그들의 그러한 일상에서 국가나 민족에 대한 충성심이나 국가 수호라는 대의명분에 투철한 의식은 찾을 수 없다. 또한 위궤양, 결핵, 치질, 복막염 등등의 병명으로 훼손된 그들의 신체에서 강건한 군인의 이미지를 기대하기란 더욱 어렵다. 결국 그들에게는 강한 군대, 강한 군인의 의미가 망실된 지 오래인 것이다. 그리고 그것은 곧 군의 규율적 체제의 와해를 의미한다. 군인의 훼손된 육체의 치유를 목적으로 할, 더 나아가서는 그것을 통해 군인의 강건한 정신의 회복을 목적으로 할 군 병원이 오히려 군 체제의 와해를 드러내는 것은 분명 역설이다.

실제로 군인 환자들은 군 병원 안에서 지극히 소모적인 상황에 방치된 채 무료와 권태의 시간을 보낸다. 항문이 기형인 훈련병은 "사회에서도 고치기 힘든 그의 똥구멍을 조만간 국가에서 알아서 처리해줄" 요량인 까닭에 기약 없이 세월을 보내고 있고, 맹장 수술을 받은 김 병장은 "끗발이 막강한 실력자"를 배후에 두고 "병원의 흰 쌀밥을

---

27) 정신과 병동의 환자들에게 지독한 구보를 시키는 모습은 신체의 규율을 통해 정신의 규율을 강구하는 군 조직의 기본 방향성을 의식하게 하는 상황이지만, 환자들을 향해서까지 그와 같은 태도를 견지한다는 것에서 군 조직의 억압성이 시사된다.

두 달 가량 축내고 있고," 병명조차 밝혀져 있지 않은 강 하사는 군대 물자인 전기를 마구 쓰며 환자복까지 주름을 세워 입으며 시간을 보내고 있는 식이다. 소설가 지망생인 우 상병의 간호 장교를 대상으로 한 팬티 색깔 놀이나 정형외과와 정신과 병동 환자들 사이의 난투극 역시 그 맥락의 연장선상의 사건들이다. 이러한 이들을 위로한다는 군 병원의 노력이라는 것도 적십자 봉사회와 장교 부인회가 주관하는 노래 자랑 대회 정도이다. 그를 두고 우 상병은 "환자들 노래시키는 게 위안일까?"라는 회의적인 물음을 던지기도 한다. 이런 식으로 환자들은 지극히 소모적인 일상으로 그들의 군 생활을 메워가고 있다.

그런데 작품 속에는 그러한 서사의 일반적 흐름과는 다르게, 즉 규율적 체제의 와해 속에서 지극히 소모적인 일상을 살아가고 있는 환자들의 이야기가 병렬적으로 제시되고 있는 것과는 다르게 그러한 서사의 병렬적 구성을 관통하며 나름으로 연속적 서사의 흐름을 의식하게 하는 인물이 존재한다. "공수부대 마크를 단 얼룩무늬 복장의 하사"가 바로 그다. 그는 어느 날 서술자인 '나'가 머물고 있는 일반 외과 병동에 갑자기 나타나는데, 모두가 그가 누구인지, 왜 그 병동을 찾아왔는지를 궁금히 여기며 그를 향해 묻는다. 하지만 그는 "누구냐구? 그래……내가, 누굴까?"라는 뜻밖의 되물음을 던진다. 마치 "희박한 공기의 밀폐된 지하실에서 새어나오는 신음 소리"처럼 되돌아온 그의 답은, 즉 그의 되물음은 본인조차 자신의 정체성을 가늠하지 못하고 오히려 그에 대해 힘겹게 회의하고 있음을 드러낸다. 염산을 마셨다는 그의 그러한 회의는 도대체 어디에서 기원한 것인지. 서사는 그 답을 그가 군인이라는 사실 그 자체에서 추정하게 할 뿐이다.[28]

---

28) 김형중은 이 인물을 80년 5월 광주에 파견된 계엄군의 일원이었을 것으로 추측한다. (장소연·김형중, 「국가 폭력과 문학」, 『임철우·이창동 외(20세기 한국소

그러한 상황에서 보다 문제적인 것은 군 병원이 그의 그러한 회의의 응어리를 치료해 주지 못한다는 사실이다. 그는 염산으로 타버린 식도가 달라붙는 것을 막기 위해 수시로 구토를 해대며 수수께끼의 인물처럼 지내다가, 노래 자랑 대회가 열리는 날 정신과 병동의 환자로 다시 그 모습을 드러낸다. 육체의 훼손으로 외화되었던 회의가 정신의 훼손으로까지 번져갔던 것이다. 그런데 그 노래 자랑 대회에서 그는 예정에 없이 문득 손을 들어 노래 부르기를 자청한다. 그가 선택한 노래 곡명은 "자메이카여 안녕"이다. 그가 그 노래를 선택한 것은 무의식적으로나마 육체적으로, 정신적으로 훼손된 지금의 자신의 현실에서 젊은 날의 낭만적인 추억에 대해, 범속하지만 풍요로운 그리고 자유로운 일상에 대해 작별을 고하는 것이다. 그리고 그것은 다시, 군이, 군 생활이 한 인간에게서 전적으로 삶을, 젊음을 앗아갔음을 시사한다. 그런데 그 와중에서 군 병원은 그 아픔을 치유하기보다는 그 아픔을 더욱 깊게 하는 아이러니를 드러낸다. 이는 정신과 병동의 환자들에게 지속적으로 호된 구보를 강요하는 치유가 결국 그들을 "사막을 횡단하는 칭기즈 칸의 병사들처럼" 혹은 "볼가강에 유배되어 사역하는 러시아의 죄수들처럼" 지쳐 쓰러지게 한다는 사실을 통해 드러나는 역설에서, 그리고 그 역설에서 그가 배제되지 않는다는 정황에서 분명하게 확인된다. 군이 야기한 문제성을, 그 군의 부분으로 자리하고 있는 군 병원이 치유할 수 없음은 논리적으로 당연한 귀결이다.

결국 그는 찌는 더위가 계속되던 여름내 그토록 갈망하던 비가 내리는 어느 날 백차를 타고 병원을 빠져나간다. 식도를 절개하는 수술을 받고 정신과의 호된 구보를 거쳐야 했던, 육체적으로 정신적으로 철저히 훼손된 그가 종국에 향하는 곳은 백차를 타고 가야 하는 곳이

___

설 41)』(최원식 외 엮음), 창비, 2006, 350~352쪽 참조)

다. "이 땅엔 세상을 어렵게 살려는 사람들이 꼭 있지……"라는, 백차를 타고 떠나는 그를 향한 우 상병의 뇌임은 군은 누군가로 하여금 어려운 삶의 방식을 택하게 하고, 때로는 그것조차 용납지 않는 억압적 세계임을 시사한다. 그러한 가운데 군 병원은 치유의 몫을 온전히 감당치 못하는, 군의 건강한 재생을 감당치 못하는 무력함을 드러낸다. 그리하여 결과적으로 백차를 타고 떠나는 하사의 모습은, 비가 내리는 메마른 대지에 "부활의 메시지를 전하는" 자연의 순리와 대비되면서, 하사로 대변되는 문제적 존재들의 삶의 전망을 어둡게 의식하게 한다.

4. 맺음말

군대가 자기 자신을 파악하고, 자신의 실체에 대한 구체적인 표상을 획득하는 장소[29]로 받아들여졌던 때가 있었다. 그것은 지금도 누군가에게 여전히 유효한 인식일 수 있다. 그러나 그것이 군대에 대한 전적인 인식일 수 없음이 또한 지금의 현실이기도 하다. 개인의 실존적 의식이 강화되는 현실에서 집단주의적 가치를 지향하는 통제와 억압의 체제는 지향의 대상으로 자리하기 어려운 것이다. 더욱이 우리의 현대사적 특수성은 우리로 하여금 그것의 역작용에 민감하게 반응하게 한다. 이문열의 「새하곡」과 서정인의 「후송」 그리고 김유택의 「자메이카의 안녕」은 우리 사회에서 군이 가지는 문제성을 나름의 문학적 형상화를 통해 전하고 있다. 정대한 가치가 실현되지 못하고 사적 현실이 억압되는 체제, 개인적 실존을 외면하는 규율, 그리고 육체와 정신의

---

29) U. 프레베르트, 앞의 논문, 124쪽.

훼손을 야기하며 생을 앗아가는 폭력, 이것들은 앞의 세 작품들이 우리에게 전하는 지금의 군의 모습이다. 규율적 체제를 통해 군이 지향하는 바의 합목적성에도 불구하고 그것에 내재된 개인에 대한 억압은 필연적으로 군 조직과 개인 간의 갈등과 균열을 야기하면서 우리로 하여금 새로운 지향을 꿈꾸게 한다. 물론 꿈의 실현을 위한 군과 개인 간의 변증법적 합이 끝없이 지연되고 있음이 지금 우리가 당면한 현실일지라도 그 합을 향한 꿈은 계속되는 것이다. 그러나 그렇다 하더라도 개인의 왜소함이 지금 우리의 현실임이 가려져서는 안 됨을 앞의 세 작품은 거듭 밝히고 있다.

집, 물화된 세계, 그리고 가부장의 위기
  -조선작의 「고압선」·호영송의 「흐름 속의 집」·이동하의 「홍소」·최
  인호의 「타인의 방」·박완서의 「어느 시시한 사내 이야기」·이문열
  의 「달팽이의 외출」

1. 머리말

자본제적 사회 구조 속에서도 여전히 가부장적 질서가 유지됨으로
써 남성적 존재의 권위와 역할은 지속되어 왔다. 그러나 또 다른 한편
에서 생산과 소유가 분리되고 개인중심적 사회를 지향하는[1] 자본주의
적 속성이 지배력을 행사함으로써 가부장권에도 변화가 나타나기 시
작한다. 즉 가부장권이 경제력에, 다시 말해 소유와 소득의 정도에 비
례하는 방식으로 재조정되기 시작한 것이다. 이는 오랜 세월 동안 견
고하게 자리잡아 왔던 가부장권이 도전과 압박의 상황에 처했음을 의
미한다. 더불어 역시 오랜 세월 동안 가부장제의 질서 속에서 권력을

---

* 이 논문은 2006년도 동덕여자대학교 학술연구비 지원에 의하여 수행된 것이다.
  논문의 제목은 새로 수정하였다.
1) 조형, 「자본주의와 가부장제 가족」, 『현대가족과 사회』(한국가족학회 편), 교육과
  학사, 1994, 23~34쪽 참조.

행사해 오던 남성들의 삶에도 나름의 위기가 닥쳤음을 의미한다.

그런데 우리 사회에서 그러한 변화와 위기의 일단이 확인되는 지표로 집의 문제를 들 수 있다. 전통적으로 우리 사회는 효를 도덕의 최고 덕목으로 삼고, 장자를 가족 구성의 구심점으로 하는 직계 가족의 원리를 집을 단위로 구현하는 가부장적 체제와 질서를 유지해 왔다.[2] 때문에 집은 가부장의 자기 존재의 기원적 세계로서 의미화되면서 가부장적 체제와 질서가 유지되는 기본적인 토대와 단위로 자리해 왔다. 그리고 그러한 맥락의 연장선상에서 물적 소유의 개념이 강화된 현대 자본주의 사회에서는 물리적 주거 공간으로서의 집의 마련이 가부장으로서의 남성이 갖추어야 할 제 일의 요건이 되었다. 즉 자기 소유의 집에서 자신의 처자식을 건사하는 일이 가부장인 남성이 갖추어야 할 기본적인 요건이 된 것이다.[3] 따라서 경제력의 영향력을 떨쳐 버릴 수 없는 현대 사회에서 집을 소유하지 못한 가부장의 삶의 무게는 남다르게 무거울 수밖에 없다. 집을 소유하지 못한다는 사실은 가부장권의 위기로 의미화 될 수 있는 까닭이다.

더하여 현대 자본제 사회에서 가부장권의 변화와 위기는 거기서 그치지 않는다. 가부장이 자기 소유의 집을 마련한 이후에도 가부장권에

---

2) 장현섭, 「한국 사회는 핵가족화하고 있는가」, 『한국 근현대 가족의 재조명』, 문학과지성사, 1993, 43~44쪽 참조. 위의 맥락에서 '집'은 "과거의 시조로부터 조상을 거쳐 미래의 자손에 연결된다고 의식하는 초시간적인 관념적 집단"(최재석, 『한국가족연구』, 일지사, 1983, 211쪽)을 의미함으로써 흔히 말하는 집안, 가(家)와 가문(家門)의 개념으로 볼 수 있다.

3) 장현섭은 한국인의 집 사상에서의 집의 개념이 단순히 가족이나 가족 구성원만을 의미하는 것이 아니라 '물리적 주택'도 포함하고 있음을 명시하고, 현대 사회에서 "반드시 자기 소유의 집이어야 하고 크고 사치스러울수록 만족해하는 사회 분위기가 형성된 것도" 전통적인 집 사상과 관련된 것이라고 주장한다. (장현섭, 앞의 논문, 44쪽) 어쨌거나 집의 문제에 있어서 물적 소유의 개념이 강화된 현대 사회로 오면서, 과거적인 집안이나 가문과 같은 이데올로기적인 측면보다는 물리적인 개념이 강조된 것이 사실이다.

대한 도전은 계속된다. 개인주의적 가치의 지향이라는 자본주의 사회의 분위기는 공동체적 가치의 지향이라는 전통적 사회의 분위기와는 다른 현상들을 야기하면서, 가부장을 중심으로 형성되었던 집 안에서의 질서에도 균열이 생기기 시작하고 더하여 그것의 와해의 조짐까지 드러나기 시작한다. 하여 가부장들은 자신들 존재의 기원적 세계인 집에서부터 존재적 위기의 국면에 직면하게 된다. 그리고 그것은 때로 사회적 차원의 문제와 연결되어 나타나기도 한다. 비인간화의 사회적 현실이 집 안에서의 위기와 맞물려 상승작용을 일으키면서 가부장의 위기를 심화시키기도 하는 것이다. 그러나 가부장들은 그러한 균열과 와해의 조짐들을 묵과하지만은 않는다. 자기 성찰적 의식을 전제로 가부장으로서의 자기 존재의 가치를 실현하려는, 자기 합리화를 모색하는 응전에 나서기도 하는 것이다.[4]

사실 고대 세계에서부터 집은 우주적 형상을 본뜬, 그리하여 조화와 합일이라는 우주적 질서를 구현한, 하나의 소우주[5]로 인식되었고, 또한 보호와 안식을 기본 속성으로 하는 세계였다. 더하여 집은 모성성이 구현되는 세계, 어머니의 육체와도 같은 세계, 보다 제한적으로는 자궁과도 같은 시원적 세계로 받아들여졌다.[6] 그러던 것이 개인화와 소유의 의식이 강화된 현대 사회로 오면서 인간에게 상실과 소외의

---

4) 문제는 그것이 얼마 만큼 의미 있는 것인가 하는 것이다. 즉 가부장제가 여성을 억압하는 제도임은 이미 주지의 사실인 상황에서 가부장들의 그것의 온존에 대한 의지가 얼마 만큼 의미화될 수 있는가 하는 문제가 제기되는 것이다. 이에 대한 논의는 본 논문의 논의를 전제로, 장을 달리하여 새롭게 전개되어야 할 것으로 판단된다.
5) 김열규, 「여성과 집에 관한 시론」, 『家와 家門』(김열규 외), 서강대학교 인문과학연구소, 1989, 23쪽 참조.
6) Ad de Vries, *Dictionary of Symbols and Imagery*, Amsterdam · London : North – Holland Publishing Company, 1976, pp.263~264.

의식을 안겨주는, 그리하여 역설적으로 지향과 욕망의 대상으로 자리하는, 부재의 세계로 의미화된 것이다.[7] 그리고 가부장으로서의 남성이 그러한 지향과 욕망을 추구해야 하는 주체로 자리한 것이다. 집은, 여전히 제도적 권력으로 자리하고 있는 가부장제의 실천적 장인 까닭이다. 단 그 결과가 때때로 가부장을 위기로 내몰고 있다는 사실은 가부장적 질서에 얽힌 전통적 인식과 제도를 압도하는 자본제적 속성의 강고함을 증거하면서, 일면 인간 존재의 전면적 위기를 시사한다.[8]

우리 사회가 경제적 차원에서 근대화라는 맥락을 전제로 개발의 논리에 기대어 절대적 빈곤의 단계를 넘어서게 되면서부터, 사회 구성원들 간에 가족주의에 기반한 '내 집 마련'의 꿈이 보편적 소망으로 자리잡기 시작했다. 사적 소유에 근거한, 가족 단위의 독자적이고 독립적인 사적 세계의 구현에 대한 지향과 욕망이 사회적으로 부상하기 시작한 것이다. 그리고 그와 같은 꿈 내지 소망은 가족의 기둥으로 의미화되는 가부장들의 짐으로 응축되어 표면화되면서 나름의 파장을 낳았던 것이 사실이다. 1970·80년대에 발표된 일군의 소설들이 '집'의 문제를 다룬 것도 그와 같은 사회적 현상에 주목한 때문이다. 그렇다면 그러한 사회적 현상에 대한 문학적 대응은 무엇일까. 그것들이 구현하고 지향하는 바는 무엇일까. 본 논문은 이와 같은 문제 의식들

---

7) 이재선은 집이 일제 식민지 시대의 문학에서 실향성 내지는 인간의 비정주적 존재화 현상을 드러내는 상징적 공간으로 자주 원용되었으며 그 이후의 문학에서도 '집없음' 내지는 '장소없음'의, 안주의 부재화를 표상하는 공간으로 사용되고 있음을 지적한다. (이재선, 「집(家)의 시간성과 공간성」, 『家와 家門』(김열규 외), 서강대학교 인문과학연구소, 1989, 94쪽)

8) 가부장제가 여성을 억압하고 소외시키면서 남성중심성을 구현하는 제도임이면서도 자본제적 논리로 인해 가부장제의 중심인 남성조차 위기로 내몰고 있다는 사실은 자본제의 강고함을 시사함과 더불어 분명 인간 존재의 전면적 위기를 시사하는 것이다.

에 근거하여 현대소설에 나타난 '집'과 가부장의 의미적 상관 관계를 살펴보고자 한다.9)

2. 가부장의 "내 집" 마련의 꿈과 비인간적인 현실

자본제 하에서 일과 생활의 분리는 삶의 정주성에 훼손을 가한다. 일자리를 쫓아 찾아 든 도시로의 이주는 현재적 삶을 불안정한 상태로 몰아간다. 셋집에서 셋집으로의 전전으로 이어지는 주거의 불안정성이 자기 집에 대한 추구를 강하게 추동하면서 정주에 대한 소망을 야기하는 까닭이다. 그런데 집을 마련하기 위한 재원을 임금에 기댈 수밖에 없는 자본주의 사회의 현실 속에서, 특히나 가사와 노동이 분리된 현실 속에서 집을 마련하기 위한 재원의 마련은 노동의 영역을 담당한 가부장의 몫일 수밖에 없다. 이는 자본주의 사회 속에서 가부장의 짐이 버거워질 수밖에 없는 이유의 하나이다. 조선작의 「고압선」과 호영송의 「흐름 속의 집」과 같은 경우 그러한 상황에 처한 가부장의 고뇌를 보여 주는 작품들이다.

월급장이 십일년 만에 내 집을 하나 장만하게 된 감격스러움이야 어찌

---

9) 본 논문이 논의의 대상으로 삼은 작품들은 다음과 같다.
   조선작, 「고압선」, 『문학과지성』, 1974. 봄.
   호영송, 「흐름 속의 집」, 『문학사상』, 1980. 9.
   이동하, 「홍소」, 『현대문학』, 1977. 11.
   최인호, 「타인의 방」, 『문학과지성』, 1971. 봄.
   박완서, 「어느 시시한 사내 이야기」, 『세대』, 1974. 5.
   이문열, 「달팽이의 외출」, 『문학사상』, 1980. 10.
   작품들을 인용할 경우 인용 지문 뒤에 작품명과 해당 지면만을 밝히도록 한다.

필설로 다 이르겠는가. 내 집 갖기 작전의 순 자기 자본 일금 일백삼십만
원의 거금을 만들기까지 겪어온 파란곡절은, 아내 말마따나 참말 치사하고
더러워서 돌이켜보고 싶지도 않다. 「이러면서도 살아야 하는 걸까, 이렇게
사는 것도 산다고 할 수 있어요?」 하고 말하며 아내는 곧잘 무참한 표정을
짓고는 했다.

(「고압선」, 198쪽)

방이라야 세 개. 하지만 이건 내 집이다. 내 집이 제일이라는 생각으로
성기석 내외는 이 집을 자랑스럽게 여기고 있었다. 성기석 내외는 아들 하
나 딸 하나를 키우고 있었다. 아홉 살과 일곱 살의 이 남매를 키워오는 동
안 내외는 적어도 열 두어 번 이상은 집을 옮겨야 했다. 주민등록증의 예비
주소란을 다 잡아먹어서 증을 두 번이나 갱신해야 되었다.

(「흐름 속의 집」, 140쪽)

집은 꿈임을, 그것도 참혹한, 절대의 꿈임을 위 인용들은 보여 주고
있다. 사람들이 집을 꿈꾸는 것은 삶에서 최소한의 안정을 바라기 때
문이다. 주인의 눈치를 보지 않고 안온하게 자신들만의 생활을 꾸리기
위한, 무엇보다도 자신의 아이들이 주눅들지 않고 자유롭게 뛰놀 수
있도록 하기 위한 최소한의 바람인 것이다. 그것은 거창한 이념이나
가치의 실현을 전제하지 않는다. 그저 범상한 일상에 근거한 소박한
바람일 뿐이다. 그럼에도 그것의 실현은, 위 인용들에서 시사되는 것
처럼 범상함을 뛰어넘는 인내와 각고를 요구한다. 그것은 생산과 소유
의 분리에서 기인한 인간 소외의 결과이기도 하다. 그리하여 생산과
소유의 간극을 일상적 차원에서 극복해야 하는 가부장의 책무는 무겁
기만 하다.

물론 그 무거움은 집을 마련하는 데 필요한 '막대한' 물질적 재원을
가부장 혼자 담당해야 하는 등의 문제에서 비롯된 것만은 아니다. 때
로 그들의 아내들은 「고압선」이나 「흐름 속의 집」 모두에서 드러나듯

집을 마련하는 데 있어 물질적 차원에서, 더하여 심리적 차원에서까지 절대적 조력자로서의 역할을 다한다. 집을 마련하기 위해 시장 보아 올 때 물건을 담아 온 허름한 봉투까지 모아 강냉이나 번데기로 바꾸어 아이들 간식비까지 절약하고, 목욕탕에 가서 탕에 버려진 비누를 쓰면서 비누값까지 아끼는 「고압선」의 아내의 모습이나, 역시 집을 마련하기 위해 살림을 뒤로 하는 여자를 폄하하는 사회적 시선에도 사오 년 간을 보험 세일즈에 나선 「흐름 속의 집」에 등장하는 아내의 모습은 가부장의 무거움을 나눠지는, 가부장의 조력자들로서의 의미를 충분히 지니고 있다.

그럼에도 가부장이 지니는 책무의 무거움은 가벼워지지 않는다. 이유는 단순하다. '가장'이기 때문이다. 「고압선」이나 「흐름 속의 집」의 아내들이 자신들의 남편들을 대하는 기본적인 태도는 존중이다. 「고압선」의 아내가 자신은 목욕탕에 갈 때 쓰는 비누조차 아끼면서도 "백조"를 피우는 남편을 안쓰러워하는 모습이나 아버지에게 대드는 아들을 나무라는 모습, 혹은 「흐름 속의 집」의 아내가 밤이면 돈이 되지도 않는 그림을 그리는 남편을 묵묵히 뒷바라지하는 모습, 그것들 모두는 가장인 남편에 대한 존중심에 근거한 것이다. 그런데 아내들의 그러한 태도는 생계의 일차적인 책임을 지고 있는 가장[10]에 대한 예우인 것이기에, 역으로 그것은 남편들에게 가장으로서의 책임을 확인시키는 태도이기도 하다. 때문에 남편들은 가족의 일상적 안일을 확보하기 위해 "내 집" 마련의 꿈에 더욱 충실을 기한다. 그들이, 집을 마련하려는 아내들의 독려와 결심에, 집을 구하려 "개처럼 헐떡거리면서 쏘다"니

---

10) 전 산업사회에서 한 가정 내의 여자나 어린아이 모두가 생계 활동에 참여했던 것과는 달리, 가족 임금의 개념을 통해 남성이 단독 가계 부양에 나선 것은 근대 가족 이데올로기의 가장 혁신적인 변화 중의 하나이다. (Diana Gittins, 『가족은 없다』(안호용 외 역), 일신사, 1997, 49~50쪽 참조.)

거나 마음의 언짢음을 달래며 아내의 세일즈를 묵인하고 "더 개처럼 벌어서 더 정승처럼 쓰"기에 동의하는 것은 모두 그 때문이다.

그러나 세상은 그들의 바람을 녹녹히 허여하지 않는다. "자기 집을 가진 가장이 된다는 건 얼마나 대견스런 일인가." 하는 바람과 꿈으로 「고압선」의 가장인 '나'는 부지런히 마음을 다해 집을 찾아 다녀 보지만 그것은 손쉽게 '나'의 손 안에 들어와 주지 않는다. 그러다가 '나'는 몇 개월의 고생 끝에 겨우 자신의 "실력"에 맞는 집을 발견한다. 그러나 그것은 고압선이 지붕 위를 가로지르는 흠을 지닌 집이다. 바꿔 말해 그러한 흠을 지닌 집이기에 그나마 '나'의 차지가 될 수 있는 가능성을 내비치고 있는 것이다.

> 고압선 때문에 그것을 포기한다면, 어쩌면 영원히 내 집을 가진 가장이 되는 길에서 내가 탈락되어 버리는 것이 아닐까 하는 내 스스로에 대한 배려도 무시할 수는 없는 일이었다. 항상 느껴왔던 바지만, 내가 저축을 늘려가는 비율보다 부동산 가격은 항상 앞질러 저만치 달리고 있어서, 이번의 기회가 아니면 내 집을 갖는다는 꿈은 영원히 불가능하지 않을까 하는 생각까지도 들었다. 그러니까 나는 이 꿈을 실현하기 위하여서 더더구나 아내에게 그 고압선에 대한 귀띔을 못하고 있었던 거였다.
>
> (「고압선」, 208쪽)

위 인용문은 '나'의 경제적 능력을 앞지르는 세상의 경제적 동향으로 인해 '나'의 "내 집" 마련의 꿈이 얼마나 실현되기 어려운가를, 그리고 그런 상황에서 '나'가 쉽지 않은 기회를 맞고 있음을 보여 준다. 그러나 그 기회란 것이 사고의 위험, 생명의 위험을 감수해야 하는 것이라는 사실에서 '나'의 심리적 갈등은 깊어질 수밖에 없다. 이처럼 '내 집' 마련의 절박한 꿈과 냉혹한 현실 사이의 괴리를 통해 무력한 개인에 지나지 않은 가부장의 위기가 확인된다. 그리고 그 위기는 서사의 흐름 속에서 거듭 드러난다.

결국 '나'는 "내 집" 마련에 대한 유혹을 떨치지 못하고 자신의 "초라한 처지"를 가련히 여기며, 아내의 경솔한 행동에 편승해 위험을 감수하며 그 꿈의 실현을 단행한다. 위로 고압선이 가로지르는 "내 집"을 마련한 것이다. 그러나 이내 '나'의 그 꿈의 실현이라는 것이 얼마나 허망하고 부실한 것이었는가가 드러난다. 동네 아이가 그 고압선으로 인해 감전사하는 사고가 일어난 것이다. 아울러 아내도, 아들도 그 집을 사기 전에 그 집 위로 고압선이 지나고 있다는 것을 알고 있었지만, 가장인 그의 실망을 염려하여 모르는 척해 왔음도 드러난다. 그런데도 '나'는 그 모든 상황 앞에서 "염통에 기가 찰 지경"임을 의식할 뿐이다. "매우 착잡하고 우울한 느낌"에서 헤맬 뿐이다. 경제력이 없는 '나'로서는 가족의 안위를 책임질, 더 이상의 행동은 불가능했던 것이다. 결국 '나'의 그러한 무기력은 가장권이라는 것이 이제 더 이상 독자적인 힘을 발휘할 수 없는, 자본의 논리에 귀속된 종속적 권한에 불과한 것임을 증거한다.

「흐름 속의 집」 역시 비슷한 맥락을 보여 준다. 성기석은 아내가 보험 세일즈에 나서면서 전세를 들게 된 아파트에서 전세금을 떼인 채쫓겨나는 쓰라린 경험까지 하면서 힘겹게 "내 집"을 마련한다. 그리고 그곳에서 그는 밤이면 오랜 숙원처럼 안고 오던 그림 그리기에 몰두하면서 가장으로서의 평화와 여유를 누리기도 한다. 그는 "정직하고 선량한 인간은 세상이 아무리 혼란스러워도 그 나름의 꽃을 피울 수 있"다는 믿음으로 자신과 자신의 가족들의, 넓지 않은 공간에서의 소박한 삶을 위로한다. 그에게 있어 "내 집"의 가치와 의미가 얼마나 대단한 것인가 하는 것은 그가 자신의 집에 대해 가지는 집착의 정도에서 확인된다. 집에 불이 날 것을 염려하는 모습에서 혹은 그의 집착을

탄하는 신의 목소리가 들리는 꿈을 꾸는 것 등에서 그의 집에 대한 "애착심"을 확인할 수 있는 것이다.

그런데 "내 집" 마련으로 인한 '자족적 불안'도 잠시, 이내 다시 그에게 '이주의 불안'이 찾아든다. 그것은 친구로부터 그가 살고 있는 지역이 국립공원 예정지라는 소식을 듣게 되면서부터 시작된다. 이후 그는 불안한 마음으로 이곳저곳을 수소문해 보지만 친구의 말의 사실 여부를 확인하지 못한다. 생각 끝에 복덕방에 집을 내놓자 국립공원 예정지라는 소문을 핑계로 집을 헐값에 사고자 하는 사람이 나타난다. 아내의 핏기 잃은 얼굴을 감당하며 인생사 새옹지마라는 복덕방 영감의 위로 아닌 위로를 부여안아 보지만 "내 집이 하루 아침에 헐리고 처자들과 거리로 나앉는다!"라는 억장의 무너짐만은 어쩌지 못한다.

> 그는 그 물의 잔잔한 흐름 속에 자기의 삶도, 자기의 아이들도 그리고 20평짜리의 집마저도 잠겨서 흘러가고 있음을 보았다. 아무런 저항도 허용되지 않는다. 흐름 속에서 뛰어나오는 일은 불가능하다. 아무도 이 흐름에서 뛰쳐 나올 수 없다. 어떤 인간도. 그리고 인간이 지닌 어떤 재화(財貨)도.
>
> (「흐름 속의 집」, 154쪽)

그는 3천 년이라는 역사를 지닌 물의 흐름을 바라보면서 자신이 처한 지금의 위기를 역사적 흐름이라는 맥락으로 수용한다. 그러나 그의 그러한 태도는 자신의 무력함에 대한 자인이며 자위일 뿐이고, 동시에 경제적 개발 논리에 억압당하는 가장권의 위기를 확인시켜 줄 뿐이다.

「고압선」에서 드러나는 "도시의 이상 팽창과 먼 장래를 내다보지 못한 단견의 도시 계획"이, 그리고 「흐름 속의 집」에서 드러나는 "강에서 공해에 오염된 기형의 물고기를 보고 겁을 먹게 됐고 공해에 오염되지 않은 공원을 생각해 내지 않을 수 없게" 된 현실이 가족의 생계를 책임진 가장을 위기로 몰아간 현상적 요인들이다. 그러나 그것들은 결국 발전과 개발의 논리로 치달려온 자본주의 사회가 지닌 모순에 근거한 비인간화의 한 단면일 뿐이다. 자본제 사회는 분명 가부장들이 가족과 더불어 안정된 삶을 살아갈 수 있도록 하는, 최소한의 삶의 기반조차도 쉽게 허여하지 않는 비인간적 세계이다. 하여 자본제 하의 가부장들은, 현대 사회의 제도적 권력의 한 축이 분명한 가부장제까지 위협하는 자본제의 모순에 직면하여 무력한 자기 한계를 드러낼 뿐이다.

3. 집, 가부장의 소외와 위기의 현장

공과 사의 영역 분리를 심화시켰던 자본제 사회에서, 가부장제는 사적 영역인 가정 내에서 남성의 권위와 권력을 공고히 하는 방향으로 전개되었다. 따라서 공적인 영역에서의 노동을 통해 가족의 부양을 책임진 남성은 가정 내에서 아내에게 복종을 요구하고, 여성은 그에 순응하는 것을 당연하게 받아들이는 사회적 분위기가 형성되었다.[11] 그러던 것이 여성의 가사 관리의 전문성이 축적되면서 대부분의 시간을 가정 밖에서 보내는 남성이 가정 안의 일에 관여할 수 없게 되는, 가정의 세부적 문제에 대해 권한을 행사할 수 없게 되는 현상이 나타난다.[12] 그리고 그러한 현상이 점차 심화되면서 결국 가정 내에서 부부

---

11) Gittins는 이상과 같은 이념적 전개가 자본제 사회의 전 계급의 이념을 대변하는 것이 아니라 중간계층의 이상을 대변한 것이지만 중간계급이 점차 강력한 힘을 지니게 되면서 법제화 등을 통해 보편적 이념으로 확대되어 갔음을 지적한다. (위의 책, 78~84쪽 참조)
12) 조형은 이를 두고 父-夫 부재현상이라 칭한다. (조형, 앞의 논문, 30쪽)

간의 권력 관계에 변화가 이는, 그 무게 중심이 점차 여성 쪽으로 향하는 현상이 나타난다. 더하여 남성이 가정 내에서 소외되는 현상까지 빚어진다. 결국 자본제 사회의 공과 사의 영역 분리가 남녀의 성별 분업으로 이어지면서 결과적으로 남성을 가정으로부터 소외시키는 현상을 야기한 것이다. 이러한 역설적 현상은 분명 남성의, 가부장의 존재적 위기로 이어질 수밖에 없다. 이동하의 「홍소」와 최인호의 「타인의 방」은 아파트라고 하는 물리적 주거 공간을 매개 개념으로 하여 한 가정 내에서 가부장인 남성의 소외와 위기의 문제를 다루고 있다.

가부장제의 구도 하에서 남성이 가정 내에서 권력을 행사한다 해도, 혹은 그렇기 때문에 더욱 집은 모성적 공간이다. 안락과 휴식과 재생의 공간인 것이다.[13] 그리고 그러한 의미는 공·사의 영역이 분리된 자본제 사회에서 더욱 강화된다. 공적 영역에서 노동에 시달린 남성의 몸과 마음이 편안히 쉴 수 있는 세계로서 집의 의미가 강조되는 까닭이다. 「홍소」와 「타인의 방」 모두가 남편들의 귀갓길로 이야기가 시작되고 있는 것은 작품들이 그러한 의식을 전제하고 있음을 시사한다. 그러나 보다 중요한 사실은 그와 같은 의식은 전제된 것일 뿐이며, 그렇기 때문에 그것은 이야기의 시작을 이끌 뿐이라는 것이다. 그리고 그것에 이어 새롭게 제기되는, 정작 중요한 문제는 집에 대한 그와 같은 의식이 새로운 국면 속에서 도전받고 위협받고 있다는 사실이다. 「홍소」와 「타인의 방」의 남편들은 모두 귀가 이후 집에서의 평화와 안식을 보장받지 못한다. 두 작품 모두에서 집의 모성성을 구현할 아내라는 존재들이 사라진 까닭이다. 단 「홍소」는 그렇게 되기까지의 과정적

---

13) Bachelard는 집은 인간에게 안정의 근거와 그 환상을 주는 이미지들의 집적체이며, 더하여 인간 존재의 내밀함이 응축된 세계라고 설명한다. (Gaston Bachelard, 『공간의 시학』(곽광수 역), 민음사, 1990, 132·190~191쪽 참조)

 남성·그늘진 제도의 억압과 희생

측면에 초점을 두고 서사를 진행시키고 있고, 「타인의 방」은 그렇게 된 이후의 과정에 초점을 두고 서사를 진행시키고 있다.

「홍소」의 경우 가부장의 위기는 '나'와 '나'의 가족들이 "비록 열 서너평짜리 서민아파트일망정 그래도 남의 집 신세를 면"하면서부터 시작된다. 안정된, 물리적 주거 공간을 마련한 것이 오히려 화근이 된 셈이다. '나'는 철거민으로부터 웃돈을 주고 산 딱지를 가지고 6만의 인구가 사는 대규모 아파트 단지에 '내 집'을 마련하여 그곳으로 이주를 한다. 그리고 '나'는 이주 첫날부터 "텅빈 하늘 아래 검게 웅크리고 서 있는 5층 높이의 콘크리트 건물들, 참 그럴 수 없이 질서정연하게 박혀있는 무수한 창들, 똑같은 현관, 똑같은 계단, 똑같은 베란다, 똑같은 환기공"을 지닌 아파트 단지를 바라보며 불안한 예감에 직면한다. 획일화된 도시적 주거 공간의 어두운 그늘을 의식하게 된 것이다.

> 차가움, 견고함, 메마름, 쇳내 따위를 나는 그 엄청난 규모의 기하학적 공간에서 무겁게 의식했고, 또 한편으로는 흡사 피난행렬과도 같은 입주자들의 행렬에서 우리들의 저 은밀하고 곰팡내 나는 개인적 삶의 모습이 백일하에 드러나버린 듯한 황량함을 현기증나게 맛보아야만 했던 것이다. 냉엄한 질서와 유약한 삶-결코 동질적일 수 없는 이 양자의 만남이 무언가 엄청난 현상을 불러일으키리라는 것을 나는 무섭게 예감했다.
>
> (「홍소」, 120쪽)

그곳은 '나'에게 주거 공간으로서의 내밀함의 가치를 상실한,[14] 안락과 안일의 가치를 상실한, 황량한 세계로 다가오면서 불편한 느낌을

---

14) Bachelard는, 집이 인간의 의식이 정박할 수 있고 안주할 수 있는, 그리하여 몽상할 수 있는 세계라는 전제 속에서, 파리와 같은 대도시에는 집이 없고, 집에 뿌리가 없음을 주장한다. 더하여 도시의 집에는 내밀한 가치도, 우주성도 없음을 강조한다. (위의 책, 144쪽)

전해 준다. 그리고 그러한 느낌은 점차 아이와 아내의 변화를 통해 구체화된다. 즉 생활이라는 이름으로 현실화되었던 것이다. 단지 내의 아이들은 모두 하나같이 똑같은 장난감을 가지고자 안달하였고 여자들은 집안의 가재 도구는 물론 몸의 외양까지 동일화를 꾀해 갔다. 그리고 그러한 변화상에 '나'의 아이와 아내도 끼어 있었다. 그러한 변화들은 아파트로 상징되는, 개인성이 훼손된, 획일화의 원리가 지배하는,15) 도시적 주거 공간의 특성을 전형적으로 보여 주면서 동시에 '나'의 불안한 예감이 현실화되고 있음을 보여 준다. 그런데 '나'는 그 광적인 유행성에 대해 두려움을 느끼면서도 관망의 태도를 취할 뿐이다. 그것은 "나같은 경우에 있어서 생활이란 어차피 신경쓸 처지가 못되는 터"라는, 하여 생활이란 "어떤 식으로든지 굴러가기만 하면 그만"이라는, '나'의 안일한 의식 때문이었다.

그러나 '나'의 그러한 안일한 의식은 뜻하지 않게 가정의 위기를 방조한 결과를 낳는다. 합승한 이웃과 택시 운전수 간의 "좌회전, 우회전"의 실랑이16)에 끼여 힘겹게 찾아든 집이지만, 정작 '나'가 직면한 집의 현실은 모성적 세계로서의 기능을 상실한 황량한 세계이다. 아이들은 앞집에 맡겨져 있었고 아파트 현관문은 굳게 닫혀 있었다. 그간 '나'의 기분에는 아랑곳없이 아파트 단지 내의 생활 패턴에 빠져들던, 그리하여 반가부장적 생활 패턴에까지 귀를 열어 두고 그것에 젖어들던17) 아내가 급기야 가출을 단행한 것이었다. 가족에게 봉사하고 남편

---

15) 이러한 특징은 자본제 사회의 아이러니한 단면을 보여 준다. 개인화를 기본 속성으로 하는 사회임에도 오히려 그 개인화를 말살하는 현상은 대량주의적 생산과 그에 기반한 최대 이윤의 추구라는, 자본제의 또 다른 속성에서 기인한 것이라 볼 수 있다.

16) 이 작품에서 합승한 이웃과 운전수 간의 길고 질긴 실랑이는 쉽사리 방향을 가늠할 수 없는 미로처럼 펼쳐지는 현대 사회의 삶의 난감함에 대한 우의일 수 있다.

17) 외출 횟수가 늘어나고 술냄새가 진해지고 '나'에게 이웃집 여자의 춤에 대한 예

에게 복종하는, 경건한 어머니이자 아내인 여성[18]은 사라진 채 해체의 위기에 직면한 폐허화된 세계, 그것이 힘겹게 찾아든, '나'의 집의 현실이었다. 따라서 '나'에게는 이제 더 이상 가부장의 권위를 옹립해 주는, 폐색된 안온한 집[19]은 존재하지 않는 셈이다.

「타인의 방」은 피곤한 몸을 이끌고 출장에서 돌아온 그가 집에 아내가 없는 상황에 부딪히면서 겪는 심리적인 파동을 보여 주는 작품이다. 집 앞에 당도한 그는 아파트 열쇠를 가지고 있으면서도, "소위 문을 열어주는 것은 아내된 도리이며, 적어도 아내가 문을 열어준 후에 들어가는 것이 남편의 권리"라는 생각으로, 아내가 문을 열어 주기를 고집한다. 그런데 문이 열리지 않는다. 수차례 초인종을 누르다 못해 문을 두드리기까지 하지만 문은 끝내 열리지 않는다. 그는 이웃의 원성에 못이겨 어쩔 수 없이 스스로 문을 열고 자신의 집으로 들어선다. 그리고 집에 아내가 없다는 사실을 알게 된다. 그러한 사실을 알게 된 그는 욕설을 내뱉으며 화를 낸다. 아내가 없다는 사실이 그를 화나게 한 것이다.[20]

찬론이나, 또 다른 이웃집 여자들의 가출 혹은 이혼 소식을 전하는 아내의 모습은 가부장인 '나'의 시선에 비추어 볼 때 분명 반가부장적인 모습일 수밖에 없다.

18) Gittins, 앞의 책, 71쪽.

19) 이 작품에서 아파트 공간이 가지는 문제성이라는 것이 결국 개별성을 보호하지 못하고 오히려 그것을 손쉽게 노출시켜 버리는, 그것의 개방적인 특징에서 비롯되는 것임이, 아내의 가출을 인식한 '나'가 문득 외벽 창을 통해 앞 건물 2층의 광경을 내려다 보는, 작품 말미의 삽화에서 재차 확인된다.

20) 그는 집에 도착하여 초인종 사건에 부딪히면서부터 지속적으로 분노의 감정에 휘둘린다. 그리고 그러한 감정들은 그가 집안으로 들어와 아내가 없다는 사실을 알게 된 이후까지도 계속되다가 아내의 흔적으로서 의미를 갖는, 아내가 씹던 껌을 발견하고 그것을 씹게 되면서부터 비로소 잦아들기 시작한다. 그 시점까지 텍스트는 그의 분노에 찬 감정들에 대한 서술을 지속적이고 반복적으로 제시하고 있다.

그는 쉴새 없이 투덜거렸다. 그는 마땅히 더운 음식으로 대접을 받았어야 했다. 그뿐인가. 정리된 실내에서 파이프를 피워 물고, 음악을 들어야 했을 것이었다. 허지만 그는 운수 나쁘게도 오늘밤 혼자인 것이다.

(「타인의 방」, 158쪽)

이처럼 아내가 없다는 사실은 곧바로 그에게 고독감을 안겨주면서 그를 극단적이고 역설적인 상황으로 몰아간다. "스팀기운이 새어나갈 틈"도, "소리가 빠져나갈 구멍"도 없는, 지극히 폐색적인 세계[21]에 홀로 놓여진 그는 소통에 대한 강한 욕망을 느낀다. 그리하여 그는 혼자 노래도 불러 보고 웃어도 본다. 그의 샤워 중의 발기 역시 소통에 대한 강한 욕망의 표현이다. 그러나 소통에 대한 욕망을 드러내는 그 모든 표현들은 그 어떤 반향도 얻지 못한다. 그가 홀로인 까닭이다. 그런데 그러한 상황이 그를 지극히 환상적인 의식 상태로 이끌어간다. 그는 어둠 속에서 눈을 부릅뜬 채 사물들 간의 소통을 목도하게 되는 것이다. 그리고 문득 그는 자신 역시 그 소통의 상황에 끼어들 수 있기를 욕망한다.[22]

그 때였다. 그는 서서히 다리 부분이 강직해 오는 것을 느꼈다. 그것은 우연히 느낀 것이었다. 처음에 그는 이 방에서 도망가리라 생각했었기 때문에 될 수 있는 한 소리를 내지 않고 살금살금 움직이리라고 마음먹고 천천히 몸을 움직이려 했을 때였다. 그러나 그는 다리를 움직일 수가 없었다. (…중략…) 온몸이 굳어 오는 것을 발견하였다. 그래서 그는 수째 체념 해

---

21) 이 작품은 '방'이라는 단어를 '집'의 대용어로 사용하고 있다. 이는 '방'이라는 단어에서 느껴지는 제한적이고 폐쇄적인 이미지에 기대어 그가 처한 고립적인 상황, 그리고 그로 인한 그의 고독감을 보다 강조하기 위한 것으로 풀이된다.

22) "낙숫물이 신기해서 신을 받쳐들던 어릴 때의 기억처럼 그는 작으마한 우산을 펴고 화환처럼 황홀한 그의 우주 속으로 뛰어들은 셈이었다. 그는 공범자가 되고 싶은 욕망을 느낀다." (「타인의 방」, 164~165쪽)

버렸다. 참 이상한 일이라고 생각하여서 그는 조용히 다리를 모으고 직립
하였다. 그는 마치 부활하는 것처럼 보였다.

(「타인의 방」, 165쪽)

그가 사물과 소통을 욕망한 순간 그 자신이 사물화되는 환상이 전
개된다. 그리고 그것은 유년의 꿈과도 소통되는, "부활"의 상황으로 의
미화된다. 사물화가 부활로 인식되는 역설 속에서 소통에 대한 간절한
희구가 강조됨은 물론이다.

가부장적 의식이 팽배한 그에게 아내의 부재는 극도의 고독감을 안
겨 주면서 사물화를 통한 소통에 대한 역설적 희구를 낳게 한다. 이와
같은 맥락 속에서 「타인의 방」은 가부장에게 집이 그 자체로서 안락의
세계일 수 없음을, 또한 그것이 가부장만을 위한 전적인 세계일 수 없
음을 보여 준다. 그곳은 가부장을 위한 아내가 부재할 수도 있는 세계
이며, 또한 그곳은 가부장이 전적으로 통어할 수 없는 사각이, 아내의
독자적 삶이 추구될 수 있는 여백이 존재하는 세계이기도 한 까닭이
다. 이는 작품 말미에서 남편을 하나의 물상으로 취급하며 거짓 외
출23)을 계속하는 아내의 모습을 통해 증명된다. 결국 「타인의 방」 역
시 가부장의 권위가 집이라고 하는 가부장적 공간에서조차 도전적이
고 위협적인 상황에 처해 있음을, 하여 가부장의 소외와 위기가 심화
되고 있음을 보여 주고 있다.

---

23) 작품에서 그는 집으로 들어와 아내가 남긴 메모지를 발견하는데, 그 메모의 내용
에서 자신의 출장 기간과 아내의 외출 기간 사이에 시간적 오차를 발견하고 아
내가 거짓 외출을 한 것임을 알게 된다.

4. 기원적 세계로서의 집과 가부장의 도약의 징후

자본제 사회의 공·사 영역 분리가 남성에게 부여한, 떨칠 수 없는 위상은 생계 부양자로서의 역할이다. 따라서 남성이 '훌륭한' 남편과 아버지로서의 위상을 공고히 하기 위해서는 '성공' 이데올로기에 매이지 않을 수 없게 된다. 직장에서의 성공 등을 통해 '능력 있는 생계 부양자'로서의 역할을 감당해야 하는 까닭이다.[24] 그런데 자본주의 사회에서의 생산활동이란 타인과의 경쟁관계 속에서 이루어지므로, 생산활동의 담당자인 남성들은 늘 경쟁적 상황에 놓이게 되면서[25] 비인간적인 현실에 허덕이게 된다. 하여 집은 안식의 공간이라는 의미를 넘어 도피처로, 혹은 단절과 격리의 세계로 의미화되기도 한다. 즉 그것은 세상과의 적극적이고 능동적인 소통으로부터 비껴나 있는 혹은 비껴져 있는, 가부장의 위축된 몸과 마음이 숨어드는 세계로 의미화되는 것이다. 그러면서도 때로 그곳은 새롭게 거듭날 수 있는 생명의 세계로 가치화되기도 하고, 새롭게 재구성되어야 할 타도의 세계로 폄하되기도 한다. 그러나 그것이 어떠한 세계로 의미화되든, 부정할 수 없는 사실은 가부장에게 있어 집은 존재의 근원과 같은, 기원적 세계라는 것이다. 박완서의 「어느 시시한 사내 이야기」와 이문열의 「달팽이의 외출」은 가부장의 그와 같은 문제적 상황을 보여 준다.

「어느 시시한 사내 이야기」의 '나'는 아버지로부터 물려받은 "꽤 기틀이 잡힌 면직물 공장"을 일 년만에 날리고도 오히려 "해방감"을 느꼈던 인물이다. 그가 그러한 모습을 보였던 것은 "돈은 조금 주고 일

---

24) 손승영, 「기업과 남성」, 『남성과 한국사회』(여성한국사회연구회 편), 사회문화연구소, 2000, 188쪽 참조.

25) 조정문, 「남성학의 여러 연구 관점 및 연구 영역」, 『남성학과 남성운동』(조정문 외), 동문사, 2000, 38쪽.

을 많이 시키는 기술"에 능숙해야 하는 등등의 자본주의 사회 논리에 지독한 "멀미"가 느껴졌기 때문이다. 그 이후로도 '나'는 여러 사업에 손을 대지만 번번이 그 "멀미"를 이기지 못해 손해를 보고 물러나곤 한다. 그러고는 "무작정 무위와 고독속"에 빠져 버린다. 결국 '나'는 자본주의 사회 속에서 '능력 있는 생계 부양자'로는 적합지 못한 인물 인 것이다.

'나'의 그러한 측면은 집을 옮기는 맥락에서 보다 분명하게 드러난 다. 그런 '나'에게, 즉 "경제성" 내지는 생활력과는 무관한 '나'에게 아 내는 현재의 집을 팔고 좀 더 외진 곳으로 집을 넓혀 이사할 것을 제 안한다. 집을 옮기고 남은 돈으로 생활의 안정을 꾀하기 위한, 아내 나 름의 대책을 제시한 것이다. "늘 당장 감당하기 쉬운 것의 편"에 서 오 던 '나'는 아내의 그러한 제안에 이내 동의해 버린다. 그러고는 고급주 택지가 끝나고 판자촌이 시작되는 초입에 위치한, 비교적 마당이 넓은 집을 마련하여 그곳으로 이사를 한다. 그리고 '나'는 그곳에서 영세하 나마 가내공업을 꾀해 볼 계획을 세운다. 이처럼 공적 영역의 일을 사 적 영역인 가정으로 끌어들이는 '나'의 모습은 그가 생계 부양자로서 왜소한 가장임을 증거하는 것이다.[26]

그런데 '나'의 가장으로서의 왜소함은 경제적인 문제로만 드러나지 않는다. 손대는 사업마다에서 멀미를 느끼고 그럴 때마다 사업을 접어

---

[26] 이와 관련하여, 집을 옮길 것을 제안하는 아내의 설명과 그에 대한 '나'의 심리적 반응을 보여 주는 다음의 인용문을 참조할 수 있다. "「몫돈이 떨어지면 줄잡아 서너장이야 안떨어질라구요. 형부네 회사에 맡기면 또박또박 4부는 틀림 없대요. 4부면 우리 식구 실컷 살고 저축도 할 수 있어요. 당신만 그 돈 안건드리고 당신 일 계속할 수 있으면 말예요. 네, 그럴수 있죠?」 마치 성가시게 구는 아이에게 장 난감을 안기듯이 아내는 내 사업으로 내 장난감을 삼으란다. 하긴 아무리 어른이 라도 돈 못버는 소일거리야 장난감이지 별것인가." (「어느 시시한 사내 이야기」, 347~348쪽)

버리고 해방감을 누리곤 하던 '나'는, 어느 순간 "가족을 거느린 가장"이라는 자각을 하게 되면서 중압감에 시달린다. 그리하여 '나'는 "멀미에서 뛰어내린 해방감을 옹글게 누리"기 위해서 아내 몰래 정관절제 수술을 받고 "생식능력까지 떼어" 낸다. 이를 두고 '나'는 그럴 만큼 자신에게는 "상쾌함"이 필요했다고, 스스로를 합리화시킨다. '나'의 이러한 태도는 개인적인 실존조차 버거운 존재에게 가장이라는 직무가 얼마나 무거운 것인가를 보여 주면서, 역으로는 현상적으로, 그리고 현실적으로 가장으로서의 '나'의 의식적인 왜소함을 확인시켜 준다.

또한 '나'는 가장으로서의 생물학적인 왜소함도 보여 준다. 정관절제 수술 이후 '나'는 두 아들을 모두 잃는다. 그 일로 비통함에 젖어 있던 아내는 상상임신까지 하게 된다. 이러한 지경에서 부계적인 혈연계승에 기반하고 있는 가부장제 하의 가장이 생식능력을 잃었다는 사실과 혈연을 이어줄 아들들을 잃었다는 사실은, 가장으로서의 '나'가 생물학적 차원에서도 왜소한 존재임을 확인시켜 준다. 결국 '나'는 가부장제 하의 가장으로서 턱없이 왜소한 존재인 것이다. 따라서 새로 이사를 들게 된, 빈민촌 초입의 집은 '나'가 가장으로서 다양한 측면에서 왜소한 존재임을 증거하는, 몰락의 세계인 셈이다.

그러나 그 집은 '나'에게 어머니의 자궁과도 같은 세계[27], 즉 생명이 움트는 세계, 하여 재생과 부활을 꿈꿀 수 있는 세계로 재의미화된다. '나'가 새로 든 집에서 자신을 그토록 힘겹게 했던 멀미의 정체를 파악하게 되고 새로운 삶의 결의를 다지게 되는 까닭이다. '나'의 그러한 변화는 '나'의 집 아래에 있는 벼랑을 담장의 한 면으로 삼고 있는 앞집의 주인 김복록이라는 인물과의 대결을 통해 이루어진다. 땅 장사로 벼락부자가 된 김복록은 고급주택지의 맨 끝자락에 아름답고 웅장한

---

27) Ad de Vries, Loc. cit..

3층집을 짓고 살면서, 그 동안 자기집 담장의 한 면의 역할을 하고 있는 벼랑 위에 있는 집, 즉 '나'가 이사든 집의 주인들이 바뀔 때마다 그들을 불러다가 축대를 쌓으라고 호령하고 위협하는 일로 인생의 재미를 삼아온 인물이다. '나' 역시 새로 집 주인이 된 까닭에 그에게 불려가는데, '나'는 자신에게도 축대를 쌓으라고 협박하는 그의 모습에서, 즉 가난한 사람들 위에 군림하고 그들에게 호령하며 그들의 재물을 뜯어내는 것으로 낙을 삼는 파렴치한 그의 모습에서, 그 동안 자신에게 "그 고약한 멀미를 일으키게 한 징그러운 괴물의 정체"를 본다. 그리고 그 순간 삶의 새로운 용기를 얻는다.

> 저런 모습이었구나. 바로 저런 모습이었어. 탐욕이니 비열이니 파렴치니 하는 추상명사가 뼈와 살을 갖추면 바로 저런 모습이 되는구나. 나는 진저리를 쳤다.
> 나는 그날부터 다시 장난감 만들기에 골몰할 수 있었다. 나는 멀미로서 나를 속박하던 괴물의 정체를 알아낸 것에 신선한 기쁨을 느꼈다. 또 그 괴물의 본질이 알고 보니 보잘것 없이 허약하다는 게 내게 용기가 되기도 했다.
>
> (「어느 시시한 사내 이야기」, 353~354쪽)

'나'가 아들들을 잃은 후 그들에 대한 생각에 잠기곤 하다가 우연히 착상하게 된 것이 장난감을 만드는 일이다. 하여 '나'는 자신의 유년 시절 억압당했던 상상력에 기대어, 아이들이 마음껏 즐길 수 있는 장난감을 만드는 일을 시작하기로 마음먹는다. '나'에게 장난감을 만드는 일은 잃어버린 아들들을 가슴에서 되살려 내는 일이며, 상실한 "경제성"을 회복하는 일이고, 삶에 대해 가졌던 위축된 의식을 다시 펼칠 수 있는 일이다. 즉 가장으로서의 자신의 왜소한 입지를 확장할 수 있는 일인 것이다. 그런데 그런 일을 실천할 수 있는 힘을 '나'는 김복록과의 대결에서 얻게 된 것이다.

'나'는 그 일을 집 마당 한편에 세워진 헛간에서 시작한다. '나'가 보다 원활한 작업을 위해 헛간 바닥을 파고 만든 지하실은 동굴적 이미지에 기댄, 어머니의 자궁과도 같은 생명 창조의 공간으로서 의미를 갖는다. 하여 '나'에게 이제 집은 재생의 공간이 된다. 작품 말미에서 김복록이 자신의 집 지하실을 넓히다가 사고로 죽은 사건이 시사하는 어두움에도 '나'의 삶에 대한 의지가 위축되지 않는 것은 '나'의 재생의 견고함을 보여 준다.28) 그리고 그것은 분명 '나'의 새로운 도약의 징후로서 의미를 갖는다.

「달팽이의 외출」은 어느 한 남성의 하루의 외출을 통해, 표면적으로는 지극히 무난한 일상을 살아가는 가장의 드러나지 않는 내면의 갈등을 그리고 있는 작품이다. 작품에서 지난 십 년 간의 모범적인 공무원 생활을 해온 주인공 형섭은 "요령 있는 살림꾼"인 아내와 더불어 대지 사십여 평의 집 한 채를 마련해 아이 셋과 함께 살아가고 있는 인물이다. 그의 그런 외양적 일상은 언뜻 지극히 평온해 보인다. 그런데 그 평온함은 그의 의식의 내면까지를 관통하고 있는 전적인 평온함이 아니다. 젊은 날의 이상을 잃어버린 채, 직장에 나가서는 "어떤 정부기관의 중요하지 않은 계장자리"에 앉아, 동료들이나 부하직원들

---

28) 이러한 결말 속에서 남는 문제는 '나'의 이러한 거듭남이 지극히 독단적인 모습으로 그려진다는 점이다. 김복록의 죽음이 자신의 가정에 몰고올 사태를 염려하는 아내를 두고 "계집년이 재수 없게스리"라는 반응을 보이는 것에서 그의 그러한 모습이 확인된다. 사실 작품 서두에서부터 '나'는 아내를 대단히 폄하적인 시선으로 바라보고 있다. '나'의 그러한 시선은 '나'에게 아내는 한 가정을 더불어 꾸려 가는 동반자적 존재가 아님을 보여 준다. '나'가 김복록의 집에서 그의 손자들로 보이는 아이들을 본 후 지속적으로 그들의 이미지를 떠올리며 무너지려는 자신을 추스리는 모습은 '나'가 '가장'으로서의 자기 인식을 분명히 하고 있음을 보여 주는데, 그럼에도 아내에 대해 지속적인 폄하적 인식을 보이는 것은 '나'의 가장으로서의 인식이 대단히 권위적임을 증거한다. 작품의 제목에서 드러나는 "시시한"이라는 수사는 이러한 관점에서 음미될 필요가 있다.

과 더불어 "거의 수식어가 필요없는 대화"나 나누고 "업무의 연장에 지나지 않은 인간관계"나 맺으며 살다가, 집에 돌아와서는 "밉지도 곱지도 않은 아내와 아이들"과 더불어 살아가는 일상에 그 자신 스스로가 그다지 만족하지 못하고 있음이 그의 일요일 날의 외출의 여정 속에서 여실히 노정되는 까닭이다.

잠복되어 있다시피 했던 그의 갈등 국면의 의식이 표면화되는 계기가 된 것은 자신의 집에 새로 쌓아올려진 "담" 때문이다. 이사해 든 지얼마 되지 않은 시간 동안 세 번이나 도둑이 들자 아내는 결국, 형섭의 반대에도 낮은 담을 헐고 "나는 새도 넘을 수 없으리라" 여겨지는 "철책을 세우고 가시철망까지" 두른 높은 담을 쌓는다. 일요일 날 늦잠에서 깨어난 형섭은 창문을 열다가 새로 쌓아진 높은 담을 발견하고 깊은 낙담에 빠진다. 담에서 세상과의 단절이 의식된 때문이다. 더욱이 아들 욱이가 동네로 놀이를 나갔다가 제 엄마에게 붙잡혀 와, 하라는 공부는 않고 동네 "대폿집 과부의 아들이나 야채장수의 딸들"과 어울려 험하게 논다는 타박을 듣는 사건이 이어지면서 담과 단절에 대한 그의 의식은, 지난 밤 "거대한 감옥 같은 데 갇히어―애절하게 그를 부르"던 욱이에 대한 꿈이 환기되는 가운데, 감옥에 대한 인식으로까지 비약된다. 그에게 담은 안전과 보호의 테두리가 아니라 인간과 세상 혹은 인간과 인간 사이에 형성된 소외의 벽으로 상징화되어 인식되는 것이다.

그리고 그의 그러한 인식은 그 날의 외출에서 거듭 확인되고 증명된다. 그 날 그는 아내의 강권에 못이겨 월부로 컬러 텔레비전을 구입하기 위해 텔레비전 대리점을 운영하고 있는, 유년 시절 자신과 가장절친했던 친구를 찾아 나선다. 그는 그 친구와 교외로 나가 술이라도한잔 하면서 유년 시절의 추억을 나눌 꿈을 꾸지만, 이재에 눈 밝은,

경제적 인간으로 변모해 버린 친구에게서는 그러할 여지가 발견되지 않는다. 그와 친구 사이는, 혹은 그의 과거의 유년과 지금의 중년은 그렇게 단절되어 있었던 것이다. 마음의 우울을 못내 감당하기 어려워진 그는 다시 가난한 이상주의자 시절에 만났던, 지금은 대학에서 강의를 하고 있는 친구를 찾아가지만 그에게서도 책의 출판 일정을 이유로 "솔직한 축출"을 당하고 만다. 그는 친구와는 물론 자신의 젊은 시절의 이상과도 단절되어 있었던 것이다. 그러고도 그의 단절의 경험은 계속된다. 이어서 찾아간 친구에게는 문전박대를 당했고, 또 길에서 우연히 만나 이끌려간 또 다른 친구의 집에서는, 소시민적 일상의 행복을 방해한 대가로 친구 아내의 "적의"에 부딪혀 물러나온다. 뿐만 아니라 허탈감과 슬픔으로 찾아 든 술집에서는 젊은이들과의 담을 확인하게 되고 택시에서 우연히 만나 찾아가게 된, 시인이자 비평가인 친구의 집에서는 언어적 소통의 단절까지 경험하게 된다. 결국 그 날의 외출에서의 만남들은 하나같이 그에게 삶의 도처에 "담"이 둘러 쳐져 있음을 확인시켜 준다. 하여 그는 "인간들은 모두가 담이라는 각자의 껍질을 지닌 한 마리의 달팽이에 불과하"다는, 그리고 그 자신 역시 가장이라는 위상을 지닌 소시민적 "일상"의 담 속에 갇혀 있는 "달팽이"일 뿐이라는 인식을 가지고 집으로 향한다. 가장인 그에게 집은 단절과 소외의 진원지인 "달팽이 껍질"일 뿐이지만 그 자신 그 껍질에서 벗어날 수 없는 "달팽이"일 뿐인 까닭이다. 그런 까닭에 단 하루만이라도 벗어나고 싶었던 집으로 찾아드는 그의 마음은 "슬프고 외로"울 뿐이다.

그렇다고 그가 그곳에서의 안주를 기약하는 것은 아니다. 그는 자신의 집을 둘러싸고 있는 담을 내리치는 행위를 통해 나름의 저항의 의지를 표출한다. 술에 취해 찾아든 집에서 그는 대문을 발견하지 못한

다. 술기운 때문에, 새로 담을 쌓으면서 옮겨진 대문의 위치를 찾지 못
한 것이다. 하여 그는 주변 공사장에서 쑥돌 하나를 집어다가 담을 내
리치기 시작한다. 손에서 피가 흐르는지도, 골목 끝에서 호루라기 소
리가 들리는지도, 아내의 금속성 목소리가 들리는지도 모르는 채 그는
계속해서 담을 내리친다.

> 「욱아 너에게는 유년과 친구를, 나에게는 이웃과 자유를. 사람들은—자
> 기의 조그만 세계를 지키기 위해 담을 쌓지만 사실은 외부의 더 큰 세계를
> 잃어버리는 어리석은 짓이란다. 자기를 가두는 짓이며 이웃을 외롭고 슬프
> 게 하는 거란다……」

(「달팽이의 외출」, 147쪽)

담을 내리치며 발하는 그의 심리적인 절규는 "담"으로 상징화된 단
절과 소외의 고통과 그것의 깊이를 시사하면서 동시에 단절적인 상황
에 대한 저항의 의지를 드러낸다. 다만 그의 저항의 의지가 독자에게
안쓰러운 연민으로 느껴지는 것은 그의 행위가 술에 만취된 상태에서
외화된 격정인 까닭이고, 그가 아내로 대변되는 소시민의 일상의 강고
함을 떨쳐낼 수 없는 가장이라는 위상의 한계를 지닌 인물인 까닭이
다. 작품 서두에서 그가 "아이들이나 생활에 관한 한 항상 아내가 옳
았다"고, 가정을 이끌어야 하는 가장으로서 아내의 소시민적 삶의 태
도를 인정하였던 사실은 그의 그러한 한계를 증거한다.

그럼에도 자신의 집의 담을 내리치는 그의 행위가 단절과 소외에
저항하고자 하는, 자신을 억누르는 억압을 떨치고 새로운 도약을 모색
하고자 하는 의지의 표명임은 부인할 수 없는 사실이다. 그러할 때 그
가 도약의 발판으로 삼고 있는 지점이 자신의 집이라는 사실은 또 다
른 주목을 요한다. 왜냐하면 그러한 사실이, 그에게 있어 집이란 그 자

신의 존재의 근원이며 그가 새롭게 거듭날 수 있는 세계임을 확인시켜 주기 때문이다. 결국 집은 가부장의 존재적 근원이며 기원적 세계임이 그를 통해서도 재차 확인되는 셈이다.

「어느 시시한 사내 이야기」나 「달팽이의 외출」 모두 가장이라는 위상이 남성 개인들에게 가하는 억압의 무게를 보여 준다. 남성에게 가장이라는 관계적 위상은 개인의 실존과 욕망을 앞서는 굴레이기도 한 것이다. 그럼에도 그들은 궁극적으로 그 굴레를 부정하거나 거부하지 않는다. 스스로의 거듭남을 통해서, 혹은 힘겨운 번민의 여정을 통해서 그들은 기꺼이 그러한 굴레를 부여안는다. 그들에게 가족은 유효한 가치이며, 집은 자기 존재의 기원인 까닭이다. 그들이 모두 그곳에서 새로운 도약의 징후를 드러내고 있는 것도 그러한 맥락을 전제한 것임은 물론이다.

5. 맺음말

자본제의 공·사 영역의 분리에 근거하여 여전히 존재 가치를 누려 오는 가부장제도 하에서 모든 인간은 소외의 여정을 걸어왔다. 여성은 물론이거니와 가장으로서의 권리를 누리고 권력을 행사해 오던 남성 역시 소외의 문제에서 예외가 아니었던 것이다. 처자식을 거느린 가장으로서 그네들의 생계를 책임져야 하는 생계 부양자로서의 역할은, 임노동자로서 살아가야 하는 남성들에게는 가볍지 않은 인생의 책무인 까닭이다. 그러한 현실은 부계적 혈통의 가계 계승이라고 하는 전통적 맥락을 잇는 가운데 '집'이라는 상징체를 통해 응집적으로 드러나기도 하는 까닭에 본 논문은 '집'의 문제에 주목하여 가부장의 소외와 위기를 논의해 보았다.

「고압선」과 「흐름 속의 집」을 통해 가족의 안정적 주거 공간을 마련하기 위한 가부장의 고뇌와 그를 억압하는 비인간적인 현실 상황을 살펴보았고, 「홍소」와 「타인의 방」을 통해서는 가장의 권위가 축소되고 무력화되는 가운데 그러한 가장의 소외와 위기가 현현되는 현장으로서의 집의 문제를 살펴보았다. 또한 「어느 시시한 사내 이야기」와 「달팽이의 외출」을 통해서는 개인적 실존과 가장의 책무 속에서 갈등하면서도 결과적으로 가장으로서의 책무를 감당하고자 하는 남성의 모습을 논의하면서 남성 존재의 기원적 세계로서의 집의 의미를 살펴보았다. 논의된 작품의 누구도 가장이라는 위상으로 인해 행복해 하지 않았음은 물론이다.

페미니즘적 시각에서 남성의 이러한 문제적 상황은, 여성을 무능력자로 만들어 남성과 가정에 예속시킨, 남성들의 자업자득의 결과로 논의된다.[29] 그렇다고 그러한 논의가 남성이 처한 위기 상황이 외면되거나 무시되어도 좋다는 의미를 전제하고 있는 것은 아니다. 모든 인간이 억압받지 않고, 주체적이고 자족적인 삶을 살아가야 하는 것은 당위이며 여전히 남겨진 인류사적 과제이다. 여성의 소외와 위기에 관한 논의와 더불어 남성의 소외와 위기의 문제도 더불어 논의되는 가운데 인간주의적 가치가 실현되는 길이 모색되어야 할 것이다.

---

29) 이효재, 「한국사회의 남성 이데올로기」, 『남성과 한국사회』(여성한국사회연구회 편), 사회문화연구소, 2000, 10~11쪽 참조.

4

여성·변방을 넘어서는 사(私)적 도약

■'부정한' 여인들의 일탈과 자기 정립
　-신경숙의「풍금이 있던 자리」·권지예의「고요한 나
　　날」과「꿈꾸는 마리오네뜨」·전경린의「부인내실의
　　철학」

■여성의 몸, 물신에서 모신으로의 승화
　-최윤의『마네킹』

‘부정한’ 여인들의 일탈과 자기 정립
-신경숙의 「풍금이 있던 자리」·권지예의 「고요한 나날」과 「꿈꾸는
마리오네뜨」·전경린의 「부인내실의 철학」

1. 머리말

가부장제 하에서 여성의 성과 사랑이 가장 안정적으로 실현될 수 있는 최적의 영역은 결혼 제도에 근거한 가정 안의 세계이다. 그밖의 어느 세계도 여성의 성과 사랑의 실현을 가치롭게 받아들이지 않는다. 이러한 사실은 분명 정절 이념에 근거한, 가부장제의 여성에 대한 억압과 통제의 의식에서 비롯된 보편적이고 일반적인 현상이다. 그리고 그것은 오랜 역사를 지니고 있고 지금까지도 지속되고 있는 상식적인 일상이다. 하여 그것은 새삼스레 언급될 새로운 문제가 아니다. 그럼에도 새삼 그 문제를 언급하는 것은 여성주의에 입각한 삶의 고민들이 기존의 여성들의 삶의 패턴에 혹은 그 의식에 나름의 변화를 가져오고 있음이 감지되기 때문이다.

성과 사랑이 과거 여성들의 삶을 통제하고 억압하는 도구였다면 이제 그것들은 점차 그 통제와 억압의 도구적 성격에서 벗어나, 여성의

삶을 해방과 자율로 이끄는 매개체로 그 역할을 자리바꿈하고 있다. 기존의 성과 사랑이 여성을 의존적이고 종속적인 존재로 제한한 반면 지금의 성과 사랑은 여성을 자율적이고 주체적인 존재로 이끄는 차이를 보이는 것이다. 때로 그것은 불륜이라는 덫을 써야 하는 한계를 지니지만, 그도 자기 존재의 가치를 실현시키려는 지난한 몸짓이고, 혹은 그 도정이기에 쉽사리 폄하할 수 없는 모습으로 다가온다.

가치의 충돌, 그 속에서 어떤 것이 우선권을 점할 수 있을지에 대해서는 누구도 쉽사리 단언할 수 없다. 그것은 끊임없는 모색의 문제로 남으면서 늘 새로운 문제들로 대체되는 가운데 반복될 것이다. 여성의 개방적인 성과 사랑은 일련의 기존의 가치들과 충돌할 수밖에 없다. 하여 그로 인해 야기될 문제들이 염려스럽기도 하다.[1] 그러나 그렇다고 여성의 개방적인 성과 사랑 그 자체가 담보할 수 있는 가치조차 묵과되어서는 안 된다. 여러 여성 작가들이 이러한 문제들을 두고 나름의 고민을 피력해 오고 있는 것도 그와 같은 이유에서일 것이다. 그리하여 본 논문은 그 중 몇몇의 작품들을 대상으로[2] 그녀들의 고민의 깊이를 들여다보려 한다. 그러한 가운데 이 시대의 성과 사랑의 풍속의 일면을 이해하고 더불어 텍스트로 형상화된, 여성의 개방적인 성과 사랑에 담보된 가치들에 주목해 보고자 한다.

---

[1] 개방적인 성과 사랑이 야기할 가치 충돌의 문제를 여성의 경우에만 한정지어 논의하는 것은 곤란하다. 남성들이 기존에 누렸던, 그리고 지금도 누리고 있는 개방적인 성과 사랑과 그것들이 야기한 가치 충돌의 문제도 더불어 논의하여야 할 것이다. 그럴 때만이 올바른 성과 사랑의 방향성이 모색될 것이다.

[2] 본 논문이 대상으로 하는 작품들은 다음과 같다.
신경숙, 「풍금이 있던 자리」, 『풍금이 있던 자리』, 문학과지성사, 1993 ; 권지예, 「고요한 나날」, 『꿈꾸는 마리오네뜨』, 창작과비평사, 2002 ; 권지예, 「꿈꾸는 마리오네뜨」, 『꿈꾸는 마리오네뜨』, 창작과비평사, 2002 ; 전경린, 「부인내실의 철학」, 『물의 정거장』, 문학동네, 2003.
작품을 인용할 때는 인용문 뒤에 해당 지면만 밝히도록 한다.

2. 금 밖의 여인들, 아웃사이더의 거듭나기

오래도록 차별적으로 적용되어온, 남성에게는 개방적이고 여성에게는 폐쇄적인 성의 이중 규범은 여성의 존재를 희생시키고 억압하는 일련의 현상들을 낳았다. 그 가운데 대표적인 현상 하나가 여성들을 남성들의 불륜의 대상자로 자리하게 함으로써 여성들의 종속성을 심화시키고, 더 나아가서는 여성들을 비윤리적인 존재로 강등시킨 현상이다. 이러한 현상은 개방화의 흐름 속에서 급기야 여성들 스스로가 적극적으로 그 굴레를 찾아들어가는 역설적 상황을 야기하기도 한다. 어쨌거나 이러한 현상들 속에서 여성에게 성과 사랑은 삶을 풍요롭게 하는 가치로서 자리하지 못한다. 오히려 그것들은 여성의 존재와 일상을 옭죄는 억압이 되고 굴레가 된다. 더하여 떨쳐야 할 부끄러움이 된다. 그리하여 여성의 종속성 내지는 비윤리성은 보다 심화의 길로 들어서기도 한다. 그러나 때로 이 금 밖의 여인들 중 누군가들은 규범 밖의 성과 사랑이 가지는 어둠의 두께를 뚫고 일어서기도 한다. 그것들이 가해오는 억압의 짓누름을 당당히 떨쳐내고 일어서는 것이다. 그것은 스스로를 정립시켜내는 여성 주체화의 과정이기도 하다.[3] 그녀

---

3) 성과 사랑이 조화와 상생의 가치를 담보해야 하는 것은 상식이다. 그럼에도 그것들이 억압과 상처로 자리할 때 그것들은 정화의 과정을 거치지 않을 수 없다. 여성 주체화의 과정은 오염된 성과 사랑이 거쳐야 할 정화의 한 과정이기도 하다. 주체화의 과정을 통해 여성은 비로소 자율적인 존재로 거듭날 것이고, 또한 그럼으로써 '합류적 사랑'의 장이 보다 원활하게 펼쳐질 것이기 때문이다. (앤소니 기든스의 『현대 사회의 성·사랑·에로티시즘』을 옮긴이는 기든스의 합류적 사랑에 대해 "각기 따로 흘러오던 두 개의 지류가 합쳐져 하나의 강물이 되어 흐르듯, 두 사람의 정체성이 과거에는 각기 달랐음을 인정한 위에서 다가오는 미래의 시간을 향해 사랑의 유대를 공유하고 새로운 정체성을 협상해 가는 그러한 사랑을 말한다."라는 풀이를 달고 있다. (앤소니 기든스, 『현대 사회의 성·사랑·에로티시즘』(배은경·황정미 역), 새물결, 2003, 108쪽 참조)

들은 성과 사랑의 상처 속에서 비로소 주체로 거듭나는 것이다. 그렇
다면 결국 그녀들에게 성과 사랑은 성장 내지는 성숙의 매개가 되는
셈이다. 신경숙의 「풍금이 있던 자리」와 권지예의 「고요한 나날」이 그
러한 맥락을 보여 준다.

1) 왜곡된 여성 이미지의 극복과, 고백과 성찰의 글쓰기[4]

신경숙의 「풍금이 있던 자리」는 과거 고향에서 바라본 아버지의 삶
의 모습에 근거해 남성적 질서를 체화함으로써 미처 여성적 정체성을
확립하지 못한 '나'가, 그러한 자신의 위상의 진원지인 고향과 아버지
를 되찾아오면서 역으로 그러한 자신의 위상이 가지는 부정성을 직시
하고 그것을 극복하는, 그리하여 여성적 정체성을 비로소 확립해가는
이야기이다.

도회의 공간에서 아내가 있는 남자와 불륜 관계를 맺고 있는 '나'는
그 남자와 외국으로 떠나기 전에 아버지에게 마음으로나마 작별 인사
를 하기 위해 고향을 찾는다. 그런데 고향집에 들어선 '나'는 문득 하
나의 기억을 떠올린다. 아버지의 여자에 대한 기억이 그것이다. 그리
고 그 기억을 통해 지금의 '나'가 맺고 있는 불륜의 관계가 과거 고향
에서 '나'의 아버지의 삶이 '나'에게 남겨준 흔적이었음을, '나'가 아버
지의 "그 여자"에게서 느꼈던 화사한 이미지 때문이었음을 인식하기
시작한다.

저는 마루 끝에 엉덩이를 붙이고 앉아 누군가 열린 대문을 통해 들어와

---

158 여성·변방을 넘어서는 사(私)적 도약

주기를 바라고 있었습니다. 그토록 간절히 바란 것으로 보면 어쩌면 어머
니를 기다렸던 건지도 모릅니다. 바로 그때 그 여자가 나타났던 것입니다.
그 여자가 열린 대문으로 들어섰을 때 제 발끝에 매달려 있던 검정 고무신
이 툭, 떨어졌습니다. 여자는 마당의 늦봄볕을 거느린 듯 화사했습니다.

(15쪽)

간절히 어머니를 기다리던 일곱 살의 어린 '내' 앞에 어머니를 대신
하여 늦봄볕을 거느린 듯 화사한 이미지의 "그 여자"가 나타났었다.
여자의 화사한 이미지는 "검정 고무신"이 묻어 내는 지루한 생활감과
는 전연 거리가 먼 것이었다. 그래서 '나'는 "그 여자"를 좋아했고, "그
여자"의 화사한 이미지는 '나'에게 "그 여자처럼 되고 싶다."라는 꿈을
주었다. "그 여자"는 '나'의 인생의 역할 모델이 되었던 것이다.

그러나 사실 "그 여자"의 아름다움은 당시의 어린 '나'의 의식으로
는 꿰뚫어 볼 수 없었던 부정적인 사회적 맥락이 전제된, 왜곡된 이미
지에 불과한 것이었다. 당시 어린 '나'의 의식은 "국수에 고명을 넣는
그 여자와 넣지 않는 나의 어머니" 정도로 "그 여자"와 어머니의 존재
성을 구별하고 말지만, 실재에 있어서 두 여인은 첩과 본처라고 하는,
서로에게 상처가 되고 아픔이 되는 부정적 관계에 있는 존재들이었다.
그리고 그들의 그러한 관계는 가부장적 질서가 배태한 모순적 양상이
었다. 따라서 '나'의 의식 속에 각인된 "그 여자"의 아름다움은 진정성
내지는 순수성을 담보하지 못한, 왜곡된 아름다움이었던 것이다. 그럼
에도 어린 '나'는 눈에 보이는 그대로만을 의식한 채 "그 여자"를 자연
스럽게 자신의 역할 모델로 삼았던 것이다. 당시의 '나'는 아버지 세계
의 그늘에서 아버지 세계의 논리를 익혀가던 존재였기에 "그 여자"의
모습을 비판적 거리를 두고 바라보는 것은 불가능한 일이었다. 결국
지금의 '나'가 "당신"과의 불륜 관계를 두려워하지 않을 수 있었던 것

'부정한' 여인들의 일탈과 자기 정립　**159**

은 모두 그러한 맥락 때문이었던 것이다.

거기에 더하여 '나'의 불륜의 관계에는 "그 여자"와 관련된 또 하나의 맥락이 전제되어 있다. 과거 "그 여자"는 오빠들 틈에 가려져 버린, 한낱 계집애에 불과한 '나'를 알아보아 줌으로써 '나'에게 자기 존재 확인에 대한 욕망을 일깨워 주었었다. 그런데 바로 그 욕망이, 즉 그 여자가 '나'에게 일깨워 준 자기 확인에 대한 욕망이, '나'가 지금의 문제적 상황에 처하는 데 '기여하는' 결과를 낳는다. 자기 존재 가치를 외화시키고자 하는, 긍정적인 욕망조차 아버지와 "그 여자"가 맺고 있었던 관계의 부정성에 근거함으로써 결과적으로는 문제적으로 작용한 것이다.5)

> 그 여자가 제 인상에 각인될 수 있었던 것은 그 여자가 저를 알아봐줬기 때문이에요. 당신을 처음 만난 그날, 느닷없이 내리는 비를 맞고 버스를 기다리고 있는 여러 여자들 중에서 감기를 앓고 있는 여자가 바로 저라는 걸 알아줬던 것처럼 말이에요.
>
> (29쪽)

결국 "당신"이 '나'를 알아봐주었다는 사실이 "그 여자"처럼 되고 싶다는 소망과 맞물리면서 '나'의 불륜 관계가 시작된 것이다. 앞서 언급한 대로 아버지의 세계에서, 즉 여성적 정체성이 몰각된 세계에서 자란 '나'에게는 그 세계가 가지는 부당성을 비판할 여지도, 여성의 몰정체성을 비판할 여지도 없었던 까닭에 감히 불륜도 허용할 수 있었던 것이다.

---

5) 여기서 대 남성적 관계 속에서의 여성의 자기 정립의 문제를 생각해 볼 수 있다. 그것은 분명 대립이나 배타가 아닌, 공존과 조화를 전제로 실현되어야 할 것이지만 또한 그것은 분명 상호 평등 의식을 전제로 실현되어야 할 것이다.

그러나 지금, 세상으로부터 불륜이라고 규정되는 관계를 안전한 관
계로 위장시키기 위해 외국으로 떠나기에 앞서 잠시 고향에 들렀다가
과거의 기억들을 회고하게 된 지금, '나'는 비로소 어떠한 방식으로도
자신의 현재의 처지를 합리화시킬 수 없음을 깨닫게 된다. "그 여자"
에 대한 기억을 되살리게 된 것에 더하여 '나'와 같은 위치에 있었던
여성으로 인해 고통을 당했던 점촌 아주머니의 사망 소식을 접하게
되면서 '나'는 윤리적으로 떳떳치 못한 여성들이 가지는 비인간적 의
미를 어쩔 수 없이 인정하게 되는 것이다.

> 점촌 아주머니를 혼자 살게 한 점촌 아저씨의 그 여자, 그 중년 여인으
> 로 하여금 울면서 에어로빅을 하게 만든 그 여자…… 언젠가, 우리집……
> 그래요, 우리집이죠…… 거기로 들어와 한때를 살다 간 아버지의 그 여
> 자…… 용서하십시오.…… 제가…… 바로, 그 여자들 아닌가요.

(23쪽)

'나'는 여러 차례의 망설임 끝에 어렵게나마 자신의 현 위치가 윤리
적으로 불륜이라는 비난의 시선을 떨쳐버릴 수 없는 상태에 있음을
인정한다. 이미 '나'는 "당신을 사랑하는 일이 자랑할 만한 일이 아니
라는 것을" 알고 있었지만, 그것을 도회의 거리에서는 인정할 수 없었
다. 그러나 고향에는 '나'의 "그 여자처럼 되고 싶다"는 소망에 대한
기억과 함께, "그 여자"가 눈물지으며 "나…… 나처럼은…… 되지 마"
하던 당부의 기억도 있었다. 그 당부의 기억은 가부장적 관습이 남긴
상처의 흔적이다. "봄볕이 내리쬐는 그 봄날에 마루에 앉아 젖먹이는
어머니와 그 곁에 서서 그저 마당만 하염없이 내려다보고 있는 그 여
자"의 모습은 가부장적 사회 구조가 만들어낸 비극적 정황이었던 것
이다. 여성이 여성 스스로에게 상처가 되는 모습은 드러난 현상일 뿐,

'부정한' 여인들의 일탈과 자기 정립 **161**

그것의 가려진 본질은 분명 남성 중심의 문화이다. 그리고 '나' 역시 그와 같은 문화의 피해자임에도, 오히려 그것의 동참자가 되어 "당신"의 아내와 딸 은선에게 가해자가 될 위치에 서 있었다. '나'는 그러한 사실을 자신에게 최초로 가부장제적 인식을 부여했던 과거의 현장에 돌아와서야 비로소 정시하게 된 것이다. '나'가 "그 여자처럼 되고 싶다"는 소망을 품게 한 "그 여자"의 아름다운 이미지가 성차별적인 그릇된 문화의 산물이었음을 비로소 깨닫게 된 까닭이다.

더불어 '나'는 하나의 질서가, 하나의 세계가 마감되는 것을 확인한다.

> 아버지가 저렇게 작아지시다니, 털모자 밑으로 보이는 뒷목덜미까지 흰머리가 수북했습니다. 귀밑으론 탄력을 잃은 살이 처져 겹을 이루고 있는데 거기까지 무수히 핀 검버섯이라니.
>
> (36쪽)

과거 가부장적 질서를 항유하던 아버지, 그러한 아버지가 흰머리가 수북하도록, 주름이 겹을 이루도록, 검버섯이 무수히 피도록 늙고 왜소해진 모습으로 이우러진 것은 하나의 세계, 가부장의 세계가 기울고 있음을 시사한다. 동시에 그것은 이제까지의 '나' 자신의 세계가 무너지는 것을 의미한다. 이제까지의 '나'의 세계란 분명 아버지의 삶을 꾸려왔던 가부장적 질서에 준거를 둔 것이었기 때문이다. 따라서 이제 '나'는 그러한 세계의 무너짐을 감내하며 새로운 거듭남을 모색해야만 한다.

여기서 '나'의 견딤의 글쓰기가 시작된다. 애초에 '나'가 글쓰기를 시작한 것은 '나'의 심경의 변화를 "당신"에게 알리고자 하는 의도에서였다. 그런데 점차 '나'가 "당신"과의 이별에 대한 각오를 굳히고,

또 그 각오가 돌이킬 수 없는 상황－“당신”과의 약속 시간이 지나버림
－으로 치달으면서 ‘나’의 글쓰기는 이별의 아픔을 감내하기 위한 견
딤의 글쓰기로 그 의미가 전환된다. 세계가 무너지는 고통을 견뎌내면
서 마치 “마비된 듯 누워”있다가, 회복기의 환자처럼 비틀거리면서 다
시 걸음을 걸을 수 있게 되기까지, 그리고 나름의 평화를 되찾기까지
‘나’가 할 수 있었던 유일한 일은 글쓰기였다. 절망에서 소생까지, 그
모든 아픔의 여정을 견딜 수 있게 한 것이 글쓰기였던 것이다.

이러한 서사적 흐름에서 ‘나’의 견딤의 글쓰기가 지니는 의미가 소
중하게 다가오는 것은 그것을 통해 ‘나’가 비로소 굳건한 여성적 주체
로 성장할 의식적 기반을 마련하기 때문이다.6) 물론 ‘나’의 여성적 주
체로의 성장에 관한 구체적 맥락은 텍스트 바깥의 문제로 남는다. 그
렇지만 텍스트는 그 가능성을 분명 징후적으로 제시하고 있다.

> 이 마을에 온 첫날 그렇게 부지런히 둥지를 틀던 까치가 새끼 세 마리를
> 낳았더군요. (…중략…) 그 새끼들이 날갯짓을 할 무렵이면 이곳도, 여기 이
> 고장에도 초여름, 여름……이겠지요. 저기 저 순한 연두색들이 짙어, 짙어
> 져서는 초록이, 진초록이……될 테지요. 그때쯤엔, 은선이라는 당신 아이
> 이름도 제 가슴에서 아련해질는지, 안녕.
>
> (42~43쪽)

어린 까치가 스스로의 날갯짓을 시작하고 초록의 계절이 온 후에야,
아니 ‘나’의 가슴 속에서 “당신”의 딸 은선이라는 이름이 잊혀진 후에
야, 비로소 ‘나’는 굳건한 주체를 지향하는 날갯짓을 시작할 수 있을

---

6) 쥬디스 가디너는 “여성의 정체성은 하나의 과정”이라는 은유를 제안하고, 그것에
   기반하여 여성은 글쓰기의 경험을 통해서 자기 자신의 존재를 정의하려고 노력한
   다고 설명한다. (쥬디스 가디너, 「여성의 정체성과 여성의 글」(신은경 역), 『페미니
   즘과 문학』(김열규 외 공역), 문예출판사, 1993, 218~237쪽 참조)

것이다. 그러나 분명한 것은 '나'가 이제까지 자신의 존재를 지배해왔던 가부장적 질서 내에서의 종속성과 비윤리성을 떨쳐냈다는 것이다. 그 질서 안에서의 왜곡된 성과 사랑의 폭력성을 간파하고 그 안에 갇혀 있던 자신의 존재를 일으켜 세웠다는 것이다. 따라서 '나'는 이제 보다 성숙된 의식으로 여성적 주체가 존중받는, 더하여 상호적 존중이 가능한 '인간적'인 성과 사랑의 세계를 모색할 것이다. 새끼 까치의 날갯짓이 필연이듯, 연두색이 진초록이 되는 것이 필연이듯, '나'의 날갯짓도, '나'의 거듭남도 필연이 될 것이다.

2) 부서진 육체와 사랑, 새 몸과 생명으로 거듭나기

권지예의 「고요한 나날」에서 '나'는 왼쪽 뺨에 『주홍글씨』의 헤스터 프린의 A도 아닌, Z 모양의 상흔을 지니게 된 인물이다. 교통사고로 한 달째 병원에 입원해 있는 '나'는 꼭 그 기간만큼의 수에 해당하는 수면제들을 모아 놓은 동전지갑을 지니고 있다. 그것들은, 그녀가 아침에 눈을 뜨면서부터 다시 잠들기까지 하루 종일 그녀의 몸 구석구석을 점령하고 있는 "악령 같은 고통"과 결별하기 위해 모아 놓은 것들이다. 다만 아직 그 일을 감행하지 못하고 있는 것은 오른쪽 다리의 깁스를 풀지 않았기 때문이다. 스스로 움직일 수 없어 엄마나 언니의 도움을 받아야 하는 지금의 상황에서는 죽음에 대한 선택도 자유롭지 못한 것이다.

그런데 '나'와 같은 병실에 있는 사람들은 '나'의 왼쪽 뺨의 Z 모양의 상흔을 보고 '나'를 여걸 조로(Zorro)라고 부른다. 그렇다면 '나'는 분명 악을 물리치고 선을 구현해야 하는 영웅적인 인물이 되어야 하는 것인지도 모른다. 사실 '나'는 "마법의 성처럼 생긴 모텔로 앞서서 걸어들어"갔던 인물이다. 불행하지 않았던, 그리하여 "고여 있는 일상"

을, "지리멸렬하게 썩어가는 웅덩이 같은" 인생을 몹시도 힘들어하던 그의 상투적인 투정에 반응하여, 아내가 있는 그와의 위험한 사랑에 먼저 본격적으로 나섰던 인물이 '나'였던 것이다. 그렇다고 '나'가 그의 인생에 연민이나 동정을 느꼈던 것은 아니다. 다만 '나' 자신이야말로 "어딘가로 날아가고 싶었던 돌멩이였"던 까닭에 금 밖의 사랑에 나섰던 것이다.

> 하지만 나야말로 어딘가로 날아가고 싶었던 돌멩이였죠. 고요한 수면을 경쾌하게 휘젓고 싶은 욕구에 시달리는 방향 잃은 짱돌이 바로 나였다구요. 당신의 웅덩이에 내 몸을 날려버리고 싶었던 거죠. 난 너무나 고요하고 무미건조한 일상에 못 견뎌하는 사람들의 원심력을 알아요. 일상의 구심력이 완강할수록 터져버릴 것 같은 폭발력을 말이죠.
>
> (19쪽)

위와 같은 '나'의 의식은 가부장적 사회에서 기존의 여성들이 보이던 수동적인 면모와는 일면 구별되는, 개방적이고 저돌적이기조차 한 새로운 국면을 드러낸다. 그러나 그렇다고 '나'의 그러한 돌발적 의식과 행위가 '나'의 영웅성을 증명하거나 실현하지는 못한다. '나'의 저돌적인 행위로 구체화되면서 지속되어오던 두 사람의 사랑도, 그것이 가지는 일탈성의 한계를 극복하지 못하는 까닭이다. 즉 기존의 삶의 규범성이 그들을 향해 가해오는 억압을 두 사람 모두 극복하지 못하는 까닭이다.

실제로 기존의 삶의 규범성이 가해오는 억압은 그렇게 만만한 것이 아니었다. 그것은 외적 강제의 형식이 아닌, 그들 스스로 의식할 수밖에 없는 내적 강제의 형식을 빌려 그 힘을 실현시킴으로써 그것의 강고함을 더욱 공고하게 드러낸다.

　－바다를 보면 끌어당기는 힘, 중력이 생각나. 어릴 때 지구본을 가지고 놀며 무척 신기해했지. 지구는 둥글고 또 돌고 있는데, 왜 바닷물은 넘치지 않을까. 그런데 말야, 저 파도는 끊임없이 솟았다 꺼졌다 하지만 결국 인력에 복종하지. 기껏 성난 듯 솟구쳐봤자 잠깐일 뿐이야. 모든 것에는 정해진 궤도가 있듯이 사람에게는 운명이 있구. 난 가끔 어쩔 수 없는 기분이 들곤할 때 바다에 오곤 했지. 나 자신을 달래고 승복시킬 필요가 있을 때는 말이야.

(20쪽)

위 인용문은 결과적으로 두 사람의 마지막 여행지가 되어버린 외포리 바닷가에서 그가 그녀에게 들려준 말이다. "인력에 복종", "운명" 등의 말에서 보다 분명하게 확인되듯이 그의 말은 결국 그가 그녀와의 금 밖의 사랑을, 그 자신의 일탈을 더 이상 감당할 수 없음을 고백한 것이다. '나' 역시 그를 만날 때마다 그것이 마지막 만남이라고 생각하곤 했다. 그에게 집착하지 않기 위해서, 그에게 더 이상 욕심을 내지 않기 위해서 '나'는 늘 두 사람의 관계의 끝을 의식하지 않을 수 없었던 것이다. '나'의 그러한 의식은 '나' 자신 역시 그와의 만남에 정당성을 부여할 수 없었던 것임을 의미한다. 이처럼 그들 자신들조차 자신들의 행위를 정당화하지 못하는 모습 속에서 기존의 규범성의 강고함이 뚜렷이 확인된다.

그렇다면 결국 '나'의 저돌적 행위는 『주홍글씨』의 헤스터 프린의 간통죄와 별반 다를 바가 없는 셈이다. 거기에는 여걸 조로의 Z로 상징화된 '나'의 영웅성에 관한 의미가 들어설 자리가 그리 만만치 않은 것이다. 그러나 그 Z의 상흔이 '나'와 그의 관계가 일탈의 맥락을 전제한 것이나마 온전한 형상으로 드러날 때가 아닌, 그 관계가 파손된 이후에, 아니 파손 그 자체의 흔적으로 생겨난 것임을 감안하면 '나'의 영웅성의 의미가 들어설 나름의 여지가 마련된다.

그날 강화도 외포리로의 여행을 마치고 돌아오는 길에 두 사람이 타고 있던 승용차가 마주 달려오던 트럭에 의해 부딪히는 사고가 발생한다. 그 사고로 그는 죽고 '나'는 지금의 상황에 처한 것이다. 여기서 사고는 그들의 사랑에 대한 압축적인 상징으로서 의미를 갖는다. 그들의 사랑이 가지는 일탈성이 위험성과 비극성으로 전화되어 객관적 사건으로 드러난 것으로 볼 수 있는 것이다. 즉 그들 자신들조차 당당할 수 없었던 사랑이었기에 두 사람의 관계는 결코 화려한 결말에 이를 수 없었고, 하여 그것은 죽음으로, 혹은 찢겨지고 부러진 육체의 고통으로 전화되어 드러난 것이다. 그리고 '나'는 바로 그 사랑의 결렬에서 오는 고통, 몸으로 전화되어 드러나는 고통에서 벗어나기 위해 죽음을 준비하고 있는 것이다.

그러나 그 사랑의 한계성은 거기에서 그치지 않는다. '나'가 깁스를 푸는 날, 하여 사랑의 고통에서, 육체의 고통에서 비상을 꿈꿀 수 있는 날, 그 사랑은 '나'에게 지독한 배반의 모습으로 다가온다. 그 날 '나'의 병실로 '나'가 교통사고 때 잃어버렸던 핸드폰이 배달되어 오는데, 그것은 죽은 그의 아내가 보낸 것이었다. 핸드폰을 보내면서 그의 아내는 그가 자신과 뉴질랜드로 이민을 떠날 계획이었으며, 지금 자신만이 그 길에 오르고 있음을 더불어 알린다. 그는 '나'를 떠날 계획이었던 것이다. 그것도 '나' 몰래. 더욱이 그가 미처 알지는 못했다고는 해도 그래도 어쨌거나 그의 아이를 잉태한 '나'를 두고.

하여 '나'는 버거운 선택의 기로에 선다. 사랑을 추억으로 간직했을 때, 그것의 상실은 아픔이기에 그 아픔을 극복하기 위해 '나'는 죽음을 꿈꿀 수 있었다. 그러나 이제 사랑은 상처가 되어 '나'의 꿈조차 부정하고 있었다. 그러한 현실에서 '나'는 어떠한 길을 가야 하는 것일까. 더욱이 몸 안에 새로운 생명을 잉태하고 있는 상황에서 말이다. 사랑이 삶의 전적인 동력이었을 때, 그리하여 사랑 때문에 죽을 수조차 있다고 여겼을 때, 사랑을 잃은 '나'는 삶을 꿈꿀 수 없었다. 그러나 사랑이 허구임이 드러난 상황에서 그것의 상실이 삶의 동력의 상실로 의미화 될 수는 없었다. 사랑이 곧 삶일 수는 없었던 것이다. 하여 이제 삶이 오히려 사랑의 상처를 녹여낼 수 있는, 더하여 그것을 무화시킬 수 있는 거대한 용광로가 된다. 때로 삶은 고통이지만 그렇다고 하더라도 그것은 우리가 익숙해져야 할 절대적 상황이지, 자의적으로 거부하거나 부정할 수 있는 선택적 대상이 아닌 것이다.

'나'는 그러한 의미를 자신이 현재 몸담고 있는 병원의 현장에서 깨닫는다. 그곳에 있는 모든 이들은 각자의 고통을 짊어지고 있으면서도 섣부르게 죽음을 꿈꾸지 않는다. 그저 그 고통에 익숙해지고자, 그리하여 그 고통에서 벗어나고자 현재의 고통을 견디며 살아내고 있었다.

> 하지만 그 순간 저는 (…중략…) 갑작스런 재앙으로 닥친 고통에 힘겨운 사람들을 이해하는 것 같았습니다. 그것이 집착이라기보다는, 고통을 견디는 자들의 또 다른 삶의 확인이라고 말이지요. 그들의 표정이 일상에 지친 사람들보다 더 어린애 같고 무구한 것이 가슴이 아프긴 하지만 말입니다. 인간은 결국 필연적인 것을 인정하고 사랑할 수밖에 없다는 생각이 듭니다. 그것은 운명애라고 할 수도 있겠지요.
>
> (30쪽)

고통조차 삶으로 보듬는 이들을 통해 삶의 가치를 회복한 '나'는 새로운 인생의 걸음마를 시작한다. 깁스를 풀어낸 다리는 '나'에게 새롭게 걸음마를 익힐 것을 요구한다. 그것에 빗대어 '나'는 서툰 목발질로 새로운 인생을 시작한다. '나'는 뒤뚱뒤뚱 연못가로 나가 그동안 모아 두었던 수면제를 모두 연못에 던져 넣는다. 그리고 핸드폰에 남아 있던 그의 목소리도 하나하나 지어버린다. 이제 '나'는 사랑에 자신의 전 존재를 거는, 사랑만을 절대시하는, 그러한 삶을 살지 않을 것이다. 서투르나마 홀로의 삶을 또박또박 걸어갈 것이다. 아니, 뱃속의 아이와 더불은 '나'는 결코 홀로가 아니다. 뱃속의 아이를 지우지 않겠다는 '나'의 의지, 그것은 새로운 생명과 더불어 자신의 삶을 소생시키려는 생의 의지인 것이다. 하여 이제 '나'는 어디론가 자신을 날려버리고픈 돌출적 욕망에 자신을 내맡기지도 않을 것이다. 그러한 욕망은 수면제가 되어 모두 연못으로 던져졌다고 보아도 좋다. '나'는 이제 삶의 고통에 익숙해지면서 보다 성숙된 삶을 살아갈 것이다. 결국 '나'의 영웅성[7]은 여기서 찾아져야 한다. 자신의 일탈적 사랑을 간통죄에 머무르게 하지 않고, 새로운 삶의 도약의 기회로 승화시킨 것에서, 보다 성숙한 삶의 계기로 승화시킨 것에서, 결과적으로 현실의 규범성을 건강하게 뛰어넘은 것에서 말이다. 이제 '나'에게 성과 사랑은 더 이상 삶을 좌우하는, 혹은 절명의 이념은 아니다. 그것들은 오히려 복잡다단한 삶의 여정의 한 행로일 뿐이다. 그리고 그것은 '나'에게만이 아닌, 모든 여성에게 그러해야 한다.[8]

---

7) 여기서 '나'의 영웅성이라는 것이 과거적 의미의, 일상인의 능력을 넘어선 비범한 존재로서의 능력을 의미하는 것이 아님은 너무도 당연하다. 남편의 죽음과 더불어 배반의 상처를 가슴에 안고 홀로 뉴질랜드로 떠나는 그의 아내의 아픔에 '나'가 일정의 몫을 담당했음은 '나'의 영웅성의 한계를, 치열한 대립과 갈등으로 얼룩진 현대적 삶의 한계를 보여 주는 대목이다.

8) 가부장적 구도 아래서 여성을 향한 순결 이데올로기가 이제 더 이상 여성의 삶에 족쇄일 수 없음은, 그것이 가지는 가치의 타당성 여부를 떠나, 너무도 분명하다. 여성의 삶 역시 하나의 잣대로 제도되어서는 안 되는 것이기에 더욱 그렇다.

3. 사랑과 일상의 분리, 낭만적 사랑[9]의 위기

억압과 구속의 기호이던, 여성의 성과 사랑이 어느덧 해방과 자유의 기호로 전화되고 있는 것이 지금의 문화적 현상이다. 언제나 불륜의 대상자로 자리하던 여성이 어느덧 불륜의 주체가 되어 나타난 이즈음의 현상이 그를 뒷받침하는 한 예이다. 여성의 성적 개방이 가속화되고 있는 가운데, 기혼 여성들까지 이 개방의 분위기에 동참하고 나선 것이다. 그렇다고 그런 현상을 두고 마냥 긍정적 찬사를 보낼 수만은 없는 것이 지금의 우리의 도덕적 입장이다. 하지만 그렇다고 일방적인 도덕적 잣대로만 이러한 현상을 재단하고 폄하할 수만은 없다는 것 또한 우리의 회의적 이성의 판단이다.[10]

그렇다면 왜 기혼 여성들은 그 닦이지 않은, 평탄치 않은 길로 들어

---

9) 18세기 후반에 나타나 현재까지 지속되고 있는 낭만적 사랑은 "타자와의 감정적 연루가 강렬히 스며들어 가히 종교적이라 할 만큼의 진지한 열의를 불러일으키는 열정적 사랑의 일시적 이상화"가 영구적 연루 즉 결혼으로까지 이어지는 사랑의 방식이다. 사실 "남녀간 사랑의 전통은 혼외적인 것"이었으나, 산업사회로 접어들면서 자본주의적 재생산의 논리와 가부장적 이념에 근거하여 사랑과 결혼이 결부되기 시작한 것이다. 그 결과 "낭만적 사랑은 권력면에서 철저히 비대칭적이다. 낭만적 사랑에 대한 여성들의 꿈은 너무나 자주 완강한 가정적 종속으로 이어지고 말았기 때문이다." (앤소니 기든스, 앞의 책, 73~88 · 107~112쪽 참조. 조주현, 「낭만적인 사랑과 결혼이라는 이데올로기」, 『문학으로 보는 성』(김종회 · 최혜실 엮음), 김영사, 2001, 106~110쪽 참조)

10) D. P. 비린은 사랑, 특히 성적인 사랑이 인간의 창조성과 인간 관계 속의 창조성과 연관되는 중요한 힘이라고 주장하면서, 성행위가 어떤 도덕적 견지에서 판단될 수 있는 문제가 아니라, 오히려 성 그 자체가 도덕적 이상이나 인간의 가치의 추진력이 되는 뿌리로 이해될 수 있다는 점을 강조한다. (D. P. 비린, 「성애(性愛)와 도덕적 경험」, 『문학으로 보는 성』(김종회 · 최혜실 편), 김영사, 2001, 243~244쪽) 이러한 비린의 주장은 성과 도덕의 역학에서, 혹은 그것들 간의 가치 충돌에서 도덕의 일방적 우위를 주장하는 것이 그렇게 손쉬운 일이거나 타당한 일이 아님을 확인시켜 준다.

선 것일까. 사실 도덕적 차원에서 남성의 불륜을 문제시한다면, 당연히 여성의 불륜도 문제시하여야 한다. 불륜이 야기하는 상호 존중이라는 인격적 관계의 훼손, 더하여 가족 이념의 위기 등의 문제들을 해방과 자유의 이념을 들어 외면할 수는 없는 것이다. 그것들은 분명 가치 충돌의 차원에서 새롭게 논의되어야 할 것들이다. 그러나 그러한 가운데에서도 하나 명시적으로 짚고 넘어갈 문제는 남성의 불륜과 여성의 불륜에는 각기 다른 이념 내지는 동기가 기저에 깔려 있다는 점이다. 보다 구체적으로 남성의 불륜은 가부장적 담론에 근거한 권력의 방종적 행사라면 여성의 불륜은 가부장적 담론의 억압에 대한 저항의 몸짓인 것이다. 권지예의 「꿈꾸는 마리오네뜨」와 전경린의 「부인내실의 철학」을 통해 그 구체적인 면모를 일부나마 살펴볼 수 있을 것이다.

1) 구속과 해방의 길항, 그리고 몸의 자유

권지예의 「꿈꾸는 마리오네뜨」는 "지구 반바퀴"의 거리를 두고 살아가는 부부의 쌍방 불륜과 더 나아가서 그러한 불륜을 바라보는 아내의 의식의 변화 과정을 보여 주는 작품이다. 프랑스로 함께 유학을 갔다가, 경제적인 이유 때문에 남편은 그곳에 남아 공부를 계속하고, 대신 아내가 그림 공부에 대한 꿈을 포기하고 귀국해서 일체의 생활을 책임지고 있는 상황을 전제로 작품이 전개된다. 그런 까닭에 그들 부부 사이에 지구 반 바퀴라고 하는 물리적 거리가 형성되어 있는 것이다. 그런데 그것은 어느 한편 두 사람의 심리적 거리를 대변하기도 한다. 아내의 경제력에 기대어 자신의 유학 생활을 이어가야 하는 남편의 마음의 짐과 멀리 남편을 두고 홀로 생활을 감당해야 하는 아내의 외로운 현실이 그들의 사이를 아득한 거리로 떼어놓고 있는 까닭이다.

그런 가운데 두 사람은 2년 만에 파리에서 다시 만난다. 아내가 남편과 겨울 방학을 함께 보내기 위해 파리를 방문한 것이다. 그들은 서로를 낯설어 하며 처음 몇 날의 시간을 소비한다. 두 사람 모두 각자의 격리된 생활사에서 그 나름의 개별적인 '사연들'을 안고 있었던 때문이다. 남편은 강한 생활력을 보이는 아내가 버겁다. 더욱이 자신이 아내가 벌어서 송금해 주는 돈줄에 매달려 있다는 사실에 생각이 미치면 사는 게 비겁하고 지겹게 여겨진다. 그는 자신과 아내를 두고 "아내와 남편이라는 한 줄에 매달린 마리오네뜨 인형의 관계, 지구 반대편에서 서로 대롱거리며 줄이 끊어지기 전에는 어느 누구도 벗어나기 힘든 '관계'만 남은 것 같"다고 생각한다. 그에게 아내는 어쩔 수 없는 구속으로 여겨지기도 하는 것이다. 그러니 뭔가 서먹하게 대하는 아내가 낯설 수밖에 없다. 아내에게도 역시 나름의 사정이 있다. 아내는 일 년 전 만난 화가와 지금까지 관계를 지속해오고 있는 상태이다. 그런 까닭으로 아내는 "남편의 믿음을 배반했다는 자책감"에 젖어 남편에게 차마 천연스럽게 굴지 못한다. 다만 아내는 그러한 자신의 행위를 두고 "사랑 때문은 아니랍니다. 그저 너무 힘들고 외로웠어요. 믿지 않을진 모르지만 그와 섹스하고 나면 당신이 더 미치게 그리운 그런 관계였답니다."라고 남편을 향해 소리없는 독백을 되뇌일 뿐이다. 그러한 독백 속에서 그녀에게 남편은 여전히 지향점임이, 그리움의 대상임이 드러난다. 이는 남편이 그녀를 구속으로 생각하는 것과는 사뭇 다른 의식이다. 여기서 두 사람이 서로를 생각하는 데 있어 이처럼 의식상에서 현격한 '차이'를 드러낸다는 사실은 간과할 수 없는 문제점이다. 거기에는 성 역할이 분리되어 있는 가부장제 하에서의, 사랑과 결혼에 대한 두 사람의 인식의 차이가 개재되어 있기 때문이다.

두 사람은 낯설은 몇 날의 시간을 보내고 이내 친밀함을 회복하고 서로를 탐닉해 들어간다. 그들은 아이를 갖는다는 명목을 내세워 오랜만에 맛보는 "평화로운 섹스" 혹은 "섹스의 평화로움"에 젖어든다. 여행을 다녀오기도 한다. 그렇다고 두 사람 사이에 각자의 사연들까지 소통되고 이해된 것은 아니다. 하여 두 사람 사이에 서로에 대한 의식상의 차이, 구속과 지향이라는 차이는 여전히 존재한다. 두 사람이 함께 생활하면서도 남편의 의식은 여전히 돈 버는 아내에 대한 무거움에서 자유롭지 못하고, 아내의 의식은 자신의 불륜과 그곳 파리에서 새롭게 알게 된 남편의 불륜으로 인한 고통스러운 감정에서 자유롭지 못하다. 결국 약정된 겨울 방학의 시간은 그렇게 소비되고 그들은 각자의 사연을 그대로 간직한 채, 더불어 서로에 대한 의식상의 차이를 그대로 간직한 채 각기 자신들의 생활 영역으로 돌아선다. 하여 두 사람 간의 일련의 거리들이 좁혀질 가능성은 매우 희박해진다.

그렇다면 이들 부부의 거리감의 본질인, 사랑과 결혼에 대한 두 사람의 인식의 차이는 구체적으로 어떠한 내용들로 그 거리를 형성하고 있는 것일까. 이는 불륜에 대한 두 사람의 태도에서 확인된다. 두 사람 모두 불륜의 관계를 맺고 있지만 그것을 의식하고 자책하고 질투하는 인물은 아내뿐이라는 사실에 주목할 필요가 있다. 남편은 아내를 보면서 자신의 불륜을 의식하지도 않고 더하여 아내의 불륜은 감히 생각지도 않는다. 아내와의 만남에서 그가 의식하는 것은 아내의 강인한 생활력과 그와 대조되는 자신의 가장으로서의 무능력뿐이다. 가장으로서 생계 부양자의 역할을 감당해야 한다는 가부장제 의식에 고착되어, 그러한 의식을 현실화시키지 못하는 자신의 처지를 자조적으로 의식하며 아내를 어쩔 수 없는 구속으로 여기는 것이 전부다. 그런 그에게서 낭만적 사랑이 기반하고자 하는 친밀감을 기대하기란 어려운 일이다. 그에게 사랑과 결혼은 열정이나 친밀감이 아닌, 단지 관성일 뿐이다. 이에 반하여 아내는 자신의 불륜에 대해서 그리고 남편의 불륜에 대해서 고통스러운 감정을 드러낸다. 이는 순결이 지상 최대 과제인 가부장제 하의 여성의 면모로부터 그녀 역시 자유롭지 못함을 보여주는 것이면서, 더불어 그녀가 여전히 사랑의 감정을 의식하고 살아가고 있음을 보여주는 것이다. 그녀에게 여전히 남편이 지향점이라는 사실은 그녀가 여전히 낭만적 사랑과 결혼을 의식하며 살아가고 있음을 의미한다. 불륜이라는, 성적 일탈과 같은 왜곡된 형식으로 발현시킬 만큼 때로 그것은 그녀에게 있어 간절한 의식이다. 결국 낭만적 사랑과 결혼은 그녀에게 있어 관성이 아닌, 역동인 것이다.

소통될 수 없는 각자의 사연을 지닌 채 소원함의 거리를 회복하지 못한 두 사람은 결국, 전통적 관점에서 볼 때 보이지 않는 파국으로 치닫는다. 그런데 그것은 남편이 아닌, 아내에 의해 적극적으로 진행된다. 사랑과 결혼을 관성으로 인식하는 남편은 아마도 관성의 법칙에 따라 그 틀을 유지할 것이다. 하지만 그것을 역동으로 인식하는 아내의 경우는 다르다. 남편의 불륜을 알게 된 아내는 떠나오는 비행기 안에서 감정적인 혼란과 고통 속에서 현실을 보다 분명하게 직시하게 된다. 하여 그녀는 남편의 불륜과 자신의 불륜이, 자신들이 처한 "별리"의 상황에서 야기된 어쩔 수 없는 현실임을 인정한다. 그것은 보다 분명히 자신의 불륜이 남편에 대한 그리움의 표현이기 이전에 자신의 현실적 필요였음을 수긍하는 것이기도 하다. "세상일에 노엽고 울고 싶은 날, 나쁜 꿈을 꾼 한밤중, 공연히 잠 못 드는 깊은 밤에 필요한 건 섹스가 아니다. 위로다."라는 그녀의 진단 속에서 그녀의 그러한 인식의 전환을 확인할 수 있다. 그리하여 그녀는 자신과 그와의 관계가 지속될 수밖에 없으리라는 사실을 애써 부인하지 않는다. 대신 그녀는 남편의 불륜의 증거로 지녔던 금발 여인의 터럭들을 털어버림으로써 그때까지도 그녀의 감정 속에 응어리져 있던 남편에 대한 질투, 증오 등의 감정들도 털어낸다.

> 나는 급하게 화장실로 들어간다. 이 터럭들을 내 몸에 지니고 내가 사는 땅에 발을 디딜 수 없다는 생각이 든다. 어쩜 그것은 밤마다 조금씩 자라서 오랏줄처럼 나를 친친 감아댈지도 모른다. 나는 얼른 수첩 속의 터럭들을 변기에 털고 스위치를 내린다. 내 영혼을 묶었던 다섯 개의 터럭들은 소리도 요란하게 공중분해된다. (…중략…)
>
> 나는 좌석에 앉아 가슴끝까지 깊은 호흡을 하며 천천히, 아주 천천히 숨을 내쉬었다. 이제 막 주술에서 풀려나 스스로 첫 호흡을 시작하는 마리오네뜨 인형처럼……

(57~58쪽)

이제 그녀에게는 자신의 화가와의 만남도, 남편의 금발 여인과의 만남도 불륜이 아니다. 그것들은 그저 실존적 조건에 대한 충족일 뿐이다. 그것들을 불륜으로 보는 것, 그 시선 혹은 그 의식이 강박적인 주술일 뿐이다. 때문에 그녀는 그러한 주술을 끊고 스스로를 해방시켜, 규범에 억압된 삶이 아닌 실존에 충실한 삶을 살려는 의지를 다진다. 그것은 의식상의 성숙과 함께 자율적인 존재로서 거듭나는 표현이다. 하여 이제 그녀는 적어도 이전처럼 남편에 대한 자책감이나 배반감으로 자신의 감정을 허비하지는 않을 것이다. 자신의 개인적인 감정조차 남편의 존재감으로 덧씌우는 종속성을 보이지는 않을 것이다.

실존에 앞서는, 무조건적이고 무차별적인, 더하여 일방적인 규범의 강제에 맞서 몸의 자유를 선택한 그녀의 모습은 순결의 논리에 구속된 가부장제 하에서의 여성의 그것과는 상당한 차이를 보인다. 그녀의 그러한 모습은 분명 구속과 해방의 길항 속에서 해방의 길을 지향한, 그녀 나름의 자율적인 선택이었기에 존중받아야할 가치를 지닌다. 작품에서 그녀는 과거에 남편이 고이 간직하고 있던, 자신의 처녀성 상실의 흔적이 묻은 화장지를 발견하고는, 그것이 부적처럼 여겨져 그것에 자신의 정신이 구속되는 것이 두려워 그것을 불태워버린 이력을 지닌 인물이다. 성적 구속으로부터의 해방, 그것은 분명 그녀가 자율적으로 선택하고 지향한 가치이다. 가부장제 구도 하에서 순간의 열정으로 영원을 약속한 낭만적 사랑은 이제, 비대칭적 권력 관계 속에서 종속적 위치에 자리하던 여성의 자율적 의식의 정립 내지는 성숙의 과정 속에서 위기의 국면을 맞고 있다.

2) '방' 안에서의 일탈, 내밀한 반역과 자기 정립의 모색

여성의 사회 활동이라는 말이 낯설거나 어색하지 않은 지금의 시점에서도 많은 여성은 여전히 가정 내적 존재로 머물고 있다. 가부장제의 틀이 여전히 견고한 자기 모양을 유지하고 있기 때문이다. 그러나 그러한 가운데서도 그것의 내부적 균열 현상 또한 만만치 않게 드러나고 있다. 가부장적 틀 안에서의 여성적 삶이 보이지 않는 반역을 모색하고 있는 까닭이다. 이를 확인시켜 주는 작품이 전경린의 「부인내실의 철학」이다.

이 작품의 주인공 희우는 17년째 결혼 생활을 이어가고 있는, 고급 공무원의 아내이다. 그런데 그녀의 결혼 생활은 이주 보상이 끝난, 헐어지고 뜯겨진 빈 아파트 단지의 모습과 흡사하다. 그 어디에도 생명이 깃들여 있을 것 같지 않은 폐허의 세계, 단란함이나 안온함은 한낱 공허한 이념에 불과한 "거대한 폐선 같은" 세계, 그것이 그녀가 몸담고 있는 가정 세계의 현주소이다. 결혼 후 시댁에서 첫 추석을 지내고 돌아온 날 밤부터 시작되어 이후 9년 동안 광증을 동반한 채 지속되던, 남편의 느닷없는 폭력이 그녀의 가정생활을 그렇게 만든 것이다.

그는 살다가 생긴 마음의 상처와 고립감과 불안과 좌절과 독선적인 성
격으로 인해 속으로 뭉친 울화덩어리를 언제나 희우에게 외상(外傷)으로
돌려주었다. 한 번도 참지 않고 주먹으로 희우의 얼굴을 때렸고 희우의 머
리를 벽에다 내던졌고 사과를 둘로 쪼개듯 강제로 허벅지를 벌렸다. 신중
하고 약간은 태만하고 관습적이고 무신경한 고급 공무원의 얼굴에서 아무
도 그런 광증을 상상할 수 없을 것이다.

(273쪽)

고급 공무원이라는 남편의 외양 어디에도 폭력의 징후는 묻어나지
않는다. 그럼에도 가해지는 폭력이기에 그것은 기만적이고, 또한 그러
하기에 더욱 폭력적이다. 물론 결혼 생활 9년이 지난 어느 순간 남편
의 폭력은 멈췄지만, 여전히 그녀는, 그녀의 몸은 "폭력의 기억에 붙들
려 있"다. 그런 까닭에 단란함이나 안온함 등은 그녀의 가정에 걸맞는
수사로 자리하지 못한다.

그런데 그녀는 자신의 그러한 결혼 생활에 3년 전부터 한 가닥의 빛
을 드리우기 시작한다. 그녀에게 매주 목요일 점심시간 그녀를 찾아주
는 남자가 생긴 것이다. 기윤이 바로 그이다. 매주 같은 시간에 일본식
도시락을 사들고 그녀의 집을 찾아와 그녀와 식사를 하고 그녀와 몸
을 나누는 기윤 역시 한 가정의 가부장이기는 남편과 다름이 없다.
"그도 가부장으로서의 권위를 지키려 하고 책임을 지려 하고 무엇인
가를 요구하고 그것이 수용되는 것을 통해 자부심을 느끼려 한다." 그
러나 기윤에게는 그녀의 남편과 하나 다른 것이 있다. 기윤은 결코 자
신의 아내를 때린 적이 없다. 희우는 바로 그런 기윤과 지금의 가정
이후의 삶을 꿈꾸기도 한다. 아이들에게 책임을 다한 이후의 시간을
기약해 보는 것이다. 그리고 지금의 가정에서는 기윤과 함께 하는 목
요일 오후의 시간만을 자신의 생으로 받아들인다. 남편의 폭력에 의해
자신의 존재성 내지는 존엄성을 잃어버렸던, 그리하여 그것을 되찾기

'부정한' 여인들의 일탈과 자기 정립 **177**

위해 "주문을 외우듯 오래 전에 알았던 첼리스트들의 이름을 기억하려" 애쓰던 그녀가 기윤과의 만남 속에서 비로소 자신의 존재 가치가 존중받고 있음을 의식하게 되는 까닭이다.

실질적으로 희우가 기윤과의 만남 속에서 그녀의 가치를 존중받는다는 사실은 '방'의 상징성을 통해 보다 집약적으로 확인된다. 희우가 기윤을 만나는 데 있어서 특징적인 것 하나가 그 위험한, 두 사람의 만남의 장소로 자신의 집, 더 제한적으로 자신의 방을 고집한다는 사실이다. 희우는 남편과의 관계가 악화되면서 독립된 자신만의 방을 가지게 되었는데, 그 이후부터 희우는 자신의 방만을 자신의 세계라고 생각해 왔다. 그리고 바로 그러한 자신만의 세계를 기윤과의 만남의 장소로 고집한 것이다. 희우의 그러한 고집은 그녀가 자신의 전 존재를, 전 세계를 기윤을 향해 열어놓은 것이라는 의미를 갖는다. 그리고 기윤이 희우의 그러한 고집을 받아들여 그녀의 방을 찾아드는 것 역시 그가 희우를, 희우의 세계를 전적으로 받아들이는 것이라는 의미를 갖는다.

사실 희우의 고집은 그녀가 철저하게 내향적인 존재임을 의미한다. 그리고 그것은 그녀가 자기 자신을 철저하게 가정 내적 존재로 제한하고 있음을 의미하는 것이기도 하다. 그녀가 자신만의 독립된 세계로 인식하는 그 방도 결국은 가정 안에 존재하는 공간이라는 점을 생각해 볼 때 그러한 의미들은 보다 분명하게 부각된다. 그런데 여기서 중요한 사실은 남편은 그러한 그녀를 "집 안의 유령"이라고 비아냥거리는 데 반해 기윤은 그런 그녀를 전적으로 받아들여 준다는 것이다.[11]

---

11) 사랑이 끝난 뒤 기윤이 희우에게 들려주는, 희우의 내향성을 전적으로 포용하고 긍정해 주는 다음과 같은 속삭임에서 희우에 대한 기윤의 이해의 폭을 짐작할 수 있다. "당신과 사랑을 나누는 건 아무도 못 믿을 만큼 근사해. 당신 몸은 내성적인 소리를 내고 내성적인 사고를 하고 내성적인 표현을 해. 뭔가 억눌린 것, 오

사실 여성의 외향성이 또 하나의 보편적 가치로 자리하는 지금의 시점에서 희우의 내향적 모습은 의외적인 것으로 받아들여질 만하다. 그러나 설령 그렇다 하더라도 결국 관계 속에서 중요한 것은 상대를 있는 그대로 존중하고 인정하느냐 그렇지 않느냐 하는 것이기에 남편과 대비되는 기윤의 모습 속에서 희우에 대한 존중의 의미를 보다 명시적으로 확인할 수 있다.

그렇다고 희우가 시대의 변화에 무감한 것은 아니다. 개체화되고 급변하는 삶의 흐름 속에서 가족이라는 개념조차 와해되고 있음을 그녀 역시 인식하고 있다. 더하여 그녀는 그 흐름이 더불어 몰고 올 인간 삶의 외로움도 인식하고 있다. 어쩌면 그녀는 그러한 것들을 인식하고 있기에 역진을 감행해 보는 것인지도 모른다. 가정 밖의 세계를 꿈꾸고 더 나아가 개체화된 삶을 꿈꾸기보다는 가정 안의 세계를, 더하여 "대가족"의 삶을 그리는 역진을 말이다.

> 오른편에 있던 점자체 상태의 불안전한 남편은, 기윤이 왼편에 점자체로 나타나 중앙에서 안정되게 겹쳐지면서 드디어 희우의 생을 온전하게 잡아주는 의미 있고 안정된 존재가 된다. 그것은 흡사 옛날의 대가족 형태와도 비슷하다. 그러니까 현대의 이 이상한 겹가족은 삶의 단순한 구조와 외로움과 공허를 메우는 완충장치로서 일종의 대가족 형태인 셈이다.
>
> (292쪽)

사실 이런 희우의 의식은 가부장제의 틀을 넘지 않는다. 남편과 기윤의 모습이 겹침으로써 자신의 생이 온전하게 정립되고 의미화 된다는, 하여 자신이 안정된 존재가 된다는 희우의 생각은 그녀가 기존의

래 닫혀 있어서 깊어진 것. 사무친 것. 다른 곳으로 날아가는 듯한 상상력 같은 것이 있는 몸이야. 슬픔과 기쁨, 어둠과 찬란함, 고독과 열락, 모든 것이 하나가 되어 녹아 있는 몸이야. 당신은 결코 나를 다치게 하지 않아⋯⋯." (284쪽)

가부장적 틀 안에서의 안주를 지향하고 있음을 보여주는 것이다. 그렇다고 그녀의 의식이 기존의 가부장제의 반복과 답습을 의미하는 것은 아니다. 그녀는 분명 억압과 굴종이 아닌, 존중과 이해의 기치를 새롭게 내세우고 있는 까닭이다. 더욱이 그녀는 그 기치 아래 미래에 다가올, 개체화되고 급변하는 삶 속에서 느껴야 할 "외로움과 공허"라고 하는 또 다른 억압을, 공동체적 의식에 기반한 기존의 가족 구조 속에 상호 존중과 이해라는 맥락을 보완하는 방식으로 극복하고자 하는, 미래적 대안까지 담고 있는 것이다. 단 그 기치가 불륜의 형식을 띠고 있어, 더욱이 '방' 안에서의 불륜의 형식을 띠고 있어 가치 충돌의 여지를 드러내는 문제점을 안고 있다.[12] 그렇다고 남편의 폭력성은 눈감은 채 희우의 불륜만을 문제 삼는 것 또한 바람직한 방향은 아니다. 희우의 불륜이 야기되기까지의 폭력성으로 응집된 가부장제의 부정성과 희우의 불륜이 담고 있는 존중과 이해의 가치를 더불어 바라볼 필요가 있다.

어쨌거나 그녀의 기치는 기존의 가부장제의 부정성에 내부적 균열을 야기하면서 기존의 틀에 변화를 가져올 힘으로 작용할 것이다. 남편이 기윤과의 불륜 사실을 알면 자신을 죽일 것이라는 그녀의 판단에 기대어 본다면, 희우의 불륜은 목숨을 건 모반이 되는 셈이다. 폭력으로 무너져내린 자신의 존재 가치를 되찾기 위한, 자기 정립을 위한

---

12) 사실 이 작품에서 희우의 불륜만을 들어 가치 충돌의 문제를 이야기 하는 것은 너무 협소한 접근이다. 작품에서 기윤의 부부와 희우의 부부 네 사람은 각기 따로 불륜의 관계를 맺고 있는 것으로 제시되고 있다. 이러한 제시 속에서 이 시대의 새로운 성과 사랑의 풍속을 확인하게 된다. 희우가 위 인용문에서 "이상한 겹가족"을 이야기한 것도 그러한 맥락을 염두에 둔 것으로 볼 수 있다. 이 작품만을 통해 본다면 이제 남녀의 결합에서 영원성은 해체적 상황에 놓여 있다고 보아도 좋을 것이다. 앞서 주 10)에서 언급한 D. P. 비린의 논의를 되새기며 성과 사랑의 규범성을 되짚어볼 시점이 다가오고 있는 것인지도 모르겠다.

모반인 것이다. 따라서 그녀의 '방'에 대한 고집, 하여 결과된 '방' 안
에서의 불륜은 가부장제 하에서의 여성의 가장 본질적인 측면, 즉 가
정 내적 존재로 머무르면서 억압받는 현실을 부정하고 그것에 저항하
기 위한 극단적 상징으로 보아도 무방할 것이다. 자기 정립을 지향하
는 희우의 모습은 성과 사랑을 통한 여성의 예속성은 이미 현재적 가
치로서의 의미를 상실한 지 오래임을 보여 준다. 남성적 권위에 기반
한 낭만적 사랑도 이미 현재적 가치를 상실하고 있음이 더불어 확인
된다.

4. 맺음말

지극히 사적 영역으로 간주되던 성과 사랑이 어느덧 공적 담론의
중심 영역으로 자리하게 되었다. 아니 거기서 더하여 요즘은 그것들의
가치가 지나치게 극대화되고 있기까지 하다. 사실 그것들의 중요성에
도 그것들의 가치의 극대화가 염려스러운 것은 그것들의 도구화가 경
계되는 까닭이다. 성과 사랑이 인간의 본체를 이루는 부분들이기에 그
것들이 후기산업사회의 도구로 전락한다면 인간의 도구화는 피할 수
없는 길이 될 것이다. 실제로 성과 사랑은 이미 오래 전부터 인간을,
보다 제한적으로 여성을 통제하는 도구로 사용되어 왔었다. 가부장제
의 구도 하에서 그것들을 통한 여성들의 통제, 그리고 그것들로 인한
여성들의 삶의 피폐화는 새삼 언급할 문제도 아닌 것이다. 그러나 이
제 성과 사랑은 그것의 본원성을 회복하고 그것들의 가치 실현의 장
또한 넓혀가고 있다. 이러한 상황에서 성과 사랑을 또 다시 도구화의
길로 내몰아서는 안 되는 것이 아닐까. 성과 사랑, 그것들이 자신들의

본원성을 굳건히 지키면서 인간 주체 실현의 몫을 다해 주길 바라본다.

본 논문은 위와 같은 의식을 전제로 최근의 문학 작품들 속에 투영된, 성과 사랑에 대한 여성들의 의식의 문제를 고찰해 보았다. 본 논문에서 고찰한 일련의 작품들은 이제 지금의 여성들은 기존의 가부장제의 억압의 그늘 아래서 순결 이데올로기에 매여 종속적으로 살아가던 비주체적 존재들이 아님을 여실히 보여 준다. 때로 그녀들은 성과 사랑의 통제 하에 놓이기도 하지만, 결과적으로 그녀들은 그러한 통제를 벗어나 당당한 자기 정립에 이르는 모습을 보여 준다. 더하여 그녀들은 그러한 통제의 그늘에서 벗어나기 위해 보다 적극적으로 '새로운' 성과 사랑을 실현시키기도 한다. 그것 역시 그녀들의 당당한 자기 정립의 한 모양새이다. 그렇다고 성과 사랑의 가치 실현을 통해 당당한 주체화의 길로 나선 그녀들에게 밝은 미래가 약속되어 있는 것은 아니다. 그러나 그녀들의 그러한 내딛음이, 공존을 모색하고 그를 위해 새로운 삶의 규율들을 마련하기 위한, 혹은 공존을 모색하고 새로운 삶의 규율들의 마련에도 지속적으로 창출되는 삶의 모순들을 또다시 최소화하기 위한 지향이기에, 그녀들을 향한 이해의 시선이 거두어지거나 부정되어서는 안 될 것이다.

▌여성의 몸, 물신에서 모신으로의 승화
　- 최윤의 『마네킹』

1. 머리말

　신화란 신성성에 기대어, 드러나는 일련의 사상(事象)들의 기원을 밝히고 그것에 질서를 부여하고자 하는, 과거 고대인들의 인간적 의식의 산물이다. 그렇다고 그것이 과거적 산물로 그 가치가 제한되고 그 의미마저 종결된 것은 아니다. 오히려 그것은 지금의 우리와도 유관한, 유의미한 의식으로 인정된다. 인간 의식의 보편성을 인정할 때 그것이 인간 의식의 원형으로 자리하는 까닭이다. 그러나 그것의 함의까지 반복 내지는 재생산 되고 있는 것으로 간주되는 것은 아니다. 원형은 시·공간의 차이 속에서 변형되기 마련인 까닭이다. 그렇다면 현대 사회에서도 여전히 유효한 신화는 어떠한 변형적 의미를 담보하며 재생산되고 있을까. 신의 시대도, 영웅의 시대도 모두 흘러가버린 지금, 평범한 일상인들은 어떤 사회적 꿈1)을 가지고 살아가고 있는 것일까. 지

---

1) 조셉 캠벨은 꿈과 신화를 비교하는 가운데, 꿈이 개인적인 체험이라면 신화는 사

극히 왜소해져버린 자신들을 어떠한 꿈에 기대어 초월하고자 하고 있을까.

　현대 사회의 비인간화의 문제는 이제 새삼스러울 것도 없는, 그저 진부한 문제의 하나이다. 그럼에도 날로 그 도가 심각해지는 상황이기에 그것은 여전히 우리의 심각한 문제 제기의 대상으로 자리한다. 특히 인간 존재의 도구화는 인간의 존엄성이라고 하는 근대적 이념을 전면적으로 '우롱'하면서 이 시대의 보편적 현상으로 자리하는, 비인간화의 대표적인 실례이다. 그리고 여성이 그러한 현상의 대표적인 희생자로 자리하고 있다.

　전통적으로 몸의 존재로 인식되던 여성은 여전히 그러한 인식의 틀에서 자유롭지 않다. 아직까지도 여성은 몸으로 자신을 표현하는 존재로 간주되고 있는 것이다. 그리고 여성의 그러한 존재 양식은, 여성주의자들의 전위적인 목소리와 이성보다는 본능이, 정신보다는 육체가 강조되는 지금의 시대적 분위기가 맞물리면서 여성 스스로의 자율적 선택의 양식인 듯 비춰지기도 한다. 하지만 그것은 분명 중심적 시선에 의한 왜곡의 산물일 뿐이다. 실질적으로 현대 사회에서 여성의 몸은 현란한 영상 매체의 발달 속에서 관음의 대상으로서, 대상화된 몸으로서 자리함으로써 여성의 존재 가치의 질적 저하를 가속화시키고 있을 뿐이다.

　한때 여성의 몸은 인류 역사의 시원의 언저리에서 생산과 창조의 주체로 자리하면서 고양된 질적 가치를 구현한 바 있다. 과거 신화 속에서 여성의 몸은 우주 창조의 근원2) 혹은 대지 위의 모든 생명의 기

　회가 꾸는 집단적인 꿈, 공적인 꿈이라고 설명한다. (조셉 캠벨·빌 모이어스 대담, 『신화의 힘』(이윤기 옮김), 이끌리오, 2002, 89쪽)
2) 은연중에 창조주를 남신으로 의식하는 우리의 일반적 인식과는 달리, 그리스 신화의 서장을 장식하는 창세 신화에서 여신 가이아는 혼돈 속에서 자생하여 다른

원3)으로 인식되었음이 그를 증명한다. 분명 신화 속에서 여성의 몸은 그 자체로 신성한 몸이었던 것이다. 그런 여성의 몸이 현대 사회에서는 비루한 몸이 되어 욕망의 대상으로 전락해 있다. 그렇다면 여성의 몸은 자신의 현대적 위상에 대한 반성적 인식 속에서 과거적 원형을, 즉 신성한 몸을 꿈꾸지 않을까 싶다. 실제로 최윤의 장편소설『마네킹』은 그러한 여성의 몸의 꿈을 확인시켜 준다. 따라서 본 논문은 최윤의 『마네킹』을 통해 현대적 여성의 몸의 현황과 그것이 꿈꾸는 원형적 지향점을 살펴보고자 한다.4) 그러한 가운데 현대 사회와 신화 간의 창조와 계승의 맥락을 더불어 살펴보고자 한다.

최윤의『마네킹』은 열일곱 살의 소녀 지니가 가족과 사회의 울타리 속에서 이제까지 형성된 자신의 위상의 허구성을 벗고, 근원적이고 본원적인 내면성을 찾아나서는, 그리하여 결국은 신성성을 회복하는 서사의 흐름을 보여 주는 작품이다. 그러나 과거 서사 시대의 영웅들이 분리와 시련과 귀환의 틀에 근거해서 자신의 영웅성을 증명하고 세상의 주역으로 입신한 것과 달리, 분리에서 승화로 이어지는 지니의 초월적 입신은 서사적 영웅과 더불 수 없는, 그러한 맥락을 수용할 수 없는 이 시대의 한계를 증명하는 듯도 싶다.

신들을 낳은 창조의 어머니로 등장하고, 중국 기낙족들의 창세 신화에서 여신 아모요백은 하늘과 땅을 분리시키고 다른 생명체들과 인간을 만든 창조신으로 등장한다. 일반적으로 가부장제 사회 이전의 모계제 사회의 신화 속에서는 창조주로서의 위상을 지닌 여신들의 등장이 보다 보편적인 현상이었을 것이나, 가부장제 사회로 전환되면서 신화 속의 신들의 모습도 남신들 중심으로 재편되었을 것으로 추정되고 있다. (김화경,『세계 신화 속의 여성들』, 도원미디어, 2003, 85~105쪽 참조)

3) 이경재,『신화해석학』, 다산글방, 2002, 63쪽.
4) 최윤,『마네킹』, 열림원, 2003.
　작품을 인용할 때 해당 지면만 인용문 뒤에 밝히도록 한다.

2. 마력의 몸, 욕망의 기호

최윤의 소설 『마네킹』에서 중심이 되는 인물인 지니는 생후 삼 개월이 되었을 즈음에 광고 모델로 발탁되어 이후 지속적으로 모델 일을 해온 인물이다. 이진아라고 하는 본명이 있음에도 지니라고 불려지는 것에서 시사되듯 그녀는 원래적인 모습은 가려진 채 주변적인 필요와 편리에 의해 불려지고 꾸며지는 존재이다. 그녀가 모델 일을 한다는 것 자체가 그녀가 본원적으로 존재하지 못하고 무언가의 매개가 되는 도구화된 존재임을 시사한다.

그녀의 문제적인 존재성은 가족 내에서의 그녀의 위상과 역할 속에서 보다 분명히 확인된다. 그녀는 가장이 부재하는 가정에서 가장의 역할을 담당해온 인물이다. 그녀가 모델 일로 벌어온 돈이 그녀 가정의 생계비가 되었던 것이다. 그러나 그녀가 가장의 역할을 감당했다는 것은 그녀에 대한 지극히 일면적인 이해일 뿐, 보다 엄밀한 시선에서 보면 그녀는 가장이 부재하는 가정의 생존 도구에 불과한 존재였다. 어린 그녀가 가장의 역할을 감당한다는 것부터가 어불성설로, 실제로 그녀는 언니 불가사리와 오빠 상어와 매니저로 불릴 수 있는 소라에 의해 값나가는 모델로서 관리되어 온 도구적 존재에 불과했다. 아버지가 없는 가정에서 딸이 유곽으로 팔려가는 서사는 굳이 새로울 것이 없는, 우리에게는 매우 친숙한 서사이다. 『마네킹』 역시 그러한 친숙한 서사의 하나인 것이다. 다만 『마네킹』에서는 지니가 유곽이 아닌, 미디어의 세상으로 팔려 나간다는 차이가 있을 뿐이다. 이러한 상황을 두고 소라는 지니의 가족과 자신이 "지니의 몸을 뜯어먹는 육식동물"들이라고 의식하기도 한다.

이렇게 볼 때 지니는 도구화된 몸을 지닌, 물질화되고 대상화된 존

재이다. 따라서 그녀는 생명성이 부재하는 존재이기도 하다. 작품에서
이러한 의미는 그녀가 목소리를 상실한 것으로 상징화되어 나타난다.
그녀가 아홉 살 때쯤의 어느 날 밤 알 수 없는 손들이 그녀의 목을 누
르는 사건이 발생한다. 그 후로 그녀는 언어장애를 일으키고 목소리를
잃어간다. 그녀는 세상과 소통하며 자신의 존재를 드러낼 직접적인 통
로를 잃은 것이다. 사실 그녀가 잃은 것은 목소리만이 아니다. 더 어렸
을 때 그녀는 웃음도 잃어버린다. 광고를 찍기 위해 억지로 웃어야 하
는 상황에서 병원으로 실려갈 정도로 발작적인 웃음을 웃어댄 후 그
녀는 다시는 소리 내어 웃지 않았다. 그런 식으로 그녀는 세상을 향해
자신을 드러낼 방식을 잃어가면서 불모적인 존재가 되어 갔던 것이다.
그런데 그녀의 그러한 상실의 과정들에는 오빠 상어나 언니 불가사리
가 관련되어 있다. 그녀의 불모성을 보다 황량하게 의식하게 되는 대
목이다.

그녀의 존재성이 얼마나 사물화되어 있는가는 다음의 인용문을 통
해 확인해 볼 수 있다.

그렇게 만나서 우리는 사업을 해. 나는 잊지 않고 우리 둘 사이의 무언
의 계약서를 수정하지. 상어는 그것을 작은 수첩에 적어놔. 그렇게 해서 나
는 여러 번에 걸쳐, 지니의 손과 목덜미, 머리카락……으로 나의 지분을 넓
혔지. 지니 몸의 그 부위에 대한 수입은 내 것이 되는 거야. (…중략…)

물론 상어는 지니의 전신과 발과 얼굴, 팔목 등 광고주들이 가장 선호하
는 몸 부위를 독점하고 있지. 어떻게 지니의 계약들을 주선하고 계약금을
챙기고, 부수입을 늘리고, 촬영과 인터뷰에 대동하고 하는 일을 상어가 맡
아 하니까. 생활비와 소라 월급도 상어가 관리하니 당연하잖아. 우리는 투
명하고 정확한 거래를 좋아해.

(31~32쪽)

그녀의 몸은 하나의 전체로서도 존재하지 못하고 부위별로 분화되어 존재한다. 뿐만 아니라 그 분화된 상태로서 거래되고 있다. 이는 그녀의 존재 가치가 철저하게 사물화되어 있음은 물론 더하여 파편화되어 있음을 보여 주는 것이다. 그리고 그것은 총체성이 해체되면서 부분의 의미가 강화되고 더하여 극단화된 이미지가 소통 방식이 된 포스트 모던한 세계가 야기한 존재 방식이기도 하다. 그러나 그것은 분명 인간적 존엄에 반하는, 인간 물화의 극을 표하는 존재 방식임에 틀림없다.

이러한 맥락 속에서 지니는 사물의 탄생을 관장하는 물신의 이미지로 존재한다.

> 슬픔과 기쁨, 그윽함과 스산함, 하나의 상품이 상기시킬 수 있는 모든 감정의 결이 그녀의 몸을 거쳐 나오면, 그건 기억에서 지울 수 없는 사건이 된다. 보는 이로 하여금, 모든 생각을 멈추고 그녀의 손의 움직임만을 따라가게 할 줄 아는 지니의 율동과 얼굴의 표정을 나는 일일이 기억한다. 일테면 그 율동의 끝에 사막을 달리는 한 대의 자동차의 이름이 새겨진다. 지니와 함께 하나의 사물이 이름을 부여받고 탄생하는 것이다!
>
> (122쪽)

위 인용은 모델로서 탁월한 능력을 지닌 지니의 모습을 보여 주는 부분이다. 손의 움직임만으로 하나의 사물을 탄생시키는 그녀의 이미지는 분명 물신의 위상을 지닌다. 따라서 그것은 과거 우주를 창조하고 대지의 생산을 관장하던 모신의 현대적 변형임에 틀림없다. 그러나 그것은 사물화되고 파편화된 그녀의 부정적 존재성에 근거한 것이고, 동시에 그녀가 관장하는 사물의 탄생, 즉 생산의 맥락 역시 소비적인 욕망을 자극하기 위한 조작된 이미지에 불과한 것이기에 진정한 창조의 의미를 담보하지 못한다.

그녀의 몸은 "그녀의 주변을 둘러싼 카메라, 분주하게 돌아다니는 사람들과 기계들을 단번에 삭제하고 어떤 이야기의 원형으로 우리를 데려갈 줄 아는," 마력을 지닌 몸이다. 그렇기 때문에 그녀의 몸은 "모든 사람들의 뇌리에 깊이 침투하는 놀라운 영상들을 만들어내는" 힘을 지니고 있다. 하여 그녀의 존재성에는 신비감이 어려 있기도 하다. 그러나 그녀의 몸은 분명 현대 소비사회의 허위적 욕망을 자극하는 이미지적 기호로, 유혹하는 몸5)으로 작용할 뿐이기에 생산적인 창조력이 거세된 불모의 몸일 뿐이다.

그런데 그런 그녀의 몸이 때로는 누군가를 근원으로 향하게 하는 성화된 몸으로 작용하기도 한다. 신비함을 동반한 채 지극한 아름다움으로 드러나는 그녀의 몸의 이미지가 그러한 성화적 환상을 가능케 한 것이다. 이는 그녀의 몸이, 작품에서 또 다른 서사의 축을 형성하는 인물인 쏠배감펭에게 미친 영향에서 확인된다.

---

5) 때로 여성의 몸은 가만히 있을 때조차 도발적이고 유혹적인 것으로 인식된다. 이러한 인식은 여성이라는 존재를 근본적으로 사악한 유혹자로 규정하여 억압하고 감시해야 할 대상으로 보는 시각과 연결된다. 여성의 몸을 유혹자로 표상하는 것은 '유혹당하는' 남성의 시선이며 따라서 이런 식으로 표상된 여성의 몸은 전적으로 '대상화'되어 있는 몸이다. 그러므로 이런 표상이 여성 자신에게 내면화될 경우 그 여성의 정체성은 스스로 대상화되는 방식으로 구성될 가능성이 매우 높다. 한편 여성의 몸이 지닌 '성적 매력'은 소비주의 문화 속에서 또 다른 의미를 갖는다. 과거에 유혹자로서의 여성의 몸에 대한 통제가 주로 성적 금기를 통해 이루어져 왔다면, 이제는 오히려 여성의 몸을 더욱더 '유혹적으로' 표상함으로써 보다 효율적인 심리적, 정서적 통제를 시도한다. 소비주의는 여성의 몸을 성적 해방의 기호로 상징화하면서 자연적 본능 그 자체로 부각시키지만, 그렇게 표상되는 바로 그 이미지는 이미 상품 문화로 가공된 것이다. 더 '좋은' 몸은 더 '매력적인' 몸인데, 이는 근본적으로 '나'의 몸을 매력적으로 봐 주는 타자의 시선에 의존하는 것이다. 하여 소비 문화 속에서 여성의 몸은 더욱더 대상화된다. 이는 가부장 문화가 더욱 은밀하게 여성의 정서와 심리 속에 파고드는 것을 의미한다. (배은경, 「여성의 몸과 정체성」, 『새 여성학강의』((사)한국여성연구소 저), 동녘, 2003, 152~153쪽 참조)

　　나와 D가 거의 동시에 상승을 멈추고 정지한 것은 저 위쪽에서 빛을 받고 내려오는 한 여자의 모습 때문이었다. 바다색과 거의 구별이 되지 않을 정도의 얇은 청색 천으로 된 슈트를 입고 여자는 아기가 어머니의 자궁 속에서 그렇듯이 몸을 구부리고 우리를 향해 내려오고 있었다. 바다를 침대 삼아 휴식을 취하고 있는 사람의 지순한 표정을 짓고, 여자는 눈을 감고 하강하고 있었다. 그녀의 몸을 감고 있는 얇은 천은 바다 물결에 따라 흔들려, 여자는 투명한 수초에 휩싸인 신비한 여신 같았다. 바로 나 자신을 향해 내려오는 것만 같은 어린 여신.

(20~21쪽)

　　어느 지방 도시의 해양연구소 연구원이면서 스쿠버 다이빙 동호회 회원이기도 한, 위 인용문에서 ‘나’로 지칭되는 쏠배감펭은 결혼식 전날 약혼녀인 D와 결혼 전야를 기념하기 위해 바다속으로 들어갔다가 어느 대기업의 에어콘 광고를 촬영 중이던 지니의 모습을 보게 된다. 위 인용문은 바로 그 순간의 쏠배감펭의 의식을 제시하고 있다. 생명의 시원으로 의식되는 세계, 어머니의 자궁으로 인식되는 세계, 그러한 바다 세계에서 만난 그녀의 모습에서 쏠배감펭은 “여신”의 이미지를 느낀다. 그녀의 모습을 본 순간 쏠배감펭은 자신의 근원과의 만남을 이룬 것이다. 그런데 문제는 그녀의 그러한 이미지가 그의 의식 속에서 숨을 멎게 할 정도의, 운명적인 충격으로 자리하면서 그의 일상을 잠식하기 시작한다는 것이다. 그의 의식상의 변화를 감지한 약혼녀 D가 결국 결혼 첫날밤 익사인지 자살인지가 불분명한 죽음에 이르는 사건이 발생하고, 이후 쏠배감펭은 직장에서 퇴직한 채 부유하는 일상으로 나선다. 그리고 그는 결국 어딘가로 떠나가 버린, 행방이 묘연해진, 자신의 “어린 여신”을 찾아나서는 탐색의 도정에 오르는, 삶의 대변혁을 겪게 된다. 이러한 쏠배감펭에게 있어 지니는 세상이 그녀를 바라보고 받아들이는 차원의, 한낱 물신적인 차원의 존재가 아닌 것이다.

그렇다면 현대 사회 속에서 물신화된 지니가 쏠배감펭에게 있어서는 성화된 몸으로서, 구원의 힘으로서 의식되는 이유는 무엇일까. 사실 쏠배감펭이 이상에서처럼 그녀를 성화된 몸으로 의식한 것은 그녀가 처한 현실에 대한 정시는 아닐지라도 그 너머의 본질에 대한 투시일 가능성을 지니고 있음을 부인하기 어렵다. 그녀는 주변인들에 의해 생명성을 거세당하고 도구적인 존재로 다루어졌지만, 일면 그녀 스스로가 세상을 향해 자신을 유폐시키고, 또한 자신의 도구화를 자발적으로 수용한 측면을 보이기도 한다. 그것은 주변인들에 대한 그녀의 연민의 감정 때문이었다. 그녀는 분명 세상을 향해 발화할 수 있는 목소리는 상실했지만, 내면의 목소리는 잃지 않은, 내면적 의식을 지닌 인물이기도 하였던 것이다.

그녀는 그다지 불행하지도 행복하지도 않았다. 그녀는 늘 쉬임 없이 제공된 일 속에 말 그대로 투신해야 했기에 행이라든지 불행이라든지 어떤 판단까지 내릴 여지가 없었다. 세상에 와서 만난 그녀 주변에 살아 있는 사람들의 최소한의 생존을 위해 몸을 바쳐 일하는 것은 오히려 오랫동안 그녀의 작은 행복감의 원천이었다.

(77쪽)

그녀는 안다. 사람들이 원하는 것. 사람들 속에 들어가 가만히 앉아 있노라면 정수가 포착되는 순간이 있다. 그녀는 표현해야 하는 상태, 그 경계, 그 대상이 되어버린다. 어떤 경로로 이런 일이 일어나는지 그녀 자신도 알 수 없다. 그래서 그건 그녀 자신에 대해서 일차적으로 비밀이 된다.

마지막 촬영의 순간에 그녀는 바로 이 순간으로 되돌아온다. 그러나 연습의 길고도 반복적인 과정이 아주 의미가 없다고도 말할 수 없다. 가끔 살아 있다는 것을 확인하기 위해 대상의 현존이 필요한 사람들이 있다. 그녀는 즐거이 그들의 대상이 되어 준다.

(80쪽)

위 두 인용은 그녀의 온 존재가 사물화된 것은 아님을 보여 준다. 더하여 두 인용은 그녀가 자신을 사물화시킨 세상보다 우위에 있으면서 오히려 세상의 필요에 자신을 내어준 것임을 보여 준다. 이러한 부분들에서 현실을 초월할 수 있는, 그리하여 결국은 본원적인 신화적 세계로 진입할 수 있는 그녀의 영웅성 내지는 신성성의 단초가 시사된다. 쏠배감펭이 그녀를 여신으로 의식한 것도 그러한 그녀의 신성성의 여지를 투시한 때문일 것이다. 마성의 힘을 지닌 그녀의 몸은 타락한 현실 속에서 바닥 모를 전락의 길을 걸으면서도, 존재의 구석 어디쯤에는 새롭게 소생할 수 있는 신비의 여지를 내장하고 있었던 것이다.

3. 걸인의 춤, 구원의 제의

지니는 어느 가을 날 새벽 집을 나선다. 아주 오래 전부터 계획했던 여행길에 나선 것이다. 그렇다고 그녀의 여행에 특별한 이유가 있었던 것도 구체적인 여정이 잡혀져 있었던 것도 아니다. 그저 어느 날 문득 나서는, 그러한 여행이었다. 그러나 그 여행은 시작의 우연성만큼 그렇게 가볍고 한가로운 여행이 아니었다. 그것은 이제껏의 모든 것과의 결별을 의미하는 여행이었다. 분리와 이탈의 여행이었다. "탄생의 순간으로, 세상으로 떨어져 나온 순간으로 기어올라" 가는 역진의 여행이었고, 결과적으로 그녀의 마지막 촬영이 된 바닷속 촬영에서 느낀, 어머니의 뱃속에서와 같은 "무안한 안도감"을 향해 떠나가는 여행이었다. 결국 그녀의 여행은 거듭남을 지향하는, 재생의 여행이었다.

어느 한순간 휴식하지 않는, 어느 한순간 소음이 그치지 않는 거리를 그녀는 건너야 하는 강처럼 걱정스런 표정을 하고 바라본다. 건너편 불 밝혀진 가로등 밑, 버스 정류장의 플라스틱 의자 위, 빈약한 간이지붕에 비를 피해, 도시의 종기처럼 길게 누워 있는 부랑자 쪽에 그녀의 시선이 오래 머문다. 그녀는 꿀차를 한 잔 더 마신다. 단번에 두 잔씩이나! 하는 목소리도, 그녀의 잔을 저지하는 손도 없다. 그녀는 서서히 그녀가 배운 것들을 잃어갈 것이다. 그녀 속에 그녀도 모르는 새에 먼지처럼 쌓인 정보와 습관과 지식들을 그녀는 아주 짧은 시간 안에 잊을는지도 모른다.

(96쪽)

화려하고 번잡한, 그러나 인간적 존엄이 부재하는 세계, 관리와 통제가 자행되는 세계, 그녀는 그러한 세계로부터의 이탈을 준비한다. 그녀는 시장 거리의 좌판들 사이를 오가며 "잃어버린 시간의 냄새"를 되찾으며 근원으로의 여행을 준비한다. 그리고 그녀는, 그녀로 하여금 세상과의 소통을 포기하게 한, 그녀에게 가장 깊은 상처가 되었던 그 밤의 기억, 목눌림의 기억을 "상쾌하게 망각"함으로써 이 세상과의 평화로운 단절을 준비한다.

그녀의 여행이 분리이면서 동시에 단절의 의미로 다가오는 것은 우선적으로 그녀가 기존 세계에서의 자신의 모습을 부정하고 털어내는 모습을 보이기 때문이다. 여행길에 오른 그녀는 그 동안 그녀의 몸을 억압하고 검열하던 힘과 시선으로부터 자유로워지면서 그 억압의 내용들을 자신의 존재에서 지워간다.

그녀가 거의 잊고 있었던 어떤 상태를 되찾는 과정에서 그녀의 표정이나 걸음걸이, 몸짓과 안색에 이르기까지 모든 것이 조금씩 변모하기 시작했기 때문이리라.

그녀가 오랜 시간에 걸쳐 배워온, 자고, 먹고, 쉬고, 걷고, 숨쉬는 몸의 기본적인 훈련을 위해 마련된 난해한 규율들을 조금씩 조금씩 잊거나 잃어버리기 시작했다. 그녀는 몸의 정치와 몸의 거래, 몸의 지배를 위해 고안된

여성의 몸, 물신에서 모신으로의 승화　193

무수한 법칙들을 조금씩 시간 속에 떨어버렸다.

(116~117쪽)

그런 식으로 그녀는 긴 여행의 과정에서 "과거의 기억을 비"우고, 지닌 것조차 모두 털어내는 "빈 몸"이 됨으로써 새로운 존재로 거듭난다. 그러한 가운데 그녀의 여행의 일차적인 목적지가 바다라는 사실은 창조의 원질로서 의미화된 물6)의 이미지에 기댄, 그녀의 재생의 맥락을 시사한다. 실제로 그녀는 바닷가에 도착하여 몇몇의 명시적인 사건들7)로 구체화되어 제시되는 일련의 경험들을 통해서 세상에 대한, 삶에 대한, 그리고 인간에 대한 이해의 폭을 확장한다. 그것은 분명 거듭남의 과정이었다.8)

그리고 그녀는 그곳 바닷가에서 세상과 소통할 수 있는 새로운 방식을 습득하게 된다. 사실 그녀는 여행길에 나서면서 목소리를 발하고 싶은 충동을 느끼거나, 혹은 목소리를 발할 수 있을 듯한 기분을 느끼곤 했다. 하지만 실제로 그것이 현실화되지는 않는데, 대신에 그녀는 "기쁨과 충만"으로 채워진 바닷가를 여행하는 가운데, 그러한 감정들을 자연스럽게 외화시킬 수 있는 몸의 언어, 즉 춤을 체득하게 된다.9)

---

6) 이경재, 앞의 책, 220쪽.

7) 이와 관련된 대표적인 사건들로 여행 중에 있던 남녀 대학생들과의 만남과 딸을 잃은 여인과의 만남을 들 수 있다. 그들과의 만남 속에서 그녀는 성과 사랑과 별리와 시련 등 보다 미묘하고 다단한 인간사의 나층적 측면들을 경험한다.

8) 이러한 거듭남의 과정은 마치 아이가 어른이 되는 과정을 상징화한 성인식을 연상시킨다. 그녀의 열일곱이라는 나이 역시 바닷가에서의 그녀의 경험들을 성인식의 과정으로 이해할 만한 맥락적인 근거가 된다. 이처럼 그녀의 경험들이 거듭남의 맥락을 안고 있는 성인식을 연상시킴으로써 그녀의 재생의 맥락은 보다 분명히 뒷받침된다.

9) "여행길에 길들면서 그녀는 바다가, 바다를 둘러싸고 있는 것들이 가장 그윽하게 그녀의 몸 말을 자극한다는 것을 깨달았다. 기쁨과 충만의 회오리가 몸을 휘돌아가는 바로 그대로 그녀는 춤을 추었다." (166쪽)

그리고 그녀는 그 춤의 방식으로 세상 사람들과 교호하기 시작한다. 과거 매체를 통해 가상적인 이미지로서만 존재하던 그녀가 이제 춤의 방식을 통해 직접적이고 구체적인 소통을 꾸려간다는 것은 그녀의 존재성에 일대 전환이 일어났음을 의미한다.

그녀의 존재성의 전환의 문제는 이후 그녀가 바닷가에서 체득한 춤의 행위를 통해 세상 사람들을 위무하는 구원자적인 존재가 되는 것에서 보다 분명히 확인된다. 바닷가를 떠돌며 거듭남의 과정을 겪던 그녀는 바닷가 근처의 작은 도시에 정착한다. 그리고 매일 정오의 시간이면 그곳 도시의 분수가 있는 광장에 나타나 춤을 춘다. 사람들은 그러한 그녀의 춤을 보면서 자신들의 결핍이 충족되는 충만함에 젖어든다.

> 그녀의 입 모양 전언, 그녀의 춤의 말은 매일 달랐지만, 그리고 어느 누구도 일일이 확인할 수는 없는 일이지만 분수가를 떠나는 사람들의 표정이나 발걸음에서는 어떤 공통적인 분위기가 배어나왔다. 그날 그녀의 춤을 보면서 그들이 전달받은 전언들이 그다지 다르지 않았다는 것을 말해주는 분위기. 때로는 기쁨이, 때로는 가벼운 흥분이, 때로는 편안한 미소나 깊은 생각의 꼬리가 공통적으로 사람들의 얼굴에 나타나곤 했던 것이다.
>
> (…중략…)
>
> 그녀의 춤을 보고 있던 작고 소박한 관중이 한순간 동시에 그녀의 춤 앞에서 눈물을 흘리기 시작했던 것이다. 처음에 그것은 조용한 슬픔이었다가 점점 더 강렬한 것이 되었다. 그녀가 얼마 안 가서 춤을 멈출 수밖에 없을 정도로 그 중 몇 사람은 소리 내어 울기 시작한 것이다. 그런데 그것은 꼭 슬픔의 울음이었다고만은 말할 수 없다. 뭐랄까. 오래된 불순물이 그런 식으로 몸 안에서 빠져나가고 난 다음의 개운해진 표정을 하고 사람들은 분수가를 떠났기 때문이었다.
>
> (202~203쪽)

그녀의 춤은 사람들에게 "원천으로 거슬러 올라가, 시간에 의해 마모되고 시끌벅적한 사건들 뒤에 가려져버린 것들을 불러내는" 전언으로 작용하면서 삶을 정화시키는 힘을 발휘한다. 그렇다면 그녀의 춤은 주술적인 힘을 지닌, 의례적 차원의 제의가 되는 셈이다. 이때 그녀의 몸은 제의의 제물이면서 동시에 구원자가 되는 역설적인 맥락을 형성한다. 그리고 어느덧 그녀의 몸은 생명성을 회복한다. 춤으로써 다른 사람들을 정화의 세계로 이끄는 그녀의 몸의 작용은 우주 창조의 근원이고 생명의 시원이던 여신의 몸의 작용의 변형으로서 그것은 여성의 몸의 원형성을 회복한 것이기도 하다. 그녀는 길고 어두운 모직옷을 걸치고 맨발로 춤을 추는, 걸인의 외양을 하고 있다. 그러나 그것은 과거 화려한 이미지를 통해 허구적으로 존재하던 그녀가 이제 일상적 현실에서 실존하고 있음을 극단적으로 증명하면서, 낮은 자와 함께 하는 구원자로서의 그녀의 의미를 강화한다. 즉 그녀의 걸인 외양은 성화된 몸의 의미를 반어적으로 전하고 있는 것이다.

그녀의 몸이 생명력으로 작용하는 것은, 그녀와 아이를 업은 소녀와의 서사를 통해 보다 분명히 확인된다.

> 어떻건 그녀의 춤을 보지 않으면 소녀는 하루 종일 힘이 빠지는 듯 매일 같은 시간에 분수가를 배회했다. 그녀가 분수가에 나타나지 않는 날, 기진맥진한 듯 거리에 누워 있는 소녀를 사람들은 보곤 했다. 그러다가 그녀의 춤이 시작되면 그녀는 언제 그랬냐는 듯이 자리에서 일어선다. 지친 발걸음을 끌며 세상에 대한 어떤 연루도 거부하겠다는 듯한 결연한 무표정으로 사람들 사이를 비집고 들어온 소녀의 걸음걸이는, 어떤 순간 다른 누구보다도 힘찬, 바로 소녀의 나이에 걸맞는 제어되지 않은 기운으로 가득 찬다.
>
> (215~216쪽)

지독한 원시시대를 살았던 사람들의 "죽음과 파괴"의 역사에 연루

된 채 "세상의 풍경 중에서 가장 슬픈" 가슴을 지니고 살아가는 소녀10)에게 그녀의 춤은 삶의 동력으로 작용하였던 것이다. 이러한 사실 속에서 성화된 몸으로서의 그녀의 존재성, 구원자로서의 그녀의 존재성이 재차 확인된다.

그런데 이제까지 살펴본 지니의 일련의 변화 과정은 우리로 하여금 그녀를 영웅으로 인식하게 한다. 실제로 집을 나선 이후의 그녀의 여정은 일면 영웅의 모험에 비견될 만하다. 영웅의 모험을 자신을 버려서 자신을 더욱 높은 목적, 혹은 타인에게 주는 것이라고 할 때, 그리고 시련을 극복하고 기왕에 해석되어 있는 경험에다 다른 사람들을 위해 새로운 가능성의 세계를 열어주는 용기를 영웅의 용기라고 할 때,11) 그녀가 과거의 몸의 한계를 탈피하고 새로운 몸을 통해 세상 사람들을 위로하는 행위는 현대적인 맥락의 영웅적 행위로 해석 가능한 까닭이다. 그녀는 분명 과거적 영웅의 흔적을 지닌 현재적 존재인 것이다.

4. 사실주의 시대, '흔적'으로 남은 여신

전통적인 영웅 서사에서 분리와 시련의 여정을 거친 영웅에게 남은 단계는 귀환이다. 그는 자신이 떠나온 세계로 돌아가 그곳에서 자신의 능력을 발휘하며 그 세계와의 통합을 이룬다. 그러나 현대적 서사인 소설에서 영웅의 흔적을 지닌 지니는 자신이 떠나온 이전의 세계로

---

10) 작품에서 소녀는 역사적·개인적 폭력의 희생자의 이미지로 그려지면서, 지니의 구원 행위의 응축적 대상자로 자리한다. 따라서 작품에서 소녀의 존재는 역사적·개인적 폭력으로부터의 구원이 이 시대의 중요한 과제임을 시사한다.
11) 조셉 캠벨·빌 모이어스 대담, 앞의 책, 89~90·233쪽.

돌아가지 않는다. 일상적 개인의 타락한 욕망만이 팽배한 현대 사회에서 초월적 영웅의 존재는 무의미하다. 현대 세계에서 영웅의 의미는 타락한 일상적 개인들의 욕망과는 무관한, 허구적 개념일 뿐이다. 애당초 지니의 분리가 단절의 의미를 동반한 것도 그와 같은 맥락 때문이다.

지니가 몸담았던 이전 세계의 문제성은 지니가 떠난 후 불가사리와 상어가 보이는 그들의 의식과 생활상에서 보다 분명하게 드러난다. 그들은 지니가 집을 나간 후 일정 정도의 시간이 지나자 각자 지니의 죽음을 기정사실화한다. 그리고 그 사실 자체를 다시 자신들의 생존의 수단으로 삼는다. 비록 우연이라고는 하지만 불가사리는 기존에 지니와 계약된 광고에서 지니의 역할을 대신하는 것을 계기로 광고 모델 일을 시작한다. 그리고 그녀는 지니의 죽음을 사건화하여 그 사건을 발판으로 자신의 생존의 길을 공고히 한다.

> 그녀의 머리를 하고, 그녀의 미소를 지으며, 그녀의 옷을 입고 그녀와 같은 손짓과 몸짓을 하는 화면 속의 여자는 때로는 눈을 깜빡거리며, 때로는 카메라를 정면으로 바라보고 웃으며, 좀더 자주 드라마틱한 표정의 변화를 연출하면서 슬픔을 연기하느라 몇 방울 눈물을 흘리기도 했다. (…중략…) 자신의 동생인 지니의 죽음이 온 집안에 몰고 온 불행을 전하느라 흥분해 있었다. 가끔 화면 속의 사람은 지니로 분한 자신의 입장을 망각하기도 했다. 그랬다, 화면 속 여자의 입은 그녀가 혼동할 수 없을 만큼 여러 번에 걸쳐 '동생의 죽음'이라는 말을 그려냈다.

(226쪽)

위 인용문은 지니의 눈에 잡힌, 텔레비전 화면 속의 불가사리의 모습이다. 화면 속에서 불가사리는 모델로서의 자신의 존재를 부각시키기 위해 동생 지니의 죽음을 선전용 이야기거리로 사용한다. 물론 거기에는 메니저로서의 상어의 기획력이 개재되어 있다. 이처럼 동생의 죽음조차 도구화시켜내는 그들의 삶의 태도 속에서 타락상의 문제를 이끌어내는 것은 그리 어려운 일이 아니다. 더욱이 상어의 타락상은 여기서 그치지 않는다. 그는 후에 지니를 사망한 것으로 신고하여 보험금을 타내고, 그 보험금으로 무인도 섬 하나를 사들여 자신이 오랫동안 꿈꾸어왔던 섬 생활의 길을 연다. 지니의 죽음조차 도구화되고 있음이 재차 확인되는 대목이다.

위에서 살펴본 바대로 지니의 과거적 세계는 여전히 인간 존엄의 가치가 훼손된 타락한 세계일뿐이다. 그 세계에서 지니는 이미 죽은 존재에 불과하다. 따라서 이 작품에서 영웅의 원환적인 귀환은 없다. 물론 지니의 귀환을 통해 그녀의 죽음을 부정함으로써 그녀의 영웅성을 보다 공고히 할 수도 있을 것이다. 그러나 그 세계는 희망이 없는 세계이다. 세상을 향한 냉소와 그 냉소가 극단화되면서 결국은 자폭의 욕망까지 드러내는 상어의 모습은 그 세계의 희망 없음을 증거한다. 하여 지니는 원환적인 귀환이 아닌 수직적인 상승의 길을 따른다.

그녀가 매일 춤을 추던 도시의 사람들 중에는 그녀의 삶에 호기심을 지닌 사람들이, 혹은 그녀의 춤의 비밀에 눈 뜬 사람들이 있어, 그들은 그녀의 뒤를 따르곤 했다. 그러고는 마침내 그들은 산 중턱 위 암벽 너머에 자리한 그녀의 거처를 알게 된다. 그녀는 "암벽 상단, 반달 모양을 만들며 오목하게 들어간 곳"에 머물고 있었다. 그러나 그것을 알게 된 그 누구도 경솔하게 그곳을 범접하지 않았다. 그들 마음속에서 그곳은 그녀가 머무는, 신성성이 깃든 공간이었기 때문이다. 신화적인 맥락에서 동굴은 어머니의 자궁과도 같은, 시원적인 평화가 깃든 세계이다. 따라서 그녀가 머무는 암벽의 반달 동굴 역시 그러한 의미를 동반하고 있는 셈이다. 그들에게 그녀는 신적 존재였던 것이다.

그녀 뒤를 쫓으면서 그들은, 그녀도 그들처럼 밥을 먹고 그녀도 웃으며 그녀도 잠을 잔다는 가장 기본적인 사실에 놀랐고, 시간이 지나가면서 그녀가 분수가에서 추는 춤을 그들이 원하면 언제라도 볼 수 있으며, 이 마을을 둘러싸고 있는 산의 어딘가에서 그녀가 평화로운 잠을 잔다는 사실이 그들에게 얼마나 자연스러운 일상의 일부가 되어 있는지를 알고는 더욱 놀랐다. 산을 바라보면 그녀를 알고 있는 이들의 가슴 안에 조용히 가라앉는 그 형언할 수 없는 무엇, 마치 모든 일이 다 잘 풀릴 것 같은 대책 없는 낙관적인 생각이 저절로 솟아올라, 그녀가 기거하고 있는 산의 정상까지 오르는 사람들이 생기기 시작했다.

(246쪽)

이제 그녀는, 그녀가 머무는 거처의 공간적 위치와 그곳을 대하는 사람들의 태도에서 시사되듯 그녀를 추종하는 사람들에 의해 자연스레 신의 위상에 오른 것이다. 즉 수직적 상승의 길로 들어선 것이다.

그런데 그녀의 신적 위상의 확보가 상어와 불가사리의 삶으로 표상되는 세계 안에서가 아니라, 그 세계 밖에서 이루어지고 있으며, 그녀를 향한 추종 또한 모든 이들에 의한 것이 아니라 자발적인 의지를 지닌 이들에 의한 것임에 주목할 필요가 있다. 이는 그녀의 존재 가치가 일상의 현실을 넘어선 곳에서 발휘되고 있음을 의미하기 때문이다. 이 문제는 다시 쏠배감펭과 소라의 지니에 대한 탐색의 서사에서 재확인된다.

앞서 살펴본 바대로 쏠배감펭은 자신의 일상을 정리하고 지니를 찾아다니는데, 그 과정에서 소라를 알게 된다. 그리하여 마침내 그는 소라와 함께 본격적으로 지니를 찾아나선다. 쏠배감펭이 퇴직금의 상당 부분을 투자하여 마련한 사륜구동차, 이카루스를 타고 그들의 탐색은 시작된다. 쏠배감펭에게 있어 이카루스는 움직이는, 꿈의 집이다. 그 집에, 밀랍 날개를 달고 무모하게 태양을 향해 날아오르던 이카루스라는 이름을 붙인 것에서, 그리고 그러한 이름을 붙인 꿈의 집을 타고서 지니를 찾아나서는 것에서 쏠배감펭의 비현실성을 엿볼 수 있다. 그러나 쏠배감펭의 그 비현실성은 초현실성의 맥락으로 다가온다. 이는 그가 지니를 찾아 나서는 이유와 그 탐색 여정의 동반자가 되는 소라가 지니를 찾아나서는 이유를 비교해 볼 때 보다 분명해진다. 소라에게 있어서도 지니는 분명 각별한 존재이다. 그러나 소라가 지니를 찾는 이유는 어디까지나 물신적 존재로서의 지니에 대한 사랑 때문이다.[12] 그녀는 결국 현실 세계 내적 존재인 것이다. 이에 반해 쏠배감펭은 자신이 왜 지니를 찾아나서는지, 그 이유조차 분명하게 의식하지 못한 채 지니를 찾아나선다. 그는 그저 그녀를 찾음으로 해서 그 이유를 알게 되리라는 믿음 하나로 그녀를 찾아나서고, 또한 찾아나설 수밖에 없는, 그 어떠한 절박함으로 그녀를 찾아나선다. 쏠배감펭에게 있어 지니는 존재 그 자체로서 지향할 수밖에 없는 절대적 존재인 것이다. 그는 지니를 찾아나서는 자신의 행위를 "아름다움"을 찾아나서는 것으로 의식하는데, 어쨌거나 그것은 그의 존재를 가능케 하는 근원이고 기원에 대한 탐색이다.[13] 이러한 맥락에서 볼 때 근원으로 향하는 쏠배감펭은 현실 세계를 넘어선, 신화적 세계로의 진입을 욕망하는 초현

---

12) "지니는 내게는 가족이고 우주이며 나의 작품이자, 나의 연인이며, 내 아이다. 나는 창조의 기쁨이 무엇인지 잘 알고 있다. 지니는 내게 그 모든 감정의 원천이다. 나는 지니만큼 완벽한 기쁨을 줄 줄 아는 몸, 표정, 선, 부피를 어느 육체에서도 만난 적이 없다. 지니가 움직일 때 만들어내는 분위기, 내가 요구하는 외양과 표정은 물론이고 내면의 어떤 상태에 이르기까지 지니만큼 완벽하게 몰입해 만들어낼 줄 아는 사람을 나는 아직 만나보지 못했다." (64쪽)

13) 쏠배감펭이 지니를 찾아나서는 동기에는 보다 근원적인, 존재론적인 차원의 문제가 개재되어 있는 것으로 보인다. 그의 아버지에 대한 기억이 이를 시사한다. 솔배감펭에게 있어, 일상과 현실을 뒤로 한 채 자신의 조각배를 타고 "광폭한 폭풍"에 대한 예고조차 두려워하지 않고 바다를 향해 떠나간 아버지의 젊은 영상에 대한 기억은 지금, 여기가 아닌, 존재의 시원을 향하고자 하는, 운명과도 같은 욕망에 대한 기억이고 표현이라고 볼 수 있다. (91~92쪽 참조)

실적인 인물인 셈이다.

하여 쏠배감펭과 소라의 탐색은 판이한 결과에 이른다. 소라의 직관에 의지해 진행된 두 사람의 탐색은 쉽게 그 목적을 이루지 못한다. 그러다 마침내 어느 지방 도시에 이르러 쏠배감펭은 이웃 도시의 걸인 여인의 기이한 춤에 대한 소문을 듣는다. 그 소문을 들은 쏠배감펭은 온 몸에 전율을 느낀다. 그리고 그 이웃 도시의 광장에서 춤을 추고 있는 그녀를 만난다.

추위에 빨개진 맨발에 발목까지 덮이는 두꺼운 회색 모직천의 긴 옷을 입고 풍성한 머리가 부드러운 물굽이를 만드는 조용하고도 느린 동작으로 춤을 추는 한 여인의 얼굴을 보는 순간 나는 가슴이 부풀어 그 자리에서 터져버릴 듯한 고통을 느꼈다.
나는 마침내 나의 어린 여신을 찾고야 만 것이다! (…중략…)
내가 어쩌면 일생을 거쳐 찾아야 하는지도 모르는 그 무엇을 가리키는 듯한 그 표정 앞에서 나는 그만 내 삼십 생애의 모든 긴장이 한순간에 빠져나가는 이완의 순간을 경험했다. 나는 그 자리에서 쓰러져버릴 것만 같았다. (…중략…)
나는 더 이상 독가시를 열세 개나 품은 쏠배감펭이 아니었다. 나는 다른 사람이 되어 있었다.

(249~253쪽)

쏠배감펭은 과거 자신이 본, 푸른색 슈트를 입은 바닷속 어린 여인의 이미지와는 무관한 듯한, 걸인의 행색으로 춤을 추는 여인을 보고 마침내 자신의 어린 여신을 찾았다고 확신한다. 그것은 왜 지니를 찾아나서야 하는지 그 이유조차 불분명한 상태에서 그저 막연한 이미지에 기대어 탐색에 나섰던 쏠배감펭이 마침내 그 대상과 실체를 보다 분명하게 인식하고 그 목적 내지는 이유를 또한 보다 분명하게 확인하는 순간이기도 하다. 지니의 춤의 언어가 시사하는 바, 여신의 쏠배감펭 자신에 대한 무한한 사랑의 표현[14]은 이제까지 그를 억압하던 모든 상처에서 그를 해방시켜 주고, 그녀의 얼굴에 지펴져 있던 미소는 그가 자신의 일생에서 추구해야 할 어떤 절대의 경지를 경험하게 한다. 그 결과 이제까지 "인생의 공허, 근본적인 박탈감"으로 인해 몸 안에 독을 품고 세상을 부유하던 쏠배감펭은 새롭게 거듭나는 변화를 맞이하게 된다. 여신의 존재는 그의 삶의 또 다른 기원이 되었던 것이다.

이에 반해 소라의 탐색의 결과는 일차적으로 참담하다. 지니에 대한 소문을 듣고 온 몸에 전율을 느끼는 쏠배감펭과는 달리 소라의 반응은 차분함의 도를 넘어 냉담하기까지 하다. 그리고 마침내 도시의 광장에서 춤을 추는 걸인의 모습을 보고 소라는 쏠배감펭에게 "저 사람은 나의 지니가 아니에요."라고 말한다. 온 몸에 신비의 기운을 띠고 인간의 상처를 위무하는, 구원자적 위상을 지닌 걸인의 모습이 화려한 물신의 이미지를 찾아 헤매던 소라에게 적실한 대상으로 다가올 리가 없었던 것이다. 그리하여 소라는 쏠배감펭과의 탐색을 정리하고 자신의 세계로 떠난다.

이처럼 지니의 탐색에 대한 쏠배감펭과 소라의 상이한 결과에서 드러나듯이 지니의 신적인 위력은 신화적 세계를 열망하는 이들의 그 열망의 촉수가 닿을 수 있는 곳에서 비로소 작용하는 힘이다. 그녀의 몸이 발하는 생명성은 구하는 자만이 구할 수 있는 절박한 탐색적 대상인 것이다. 그녀가 거하는 암벽의 반달 동굴에, 이제껏 어느 누구도 찾아들지 않았던 그녀만의 안식처에 아이를 업은 어린 소녀가 찾아드든 사건은 그 어떤 절박한 갈구의 염으로만이 그녀의 생명성과 소통할

---

14) 지니의 춤은 쏠배감펭이 과거에 약혼녀였던 핑크 아네몬과 나누던 사랑의 대화 방식을 형상화하고 있었다. 그 방식은 이제 세상에서 쏠배감펭 자신만이 알고 있는 것이었음에도 지니는 바로 그 방식을 통해 쏠배감펭에게 사랑의 마음을 전하고 있었던 것이다. 여기서 쏠배감펭은 운명을 의식한다. (250쪽 참조)

수 있음을 보여 주는 사건이다. 그녀는 죽음의 액체를 입에 머금은 채 자신을 찾아온 소녀를 두고 자신의 생명을 소진하면서까지 소녀의 생명을 구하는 힘을 발휘한다. 자신의 죽음을 통해 소녀를 되살려내는 그녀의 구원의 행위에서, 그리하여 아이에게 어머니를 되돌려주는 행위에서 생명의 기원으로 자리했던 과거 대지모신의 위상을 거듭 확인할 수 있다.[15]

사실주의적 가치가 지향되는 지금의 시대에 그녀를 신이라 칭하고 받드는 것은 일상적인 일이 아니다. 지금의 시대에서는 우리의 의식과 직관의 내용이 어떠하든 외적으로 과학적 증명이, 혹은 합리적 논증이 불가능한 사실이라면 그것은 지향적 가치일 수 없다. 그러나 과학적 증명과 합리적 논증의 연장선상에 놓여진 지금의 우리의 현실은 이루 말할 수 없이 척박한 상황이다. 더하여 구체적 실체에 대한 의식조차 망각해버린 채 허상적 이미지에 근거하여 살아가는 아이러니한 상황에까지 이르고 있다. 상어와 불가사리의 삶이 혹은 소라의 삶이 모두 그러한 지금의 우리의 현실을 증거한다. 하여 역으로 초현실적 동경이 부상하고 쏠배감펭과 같은 존재들이 등장하는 것이다. 그리고 그들의 과도하지 않은 열망 속에서 여신 지니는 그 흔적을 유지하며 세상의 불빛이 된다.

겨울 내내 광장 분수가에서 춤추던 여자가 사라진 지 여러 계절이 지났다고 사람들은 말했다. 춤추는 여자가 묵던 산 위쪽에 그녀의 모습을 닮은 모양으로 서 있다는, 빛을 내는 돌무덤에 대해 그들은 말해주었다. 어느 때

15) 이러한 지니의 대지모신적 위력은 작품에서 현실의 어머니로 등장하는 우뭇가사리의 불모적인 모성성과 대비되면서 그 의미가 보다 강화된다. 상어의 폭력으로부터 지니를 지키지 못했을 뿐만 아니라, 지니의 불행한 삶에 대한 책임을 상어에게 돌리면서 그를 죽음으로 몰아가려는 우뭇가사리의 일련의 행위들은, 신성성이 거세된, 더하여 무력화된 불모적인 모성성의 극단을 보여 준다.

부터인가 산을 오르던 사람들이 하나, 둘 작은 돌을 주워 쌓다가 어느샌가
그녀가 춤추는 형상을 드러낸 돌무덤. 그 조각난 산의 돌들은 기이하게도
낮에는 빛을 빨아들여 밤이면 빛을 내, 춤추는 여자의 돌무덤은 밤이면 산
을 오르는 사람들에게 빛을 밝혀주는 불빛이 된다.

(274쪽)

자신의 생명을 값으로 세상의 생명을 되돌려 준 후 그녀는 무형의
기가 되어 세상 깊이 스며든다. 그런데 그럼으로써 그녀는 오히려 그
녀를 기리는 사람들의 의식 속에서 보다 단단한 돌무덤의 형상으로
소생하여 그들의 삶의 빛으로 자리한다. 그녀의 생명성을 염원하는 이
들에게 그녀는 이제 돌무덤 형상의 신이 되어, 단단하고 굳건한 신이
되어 그들의 삶에 빛이 되고 있는 것이다. 사실주의 시대, 이 시대가
지니는 척박한 토양 속에서 오히려 신에 대한 염원은 보다 간절하게
싹트고 있다. 이 시대에도 그것은 지울 수 없는 흔적으로 지속됨으로
써, 그것이 인간 정신의 원형임을 증명하고 있는 것이다. 작품에서 하
나 더 희망적인 사실은 지니의 신성성을 외면하고 탐색을 정리하고
돌아갔던 소라가, 지니가 머물던 도시를 다시 찾아와 지니의 돌무덤의
서사에 참여하고 있다는 사실이다. 여성의 몸의 사물화에 몸담았던 그
녀가 여성의 몸의 신성성에 참여하게 됐다는 사실은 분명 희망적인
기호이다.

5. 맺음말

최윤의 『마네킹』은 일정 정도의 사실성을 유보한 우화적인 혹은 환
상적인 소설이다. 작품에서 담보하고 있는 신화적 의식이 우리에게 보

다 설득력 있게 다가오는 것도 그러한 형식적 특징 때문일 것이다. 그렇다고 작품이 그리고 있는 신화적 의식이 현실로부터의 막연한 비상을 지향하고 있는 것은 물론 아니다. 작품은 현실로부터 너무 많이 이탈하지 않기 위해, 혹은 현실성을 확보하기 위해 개연성의 축을 유지하려는 일련의 노력들을 게을리 하지 않는다. 작가가 신화적 의식을 담보하면서도 현실성의 문제를 의식한 것은 그만큼 현실 가능한 미래를 모색하고자 한 때문일 것이다.

인간의 존엄이 사라진 시대, 그 전형이 되어버린 여성의 몸. 따라서 그것의 가치 회복에 대한 염원은 그것의 가치가 온전히 구현되었던 시대, 여성의 몸이 생명의 근원으로 숭앙되던 그 어떤 지점으로의 귀환을 꿈꿀 수밖에 없을 것이다. 그것은 인간의 원형적 욕망이기도 한 까닭이다. 사실주의 시대, 꿈의 낭만성이 폄하되는 이 시대에도 꿈은 욕망될 수밖에 없다. 따라서 여성의 몸이 사물화된 현실은 여성의 몸의 신성화를 꿈꾸게 한다. 여기서 보다 중요한 것은 여성의 몸을 신성화하는 꿈은 인간 모두에게 생명과 존엄을 되돌려 주기 위한 것이라는 사실이다.

  여성·변방을 넘어서는 사(私)적 도약

5

노년과 소멸

■내쳐진 노년, 떨칠 수 없는 노년
  - 최인호의 「돌의 초상」·오정희의 「동경」

내쳐진 노년, 떨칠 수 없는 노년
　－최인호의 「돌의 초상」·오정희의 「동경」

1. 머리말

　현세적 차원에서 모든 인간의 종착지는 죽음이다. 그리고 일반적이고 자연적인 흐름에서 그 죽음에 이르는 앞자락에 위치하는 시기를 노년이라 한다. 그렇다고 그 노년이 시기적으로 정해져 있는 것은 아니다. 그저 삶의 흐름 속에서 필연적으로 맞이하게 되는 인생의 늦자락의 시기를 노년이라 한다.[1] 그런데 그런 노년에 대한 우리의 인식은 대단히 부정적이다. 그것은 노년이 병과 죽음을 눈앞에 둔, 그리하여 스스로 인간적 존엄을 지키고 유지하기에는 너무도 초월적인 지경의

---

[1] 시몬느 드 보부아르는 "노년은 정태적인 사실이 아니다. 그것은 어떤 과정의 결말이며 연장이다. (…중략…) 변화야말로 삶의 법칙이다. 노화란 변화의 한 유형이다."라고 언급하고 있다. (시몬느 드 보부아르, 『노년』(홍상희·박혜영 역), 책세상, 2007, 19~20쪽) 한네로네 슐라퍼도 "실제로 노년이란 말은 없다. 왜냐하면 늙어서도 행복한 사람은 젊은이로 간주될 수 있기 때문이다."라는 말로써, 노년이란 나이와 같은 외적인 기준으로만 정의하기 어려운 개념임을 지적한다. (한네로네 슐라퍼, 『노년의 미학』(김선형 역), 경남대학교출판부, 2005, 17쪽)

문제들과 가까이 하고 있는 시기인 때문이다.

이에 더하여 현대 사회의 구조적 상황은 노년에 대한 우리의 부정적 인식을 더욱 깊게 한다. 일정한 나이에 이르면 생산의 영역으로부터 물러나야 하는 현대 산업 사회의 구조가 노년에 대한 우리의 부정적 인식을 더욱 깊게 하는 것이다.[2] 경제적 상황에서 소외됨으로써 누군가에게 의존해야 하는 삶을 살아야 하는, 현대 사회의 노년들이 과거 유교적 전통 사회에서의 노년들이 누렸던 존재적 무게감과 권위를 누릴 수 없음은 물론이다. 그리하여 현대 사회에서 노년은 누구도 맞고 싶지 않은 문제적 시기일 수밖에 없다.[3]

그런데 그러한 맥락의 연장선상에서 노년에 대한 우리의 관심은 매우 일천하다. 지극히 무력한 시기인 노년을 애써 주목하지 않는 까닭이다. 그리고 그러한 외면의 자세는 문학의 영역에서도 마찬가지이다. 세계의 중심의 자리에서 소외되어 있는 그들을 문학 또한 주목하지 않는 것이다.[4] 그렇다고 현실적으로 인간 삶의 단계적 국면으로 존재

---

2) 한네로네 슐라퍼의 "노년에 대한 정의는 숫자적 의미를 넘어서 항상 일종의 의례와 결부된다 : 즉 퇴직이다."라는 언급은 위와 같은 현상을 전제한, 현대 사회에서의 관례적인 노년의 개념을 시사한다. (위의 책, 21쪽)

3) 사회 복지 제도가 안정적으로 갖추어진 서구 사회에서는 노년의 기준점으로 언급되는, 퇴직 이후부터 양로원으로 들어가기 전까지의 시기가 인생에서 노동으로부터 해방되어 자유를 구가할 수 있는 행복한 시기로 받아들여진다. 그 시기 동안 지급되는 연금을 통해 경제적 안정을 누리면서 여가를 즐길 수 있기 때문이다. (위의 책, 104~114쪽 참조) 그러나 연금 지급과 같은 사회 복지 제도가 미약한 우리 사회에서는 그와 같은 사회적 인식이 성립되기 어렵다.

4) 서정자는 1980년대 중반에서 1990년대 초·중반에 걸쳐 『현대문학』과 『문학사상』에 발표된 작품들 1천 2백여 편 중에서 노인을 주인공으로 삼았거나 노인 문제를 다룬 작품들은 54편에 불과하다고 밝히고, 그처럼 노년소설이 많지 않은 원인을 "노인이 주인공인 소설은 독자들이 외면하기 때문에 작가들이 기피하는 경향이 있는데다 노년소설에 대한 개념이나 방향 정립이 되어 있지 않"기 때문이라고 분석하고 있다. (서정자, 「하강과 상승, 그 복합성의 시학」, 『한국문학에 나타난 노인의식』(문학을생각하는모임), 백남문화사, 1996, 231쪽)

하는 노년에 대한 절대적 부정과 외면이 가능한 것도 아니기에 노년에 대한 문학적 관심이 전무할 수는 없다. 문학은 인간학이라는 진부한 정의가 그래도 여전히 유효한 것이기에 문학은 인간 삶에 편재되어 있는 노년의 문제에 주목할 수밖에 없고, 또한 고령화 사회로의 진입을 위기로 의식하고 있는 지금의 현실이 노년에 대한 관심을 촉구하는 까닭에 문학은 그것에 대한 관심을 짊어질 수밖에 없다.5) 그렇다면 문학 속에서 노년은 도대체 어떠한 형국으로 혹은 어떠한 맥락으로 그려지고 또 의미화되고 있는 것일까. 노년에 대한 문학적 물음과 답은 과연 무엇일까.

본 논문은 이상의 물음들을 전제로, 노년의 삶을 다루고 있는 최인호의 「돌의 초상」과 오정희의 「동경」을 대상으로 노년의 문제를 외부의 관점과 내부의 관점에서 바라보고자 한다. 즉 「돌의 초상」을 통해 젊은 세대들에게 포착된 노년의 상이 무엇인지를 살피고, 「동경」을 통해 노년 스스로가 드러내는 노년의 의식이 어떠한가를 살펴보고자 하는 것이다.6) 그리하여 그것들을 통해 현대 사회에서의 노년의 삶의 실체가 무엇인지, 그것이 인간 삶에서 차지하는 위상이 어떠한지를 고찰해 보고자 한다. 이러한 작업은 결국 노년의 삶에 대한 우리의 이해의 지평을 확장시키고 나아가 인간 삶의 의미를 깊게 하는 데 기여할 것이다.7)

---

5) 실제로 우리 문학사에서 노년소설은 이태준, 김동리, 황순원에서 박완서, 최일남, 박상륭, 오정희 등으로 나름의 흐름의 맥을 이루고 있는 것으로 논의되고 있다. (김경수, 「노년소설의 가능성에 대하여」, 『NEXT』 34권, 2006. 8, 141~142쪽 참조)
6) 본 논문은 다음의 텍스트를 논의의 대상으로 삼았다. 인용문의 경우 인용문 뒤에 해당 지면만을 밝힐 것이다.
최인호, 「돌의 초상」, 『돌의 초상 : 최인호중단편소설전집4』, 문학동네, 2002 ; 오정희, 「동경」, 『바람의 넋』, 문학과지성사, 1986.
7) 주 4)에서 드러났듯이 노년을 다룬 작품들이 많지 않은 만큼이나 노년 문학에 대

2. 「돌의 초상」 : 반사된 노년의 상

노년은 노인 당사자들만의 문제가 아닌, 인간 모두의 문제이다. 따라서 노년을 바라보고 이해하는, 노년에 대한 사회 전반적인 인식이 주요 쟁점이 될 수 있다. 그러한 가운데 특별히 현대 사회의 중심 세력으로 자리하는 젊은이들의 노년에 대한 인식은 현대 사회에서 노년의 위상을 규정하는 데 있어 주도적인 의식일 수 있다. 그렇다면 정작 그들의 눈에 비친 노년이란 구체적으로 어떠한 형상을 하고 있을까. 그들의 의식에 반사된 노년의 이미지는 어떤 것일까. 최인호의 「돌의 초상」은 노망든 노인과 그를 바라보는 젊음의 시선을 제시하는 가운데 보다 극단적인 상황을 통해 그와 같은 물음들에 나름의 답을 제시하고 있다.

1) 생명에 대한 물화적 인식과 "저" 세상의 자비에 대한 기원

「돌의 초상」에서 노년은 젊은 '나'에 의해 "돌"과 같은 존재로 이미지화된다. 어느 화창한 봄날 사진 작가인 '나'는 카메라를 들고 고궁을 찾아들었다가 그곳에 버려진 한 노인을 만나게 된다. '나'는 순간적인 연민의 감정 때문에 노인을 자신의 집으로 데려오게 되는데, 노인을

한 연구 또한 많지 않다. '여성문제 연구소 문학을 생각하는 모임'이 발간한 『한국문학에 나타난 노인의식』(백남문화사, 1996)과 『한국 노년문학연구 Ⅱ』(국학자료원, 1998)와 『한국 노년문학연구 Ⅲ』(푸른사상, 2002)은 시대와 장르를 아울러서 노년문학 전반을 다루고 있는, 노년문학에 대한 집약적인 결과물이다. 그밖의 논의로 김경수의 앞의 글과 양진오의 「해원하는 영혼과 죽어가는 노인들」(『전망의 발견』, 실천문학사, 2003), 장소진의 「이태준 문학에서 노년의 문제」(『서강어문』 9집, 1993)와 「노년의 삶, 생장하는 소멸의 아름다움」(『지향의 문학, 반향의 비평』, 새미, 2003) 등이 있다.

집으로 데려오는 도중에 이미 ‘나’는 노인의 존재에 대해 부담을 느끼기 시작한다. 더하여 ‘나’의 머리 속에 떠오른 기억 하나가[8] ‘나’에게 노인의 존재를 “돌”과 같은, 보다 구체적으로는 “무거운 돌의 무게와 같은 부담”스러운 존재로 이미지화시킨다. 그리고 ‘나’는 그러한 이미지에 기대어 노인을 “무생물”적인 존재로까지 의식한다.

> 그렇다. 노인은 돌 그 자체였다. 저 노인이 한때 가졌던 새파란 젊음과 끓어오르는 피는 싸늘히 식어 비와 바람, 흐르는 물에 씻겨내려진 돌의 침묵을 닮아 있었다. 사람 역시 나이가 들수록 점점 자연을, 식물을 닮아가다가 마침내는 무생물로 변하는 것이 아닐까.
>
> (164쪽)

이후 작품은 ‘나’의 이러한 의식의 전개가, 사회가 상식적 차원에서 노인에게 부여하곤 하는 내면적 견고함과 같은 도덕적 의미와는 무관한, 오히려 그와는 대립되는 인식에 근거하고 있음을 보여 준다. 즉 이후 작품은 ‘나’가 살아 있음 내지는 생동감을 자신의 예술 작업의 제일의 기준으로 삼고,[9] 아직 결혼조차 하지 않은 채 삶에 대한 패기로 충천된 인물로, 스스로를 감당할 동력을 상실하여 자신의 육신조차 감당하지 못하는 노인[10]과 같은 존재는 ‘생명 없음’의 존재, 그리하여 폐

---

8) 작품에서 ‘나’의 머리 속에 떠오른 기억은 지난 여름 돌에 미친 친구를 따라 자연석을 채취하러 갔다가 묵직한 돌을 하나 채취해 오는 중에, 돌이 너무 무거워 도중에 그것을 버리고 온 사건에 대한 것이다.

9) 작품에서 ‘나’는 인위적이고 관습화된 일거리에 넌더리가 나 다니던 잡지사나 신문사를 그만두고 현재는 스튜디오를 차려 놓고 프리랜서로 일하면서 “소위 예술 사진을 찍는 일”을 즐기는 인물이다. ‘나’에게 살아 있음 혹은 생동감은 사진을 찍는 데 있어 최우선의 가치이다. ‘나’에게는 그것이 지극히 자연적인 모습으로 다가오는 까닭이다.

10) 작품에서 ‘나’는 처음 노인을 발견하고는 오래도록 그를 지켜보다가 그에게 말을 건넨다. 그리고는 이내 노인이 노망했다는 사실을 알게 된다. 이후 노인은 스스

기시켜야 할 존재로 인식하고 있음을 보여 주는 것이다.

'나'의 그러한 인식은, 노인을 집에 데려온 후 '나'가 노인을 대하는 일련의 사건들 속에서 확대 재생산되면서 드러난다.[11] '나'는 노인을 지극한 혐오의 시선으로 바라보면서 인간의 노화를 퇴행적인 과정으로 인식한다. '나'는 인간의 노화를 "점점 갓 태어난 아기로 되돌아"갔다가 "점점 식물로 되어"가는, 혹은 "속되고 더러운 동물의 본능"만이 잔존하게 되는 과정으로 인식하는 것이다. 그리고 종국에는 노인의 생명성을 부정하면서 노인에게 필요한 것은 안락사뿐이라고 주장한다.

> 저 노인에게 필요한 것은 이제 분명한 한 가지뿐이다. 그것은 안락사일 것이다. (…중략…)
> 비단 저 노인처럼 밥을 먹고 똥을 싸고 말을 한다고 할지라도 이미 죽어 있는 시체나 다름없는 경우도 있는 것이다. 진실로 인간이 인정을 가진 동물이라면 의견 대립 없이 주삿바늘을 들어야 할 것이다. 저 노인에게 인슐

로 화장실 문제도 처리하지 못하는 것으로 드러나고 또한 '나'에게 지속적으로 배고픔만을 호소한다. 결국 노인은 스스로를 감당하지 못하는 무력한 존재였던 것이다.

11) 노인에 대한 '나'의 무생물적 의식의 깊이는 노인을 대하는 '나'의 무례하고 가학적인 언행을 통해 손쉽게 확인된다. 노인을 데리고 집에 도착한 '나'는 여자 친구인 경희에게 노인을 "거리에서 주워왔다"고 소개한다. 또 노인을 어쩔 것인가에 대해 묻는 그녀에게 "쓰레기통에 버리지 뭐."라고 답한다. 뿐만 아니라 용변을 가리지 못한 노인을 향해 "우라질 노인네 같으니라구.", "입 닥쳐 영감태기야." 하고 소리를 내지르기도 한다. 또 다음날 "그저 빈 시간을 즐기기 위해" 종이나 꽃, 원피스 등을 가위질해 놓고 사라진 노인을 향해 "죽여버리고 말 테다. 이놈의 영감태기, 만나면 가위로 모가지를 베어놓고 말 테다." 하고 벼르다가, 아파트의 이웃들이 노인이 자신들의 화분의 꽃을 가위질 해 놓았다고 노인을 대동하고 항의 방문을 다녀가자 노인이 가위질해 놓은 조각들을 집어들고 "먹어, 이자식아, 이걸 먹어." 하며 강제로 노인의 입을 벌리고 그 안에 종이조각을 털어넣기도 한다. 이런 식으로 노망한 노인을 향한 '나'의 일련의 언행들은 지극히 불손하고 더할 수 없이 거칠다. 노인에 대한 일말의 공경 의식이나 태도 혹은 인간적 이해나 연민은 찾아보기 어렵다.

린 주사를 놔주어서 거추장스럽기만 한 '외출한 영혼'에 종지부를 찍어주어야 할 것이다.

(182쪽)

노망이 난 노인이기는 하지만, 하여 자신의 과거를 기억하지 못하고, 용변도 가리지 못하고, 그저 왕성한 식탐만을 보이는, 식물적·동물적 차원의 존재이기는 하지만 그래도 엄연히 살아 있는, 생명이 다하지 않은 '인간'임에도, 그를 안락사시키고자 하는 것은 '나'의 노인에 대한 무생물적 인식이 얼마나 극단적인가를 보여 준다. 그리고 그것은 인간에 대한 '나'의 이해가 얼마나 문제적인가를 드러낸다. 생명을 물상으로 인식하고 인간의 존엄을 차별적으로 적용하는, 하여 스스로를 증거하지 못하고 감당하지 못하는 자는 인간의 범주에서 제외시켜 버리는, '나'의 선택과 배제의 인간 이해는 모든 인간의 생명은 신성한 것이고 모든 인간은 존엄한 존재라는 초역사적 가치를 철저히 외면하고 있다.

그렇다면 '나'의 그러한, 생명에 대한 물화적 인식과 선별적이고 차별적인 인간 이해는 어디서 비롯되는 것일까. 작품은 그것이 노년에 대한 '나'의 관념적 인식과 젊음의 치기적 오만함에서 비롯되는 것임을 시사한다.

> 적어도 나는 나 자신의 미래에 대해서 어느 정도 낙관하고 있었다. 감상적인 생각이긴 하지만 적어도 내겐 은퇴한 노인으로서, 회상하는 추억마다 아름다운 회색의 그림자를 간직하면서 적당히 늙어가며, 적어도 남에게 부축받지 않으며 늙어갈 자신이 있었다. (…중략…)
> 그런데 한 시간이라도 더 살려고 몸부림치는 인간의 욕망이 고작 저것이란 말인가.

(181~182쪽)

‘나’가, 탐욕스럽게 밥을 먹어대는 노인을 바라보며 노인에 대한 혐오의 의식을 짙게 하는 대목의 일부분인 위 인용문에서 알 수 있는 사실 하나는 ‘나’가 경험하지 않은 미래에 대해, 미래의 노년에 대해 대단히 관념적으로 인식하고 있다는 점이다. ‘나’는 그저 젊은이다운 경험적 인식의 한계 안에서 이상적으로 노년을 꿈꾸고 있는 것이다. ‘나’의 노인에 대한 과도한 무례를 두고 경희가 “당신도 언젠가는 이렇게 돼요.”라고 일침을 가하곤 할 때마다 ‘나’가 그녀의 말에 아랑곳하지 않는 것도 같은 이유에서이다. ‘나’에게 노년은 너무 먼 미래이고 또한 너무 추상화된 현실이다.

대신에 ‘나’는 지금의 젊음에, 살아 있음에 집착한다. ‘나’는 노인이 잠든 사이, 거부하는 경희의 뜻을 거스르며 경희의 몸을 파고든다. 그것은 자신의 젊음을 증명하기 위한, 살아 있음을 확인하고 증명하기 위한 몸부림이다.

> 아니 욕망이 불붙어서 이런 정사를 꾀하려 하는 것은 아니다. 단지 내가 살아 있음을 확인하기 위한 것이다. 난 늙지 않았다. 난 아직 젊다. 애를 만들 수도 있다. 낳지는 않더라도 내 피는 아직 용광로처럼 끓어오르고 있다. 우린 살아 있다. 질긴 칡과 같은 생명을 가지고 있으며 우린 젊다.
>
> (194쪽)

‘나’에게 있어 살아 있음이란 곧 젊음이다. 이는 ‘나’가 젊음만이 삶을 누릴 자격이 있다고 생각하고 있음을 의미한다. ‘나’의 그러한 생각은 젊음의 지독한 오만함이다. 그 자신이 카메라를 들이댐에 있어 그토록 살아 있음의 가치를 지향했음에도 정작 그 살아 있음이란 고작 젊음의 생동감에 불과했음을 확인시켜 주는, ‘나’의 이러한 의식은 젊음의 협착한 인식의 한계를 여지없이 드러내면서 그것의 오만함을 증

거한다. 초라하고 추한 노년의 모습조차 '살아 있음의 한 현상'이며 그
것이 '자연적 질서'임을, 더 나아가 그것이 '생명의 본질임'을 인식하
지 못하는, '나'의 살아 있음의 지향은 결국 젊음의 오만함이 카메라의
파인더 안에 구축한 허구적인 인식일 뿐이다.[12]

그리고 그 오만함으로 인해 '나'는 결국 노인을 다시 거리에 내다
버리는 비행을 단행한다. '나'는 노인으로 인해 자신이 겪어야 하는 불
편함, 자신의 자유가 제한당하는 현실에 분노하면서, 보다 직접적으로
는 노인이 자신과 경희가 없는 틈에 벌려 놓은 사건[13]에 화가 나서,
노인을 다시 거리에, 그것도 도시 "숲"의 한복판에 위치한 명동 성당
에 내다 버리는 것이다. 물론 '나'는 노인을 버리는 것이 "비의"적인
행위임을 의식한다. 하지만 노인을 그저 무거운 돌로, 더 나아가 무생
물적인 존재로 인식하고 있는 '나'이기에 노인을 버리는 자신의 행위
가 절대 금기를 범하는 패륜적 행위라고까지는 의식하지 않는다.

물론 '나'가 노인을 다른 어느 곳이 아닌, 명동 성당에 버린 것은 노
인에 대한 자신의 연민에 근거한, 더불어 노인에 대한 세상의 자비를
기원하는 그 나름의 배려가 깃든 행위이다. '나' 역시도 스스로를 감당
치 못하는 노인을 누군가는 보살펴야 한다는 사실을 인정하고 있는
것이다. 그러면서도 '나'는 노인을 자신이 아닌, "저" 사람들[14]이 돌보

---

12) '나'의 인식의 허구성 내지는 제한성을 증거하는 또 하나의 사건이 십자매 사건
   이다. 기르라고 가져다 준 십자매를 결국 감당하지 못한 '나'를 두고 경희가 한강
   변의 철새들에게는 감탄하면서 왜 기르는 새는 사랑하지 않냐고 묻자, '나'는
   "그 새들은 자연이었고 풍경이었어. 하지만 경희가 갖다준 새들은 자연이 아냐.
   그것은 말야, 조화(造花)만 같아서 생명이 없어 보였어."(202쪽)라고 답한다. '나'
   에게는 살아 있음 그 자체는 의미가 없는 것이다.

13) 주 11) 참조.

14) 자신이 버려지는지조차 알지 못하는 노인은 본능만이 살아 있는 듯, 자신을 버린
   '나'를 향해 "난 배, 배가 고픕니다. 밥을 주십시오."라고 말한다. 그리고 '나'는
   그런 노인을 향해 "좀 기다리세요. 저 사람들이 줄 겁니다."라고 답한다. (217쪽

면 된다고 생각한다. 이는 앞서 살펴본 바대로 생에 대한 치기와 오만
으로 뭉쳐 젊음의 활기만을 '살아 있음'으로 의식하는 '나'에게는 스스
로를 감당치 못하는 노인은 인간의 범주에 포함될 수 없는 존재인 까
닭이다. 노인과 작별 인사를 나눌 때 노인이 내민 손길의 따뜻함에서
'나'는 잠시 심리적인 동요를 일으키기도 하지만 결국 '나'는 노인을
뒤로 하고 돌아섬으로써 자신의 그러한 비인간적인 인간 의식을 떨치
지 못하는 한계를 드러낸다.

2) 젊음의 미력한 모성과 노년의 소멸적 "창조"

노인을 대하는 '나'의 오만함이 노인에 대한 젊은 세대의 전적인 태
도는 아니다. 그들도 일면 노년을 포용할 여지를 지닌다. 작품에서 그
것은 '나'의 여자 친구인 경희를 통해 확인된다. 노인을 집으로 데려온
이후 시종 불손한 언행으로 노인을 대하는 '나'와는 달리 경희는 포용
적인 태도로 노인을 돌본다. 그녀는 노인을 씻기고 먹이고 재운다. 또
한 '나'의 노인에 대한 불손한 언행에 제재를 가하기도 하고, 노인을
다시 내다 버리겠다는 무책임한 '나'를 다독여 노인이 '나'의 집에 머
물 수 있도록 노인의 안위를 배려하기도 한다. 그녀의 이러한 일련의
행위들은 '나'가 보여 주는 젊음의 치기적 오만과 대조를 이루면서 노
년에 대한 젊음의 포용적 태도와 인식을 증거한다.

그녀의 그러한 포용적 태도와 인식의 기저에는 모성적 의식이 자리
하고 있다. 이는 경희가, 용변을 가리지 못해 옷을 버린 노인을 목욕시
키는 사건에서 단적으로 시사되고,[15] 이후로도 그녀의 모성성에 기반

―――――――――

참조)

15) 그녀는, 노인의 오물이 자신의 손에 묻자 노인을 향해 심한 욕설을 퍼부어 대는
    '나'와는 달리 오히려 그러한 '나'를 제지하며 노인의 더럽혀진 몸을 씻기기 시작

한, 노인 돌보기는 계속적으로 확인된다. 노인을 향해 그녀는 분명 생명을 생명 그 자체로 품는 모성성을 구현하고 있는 것이다.[16]

그런데 문제는 경희의 그러한 모성성이 생산적인 맥락으로 승화되지 못한다는 것이다. 과거 경희와 '나' 사이에 아이가 생겼을 때 경희는 그 아이를 몹시 낳고 싶어하면서도 아이를 지우기를 바라는 '나'의 뜻에 따라 아이를 지운 적이 있다. 그 사건에서 시사되듯 경희의 모성성은 주체적이지도, 생산적이지도 못하다. 때문에 노인의 문제에 있어서도 경희의 모성성은 독자적인 생산성을 발현하지 못한다.

그녀는 자신의 모성적 의식에 근거하여 '나'의 불손함을 나름으로 제어하면서 노인을 보살피지만, 궁극적으로는 노인을 대하는 '나'의 치기적 오만을 통어하거나 압도하지 못한다. 이는 노인을 온전하게 품어 안지 못하는 결과로 이어진다. 이튿날 출근했다가 집으로 돌아온 그녀는 노인의 모습이 보이지 않자, '나'가 노인을 내다 버렸음을 직감하고, '나'를 다그쳐 노인을 버린 장소가 명동 성당임을 알아내어 그곳으로 달려간다. 하지만 노인은 이미 그곳을 떠난 뒤였다. 결국 그녀의 모성성은 노인을, 생명을 온전하게 충족적으로 품지 못하는, 생산적인 맥락을 구현하지 못하는, 지극히 미력한 작용력에 불과했던 것이다. 하여 역설적으로 그것은 내쳐질 수밖에 없는 노년의 불행한 운명을 증거한다.

그러나 정작 노년은 그러한 자신의 불행한 운명에도 인간 삶에 새로운 가치를 안겨 준다. 그것은 '나'가 노인을 명동 성당에 버리고 돌

한다. 그러한 그녀의 입에서는 어느덧 자장가가 흘러나온다.

16) 이러한 그녀의 모습은, 사육용으로 키워져 새끼를 부화시키지 못하는 십자매에 대해 '나'가 "알도 못 까는 새가 무슨 말라죽을 새냐."라며 저항감을 드러내는 것과는 달리 그러한 '나'를 향해 "왜 기르는 새들은 사랑하지 않"느냐고 질타하는 사건에서도 확인된다. (주 12) 참조)

아서려 할 때 ‘나’에게 내민 노인의 손길이 후에 ‘나’에 의해 “용서”의
가치로 해석되는 것에서 확인된다.[17] 생명의 가치와 그 고저의 흐름을
온전히 인식하지 못하는 ‘나’를, 더하여 생명을 방기한 자기 행위에 대
해 죄의식조차 없는 ‘나’를 조용히 품어 주는 노인의 용서, 그것은 분명
척박한 인간 삶을 향해 제시하는, 노년이 생산해 낸 창조적 가치이다.

　사실, 작품 서두에서부터, 노년의 상징체로 자리하는 “돌”은 “부담”
의 맥락과 더불어 “창조”의 맥락을 응축하고 있었다. 그것은 ‘나’가 과
거 친구의 집에 있는 돌들을 바라보며 젖어들었던 다음의 생각에서
시사된다.

> 　함부로 굴러다니는 것처럼 보이는 돌들은 수백년을 두고 흘러내린 물에
> 의해 각을 잃고 부드러운 곡선을 그리고 있었다. 돌들은 하나같이 성난 모
> 서리를 잃어버리고 분노의 각을 상실하고 있었다. (…중략…)
> 　비와 바람, 물, 그런 자연의 애무는 돌을 갖가지 형상으로 이룩하고 있었
> 다. 참으로 위대한 창조였다.
>
> (160쪽)

　위 인용문은 돌이 세월의 질감을 덧입고 새로운 형상으로 빚어짐으
로써 그 안에 자연의 “위대한 창조”의 맥락을 안고 있음을 이야기한
다. 이는 곧 노년이 “창조”적 존재임을 시사하는 것이다. 작품에서 노
인이 그 자신의 삶의 연륜에 근거하여 “용서”라는 가치를 생산하고 그
것을, 돌의 “창조”적 맥락은 배제하고 “부담”의 맥락에만 주목하여 노

---

17) “그제서야 헤어질 무렵 내게 손을 내밀던 노인의 그 천진하던 웃음의 의미를 어
　렴풋이 알 것 같은 느낌이 들었다.
　　그것은 용서의 의미가 아니었을까. 모든 것을 받아들이는 돌의 침묵으로 내밀
　던 노인의 딱딱하게 굳은 그 손은 이미 모든 것을 용서해 주겠노라는 손짓이 아
　니었을까.” (226~227쪽)

인을 치기적 오만으로 대했던 '나'에게 전하고 있는 것은 바로 그 노년의 "위대한 창조"성을 구현하는 행위이다.

그러나 노년의 그 창조성은 스스로를 품지 못한다. 때문에 노년은 누군가에 의해 품어져야 하는 한계를 지닌다. 그것이 노년의 자연성이다. 그런데 현실 속에서 그 자연성은 가치화되어 실현될 길이 폐색되어 있다. 인간 삶의 중심인 젊음이 노년의 자연성을 인식하지 못하는 까닭이다. 하여 작품에서 노인은 어디론가 사라진다. 그것처럼 노년은 조용히 스러질 수밖에 없는 것이다. 즉 노년 스스로가 "고려장"을 완성해야 하는 것이다. 그것은 나고 자라고 스러지는 생명의 순리성을 완성하는 것이기도 하다. 인간 삶에 창조적 가치를 남긴 채.

3. 「동경」: 투시된 노년의 의식

앞의 논의에서 살펴본 것처럼 생산적이고 능동적인 일상에서 소외된 채 오직 죽음만을 바라보며 남겨진 시간을 소비해야 하는 것이 오늘날의 우리 사회에서 노년이 당면한 현실이다. 그러한 현실에 대하여 정작 당자인 노인들은 어떠한 의식과 태도를 지니고 있을까. 무료한 일상과 무력한 육체, 그리고 알 수 없는 세계인 죽음, 그 모든 것 앞에서 그들은 그것들이 가해 오는 억압의 무게를 어떻게 감당하고 있을까. 오정희의 「동경」에서는 그러한 물음에 응하는 노년의 목소리를 들을 수 있다. 그리고 그것을 통해 노년의 삶을 투시할 수 있다.

1) 노년의 일상과 노년의 욕망

「동경」은 정년 퇴임 이후 노년의 일상을 살고 있는 그를 초점화자로 삼아, 그와 아내의 한나절의 생활을 점묘적으로 그리는 가운데 노년의 삶을 응축적으로 제시하고 있는 작품이다. 작품은 노인들의 삶의 공분모적 요소들인 무료한 일상과 무력한 육체, 그리고 죽음에 대한 강박적 의식 등과 같은 문제들을 이야기하고 있다. 그런데 작품에서 노부부는 그러한 문제들에 대하여 사뭇 대조적인 태도와 의식을 드러낸다. 그가 노년이라는 인생 여정에, 보다 직접적으로는 죽음으로 향하는 인생의 흐름에 저항적이라면, 그리하여 역동적인 생명성에 대한 내밀한 욕망을 드러내고 있다면, 아내는 그것들에 대하여 순응하는 가운데 오히려 생명의 폭력성에 저항하는 모습을 보인다.

그는 육체적 노화와 무료한 일상, 그리고 죽음에 대한 강박적 의식 등에 민감한 반응을 보이며, 그것들에 대한 저항선을 형성한다. 그가 점심 식사 시간 전에 "낡고 무력하게 늘어진" 내장 기관들이 활기를 되찾아 식욕이 돋도록 산책에 나서는 행위나, 흰 머리올이 나면서부터 염색하는 일을 게을리 하지 않아 "검고 단정한 머리칼"을 유지하는 행위는 모두 늙음에 대한 그의 심리적인 저항감에서 비롯된 것이다. 그리고 그러한 저항감은 틀니의 문제에 이르러 보다 완강하게, 그리고 보다 집약적으로 드러난다.

> 어느 날 갑자기 이빨들이 들뜨기 시작하고 잇몸이 퍼렇게 부풀어 이빨 뿌리가 드러났을 때, 결국 모조리 빼고 틀니를 해야 된다는 것을 알았을 때 그는 낭패감보다 심한 배반감과 노여움을 느꼈다. (…중략…) 오래된 청사의 어둡고 환기 안 되는 방에서 몇 십 년을 불평 없이 순응하며 살아 온 그도 틀니에만은 익숙해지기 어려웠다. 단단하고 차가운 이물질이 연한 잇몸을 옥물고 조이는 느낌에 대한 저항감은 언제까지고 지울 수 없었다.

(164~165쪽)

정년 퇴직으로 인한 심리적 허탈감과 육체적 긴장의 이완에서 비롯된 틀니의 문제는 결국 그에게 노년의 삶을 선고한 사건이다. 그리고 그는 그 선고에 대해 "언제까지고 지울 수 없"는 저항감을 지닌다. 때문에 그는, 틀니에 익숙해지려면 틀니를 빼지도 말고 그것을 하고 있다는 사실을 의식하지도 말라는 의사의 지침과는 무관하게 그것을 자신의 입에서 분리시켜 내곤 한다. 그 만큼 그는 노년의 삶을 수용하지 못하는 것이다. 결국 그는 노년의 무료한 일상을 버겁게 느끼며, 그마저도 "한순간에 정지할 날이 있으리라는 것"을 의식하면서도, 자신 앞에 주어진 일상에 "육체와 생활을 지배하는" 나름의 "규칙과 리듬"을 부여함으로써 노년에 대한 저항적 의식을 견고히 한다.

뿐만 아니라 시시때때로 찾아드는 죽음의 의식에 대해서도 그는 저항한다. 죽음의 의식은 무료한 일상의 텅 빈 의식을 뚫고 문득문득 들어서곤 한다. 그것은 아내의 시선을 이어 무연히 뜰을 바라보는 그의 시선이 어느덧 죽음의 의식에 맞닿는 식으로,[18] 혹은 점심 식사 후 나른하게 풀린 몸을 누이고 혼곤한 가수 상태에 빠져들다가 문득 죽음의 회랑을 걷는 듯한, 몽롱한 혼돈에 이르는 식으로,[19] 그렇게 빈번하게 또 무심한 듯 그의 의식을 찾아든다. 그러나 정작 그러한 의식의 당자인 그는 그것에 대해 그다지 포용적이지 않다. 그에게 있어 죽음은 "냉혹한" 것이며 억압된 것이다. 이십 년 전 아들 영로를 땅에 묻은

---

18) "그는 그대로 마루에 앉아 아내가 바라보던 뜰을 바라보았다. (…중략…) 꽃들은 피고자, 더욱 피어나고자 하는 열망으로 빛은 짙고 어두워지며 천천히 눈에 보이지 않게 몸을 떨고 있다. (…중략…) 땅 속에 갇힌 아우성을 들으려는 시늉으로 수굿이 귀를 기울이며 나무를 바라보는 사이 무성한 나뭇잎은 편편이 떨어져 내리고 메마른 가지만 섬유질로 남아 파랗게 인(燐)처럼 타오르며 자랑스럽게 가지 뻗었던 자리는 이윽고 냉혹한 죽음만이 떠도는 공간이 된다." (163쪽)

19) "잠에 빠지는 과정은 언제나 어둑신하고 한없이 긴 회랑(回廊)을 걸어가는 것과도 같았다. 어쩌면 이미 혼백이 되어 연도(羨道)를 걸어가는 것이나 아닐까." (172쪽)

경험이 있는 그는 아들의 죽음을 "땅 속에 갇힌 생명, 땅 속에 갇혀 아우성치는 빛들"이라 의식한다. 그러한 의식에서 확인되듯 그에게 있어 죽음은 "생명"이며 "빛"이다. 단 그것들은 "땅 속에 갇힌" 혹은 "갇혀 아우성치는" 생명이며 빛이다. 즉 그에게 있어 죽음은 억압된 혹은 억압에서 헤어나고자 하는 생명이요, 빛인 것이다. 죽음이 생명이고 빛이라는, 그의 역설적 인식 속에서 그가 결코 죽음을 죽음 그 자체로 받아들이지 않고 있음을, 오히려 죽음에 대해 강한 저항선을 구축하고 있음을 확인할 수 있다.

그 결과 그는 생명에 대한 지향성을 드러낸다. 이는 여섯 살 난 이웃집 아이를 대하는 그의 태도와 의식을 통해 확인된다. 이웃집 아이는 나이상에서 노부부와 대비적 맥락을 형성하면서, 죽음의 영역에 맞닿아 있는 노부부와는 달리, 생명의 영역을 상징한다. 그가 무력해진 육신이 원활하게 기능할 수 있도록 지팡이를 짚으며 느릿하게 산책을 하는 동안, 아이는 팽팽히 알이 선 종아리를 드러내 놓고 자전거를 타며 비탈길을 달려 내려와 그의 곁을 지나가고, 그가 여름 정오의 햇살이 내리비치는 뜰의 꽃과 나무 들을 바라보며 어느덧 냉혹한 죽음을 의식하는 순간에 아이는 산 자의 요란한 울림을 알리듯 자전거의 날카로운 경적을 울리며 그 앞을 지나간다. 아이의 그러한 거침없는 움직임은 노년의 일상이 드러내는 무력과 권태와 공포를 여지없이 파쇄하며 생명의 활력을 과시한다. 그는 그러한 아이를 향한 지향적인 의식을 분명히 드러냄으로써 생명에 대한 그의 지향성을 드러내는 것이다.

그는, 만화경을 "뭐든지 다 보이는 요술상자"로 받아들이는 "아이의 눈이 되어 아이의 눈에 비친 모든 것을 보고자 하는 욕망"으로 아이의 만화경을 훔친다. 또 자전거의 경적을 울리며 지나가는 아이를 불러 "할 수만 있다면 늙은이의 하찮은 친절로 그 애가 살아갈 동안 내내 잊지 못할, 칼빛처럼 독한 기억을 박아 주고 싶"어한다. 뿐만 아니라 자신의 온 존재를 있는 그대로 드러내며 함지 속의 물에 들어가 첨벙대는 아이를 그는 "거의 고통에 가까운 감정"으로 바라보기도 하고, 혹은 밤에 대문 돌쩌귀가 삐걱거리는 소리를 듣고 혹여 아이가 그네를 타는 소리일까 싶어 잠자리에서 빠져 나와 담장 곁에 붙어 서서 "사랑에 빠진 자의 어리석음으로" 빈 그네를 바라보기도 한다. 이처럼 아이에 대한 그의 지향성은 그가 분명 아이가 발산하고 있는 생명성에 압도되어 있음을, 나아가 그 자신이 생명에 대한 강한 지향성을 지니고 있음을 보여 준다. 그리고 그것은 그가 죽음에 순명할 수 없음을, 하여 죽음에 대한 저항감을 지니고 있음을 보여 주는 것이기도 하다.[20]

　이에 반해 그의 아내는 그와는 대비적인 의식과 태도로 노년의 일상을 살아간다. 그녀는 노년의 현실에 대해 보다 순응적이다. 그녀의 육신 역시 제 기능을 잃어간다. 그러나 그러한 사실에 대해 그녀는 덤덤하다. 산책에서 돌아온 그에게 그녀는 점심으로 칼국수를 내온다.

---

[20] 이를 증거하는 또 하나의 예가 앞의 논의에서 언급했던 아들 영로의 죽음이다. 그는 아들 영로를 묻을 때 자신이 묻고 돌아선 것이 "미쳐 가는 봄빛을 이기지 못해 성급히 부패하기 시작한 시체가 아니라 한 조각 거울이었다고" 생각했다고 서술하고 있다. 작품에서 거울이 생명력 넘치는 아이의 빛살놀이의 도구가 되고 있음을 환기할 때 거울은 분명 생명의 이미지를 동반하는 상징물이다. 따라서 그가 아들의 주검을 그러한 거울로 인식하였다는 사실은 그의 의식이 생명을 지향하고 있음을 증거한다. (참고로 작품에서 등장하는 거울에는 아이가 가지고 노는, 생명력의 이미지를 동반한 수은 거울과 주검과 함께 묻히는 부장품으로서 죽음의 이미지를 동반하는 동경이 있는데, 동경조차 그에 의해 "땅 속에 묻혀 천년 세월을 산" 것으로 의식됨으로써 거울의 의미는 생명력 쪽으로 기울고 있다.) 물론 아들의 죽음에 대한 그의 그러한 인식은 아들의 죽음을, 그것도 스무 살 나이의 젊은 아들의 죽음을 손쉽게 받아들이기 어려운 마음에서 비롯된 것이기도 하다. 그러나 거기에는 그러한 맥락과 더불어 그 자신의 죽음에 대한 저항 의식도 개재되어 있는 것이 사실이다.

그 것에는 간장 양념이 빠져 있었지만 그녀는 "아무렇지도 않은 낯"으로 그것을 먹는다. 그녀의 미각이 제 기능을 발휘하지 못하는 까닭이다. 틀니를 하고부터 음식에 까다로워진 그가 간장을 가져오라고 까탈을 부리는 모습과는 대조적이다. 그녀는 분명 자신의 미각 상실에 대해, 노년의 현실에 대해 크게 개의치 않는 것이다. 또한 "청년처럼 검은 머리"를 하고 다니는 그와는 달리 "호호한 백발" 그대로 살아가는 노년에 대한 그녀의 모습도 그녀의 순응적인 의식을 증거한다.

때문에 노년의 무료한 일상이 그녀에게 이르면 좀 더 분주한 기운을 드러낸다. 그녀가 노년의 무료한 일상을 보다 적극적으로 포용하기 때문이다. 그가 기능이 약화된 신체 기관의 기운을 돋우기 위해 산책을 나선 시간에도 그녀는 열두 사람 분의 칼국수를 만들 준비를 한다. 교우들의 심방을 대비해서다. 비록 심방 계획이 취소되어 색색의 고명과 밀가루 반죽이 넘쳐나게 되지만, 어쨌든 그녀의 일상은 나름으로 분주하다. 그런 분주함은 그녀가 끊임없이 관계와 소통을 지향하기 때문이다. 지난 달 그녀는 전도를 다니는 아낙네들의 힘겨움을 잠시 덜어 주고자 그녀들을 집안으로 불러들였었다. 그리고 그것을 계기로 그녀는 지금 교회에 다닌다. 교우들의 심방이 계획되었던 것도 그러한 맥락에서 연유된 사건이다. 또한 당일 낮에도 수도 검침원이 찾아 들자 그녀는 그에게 미숫가루도 타다 주고 빨랫줄을 고쳐 줄 것도 부탁하고 칼국수를 먹고 갈 것을 제안하기도 한다. 그에게 일상이 "바라보는 풍경"이라면, 하여 무료함으로 응축된다면, 그녀에게 일상은 생활이다. 노년에 대한 순응이 그녀로 하여금 노년을 생활의 차원에서 나름 활력있게 살아가게 하는 것이다.

그녀의 그러한 순응적 태도는 죽음의 문제에 있어서도 마찬가지다. 아들의 죽음은 어머니로서 수용할 수 없는 아픔이다. 때문에 그녀는 머리가 허옇게 세도록까지 아들 무덤의 "성근 떳장을 다독거"렸다. "청대[靑竹]처럼 자라던 아들"을 잃은 아픔은 그녀의 "머리가 온통 세어 버"릴 만큼 깊었던 것이다. 결국 그녀의 호호한 백발은 아들의 죽음을 가슴에 묻은 어미의 아픔을 증거한다. 그리고 그녀는 그러한 백발을 그대로 유지한다. 죽음이 아픔이고 고통일망정 그녀는 그것을 그 자체로 수용하고 있는 것이다. 그녀의 이러한 태도는 심방이 취소되어 남게 된 밀가루 반죽으로 소일 삼아 맥을 만드는 행위에서도 드러난다. 그녀는 마루 끝에 걸터앉아, 죽을 때까지 흉몽에 시달렸던 그녀의 조부가 흉몽을 쫓기 위해 나쁜 꿈을 먹는 짐승이라는 맥을 만들었었는데 죽을 때도 관 속에 맥을 넣어 달라고 유언했었다는 이야기를 그에게 중얼거리듯 들려주면서 맥을 만든다. 특별한 목적도 없이 그저 심심풀이로 만드는 것이 죽음의 의식과 연계되는 맥이라는 사실은 그녀의 삶에 죽음이 그만큼 가까이 있음을 의미하면서, 동시에 그것에 대해 그녀 자신이 그다지 저항적이지 않음을 보여 준다.

결국 그녀는 육체의 무력화에 대해서, 일상의 무료함에 대해서, 다가오는 죽음에 대해서, 수용적이다. 그리하여 역설적으로 그리고 비약적으로 그녀는 강한 생명력에 대하여 오히려 저항적이다. 작품에서 생명력의 상징인 이웃집 아이에 대해 그녀는 그와는 사뭇 다른 태도를 취한다. 그가 아이를 포용하고자, 혹은 지향하고자 하는 것과는 달리 그녀는 아이를 불신하고 아이와 대립각을 형성한다. 그녀는 아이가 자신의 집을 무시로 드나들면서 함부로 잔디를 밟고 꽃을 꺾기 때문에, 또 아이가 왔다 가면 조그만 물건들이 없어지기 때문에 아이를 의심의 눈길로 바라본다. 그녀가 아이를 바라보는 시선에서 시사되듯 작품에서 아이는, 아이라는 존재를 통해 흔히 의식하게 되는 순진무구함을 담보하고 있지 않다. 오히려 아이는 거침없고 저돌적인 행동을 일삼음으로써 반사적으로 생명력의 무모함을 드러내고, 더하여 때로 생명의 폭력성을 드러내는 존재이다.

이 날도 맥을 빚고 있는 그녀 앞에 아이가 나타나 말을 건넨다. 그녀는 여전히 수상쩍어하는 눈길로 냉랭하게 아이를 맞이하지만, 아이의 물음에 따라 맥이 무엇인지, 나쁜 꿈이 무엇인지, 아이가 꾸는 나쁜 꿈의 의미가 무엇인지 등에 대한 대화를 나눈다. 그런데 그러한 중에도 아이의 손은 쉼 없이 꽃을 꺾는다. 꽃을 따서는 손가락으로 비비거나 발로 문질러 버린다. 생명을 꺾어대는 아이의 손길은 무자비하다. 그것은 보다 강한 생명이 보다 약한 생명을 향해 가하는 폭력이다. 하여 그녀는 꽃을 꺾지 말라고 아이를 나무라기도 하고 위협하기도 한다. 죽음은 생명이 휘두르는 폭력의 결과여서는 안 되고 그저 순리적인 흐름의 결과여야 하는 까닭이다. 그녀는 그렇게 생명의 폭력성에 저항하는 것이다.

2) 극복될 수 없는, 그리고 공유될 수 없는 노년

앞에서 살펴본 바대로 그와 아내는 노년과 죽음의 문제를 두고 저항과 순응이라는 대립적인 의식과 태도를 드러낸다. 그런데 결과적인 차원에서 두 사람의 그러한 차이는 의미화되지 못한다. 그런 차이에도 두 사람 모두에게 노년과 죽음은 피할 수 없는 현실이며 고통이고 공포로 드러나는 까닭이다. 만화경을 "뭐든지 다 보이는 요술 상자"로 알고 있는 아이의 눈이 되어 아이의 눈에 비친 것을 보고자 아이에게서 훔친 만화경에서 그가 본 것은 기껏 "빠른 속도로 분열하고 번식하는 병원균"의 이미지이다. 만화경에서 그가 본 것은 생명이 아니고 죽음이었던 것이다. 이는 그가 생명을 소망하고 동경한다고 해서 생명이 다시 그를 찾아들지 않음을 의미한다. 작품 끝에서 아이의 악의적인 장난을 통해 거울 빛에 비친 것이 그의 늙음을 상징하는 틀니인 것 역시 노년은 그가 피할 수 없는 당면 현실임을 증거한다. 그가 젊음을, 생명을 추종하여도 결과적으로 그가 머무는 곳은 노년이고, 향할 곳은 죽음인 것이다.

이는 아내의 경우도 마찬가지다. 작품 말미에서 아내가, 꽃을 꺾어대는 아이를 쫓아 보낸 이후에도 아이와 아내 사이에는 신경전이 계속된다. 아내에게 쫓겨 제 집으로 도망간 아이는 "찢어지게 높고 새된" 소리로 노래를 불러대고, 아내는 아이의 노래 소리가 담 너머로 들려오자 그에게 큰 소리로 말을 거는 것으로 아이의 "노래 소리를 지우기 위"해 "안간힘"을 쓴다. 소리를 통해 젊음과 노년이, 생명과 죽음이 대립을 벌이는 것이다. 그리고 종내는 아이가 다시 아내 앞에 나타나, 새로운 만화경을 만들기 위해 들고 나온 거울로 빛을 모아 아내를 향해 쏘아대고, 아내는 거울 빛에 놀라 돌연한 공포에 휩싸여 울음을 터뜨린다. 이는 결국 죽음에 대한 삶의 압도이며 승리이다. 죽음에 대해 순응적 태도를 보인 아내도, 결국 생명과 대립함으로써 죽음을 생명의 연장선으로 받아들이지 못하고 있음을 드러낸다. 아내에게도 죽음은 돌연한 것이고 공포인 것이다. 결국 노년과 죽음은 인간이 어떠한 대응을 취하더라도 궁극적으로 수용되고 포용될 수 없는 인간 삶의 한계이며 질곡인 것이다.

그런데 이러한 한계와 질곡을 더욱 버겁게 하는 것은 그것들이 공유조차 불가능한, 소통이 불가능한 문제라는 것이다. 작품에서 "그의 귀에 들리는 것이 그녀의 귀에는 들리지 않는, 아내에게 보이는 것이 그에게는 전혀 보이지 않는 경우란 드문 것이 아니"라는 서술은 나이가 들어 육체적 기능이 퇴화하면서 서로 엇나가는 일상과 그로 인한 상실감을 드러내는 것이지만, 그것을 상징적 맥락으로 의미화시켜 읽어 본다면, 그것은 공동의 생활 속에서도 단독자들로서 살아가는, 혹은 살아갈 수밖에 없는 노부부 간의 단절성을 드러내는 서술이기도 하다. 그러한 단절성은 비단 노년의 삶에서만 확인되는 것이 아닌, 인간 삶의 보편적 속성이기도 하지만, 이를 다시 역으로 재진술해 본다면 노년의 삶도 그러한 단절성으로부터 자유롭지 못하다는 의미가 된다.

작품은 그가 비듬을 털고 손톱을 깎는 일조차, 혹은 아들을 그리는 일조차 아내에게 드러내지 않고 내밀하게 행하고 있음을 통해 오래도록 함께 해 온 노부부의 일상에도 여전히 서로에게 드러나지 않는 비밀스러운 부분이 있음을 전한다. 그가 그렇게 행동하는 데 대한 특별한 의도나 이유가 설명되고 있지는 않지만, 오히려 그것이 더욱, 전적으로 공존하고 공유할 수 없는, 인간의 단독자적 한계를 의식하게 한다. 누구에게나 작은 일상에서조차 다른 사람에게 손쉽게 드러낼 수 없는, 소통을 지향할 수 없는 자기만의 내밀함이란 존재할 수밖에 없는 것이고, 그런 것들이 결국 단독자들 간의 단절의 근간이 되기도 하는 것이다.

그리고 그러한 내밀함과 단절성이 노년과 죽음과 같은 인간 존재의 본원적인 문제에 이르러서는, 작은 일상에서의 그것들과는 차원이 다른, 보다 강고한 모습을 드러낸다. 아내가 밀가루 반죽으로 죽음에 대한 의식으로 이어지는 맥과 같은 사물의 형상을 빚다가 그가 나타나자 이내 그것을 뭉개어 버리는 것이나, 그가 노년의 상징인 틀니를 빼기 위해 목욕탕으로 들어가서는 문을 잠그고 그 잠김을 재차 확인하는 것이나, 모두가 노년과 죽음이 공존과 공유를, 혹은 소통을 지향할 수 없는, 내밀하고 단절적인 문제임을 증거한다. 그리고 작품 말미에 이르러서 그것의 강고성은 보다 깊게 확인된다. 작품 말미에서 아이는 강한 거울 빛을 아내에게 쏘아대고 아내는 그것이 뿜어대는 빛살로 인해 공포에 휩싸여 울음을 터뜨리며 그가 누워 있는 방 안으로 들어온다. 천진한 그러나 분명 악의적인 생명의 폭력에 노년이 무참히 패배한 것이다. 그런데 그러한 가운데서 그는 공포에 휩싸인 아내를 향해 위로의 말을 전하고자 한다. 그러나 그 말은 아내에게 온전하게 전달되지 못한다.

> 이제는 울음을 감추려 하지 않는 아내에게 그는 무언가 위무의 말을 해주어야 한다고 생각했다. 아내에게는 다정한 말이 필요한 것이다. 그는 소년 같은 수줍음과 약간의 두려움으로 입을 열었으나 아내는 어눌하게 새어 나오는 말을 알아듣지 못했다. 아내는 유언이라도 듣는 시늉으로 그의 입에 바짝 귀를 갖다 대며 안타깝게 되물었다. 뭐라구요? 뭐라고 하셨어요? 누가 왔느냐구요?

(180쪽)

생명에 압도되어 공포에 질린 아내를 위무하고자 하는 그의 말은 어느덧 "유언"의 맥락으로 전화되어 버린다. 여기서 그 무엇도 노년과 죽음의 굴레를 뛰어넘을 수 없음이 재차 확인되면서 그것들은 결코 누군가에 의해 위무될 수 있는, 그리하여 공유될 수 있는 문제가 아님이 드러난다. 아이가 쏘아대는 거울 빛에 그가 컵 속에 담아 놓은 틀니만이 "홀로 무언가 말하려는 듯 밝고 명석하게 반짝거"리듯, 노년은 생명에 의해 되비쳐지는 가운데서도 스스로를 외화시키고 스스로 자기 존재성을 발하며 천연히 죽음을 향해 가는 것이기에, 그것을 맞이하는 자 역시 스스로 감당해내야 하는 절대 고독의 영역인 것이다. 그것이 비록 고통과 공포의 대상일지라도, 혹은 그러하기에 더욱.

4. 맺음말

　최인호의 「돌의 초상」과 오정희의 「동경」은 노년이 젊음의 오만에 의해 내쳐진 인생의 뒤안이고, 그러하기에 더욱 당자 스스로가 부여안아야 하는 절대 고독의 영역임을 보여 준다. 복지의 실현이 논란의 쟁점으로 부상하고 있는 지금의 상황에서도 그와 같은 노년의 본질은 크게 다르지 않을 것이다. 가속적인 리듬으로 변화하는 세상의 흐름에서 지나간 시대의 퇴물로 읽혀지는 노년이 존중되고 가치화되기를 기대할 수 없음은 물론이거니와 단독자적 유한성을 본질로 하는 인간 존재의 본원성이 변화되기를 기대할 수 없음 또한 진리인 까닭이다. 그렇다고 노년의 영락을 당연시하는 혹은 외면하는 것을 가치 명제로 자리잡게 할 수 없음 또한 사실이다. 그러하기에 인간은, 그리고 문학은 노년에 주목하여야 한다. 그것의 질곡을 더불어 고민해야 하는 것이다.

　「돌의 초상」에서 드러난 노년의 창조적 가치에 주목해야 하고 「동경」에서 드러난 노부부의 생명에 대한 지향 의식과 저항 의식에 주목해야 한다. 치기적 오만이 낳은 메마르고 척박한 삶의 흐름에 윤기가 되어줄, 노년이 보여 주는 이해와 포용의 의식, 죽음을 의식하고 살아야 하는 이들이 깨쳐 주는 살아 있음의 본원성, 그것들은 노년이라는 제한적 삶이 보편적 인간의 삶을 향해 들려주는 가치의 전언들이다. 하여 우리는 그러한 전언들에 귀 기울여야 하고 그것들과의 소통을 의식해야 한다. 더불어 노년의 삶이 품고 있는 질곡에 대한 우리의 모색적 전언들을, 희망적인 전언들을 노년 세대를 향해 띄워 보낼 수 있어야 한다.

6

삶과 탐색

▌꿈과 현실의 괴리와 일치의 역설,
그 경위의 탐색
― 김동리의 「까치소리」

1. 머리말

작품에서 의미는 일방적이거나 직설적으로 전달되는 것이 아니다. 문학 작품을 언어 예술로서 정의할 때 그 언어라는 것이 함축성을 전제로 한 것이라는 사실 속에서 시사되듯 작품은 해석적 여백을 안고 있는 까닭에 그 의미는 작가와 독자 간의 소통적 차원에서 대화적으로 형성된다.[1] 그러한 만큼 작품의 의미 파악에서 독자의 문제는 중요하게 자리한다. 독자가 해석적 작업을 통해 작가의 권위를 견제하며 의미 창출의 또 다른 주체로서의 몫을 감당해야 하기 때문이다. 이러한 상황에서 독자의 해석의 문제를 곧 탐색의 문제로 규정할 수 있다.[2] 그것이 텍스트가 제시하는 일련의 정보들이 지니는 의미를 추적하는 문제이기 때문이다. 물론 그것은 텍스트 내재적 논리를 통해 객

---

1) 장소진, 『현대소설플롯론』, 보고사, 2000, 24~31쪽 참조.
2) 위의 책, 28~31쪽 참조.

관성을 지향한다.3)

김동리의 「까치소리」는 독자의 능동적인 읽기를 보다 적극적으로 요구하는 작품이다. 액자소설의 방식을 취하고 있는 이 작품은 역진적인 구성을 통해 외부 이야기에서 서사의 결말을 먼저 제시하고 독자의 호기심을 자극하면서4) 독자로 하여금 이어지는 내부 이야기에서 그러한 결말에 이르기까지의 경위를 탐색하게 한다. 이와 같은 「까치소리」의 구성은 추리소설의 구성과 유비적인 양상을 보이면서 독자의 탐색의 필요성을 보다 강하게 시사한다.5) 실제로 독자는 그러한 구성적 특징을 보이는 「까치소리」의 텍스트 내재적 논리에 따라 작품의 의미 파악에 나서는데, 이때 독자는 텍스트가 본원적으로 가지는 함의의 여백을 적극적으로 채워나가면서 탐색의 작업을 수행한다. 따라서 본 논문은 「까치소리」에 대한 그러한 독자의 해석적 과정, 즉 탐색의 과정을 구체화시킴으로써 작품의 의미 형성의 과정을 보다 객관적으로

---

3) 이에 대해서는 P. 리꾀르의 다음과 같은 논의를 참조할 만하다. "해석한다는 것은 텍스트가 열어 주는 사유의 길을 따라가는 것이며, 텍스트가 발하는 서광(orient)을 향해 출발하는 것이다. 이러한 지적을 통해 우리는 처음에 가졌던 해석 개념을 수정하게 되며, 텍스트에 대해(sur texte) 가하는 행위로서 해석의 주관적인 작용을 넘어서, 텍스트 자신의(du texte) 행위라고 할 수 있는 해석의 객관적인 과정을 추구할 수 있게 해 준다." (P. 리꾀르, 「텍스트란 무엇인가? 설명과 이해」, 『해석이론』(김윤성·조현범 역), 서광사, 1998, 194쪽)

4) T. 토도로프는 독자의 흥미가 유지되는 두 형식을 긴장감과 호기심으로 구분하고, 그 가운데 호기심을 결과에서 원인으로 나아가는 서사에서 원인을 발견하고자 하는 기대에 의해 독자의 흥미가 유지되는 형식이라고 설명한다. (T. 토도로프, 「탐정소설의 유형」, 『산문의 시학』(신동욱 역), 문예출판사, 1992, 53~54쪽)

5) 추리소설은 범죄의 이야기가 조사의 이야기가 시작되기 전에 이미 끝난 상태에서 조사의 이야기의 주인공이 범죄의 이야기를 알아내는 구성 방식을 취하는 소설 유형이다. 이때 조사의 이야기의 주인공은 행동하지 않으며 다만 알아낼 뿐이다. 이러한 추리소설의 구성 방식과 조사 이야기의 주인공의 역할은 「까치소리」의 구성 방식과 그것의 의미를 탐색하는 독자의 역할과 유비적인 맥락을 형성한다. (위의 논문, 49~53쪽 참조)

규명해 보고자 한다.6) 이는 일차적으로 「까치소리」에 대한 객관적 이해에 기여하면서 더 나아가서는 다른 개별 작품들의 의미 형성의 과정에 대한 객관적 이해를 돕는 선도적 작업으로서도 의미를 가지게 될 것이다.

2. 탐색의 과업 : 꿈과 현실 간의 괴리와 일치의 내역

「까치소리」는 액자소설의 구성을 취하면서 외부 이야기의 서술자인 '나'가 서점에 들러 신간을 뒤적이다가, <살인자의 수기>라는 부제가 붙어 있는 『나의 생명을 물려다오』라는 책자를 발견한다는 정보 제시로 시작한다. 책 제목과 그에 따르는 부제가 빚어내는 역설과 책 제목 자체가 가지는 지시의 모호성은 독자의 호기심을 유발하기에 충분하다. 즉 살인과 생명 간의 대립이 전제된 상태에서 살인자가 자신의 생명을 물려달라는 것이나, 생명을 물려달라는 표현 자체의 모호한 지시성이 독자의 호기심을 유발하기에 충분한 것이다. 이러한 독자의 호기심을 대변하듯 외부 이야기의 서술자인 '나'가 "생명을 물려준다. 이것이 무슨 뜻일까" 하면서 그 책자를 집어 들어 첫 장을 펼쳐보는 것으로 텍스트는 서사 정보를 이끌어 간다.

> <책머리에>라는 서문에 해당하는 글을 몇 줄 읽다가 <나도 어릴 때는 위대한 작가를 꿈꾸었지만 전쟁은 나에게 살인자라는 낙인을 찍어주었다>라는 말에 왠지 가슴이 뭉클해짐을 느꼈다. 비슷한 말은 전에도 물론 얼마든지 여러 번 들어왔던 터이다. 그런데도 이 날 나는 왜 그 말에 유독 그렇

---

6) 텍스트는 『김동리전집 3』(민음사, 1995)에 실린 것을 대상으로 한다. 인용의 경우 본문에서 해당 지면만을 밝힌다.

게 가슴이 뭉클해졌는지 그것은 나도 잘 모를 일이다. <위대한 작가를 꿈
꾸었다>는 말에 느닷없는 공감을 발견했기 때문일까.

(281쪽)

위 정보는 처음의 정보를 보다 구체적으로 풀어 주면서 독자의 이
해를 돕는다. 특히 "나도 어릴 때는 위대한 작가를 꿈꾸었지만 전쟁은
나에게 살인자라는 낙인을 찍어주었다"라는 진술은 수기의 주인공이
꿈과 현실의 괴리적 상황에 처해 있음을 알려 준다. 독자는 작가라는
존재와 살인자라는 존재에 각기 내포된 사회·문화적 기의들을 환기
함으로써 주인공이 처한, 꿈과 현실의 괴리적 거리를 보다 구체적으로
실감할 수 있다. 더욱이 작가를 꿈꾸던 주인공이 전쟁 때문에 살인자
가 되었다는 진술에서 독자는 주인공에게 도덕적인 면죄부가 부여될
가능성을 떠올리면서 그가 처한 상황에 대해 안타까움을 느끼기도 한
다. 위 정보에서 외부 이야기의 서술자인 '나'의 "가슴이 뭉클해졌"다
는 진술은 독자의 그러한 마음을 대변한다.
　이어서 텍스트는 수기의 서문을 보고 뭉클함을 느낀 '나'가 실제 이
야기를 읽으면서는 감동까지 했다는 정보를 전달한다.

　나는 그 책을 사왔다. 그리하여 그 날 밤, 그야말로 단숨에 독파를 한 셈
이다. 그만큼 나에게는 감동적이며, 생각게 하는 바가 많았다. 특히 그 문
장에 있어, 자기 말마따나 <위대한 작가를 꿈꾸던>, 사람의 솜씨라서 그런
지 문학적으로 빛나는 데가 많은 것도 사실이었다.

(281쪽)

'나'의 감동은 수기의 주인공이 아이러니하게도 살인자가 된 상황에
서 "문학적으로 빛나는" 업적을 이루고 있음을 증명한다. 즉 그가 살
인자의 입지에서 작가의 꿈을 이뤄낸 상황임을 입증하고 있는 것이다.

그것은 꿈과 현실의 괴리가 일치를 낳은 역설의 현현이다. 여기서 독자의 호기심은 더욱 증폭된다. 도대체 그러한 역설을 가능케 한 살인 사건이란 어떤 것이었을까, 또 그 살인 사건의 원인이 된 전쟁이란 어떤 것이며 둘은 구체적으로 어떻게 관련된 것일까. 뿐만 아니라 살인 자임에도 책 제목을 통해 전달하고 있는, 생명을 물려달라는 하소 내지는 항변은 어떤 맥락 때문일까. 야기되는 이러한 일련의 의문들을 토대로 독자는 이후의 텍스트 이해의 방향을 확보한다. 이제 독자는 이러한 방향성을 전제로 제시되는 정보들을 탐색해야 하는 것이다.

3. 탐색의 여정 : 운명적 사슬에 맞선 주체적 의지의 패배

1) 단절되지 않은 전통적 세계, 지속되는 속신에 대한 믿음

액자의 틀, 즉 외부 이야기를 통해 독자의 이해의 방향성을 시사한 텍스트는 이제 독자의 일련의 호기심들을 풀어 줄 보다 구체적인 정보 제시를 시작한다. 본격적인 내부 이야기를 시작하는 것이다. 내부 이야기는 수기의 주인공인 '나'의 고향 마을 전경에 대한 묘사적 정보 제시로 시작된다.

> 마을 한복판에 우물이 있고, 우물 앞뒤엔 늙은 회나무 두 그루가 거인 같은 두 팔을 치켜든 채 마주 보고 서 있었다. 몇 아름씩이나 될지 모르는 굵고 울퉁불퉁한 둥치는 동굴처럼 속이 뚫인 채 항용 천년으로 헤아려지는 까마득한 세월을 새까만 침묵으로 하나 가득 메우고 있었다.
> 밑동에 견주어 가지와 이파리는 쓸쓸했다. 둘로 벌어진 큰 가지의 하나는 중동이 부러진 채, 그 부러진 언저리엔 새로 돋은 곁가지가 떨기를 이루었으나 그것도 죽죽 위로 뻗어오른 것이 아니라 아래로 한두 대가 잎을 달

고 드리워진 것이 고작이었다.

둘 중에서 부러지지 않은 높은 가지는 거인의 어깨 위에 나부끼는 깃발과도 같이 무수한 잔가지와 이파리들을 하늘 높이 펼쳤는데, 까치들은 여기에만 둥지를 치고 있었다.

앞 나무에 둘, 뒤 나무에 하나, 까치 둥지는 셋이 쳐져 있었으나 까치들이 모두 몇 마리나 그 속에서 살고 있는지는 아무도 똑똑히 몰랐다. 언제부터 둥지를 치기 시작했는지도 역시 안다는 사람은 없었다. 나무와 함께 대체로 어느 까마득한 옛날부터 내려오는 것이거니 믿고 있을 뿐이었다.

……아침 까치가 울면 손님이 오고, 저녁 까치가 울면 초상이 나고……한다는 것도, 언제부터 전해 오는 말인지 누구 하나 알 턱이 없었다. 그래서 그런지, 아침 까치가 유난히 까작거린 날엔, 손님이 잦고, 저녁 까치가 꺼적거리면 초상이 잘 나는 것 같다고, 그들은 은근히 믿고 있는 편이기도 했다.

그런대로 까치는 아침 저녁 울고 또 다른 때도 울었다.

(282쪽)

텍스트는 위의 정보 제시에 앞서 외부 이야기의 서술자를 통해 이 정보가 재미있는 대목이라고 밝힘으로써 독자의 관심을 유도한 바 있다. 그런 만큼 독자에게 위 정보는 중요하게 다가온다. 위 정보에서 마을 한복판에 천 년의 세월의 위용을 안은 채 서 있는 늙은 회나무의 형상에 대한 정보는 수기의 주인공이 살았던 마을이 대단히 전통적인 세계임을 드러낸다. 그리고 이어지는, 회나무에 까치가 둥지를 치고 있는데, 마을 사람들이 그 까치에 대한 속신을 믿고 있다는 정보는 그 마을을 지배하는 의식 또한 전통적임을 보여 준다. 인간의 삶이 외부적 존재의 통어에 의한 것이라는 운명론적 의식이 그 마을 사람들을 지배하고 있음을 보여 주는 것이다. 이로써 독자는 이후의 정보들을 통해 부딪치게 될 세계가 전통적이며 운명적인 속성을 드러낼 것임을 추정한다. 살인 사건을 축으로 하는 일련의 맥락이 그러한 세계상과 관련될 것임을 추정하는 것이다.

그런데 위 정보의 마지막에서 "그런대로 까치는 아침 저녁 울고 또 다른 때도 울었다."라는 서술은 독자에게 새로운 여운을 안겨 준다. 특히 까치가 "또 다른 때도" 운다는 서술은 속신에 대한 불신의 염을 연상시킨다. 독자는 수기의 주인공이며 내부 이야기의 서술자인 '나'의 의식 속에 속신에 대한 거부가 자리하고 있을 여지를 발견한다. '나'가 마을 사람들과 다르게 속신에 대한 믿음 내지는 운명론적 의식을 거부하는 인물은 아닐까 하는 호기심이 독자를 찾아드는 것이다. 독자는 이어지는 정보에 기대를 걸고 읽기를 계속한다.

2) 운명론적 의식에 감염된 합리적 의식

이제 텍스트는 살인 사건에 대한 독자의 호기심을 풀어 줄 보다 구체적인 정보 제시를 시작한다.

> 까치가 울 때마다 기침을 터뜨리는 어머니는 아주 흑흑 하며 몇 번이나 까무러치다시피 하다 겨우 숨을 돌이키면 으레 봉수(奉守)야 하고, 나의 이름을 부르곤 했다. 그것도 그냥 이름을 부르는 것이 아니라 반드시 <죽여다오>를 붙였다.

(283쪽)

위 정보는 까치의 울음과 어머니의 기침이 아무런 인과 관계가 없음에도 인접적인 관련성을 보이고 있음을 알려 준다. 독자는 일차적으로 그것들 간의 관련성에 주의를 모은다. 또 어머니가 기침을 하고 나서 아들에게 "죽여다오"라고 호소하는 것에 대해서도 호기심을 갖는다. 그러한 호소가 앞서 외부 이야기에서부터 드러났던 살인 문제를 환기시키는 까닭이다.

이에 호응하듯 텍스트는 어머니의 기침과 관련된 정보들을 보다 구체적으로 이어나간다. '나'가 군대에 가기 일 년 전부터 기침병을 앓고 있던 어머니는 '나'가 군대 간 후부터 아침 까치가 울면 눈에 "야릇한 광채"를 띠고 '나'가 돌아오리라는 "야릇한 신경"을 쓰다가 시간이 지나면서 점차 그 야릇한 신경이 기침으로 변했다는 정보를 전한다. 그리고 그러한 어머니의 기침은 처음에는 아침 까치 소리에 시작되었으나 나중에는 때와 상관없이 터져나왔다는 정보도 전한다. 이로써 독자는 까치 소리와 어머니의 기침이 관련성을 가지는 맥락을 이해하게 된다. 그것은 어머니의 '나'에 대한 간절한 기다림 때문이었던 것이다. 어머니는 아침 까치 소리에 대한 속신에 기대어 아들이 돌아오기를 바라는, 자신의 염원의 실현을 기대했던 것이고 그것이 실현되지 않자 그에 대한 절망으로 "기침"이라는 이상적 징후를 드러냈던 것이다. "어머니의 눈길엔 야릇한 광채가 어리곤" 했다는 정보 속에서 독자는 아침 까치 소리에 반응하는 어머니의 "기침"이 심리적 이상 징후임을 보다 분명하게 인식한다. 이러한 일련의 상황에 대한 이해를 토대로, 독자는 속신에 대한 믿음을 지닌 어머니의 모습 속에서 그녀가 운명론적 의식 세계를 지닌 인물임을 확인한다.

그러면서 독자는 어머니의 믿음이 쉽사리 실현되지 않았다는 사실에 근거해서 속신의 실현이라고 하는, 그것의 주술력에 대해 일차적으로 회의적인 생각을 갖게 된다. 그런데 결과적으로 '나'가 돌아왔다는 사실은 독자의 그러한 회의적인 생각을 유보시킨다. 그렇다면 '나'의 귀환은 정말로 어머니의 믿음대로 속신에 근거한 운명적인 것이었을까. 이와 관련하여 독자의 의문은 계속된다. 이전의 정보에서 어머니는 아들이 돌아온 상태에서도 지속적으로 까치 소리가 들리면 기침을 토해내면서 아들에게 고통스럽게 "죽음"을 호소하기까지 하는 것으로 드러났었다. 아들의 귀환이 정말로 아침 까치 소리의 속신에 따른 운명적인 것이었다면 어머니의 절망이 그렇게 지속될 까닭이 없지 않은가. 절망은 끝이 나고 대신에 기쁨이 찾아 들어야 했던 것은 아닐까. 그럼에도 어머니가 "죽음"을 호소할 정도로 더 깊은 절망에 젖어 든 이유는 무엇일까. 속신의 주술력은 실현의 힘을 갖지 못한 것이 아닐까. 이와 더불어 '나'는 어머니의 바람대로 정말 어머니를 죽인 것일까, 그렇다면 그것은 전쟁과 무슨 상관이 있는 것일까.

그런데 텍스트는 이어지는 정보에서 '나'가 어머니의 그러한 심리적 상황을 충분히 이해하고 있음을 전한다. '나'는 아들로서 어머니의 심리적 고통을 이해하며 까치 소리에 따른 어머니의 기침을 습관화된 것으로 이해한다. 더 나아가서 '나'는 어머니의 죽음에 대한 호소도 "살려다오"와 별반 다름이 없는, 그것에 대한 "진한 표현"의 의미로 이해한다. '나'는 그 모든 것이 충분히 있을 수 있는 일이라고 받아들이며 어머니에 대한 책임과 동정으로 괴로워한다. 독자는 '나'의 이러한 설명에 일차적으로 수긍하면서 '나'가 운명론적인 의식 세계를 보였던 어머니와는 달리 합리적인 의식 세계를 지닌 인물임에 주목한다. 두 인물이 대비적인 차원의 존재들임을 인식하는 것이다. 그리고 나서 일단 '나'가 어머니를 살해했을 가능성을 유보한다.

그런데 텍스트는 독자의 그러한 이해를 다시 유보시키는 정보를 전한다. 어머니의 심리적 상황을 충분히 이해한다던 '나'가 "어머니를 죽여 주고 싶은 충동"을 느낀다는 정보를 전하는 것이다.

> 그런데 다른 사람은 고사하고 내 자신마저 잘 이해할 수 없는 일이 이에 곁들여 생긴 것이다. (…중략…)
> 그것도 어쩌다 한번 그런 일이 있었다는 얘기가 아니다. 처음 한 번 그런 일이 있고 나서는 그 뒤부터 줄곧 그렇게 돼버린 것이다. 까치가 까작까

작까작 하면, 어머니는 쿨룩쿨룩쿨룩을 터뜨리는 것이요, 그와 동시에 나의 눈에는 야릇한 광채가 어리기 시작하는 것이다(옥란의 말을 빌리면, 옛날 어머니가 까치 소리와 함께 기침을 터뜨리려고 할 때, 그녀의 두 눈에 비치던 것과도 같은 그 야릇한 광채라는 것이다). 어머니가 목에 걸린 가래를 떼지 못하여 쿨룩쿨룩쿨룩을 수없이 거듭하다 아주 까무러치다시피 될 때마다 나는 그녀의 꺼풀뿐인 듯한 목을 눌러주고 싶은 충동에 몸이 부르르 떨리는 것이다.

(285쪽)

상황에 대한 합리적인 이해에도 어머니를 향한 '나'의 살의 충동은 '나' 스스로의 고백처럼 "잘 이해할 수 없는" 의외의 일이었다. 그것은 분명 이성의 산물이 아닌 충동의 산물이었기 때문이다. 여기서 독자는 어머니의 운명적 의식이 '나'에게 그대로 전이되고 있음을 감지한다. 까치 소리에 기침을 토해 내는 어머니의 눈에 비치던 광채가 어머니에 대해 살의 충동을 느끼는 '나'의 눈에도 어리기 시작했다는 것 자체가 그러한 전이를 증명한다. 그렇다면 왜 혹은 어떻게 그러한 변화가 생긴 것일까, '나'의 합리적인 의식은 왜 그렇게 무력해진 것일까. 정말 '나'는 어머니를 죽인 것일까. 이에 대한 독자의 호기심이 증폭된다.

어저께는 동네 안 주막에서 술을 마시다가 술잔을 떨어뜨려 깨었다. 그때 마침 술도 얼근히 돌아 있었고, 상대자에 대한 불쾌감도 곁들어 있긴 했지만 의식적으로 술잔을 깨뜨릴 생각은 전혀 없었고 또 그렇게 해서 좋을 계제도 결코 아니었던 것이다. 그런데 마침 까작까작 하는 저녁 까치 소리가 들려오자 갑자기 피가 머리로 확 올라가며 사지가 부르르 떨리더니 손에 잡고 있던 잔을 (술이 담긴 채) 철꺽 떨어뜨려 버린 것이다. 아니 떨어뜨렸다기보다 메어쳤다고 하는 편이 옳을지 모른다. 그렇지 않고서야 마루 위에 떨어진 하얀 사기 잔이 아무리 막걸리를 하나 가득 담고 있었다고 할 망정 그렇게 가운데가 짝 갈라질 수 있겠느냐 말이다.

(287쪽)

위 정보에 앞서 텍스트는 '나'가 어머니의 기침 소리에 반사적으로 어머니에 대한 살의 충동을 느낄 때면 방문을 박차고 나오곤 함으로써 당장의 위기를 모면하면서도 밖으로 나와서는 개를 걷어차거나 바지랑대를 분질러 놓는 등 그 충동을 전적으로 제어하지는 못한다는 정보를 전한다. 그리고 위 정보를 통해 '나'의 충동이 급기야는 어머니의 기침과 무관한 상황에서까지 발동되고 있음을 보여 준다. 까치 소리에 이어지는 어머니의 기침 소리에 발동되던 '나'의 살의 충동이 이제 어머니의 기침 소리는 들리지 않고 다만 그것을 촉발하는 까치 소리만 들려도 발동되고 있음을 보여 주고 있는 것이다. 이로써 독자는 '나'가 철저하게 어머니의 운명론적 의식에 감염되었음을 인식한다. 그리고 '나'의 그러한 감염이 부정성과 연결되어 악화 일로의 상황으로 치닫고 있음에 주목한다. 어머니의 기침 반응은 아침 까치 소리에 대한 반응이었다. 적어도 그것은 희망과 기대에 기저적인 출발선을 두고 있었다. 그러나 위 정보는 '나'의 살의 충동이 이제 아침 까치 소리가 아닌 저녁 까치 소리에서 발동되고 있음을 전하고 있다. 물론 어머니의 기침이 희망과 기대의 좌절로 인한 절망에서 비롯되었고, '나'의 살의 충동은 그러한 절망의 결과물에 전염된 것이기에 그 안에는 이미 부정성이 전제되어 있었던 것도 사실이지만 그래도 그 부정성이 이제 보다 본격적으로 드러나고 있는 까닭에 독자는 그것에 주목하는 것이다. 더욱이 '나'가 '살인자'라는 사실은 독자로 하여금 그것에 더욱 주목하게 한다. 결국 독자는 '나'가 운명론적 의식에, 그것도 파괴적이고 폭력적인 운명론적 의식에 철저하게 감염된 인물임을 확인하고 '나'의 감염의 이유가 무엇일까 하는 의문에 젖어 든다. 독자에게 그것은 풀어야 할 또 하나의 수수께끼이다.

3) 주체적 의지의 한계와 운명적 사슬의 억압

어머니의 기침과 '나'의 살의 충동에 관한 정보를 전하던 텍스트는
다음과 같은 전환적 정보를 전한다.

> 지금까지 나는 내 자신의 일에 대하여 <내 자신도 잘 모르겠다>고 몇
> 번이나 되풀이했지만 이것은 결코 발뺌이나 책임 회피를 위한 전제가 아니
> 다. 그래서 나는 우선 내 자신이 어떻게 해서 어머니의 기침에 말려들게 되
> 었는지 그 전후 경위를 있는 그대로 적어보려고 한다.
>
> (287쪽)

'나'가 어머니의 기침에 말려들게 된 경위를 밝히겠다는 위 정보를
접한 독자는 앞서의 일련의 수수께끼를 풀 수 있으리라는 기대를 갖
는다. 물론 여전히 '나'가 누구를, 왜, 어떻게 살인했으며 전쟁은 또 무
슨 관련이 있는지에 대한 의문들은 따로 남아 있지만 그것들도 차차
해결될 것이라 기대한다.

계속해서 텍스트는 '나'에게 정순이라는 연인이 있었는데 '나'가 군
대에 간 사이 그녀가 상호의 속임수에 넘어가 그와 결혼을 했다는 사
실을 전하면서 '나'의 "그 <알 수 없는> 야릇한 흥분에 정순이가 (그
리고 상호가) 전혀 관련되지 않는다고 할 수도 없다."라고 전한다. '나'
가 운명론적 의식에 감염된 것이 정순과 관계된 것임을 거의 단적으
로 알리고 있는 것이다. 이제 독자의 관심은 정순의 문제에 쏠린다. 이
어서 텍스트는 그 경위를 처음부터 다시 밝히기 시작한다.

> 내가 군에서 (명예 제대를 하고) 돌아왔을 때, ——그렇다, 나는 내가 첨
> 으로 집에 돌아왔을 때부터 얘기하는 것이 순서일 것 같다. 그러니까 내가
> 우리 동네에 들어서면서부터의 이야기가 된다. 그렇다, 내가 우리 동네 어

귀에 들어섰을 때 제일 먼저 내 눈에 비친 것은 저 두 그루의 늙은 회나무였다. 저 늙은 회나무를 바라보자 비로소 나는 내가 고향에 돌아왔다는 실감이 들었던 것이다. 저 볼 모양도 없는 시꺼먼 늙은 두 그루의 회나무, 그것이 왜 그렇게도 그리웠을까. 그것이 어머니와 옥란이와 정순이 들에게 대한 기억을 곁들이고 있었기 때문이었을까. 아니, 그것이 고향이 가진 모든 것을 상징하고 있었기 때문일까.

——오오, 늙은 회나무여, 내 마을이여, 우리 어머니와 옥란이와 그리고 정순이도 잘 있느냐.

(288~289쪽)

위 정보는 앞서 마을 전경의 정보에서 이야기되었던 회나무에 대해 다시 이야기하고 있다. 따라서 독자는 그때의 이해를 환기하면서 위의 정보를 해석해 들어간다. 앞에서 회나무는 항용 천 년의 세월을 안고 태고적인 분위기를 연출하면서 마을의 전통적 속성을 시사하였다. 그런 회나무 앞에 서서 ‘나’는 고향에 돌아온 감격에 젖어든다. 이는 ‘나’가 마을의 전통적 속성, 보다 제한적으로 운명론적 속성에 대해 낯설어하지 않는, 오히려 그것에 친숙하기까지 한 존재임을 시사한다. 이로써 독자는 앞에서, 합리적인 의식을 보이던 ‘나’가 운명론적 의식에 쉽사리 감염되었던 연유를 이해하게 된다. 독자는 그것이, ‘나’가 전통적이고 운명론적인 세계에 대하여, 그리고 그러한 의식에 대하여 절대적인 저항력을 지니지 못한, 절대적으로 자유롭지 못한 존재였기 때문임을 이해하는 것이다.

이러한 이해와 더불어 독자는 전통적이고 운명론적인 세계인 고향 마을에 어머니와 옥란은 물론 정순이까지 살고 있다는 사실에 새삼 주목한다. ‘나’의 “야릇한 흥분”과 관련된 인물이며, 뒤이어지는 정보에서 확인되듯 “나로 하여금 그 마련된 죽음에서 탈출케 한”[7] 인물인

---

7) 여기서 독자는 위 인용문에서 제시된 “명예 제대”라는 정보와 더불어 “마련된 죽

정순이 그곳에 살고 있다는 사실은 정순 역시 전통적이고 운명론적인 의식을 지닌 인물일 것임을 암시하는 까닭이다. 과연 그러할 것인지 또 그렇다면 그것이 '나'에게 어떠한 영향을 미칠 것인지 등에 대한 호기심이 새롭게 독자를 찾아든다.

'나'의 귀환에 대한 텍스트의 정보는 계속된다. 텍스트는 '나'가 "병과 가난과 고독과 절망에 지질린" 어머니나 누이동생인 옥란이 때문에 돌아온 것이 아니라, 사랑하는 정순이 때문에 돌아온 것임을 반복적으로 전한다. "정순이와 나의 사랑을 위해서, 군대를 속이고, 국가를 배신하고, 나의 목숨을 소매치기해서 돌아왔다는" 정보는 '나'의 귀환이 사랑 때문이라는 연유를 극대화시켜 전달해 주면서 동시에 그러한 일련의 상황에 대한 독자의 호기심을 강하게 불러일으킨다. 어머니에게 죄책감을 느낄 정도로 어머니에 대한 연민과 동정조차 뛰어넘게 하는 정순이란 도대체 어떤 인물인지. 앞서의 "명예 제대"나 "마련된 죽음에서의 탈출"과 같은 정보를 환기시키는, 심상치 않은 '나'의 귀환의 맥락은 구체적으로 어떠한 것인지.

이렇게 독자의 주의와 관심이 정순의 문제와 '나'의 귀환의 문제로 모아진 상태에서 텍스트는 정순에 대한 보다 구체적인 정보 제시를 시작하는데 그 첫 정보가 정순이 이미 결혼을 했다는 것이다. 정순을 만나기 위해 집을 나서는 '나'에게 옥란은 상호가 '나'의 전사 통지서를 들이밀면서 '나'가 죽었다고 거짓말을 하여 정순이 그와 결혼하였다고 전한다. 그 말을 듣는 "순간, 나는 눈앞이 팽그르르 돌아감을 느"낀다. 그러고는 "내가 없어진 거와 마찬가지였다."라고 생각한다. 여기

음에서 탈출"이라는 정보를 새롭게 확보하게 되지만, 뒤이어 제시되는, "그러나 그 <마련된 죽음>과 거기서의 <탈출> 이야기는 다음으로 미루자."라는 '나'의 진술에 따라 그들 정보들에 대한 이해를 미룬다.

서, 즉 정순의 부재가 곧 '나'의 부재로 이어진다는 맥락 속에서 독자
는 정순이 곧 '나'와 등가를 이루는, '나' 자신과도 같은 존재임을 인식
한다. 그리고 '나'가 고향에 돌아온 것은 바로 자기 존재를 찾아 온 것
임을 확인한다.

그런데 위와 같이 '나'에게서 정순이 차지하는 무게를 확인한 독자
는 새로운 호기심을 갖게 된다. 그것은 '나'가 정순을 위해 마련된 죽
음에서 탈출해왔다고 한, 혹은 군대와 조국을 배반하고 목숨을 소매치
기해서 돌아왔다고 한 앞의 정보에 대한 환기에서 비롯된다. '나'는 왜
자신의 존재를 찾고자 한, 자신의 당위적 지향을 배반과 소매치기와
같은 부정적 행위로 규정하는 것일까. 또 그처럼 부정적 행위임에도
그것을 감행해야 했을 만큼 절박했던 '나'의 존재 찾기의 행위가 이상
에서처럼 정순의 결혼으로 인해 실패로 귀결된 상태에서 '나'는 어떻
게 되는 것일까. 정말 존재 찾기의 실패 때문에 '나'는 살인자가 된 것
일까. 또 도대체 '나'는 누구를 죽인 것일까, 어머니일까, 아니면 '나'
의 존재의 근원을 무너뜨린 상호일까, 혹여 정순은 아닐까. '나'의 살
인과 전쟁은 또 어떤 관계일까.

텍스트의 정보 제시는 계속된다. 정순을 찾아 나서던 '나'가 그녀의
결혼 소식을 듣고는 방에 멍하니 누워 있는데 저녁 까치 소리가 들려
온다.

저녁 까치가 까작까작까작 울어왔다. 어머니가 자리에서 몸을 일으키며
기침을 터뜨리기 시작했다(나는 물론 그때만 해도 까치 소리는 까치 소리
대로 회나무 위에서 나고, 어머니의 기침은 기침대로 방안에서 터뜨려졌을
뿐이요, 때를 같이(전후)한대서 양자 사이에 무슨 관련이 있다고는 전혀 상
상도 할 수 없었던 것이다).

(294쪽)

꿈과 현실의 괴리와 일치의 역설, 그 경위의 탐색　249

　‘나’의 존재 상실에 대한 정보에 이어 제시되는, 아들의 귀환에도 어머니가 저녁 까치 소리에 기침을 터뜨린다는 위의 정보는 어머니의 기침이 정황의 흐름 상 당연한 결과임을 알려 준다. 아들의 귀환, 그것은 본질적인 의미의 귀환이 아니었던 것이다. 정순의 부재가 ‘나’의 부재를 의미한다면 지금의 아들의 귀환은 어머니의 기대와 희망을 실현시킨 것이 아니다. 아들의 부재는 여전히 계속되는 것이고 따라서 어머니의 절망도 깊어질 수밖에 없는 것이고 더불어 기침도 계속될 수밖에 없는 것이다. 텍스트가 이제 어머니의 기침을 아침 까치 소리가 아닌 저녁 까치 소리에 연결시키고 있는 것은 그러한 의미를 보다 분명하게 드러낸다. 어머니는 아들의 죽음의 운명을 본능적으로 인식하고 있었던 것이다. 여기서 독자는 앞에서 확인한, 아들의 귀환에도 어머니의 기침이 계속되었던, 죽음을 호소할 정도로 그 절망이 심화되었던 현상에 대한 이유를 확인한다.

　그러면서 독자는 운명론적 의식의 강고함을 감지하게 된다. 위 인용문 괄호 속 정보에서 시사되듯이 ‘나’는 운명론적 의식을 인지조차 하지 못하고 있을지라도 그것은 분명 어머니를 통해 강하게 작동하고 있는 까닭에 독자는 그 강고함을 확인하게 되는 것이다. 여기서 독자는 다시 앞에서 살핀, 합리적인 의식의 ‘나’가 운명론적 의식에 감염된 사실을 환기하며 그러한 변화 역시 운명론적 의식의 강고함과 무관하지 않음을 의식한다. 그렇다면 이 운명론적 의식의 강고함이 ‘나’의 존재 실현 의지에 어떠한 작용력을 발휘했을 것인지. 독자에게 새로운 의문 하나가 다가든다.

　텍스트는 이어서 어머니의 기침 소리에도 묵묵히 벽을 향해 있던 ‘나’가 밖으로 나오다 옥란을 찾아와 있던, 상호의 동생 영숙과 스치듯 인사를 나누고는 정순의 친정을 찾아가 그녀의 오빠를 만나 이야기를 나누는 정보를 전한다. '나'는 정순의 오빠와의 만남을 통해 보다 정확한 상황을 알게 되고 독자 역시 '나'와 정순의 관계에 대해 더 많은 것을 알게 된다.

「정순이는 상호한테 갔지. 갔어. 상호 같은 자야 정순이한테나 어울리지. 그렇잖나? 자네는 다르지 자네야 그때부터 이 고을에선 어떤 처녀든지 골라잡을 만치, 머리 좋고, 인물 좋고, 행실 착하고……, 유명한 사람이 아닌가?」

(…중략…)

「사실은 자네가 전사를 했다기에 그렇게 된 걸세. 지나간 일 가지고 자꾸 말하믄 무슨 소용 있겠는가. 참게, 자네가 이렇게 살아올 줄 알았으면야……. 다 팔자라고 생각하게」

「그렇지만 정순이가 그렇게 쉽사리 속아넘어가진 않았을 텐데…….」

「여부가 있나. 정순이야 끝까지 버텼지만 상호가 재주껏 했겠지. 나도 권했고……. 헐 수 있나? 하루바삐 잊어버리는 편이 차라리 날 줄 알았지. 저도 그렇게 알구 간 거고…….」

(297쪽)

위의 인용을 포함한 일련의 정보들에서 독자는 '나'와 정순이 정식 약혼을 치른 것은 아니었지만 그래도 암묵적으로 정혼이 되어 있었던 사이인데, '나'가 전쟁터로 나간 후에 소식이 없자 상호가 술책을 써 정순을 빼앗아 간 것임을, '나'의 실존이 한낱 사기적 술책에 의해 무참히 짓밟힌 것임을 보다 분명히 인식한다. 그리고 독자는 타인의 목숨을 제물로 자신의 욕망을 충족시킨 상호에게서 인간적인 윤리나 도덕 혹은 상식에 대한 철저한 배반을 읽어 낸다. 인간의 가치가 철저하게 훼손되고 있음을 확인하는 것이다. 그렇다면 이 파괴적 상황을 놓고 그것의 직접적인 피해자인 '나'는 어떠한 대응을 할 것인가. 여기서 다시 독자의 의식을 스치는 문제가 '나'가 살인자라는 사실이다.

텍스트는 이제 '나'가 상호를 찾아다니는 것에 서사의 초점을 모은다. 상호는 출장을 핑계로 일 주일 이상 '나' 앞에 나타나지 않는다. 그러던 어느 날 '나'는 주막에서 그 앞을 지나려는 상호를 만나게 되고 결국 둘은 술자리를 같이 하게 된다. 상호는 '나'에게 전쟁 상황에 대해 장황한 질문을 던진다. 텍스트는 '나'가 상호를 만나는 이 지점에서 비로소 지금이 전쟁 상황임을 구체적으로 전하고 있는 것이다. 독자는 텍스트의 처음에서 제시된 "전쟁은 나에게 살인자라는 낙인을 찍어주었다"라는 정보를 환기하면서 그에 대한 새롭고도 구체적인 정보를 기대해 본다. 그러나 '나'가 돈을 쓰고 징병을 기피한 상호와는 전쟁에 대한 이야기를 나누는 것을 꺼림으로써 텍스트의 전쟁에 대한 정보 제시는 중단된다. 독자의 호기심만이 증폭된 채 전쟁과 살인에 대한 해결의 실마리는 지연되는 것이다.

그러면서 텍스트는 둘의 대화를 정순의 문제로 유도한다. '나'는 주변적인 사설을 늘어놓는 상호에게 직접적으로 정순의 이야기를 묻는다. 그리고 정순을 만나게 해 줄 것을 요구한다. '나'는 정순과 상호 간의 과거사는 불문에 붙이겠으나 자신과 정순 간의 문제를 해결하기 위해서는 자신이 정순과 만날 필요가 있음을 주장한다. 상호는 '나'의 요구가 현실을 무시한 처사라는 뜻을 비춘다.

> 「현실? 그렇지, 자넨 아직, 전장엘 다녀오지 않았기 때문에 그런 말을 하고 있는 거야. 자, 보게, 이게 현실인가 아닌가?」
> 나는 그의 앞에 나의 바른손을 내밀었다. 식지(食指)와 장지(長指)가 뭉턱 잘리고 없는 보기도 흉한 검붉은 손이었다.
> (…중략…)
> 「자넨 손가락 얘길 하고 있군. 나는 현실 얘기를 하는 거야. 손가락 두 개가 어떻단 말인가? 이까진 손가락 몇 개쯤이야 아무런들 어떤가? 현실이 문제지. 그렇잖은가? 그렇다, 정순이가 이미 결혼을 한 줄 알았더면 나는

이 손을 들고 돌아오진 않았을 거야. 자넨 역시 내가 손가락을 애기하는 줄
알고 있겠지? 그나 그게 아니라네. 잘못 살아 돌아온 내 목숨을 처리할 현
실이 없다네. 그래서 정순이를 만나야 되겠다는 걸세. 이왕 이 보기 흉한
손을 들고 돌아온 이상, 정순이를 만나지 않아서는 안 되네. 빨리 대답을
해주게」

(302~303쪽)

　이렇게 해서 텍스트는 다시 전쟁의 문제로 돌아온다. 그러면서 정순
과 전쟁의 문제를 연결시키고 있다. 전쟁에서 '나'는 식지와 장지를 잃
은 것으로 드러난다. 그런데 문제는 그것이 정순과 관련이 있다는 것
이다. 독자는 이상의 정보를 통해 분명치는 않으나마 전쟁과 정순이
관련된 가운데 '나'의 실존이 절박한 위기에 처해 있는 것임을 감지한
다. 정순이 부재한다는 현실이 '나'에게는 전장에서 "잘못 살아 돌아
온" 자신의 "목숨을 처리할 현실이" 부재한 것으로 받아들여지는 점이
그러한 감지를 뒷받침한다. 여기서 독자는, 그렇다면 정순이 존재했다
면 즉 정순이 결혼하지 않은 상태였다면 잘못 살아온 '나'의 목숨은
결과적으로 잘 살아온 것이 될 수 있었다는 말인가, 또 손가락 부상과
잘못 살아온 목숨이란 도대체 무슨 관계가 있는 것인가를 묻는다. 그
러면서 독자는 '나'가 정순을 만남으로써 부정당한 자신의 실존을 회
복할 수 있을 것인가에 대한 기대를 가져 본다. 물론 '나'가 살인자라
는 텍스트 서두 정보의 환기는 그러한 가능성을 상쇄시키기도 한다.
　계속되는 전개에서 텍스트는 정순을 만나게 해 달라는 '나'의 요구
가 상호에 의해 쉽사리 받아들여지지 않다가 결국에는 정순의 친정
근친을 핑계로 허용된다는 정보를 전한다. 독자는 '나'가 정순을 만남
으로써 과연 자신의 실존을 회복할 수 있을 것인가에 대한 일말의 기
대로 계속되는 정보를 주시한다.

꿈과 현실의 괴리와 일치의 역설, 그 경위의 탐색　**253**

이어지는 서사에서는 '나'가 정순의 친정에서 눈물을 참아낼 수 없을 만큼 애틋한 마음으로 정순과 마주한 채 정순에게 "식지와 장지가 문질러져 나가고 없"는 자신의 오른손을 보이며 그것이 자신이 조작한 부상임을 밝히는 정보가 제시된다. 그러고도 정보는 계속된다.

「내가 소속된 부대는 ○○사단 ○○연대 수색 중대야. 수색 중대! (…중략…) 한번 나가면 절반 이상이 죽고 돌아오는 것이 보통이야. 어떤 때는 전멸, 어떤 때는 두셋이 살아서 돌아오는 일도 흔히 있었어. (…중략…) ……나는 생각했어. 정순이를 두고는 죽을 수 없는 몸이라고. 내가 번번이 죽지 않고 살아 돌아온 것도 정순이 때문이라고. 거기서 나는 결심을 했던 거야. 사람의 힘과 운이란 아무래도 한도가 있는 이상, 기적도 한두 번이지 결국은 죽고 말 것이 뻔한 노릇 아닌가. 위에서는 교대를 시켜주지 않으니까. 결국 죽을 때까진, 죽을 수밖에 없는 일을 몇 번이든지 되풀이해야 하는 내 자신의 위치랄까 운명이랄까 그런 걸 깨달은 거야. 거기서 나는 결심을 했어. 정순이를 두고는 죽을 수 없다고. 나는 내가 꼭 죽기로 마련되어 있는 운명을 내 손으로 헤쳐 나가야 한다고. (…하략…)」

(307~308쪽)

독자는 위 정보를 통해 앞에서 제시된, '나'가 "명예제대"를 했다는 정보와 "마련된 죽음에서 탈출"했다는 정보에 대한 구체적인 이해를 확보하면서, 정순이가 '나'에게는 조국과 전우를 배반하고 스스로를 상해하면서까지 찾아올 수밖에 없었던 존재 근거였음을 확인한다. 즉 독자는 단지를 감행하면서까지 그리하여 명예제대를 하면서까지 '나'가 정순을 찾아 온 것은 존재를 죽음으로 운명지우는 세계에서의 탈출이었으며, 그것은 동시에 "죽기로 마련되어 있는" 자신의 운명을 거부한, 자신의 운명을 스스로 "헤쳐 나가" 주체로 자리하기 위한 도전적 행위였음을 확인하면서 '나'가 그렇게 해서 찾아온 정순은 '나'의 재생의 모태임을 인식하는 것이다. 그리고 '나'의 단지 행위는 실존적 주체로 다시 태어나기 위한, 재생을 위한 통과의례였음을 확인한다. 그것은 분명 운명으로부터 독립하기 위한, 주체로서 자립하기 위한 의례였던 것이다. 이러한 해석의 맥락 속에서 독자는 '나'가 고향으로 돌아와서 정순이가 상호와 결혼했다는 사실을 알고 느꼈을 절망의 깊이를 새롭게 인식한다. 자신의 생명의 근거가 부재한다는 사실에서 느꼈을 '나'의 실존적 위기 의식을 극명하게 인식하는 것이다. 그렇다면 '나'의 실존에 대한 주체적 의지는 어떻게 될 것인가.

여기서 텍스트는 '나'의 주체적인 삶의 의지 내지는 실존 회복의 의지가 쉽사리 포기되지 않고 있음을 전한다.

「정순이 들어봐요. 나는 상호에게도 말했어. 내가 없는 동안 상호와 정순이 사이에 생긴 일은 없었던 거와 같이 보겠다고. 정순이가 세상에서 없어진 것이 아니라면, 정순이가 나와 같이 있을 수만 있다면, 그동안에 있은 일은 없음으로 돌리겠어. ……정순이! 상호에게서 나와주어. 그리구 나하고 같이 있어. 우리는 결혼하는 거야. 이 동네서 살기가 거북하다면 어디로 가도 좋아. 어머니와 옥란이도 버리고 가겠어. 전우를 버리고 온 것처럼」
「그렇지만 그 집에서 저를 놓아주겠어요?」
정순이는 나직한 목소리로 혼잣말같이 속삭였다.
「내가 스스로 목숨을 훔쳐서 돌아온 거나 마찬가지지. 결심하면 돼. 그밖엔 길이 없어. 그렇지 않으면 내 목숨을 돌려줘야 해. 그렇지 않으면 세상에도 무서운 반역자의 더럽고 치사스런 목숨인걸. 잠시도 달고 있을 수 없는 추악한 장물이야. 어디다 어떻게 팽개쳐야 좋을지 모르는 추악한 장물이야. 정말야, 두고 보면 알걸」

(309쪽)

위 정보에서 확인되듯이 '나'는 정순에게 그녀가 현재의 생활을 청산하고 자신과 결혼해 줄 것을 요구한다. 존재가 뿌리를 드리울 수 없는 불모의, 죽음의 세계인 전장에서 그 죽음의 운명을 뿌리치고 도망

꿈과 현실의 괴리와 일치의 역설, 그 경위의 탐색   255

쳐 온 '나'로서는 새로운 생명의 세계에 주체적인 자신의 존재의 뿌리를 내리는 일을 쉽사리 포기할 수는 없는 까닭이다. 전장에서 "그 불쌍한, 그 거룩한 그 수많은 전우들, 죽어 넘어진 놈들"을 배반하고 목숨을 "훔쳐" 그곳을 도망쳐올 수밖에 없었을 만큼 '나'의 주체적 실존 의지는 절박한 것이었기에 더욱 그렇다. 독자의 '나'의 실존 회복에 대한 기대는 더욱 고조된다.

그러나 위 정보에서 '나'의 이야기를 들은 정순이 자신 스스로가 상황을 변화시켜야 한다는 사실을 저어하며 확실한 답을 하지 못하고 있는 것에서도 시사되듯이 '나'의 주체적 의지의 실현이 용이한 일이 아님을 텍스트는 이어지는 정보를 통해 전하고 있다. '나'는 정순과 헤어진 후 정순의 답을 기다리지만 정순은 소식을 보내지 않는다. 이에 '나'는 정순의 결단을 촉구하는 쪽지를 옥란을 거쳐 영숙을 통해 정순에게 보내는데, 그제서야 정순은 조금 더 기다려 달라는 답신을 다시 영숙을 통해 전한다. 그런데 그 답신을 접한 '나'의 반응이 새삼 독자의 주의를 끈다.

> 나는 편지를 두 번이나 되풀이해 읽었다. 내용이 복잡하다거나 이해하기 힘든 말이 들어 있었기 때문이 아니었다. 무언지 정순이의 운명 같은 것이 거기서 느껴졌기 때문이었다.
> ──정순이는 이런 여자였어. 참되고 총명하고 다정하고 신의 있는. 그러나 강철같이 굳센 여자는 아니었어. 순한 데가 있었지. 환경에 순응하는. 물론 지금도 그녀가 나에게 거짓말을 하거나 자기 자신을 속이고 있는 것은 아니야. 그러나 환경에 순응하고 있는 거야. 그녀를 결정하는 것은 그녀 자신의 의지이기보다 그녀를 에워싼 그녀의 환경이겠지.

(312쪽)

위 정보는 '나'가 운명을 거부하고 정순을 지향함으로써 자기 존재의 주체적 의지를 실현하고자 했지만, 정작 그러한 의지 실현의 토양이 되어 주어야 할 정순은 환경이라고 하는 또 다른 운명의 굴레에 묶인 존재임을 보여 준다. 그녀 역시 전통적이고 운명론적인 세계의 사람이었던 것이다. 그녀는 "참되고 총명하고 다정하고 신의 있는" 여자이지만 스스로의 삶을 개척해 갈 "강철같이 굳센 여자"는 아니었다는 '나'의 깨달음이 그대로 독자에게 전달된다. 여기서 독자는 '나'의 주체적 의지의 패배의 가능성을 강하게 시사받는다. '나'의 주체적 의지가 뿌리내릴 토양의 부재가 확연히 확인되는 까닭이다.

다시 텍스트 서두의 정보 즉 "전쟁은 나에게 살인자라는 낙인을 찍어주었다"라는 정보가 환기된다. '나'가 살인자가 되었다는 사실은 살인자에게 남은 결과는 죽음뿐이라는 상식과 어우러지면서 결국 '나'가 죽음이라는 운명을 벗어나지 못했음을, '나'가 그 운명을 극복하지 못하고 주체적 의지를 실현시키지 못했음을 시사한다. 과연 그러한지. 텍스트는 정순의 편지를 통해 그녀의 운명론적이고 순응주의적인 삶의 자세를 파악한 '나'가 그 편지를 전해 준 영숙과 무심결에 몇 마디 대화를 나누고는 집을 빠져 나온다는 정보를 전한다. 그때의 자신을 '나'는 "내 자신 이 세상에서 꺼져버리는 편이 낫다고 생각했는지도 몰랐다"라고 표현하고 있다.

텍스트는 집을 빠져 나온 '나'가 집 뒤에 있는 보리밭 사이 길을 "실신한 사람처럼 터덕터덕" 걷다가 문득 발길을 멈추고 날아가는 새를 바라보고 있을 때 누군가가 그를 부른다는 정보를 전한다. 그를 부른 것은 영숙이었다. '나'는 멍하니 영숙을 응시하는 가운데 그녀에게서 자신에 대한 연민과 사랑을 읽어 낸다. 그러고는 이내 알 수 없는 충동에 휩싸여 "야수"가 되어 버린다. 영숙에게서는 어떠한 저항도 없었다. 그녀는 "나의 거친 터치에도 그대로 내맡기다시피 하고 있었"던 것이다. 독자는 합리적이던 '나'의 이성은 간 곳이 없고 오직 파괴적인 충동만이 지금의 '나'를 지배하고 있음을 감지한다. 텍스트는 이어지는 정보를 통해 '나'의 파괴적인 충동이 극에 달하고 있음을 보여 준다.

> 이때 까치가 울었던 것이다. 까작까작까작까작 하는, 어머니가 가장 모진 기침을 터뜨리게 마련인 그 저녁 까치 소리였던 것이다. 그리고 이와 동시 나의 팔다리와 가슴속과 머리끝까지 새로운 전류 같은 것이 흘러들기 시작했던 것이다.
>
> 까작까작까작, 그것은 그대로 나의 가슴속에서 울려오는 소리였다. 나는 실신한 것같이 누워 있는 영숙이를 안아 일으키기라도 하려는 듯 천천히 그녀의 가슴 위로 손을 얹었다. 그리하여 다음 순간 내 손은 그녀의 가느다란 목을 누르고 있었던 것이다.

(314쪽)

텍스트는 위 정보를 통해 "까작까작까작까작 하는, 어머니가 가장 모진 기침을 터뜨리게 마련인 그 저녁 까치 소리"에 '나'가 알 수 없는 충동에 휩싸이면서 영숙의 목을 눌렀던 것임을 전하고 있다. '나'가 살인자가 되는 순간이었다. 이로써 독자는 텍스트 서두에서부터 언급된 "살인자"로서의 '나'에 대한 일차적인 호기심을 해소할 수 있게 된다. '나'는 영숙을 죽인 것이다. 그렇다면 영숙을 죽인 것과 텍스트 서두에서 언급된, "전쟁은 나에게 살인자라는 낙인을 찍어주었다"는 것과는 무슨 관련이 있는 것일까. 독자는 이내 그것이 '나'가 운명을 극복하지 못했음을, 주체적 의지를 실현시키지 못했음을 의미하는 것임을 파악한다. 전쟁은 '나'에게 "마련된 죽음의 운명"을 부여했었고, '나'는 그것을 거부하고 주체적 실존을 확보하고자 했으나 결과적으로 살인자가 됨으로써 결국은 그것에 굴복하고 말았음을, 주체적 의지를 실현시키지 못했음을 파악하는 것이다. 위의 정보에서 확인되듯 '나'의 살인이 저녁 까치 울음 소리에 대한 반응이었음은 그것을 보다 분명하게 증명한다.

여기서 독자는 전쟁이란 개인에게 가해오는 운명의 폭력성에 대한 상징이기도 함을 인식한다. 앞서 살핀 운명론적 의식의 강고함의 극단적 표현임을 인식하는 것이다. 그리고 독자는 '나'의 주체적 의지가 그 강고함을 넘어설 수 없었던 것임을 의식한다. '나'가 운명론적 의식으로부터 절대적으로 자유롭지 못한, 절대적 주체는 아닌, 하여 운명론적 의식에 감염된 존재였음을 환기할 때, 지금의 텍스트 결말에서 확인한 '나'의 운명에 대한 거부의 실패 혹은 주체적 의지의 실현의 패배는 일면 당연한 결과이기도 하다.

이쯤에서 독자를 사로잡는 강한 의문 하나가 있다. 왜 하필 영숙이 그 죽임의 대상이 된 것일까, 그녀의 죽음은 무슨 의미를 내포한 것일까. 운명이 주도하는 세계에 대한 이야기에서 합리적인 원인을 추적하는 것이 일면 부당해 보이기까지 한다. 그러나 그것은 허구 세계 내의 관점인 것이고 허구 세계 밖에서는 분명 그 이유를 묻지 않을 수 없다. 여기서 독자는 무심히 지나쳐온 영숙에 대한 일련의 정보들을 환기해 본다. 텍스트 마지막에서 '나'에 의해 죽임을 당하기 전까지 서사 내에서의 그녀의 역할은 미미한 것이었다. 그녀는 '나'가 정순이가 상호와 결혼했다는 말을 듣고 정순의 친정으로 나서던 길에 '나'와 우연히 부딪히는 것으로 서사에 처음 등장한다. 이후 그녀는 '나'와 상호 간에 전신자 역할을 하고 또 정순이 친정으로 근친갈 때 정순이와 동행해서 '나'와 정순이가 만나는 자리에 같이 있는다. 그리고 그 후 '나'와 정순이 사이에서 다시 전신자 역할을 한다. 그간의 서사 진행에서 그녀의 역할은 이 정도였다. 그녀는 중심적 갈등의 축에는 들어서 있지도 않았던 인물이었다. 그런데 그런 그녀가 결말에서 갑자기 죽임을

당한 것이다. 이러한 상황에서 독자는 그녀에 대한 정보들 중에서 몇
가지를 추려 본다. 그녀는 "달걀같이 뽀얗고 갸름하게 생긴 소녀"로
조용하고 맑은 목소리를 지니고 있었다. 또 친오빠인 상호와 '나' 사이
에서 누구 편을 들어야 할지 몰라 슬퍼하던 인물이기도 했다. 특히
'나'의 기억 속에서 그녀는 "나를 덮어놓고 따르던, 상호네 식구답지
않던 애"였다. 독자는 그녀가 맑고 순수한 아이였음을, 파괴적이고 폭
력적인 세계에서 가장 예외적인 존재였음을 새롭게 인식한다. 그렇다
면 '나'에 의해 그녀가 죽임을 당한 것은 예외적 순수함마저 인정하지
않는, 철저하게 파괴적이고 폭력적인 운명만이 남은 현실을 상징하는
것은 아닐까.

4. 탐색의 종결 : 살인 체험의 문학적 승화,
주체 지향의 비극적 아이러니

텍스트가 제시하는 마지막 정보까지 읽기를 마친 독자는 인간의 주
체적 의지는 그토록 무력한 것인가, 운명은 그토록 강력한 것인가 하
는 의문을 가지고 텍스트의 처음으로 돌아온다. 텍스트 처음에서 제시
된, "나의 생명을 물려다오"라는 정보에 대한 해석이 마무리되지 않은
까닭이다. 이 정보에서 일차적으로 문제가 되는 것은 생명이라는 기표
의 기의가 무엇일까 하는 것이다. '나'의 과거의 이력을 탐색한 독자로
서는 그것이 현실적으로 죽음을 앞에 둔 '나'의 목숨일 수도, '나'의 생
명이기도 한, 그러나 지금은 빼앗겨 버린 정순일 수도, 혹은 운명의 굴
레에 묶인 자신의 주체적 실존일 수도 있음을 감지한다. 실은 그 모두
일 것이다. 그리하여 "나의 생명을 물려다오"라는 그것은 그것들 모두

를 승화시킨, 비록 운명을 극복하지 못하고 주체적 실존을 실현시키지 못했을지라도 그러한 상황 자체를 수긍할 수 없는 '나'의 포기할 수 없는 주체적 의지를 담은 항변일 것임을 이해한다. 결국 '나'의 주체적 실존의 의지는, 이제까지의 패배적 결과에도 꺾이지 않은 것이다.

그리고 독자는 '나'의 그러한 주체적 의지가 또 다른 차원으로 승화되어 확산되고 있음도 인식한다. 탐색의 첫 출발에서 독자는 "나도 어릴 때는 위대한 작가를 꿈꾸었지만 전쟁은 나에게 살인자라는 낙인을 찍어주었다"라는 고백에서 시사되고 있는 꿈과 현실의 괴리감과는 달리 외부 이야기의 서술자인 '나'가 그 수기를 읽고 감동을 받은 것에서 '나'의 꿈과 현실의 괴리가 일치를 낳는 역설을 확인한 바 있다. 외부 이야기의 서술자인 '나'는, 내부 이야기로 자리하는, '나'의 수기가 가지는 "문학적 빛"을 강조한 바 있다. 독자는 그 빛이 '나'의 삶 자체에서 빚어진 것임을 새롭게 인식한다. 그것이 전쟁으로 상징되는 운명의 폭력성에 저항한 '나'의 주체적 의지에서 발현된 것임을 인식하는 것이다. '나'는 현실적으로 운명이 부여한 살인자의 굴레를 쓰고 있지만 그것을 거부하고자 했던 '나'의 주체적 의지는 빛이 되어 타인에게 감동으로 다가가고 있음은, '나'의 주체적 의지가 이미 새로운 생명력을, 그것도 보다 강력한 생명력을 확보한 것임을 의미한다. '나'가 주체적 실존을 당장의 현실에서 확보하지 못한 것은 불행한 일이었으나, 그러했기에 그것이 더 큰 빛이 될 수 있었던 것도 사실이다. 그것은 분명 주체를 향한 '나'의 비극적 아이러니이다. 그러나 그것은 또한 지금의 '나'의 패배가 영원한 것이 아님을 암묵적으로 시사하는 것임을 독자는 놓치지 않는다.

5. 맺음말

　이상의 논의를 통해「까치소리」의 의미가 형성되는 과정을 살펴보았다.「까치소리」를 대상으로 작품의 의미는 작가와 독자의 대화적 소통 속에서 형성되는 것이라는 전제 하에서 그것이 텍스트라고 하는 형상물을 매개로 구체적으로 어떻게 형성되는가를 살펴본 것이다.「까치소리」가 가지는 구성적 특징은, 즉 액자소설적 방식을 통해 역진적 서사 전개를 이루고 있는 특징은 대화적 소통 방식에 의한 의미 형성의 과정을 보다 분명하게 보여 준다. 작품은 텍스트 서두에 살인자가 된 '나'를 제시함으로써 독자에게 '나'가 왜 그와 같은 상황에 처하게 되었는가에 대한 물음을 유도하고 독자는 그러한 물음을 전제로 텍스트가 제시하는 이후의 일련의 정보들 속에서 그 연유를 추적해 들어가는 가운데 운명의 폭력성과 그에 대항하는 주체적 의지의 지난함을 축조해냄으로써 의미 형성의 여정을 여실히 드러내고 있는 것이다.

　이와 같은 소통적 의미 형성의 문제는「까치소리」에만 한정된 것이 아님은 물론이다. 여타의 작품들 역시 그와 같은 맥락을 전제로 해석될 수 있다. 작가에 의한 일방적 의미 전달의 방식은 이제 그 권위를 제한받을 수밖에 없다. 권력과 중심의 해체라는 의식이 팽창되어 가는 현실에서 소설에 대한 이해에도 그와 같은 의식이 자리하기 시작한 것이다. 어쨌거나 분명한 것은 그러한 의식이 소설에 대한 해석과 이해를 보다 풍부히 하고 더 나아가서 인간 정신의 영역을 보다 윤택하게 확장시킨다면 그것은 분명 주목해야 할 방향임에 틀림없다. 대화적 합리성을 전제로 한 소설 속에서의 풍요로운 의미 생산에 대한 모색이 확장되어야 할 것이다.

사실적 탐색과 비약적 인식의 역학
  －이청준의 「이어도」

1. 머리말

  1965년 사상계 신인 문학상에 「퇴원」이 당선되면서 공식적인 작가의 길에 들어선 이청준은 이후 지속적인 작품 활동을 통해 억압적인 현실과 상처받은 개인 간의 길항적 대립과 그 안에서의 인간의 자유 정신의 추구를 문제화시켜 온 작가이다.[1] 그의 작품 세계는 지적인 유희가 느껴질 정도의 관념적인 진술과 집요하고 정연한 논리로 형상화되곤 한다. 그리고 그것은 사실주의적 형상화가 지배적 우위를 차지하고 있는 우리의 소설사에서 독자적인 가치를 발하면서 새로운 지평으

---

1) 우찬제는 이청준을 두고, "현실은 억압하는 부정적 권력의 실체이고, 그것 때문에 개인은 현실에서 실패하여 상처받을 수밖에 없으며, 이럴 때 상처를 준 억압하는 현실에 직접적으로 대항하고 투쟁하기보다는 개인의 내면을 정치하게 탐색함으로써 상처 안에 간접화된 억압의 실체를 인식하고 반성하게 하며, 나아가 존재의 근원과 인간 구원의 문제까지 암시적으로 탐색해 들어갈 수 있다는 자유주의적이고 소망적인 사유 작용을, 자기 소설의 기본적인 내용 종목으로 삼고 있"는 작가라고 평하고 있다. (우찬제, 「자유의 질서, 말의 꿈, 반성적 탐색－이청준의 소설론」, 『이청준 깊이 읽기』(권오룡 엮음), 문학과지성사, 1999, 207쪽)

로 자리한다. 이에 우리는 이청준 문학에 주목하면서 그의 문학이 가지는 의의를 규명할 필요에 직면하게 되는 것이다.

이청준 문학이 가지는 규모의 방대함은 굳이 양적인 면에 국한된 문제가 아니다. 그러한 가운데 그의 문학의 대표적인 특징 하나를 꼽는다면 구성적 차원에서의 탐색의 문제를 들 수 있다.[2] 탐색의 문제가 문학의 보편적 속성으로 인지되고 있음[3]에도, 굳이 짚어서 그것을 그의 문학적 특징의 하나로 꼽는 것은 그럴 만큼 탐색이 그의 문학의 두드러진 면모를 이루는 까닭이다. 이청준 역시 자신의 문학이 가지는 그와 같은 특징을 인정하면서 거기에 나름의 중요성을 부여하고 있다.[4] 그는 확정적인 결말보다는 찾음의 과정적 진실성과 논리적 타당성을 중시하면서 독자의 능동적인 참여를 유도하고자[5] 탐색의 구조를 지향하고 있는 것이다.[6] 따라서 이청준 문학에서의 탐색은 구체적 대상을 목표로 향하는, 인물의 행위적 진행이 중요한 것이 아니라 그 대상을 찾아가는 행위자의 인식이 중요한 문제로 떠오른다. 하여 때로

---

2) 탐색의 문제는 이미 공인된 그의 문학의 주된 특징의 하나이다. (위의 글, 207~211쪽 참조) 탐색의 문제와 더불어 이청준 문학의 구조적 특징을 조명한 글로 권택영의 「이청준 소설의 중층 구조」(위의 책, 161~191쪽)를 참조할 수 있다.

3) 장소진, 『현대소설 플롯론』, 보고사, 2000, 19~43쪽 참조.

4) 이청준은 "삶의 양상이나 세계에 대한 이해를 총체적 시선 속에서 한꺼번에 담을 수 있는 장치"라는 점에서 추리소설 수법이나 액자소설의 복합시선이 자신의 소설 속에서 퍽 중요하다고 밝힌다. 그는 "진실이라고 해도 좋고 또 달리 말해도 좋은 어떤 것을 끊임없이 찾아가는 순례과정, 그 피흘린 발자욱을 보여주는 데 더욱 큰 소설의 비중이 있"다고 판단하고 있는 것이다. (권성우·우찬제, 「대담 : 영혼의 비상학을 위한 자유주의자의 소설 탐색」, 『문학정신』 42호, 1990, 37~38쪽)

5) 우찬제, 앞의 글, 208쪽 참조.

6) 권택영은 이청준의 성공한 단편들 대부분은 "탐정소설과 비슷한 수법으로 한 계단 한 계단 의혹을 제기하고, 독자의 호기심을 환기시키고 충족시켜가다가 결국에는 해답 없는 종국적인 삶의 문제를 던져놓고 사라져버리는 '열린 소설의' 특징을 갖는다."라고 평하고 있다. (권택영, 앞의 글, 166쪽)

그 행위자의 인식이 탐색의 대상으로 전화되는 아이러니한 상황이 전 개되기도 한다. 이는 분명 이청준의 탐색 문학의 중요한 특징 중의 하 나이다. 그리고 중편 「이어도」는 이 청준의 그와 같은 탐색 문학적 특 징이 명징하게 드러나는 작품이다.[7] 따라서 본 논문은 탐색 구조의 관 점에서 「이어도」를 분석함으로써 그와 같은 이청준의 문학의 특징을 보다 실증적으로 규명해보고자 한다.[8]

2. 「이어도」: 탐색과 전복의 서사

　「이어도」는 제주도인들의 이상향인 이어도를 화두로 삼아 그것에 연원을 둔 일련의 사건들을 다룬 작품이다. 이 작품은 파랑도 수색 작 전에 동행했던 천 기자의 실종과 그러한 천 기자의 실종에 의구심을 지닌 선우 중위의 탐색이 수직과 수평의 교직적인 관계망[9]을 형성하

---

7) 김열규는 이 작품을 두고 "「이어도」만큼 찾아헤매는 전형적인 <탐색담> 형식
　을 강하게 보여주는 작품은 없을 것"이라고 하면서 "문학사가 외향적인 탐색에
　서 내향적인 탐색으로, 결과있는 탐색에서 결과없는 탐색으로 그리고 확정성있
　는 탐색에서 불확정의 탐색에로 옮겨간 자취를 대체로는 추적할 수 있는 가능
　성"을 보이는 작품이라고, 그것의 문학사적 의의를 규정하고, 「이어도」가 논리적
　신비주의를 통해 불확정한 것을 탐색하고 있다는 논의를 전개시킨 바 있다. (김
　열규, 「찾음의 얘기들(Ⅰ)·(Ⅱ)」, 『한국문학사』, 탐구당, 1992, 456~477쪽 참조)
8) 텍스트는 이청준의 『이어도(중단편소설8 이청준 문학전집)』(열림원, 1998)에 실린
　것을 대상으로 한다. 본문에서 작품을 인용할 경우 인용문 뒤에 해당 지면만 밝
　힌다.
9) 토도로프는 「서사의 탐색」에서 ≪성배를 찾아서≫에 드러나는 서사를, 나아가
　서사 일반을 두 종류로 구분하고, 그것들에 대해 "하나는 수평선상에서 펼쳐진
　다. 즉, 우리는 각각의 사건이 무엇을 불러일으킬 것이며 그것이 무엇을 할 것인
　가 알고 싶어한다. 또 다른 것은 수직적으로 쌓아올려진 다양성의 시리즈를 나타
　낸다. 우리가 각각의 사건에서 찾는 것은 그것이 무엇이냐는 것이다. 첫 번째 것
　은 연속의 서사이고 두 번째는 대치의 서사이다."라고 설명한다. 즉 첫 번째 것은

면서 중층적인 서사 전개 양상을 드러내는 가운데, 이상향으로서의 이어도는 존재하는가 하는 문제를 제기하고 그에 대한 답을 모색하는 과정을 보여 준다. 그러면서 그러한 문제를 풀어내기 위한 일차적인 노력으로 사실에 기반한 논리적이고 지적인 추론 작업을 통한 탐색을 전개시켜 나가는데,[10] 어느 순간 그것은 비약적인 인식의 지향으로 전환되면서 이어도의 존재 여부를 넘어선 인간 삶의 기저의 한 측면을 규명하는 작업으로 이어진다.

1) 사실 추구와 그 한계

파랑도 수색 작전에 나섰다가 "섬이 실재하지 않는다는 사실이 확인"된 사건과 수색 현장 취재를 위해 작전 함정에 함께 승선한 천남석 기자의 영문 모를 해상 실종이라는 "개운찮은 사고"가 발생한 사건이 꼿꼿한 길항 관계를 형성하면서 작품 「이어도」는 전개된다. 여기서

논리적 인과성과 시간적 연속성에 기초한 환유적 서사이고 두 번째 것은 대칭과 반복에 기초한 은유적 서사라는 것이다. 이어서 토도로프는 그 둘은 "플롯을 결합시키는 두 가지 원칙적인 기교 즉 연결하는 것과 같이 끼워넣는 것"에 대응된다고도 밝히고 있다. (T. 토도로프, 「서사의 탐색」, 『산문의 시학』(신동욱 역), 문예출판사, 1992, 154~163쪽 참조) 이상과 같은 관점을 전제로 볼 때 「이어도」 역시 천기자의 실종에 얽힌 사건들과 그것들에 대한 사실 여부를 탐색하려는 선우 중위의 사건들이 수직과 수평의 축을 형성하면서 상호 교직적인 연계를 드러내고 있음을 확인할 수 있다. 그렇다면 「이어도」에서 대치의 서사, 즉 수직의 서사와 연속의 서사, 즉 수평의 서사의 의미적 역학 관계는 어떻게 드러날 것인가. 이는 작품 자체에 대한 의미 탐색의 과정에서 규명될 것이다.

10) 탐정소설은 탐색의 구조를 본원적 속성으로 갖고 있는 대표적인 장르이다. 보르헤스는 그러한 탐정소설을 두고 지성을 이용해서 비밀을 파헤치는, 지적인 작업을 전통으로 지니고 있는 장르라고 규정하고, 그것에서의 사건은 누군가의 밀고나 범인들의 부주의 때문에 해결되는 것이 아니라 추상적인 추론에 의해서 밝혀진다고 설명하고 있다. (Jorge L. Borges, 「탐정소설론」(박병규 역), 『문학정신』, 1992. 10, 65~67쪽)

"사실 확인"이라는 사건과 "개운찮은 사고"라는 사건의 동시적 발생은 명시성과 비명시성이라는 대립항을 형성하면서 작품 전개의 동인으로 기능한다.

이 주일 간의 작전에 나섰던 수색대는 "섬을 찾으러 나갔다가 새로운 섬 이야기 대신 한 취재기자의 실종사고 소식을 싣고 돌아"옴으로써 "개운찮은 숙제"를 안고 오게 된다. 그리고 그 개운치 않은 숙제는 서사의 탐색적 과제로 자리한다. 섬의 부재라는 사실 확인 직후에 발생한 천남석 기자의 실종은 분명 두 사건의 상관성을 시사하면서도, 그것의 구체성은 명시적으로 드러나지 않는 까닭이다. 하여 작품에서 그에 대한 탐색이 시작되는데, 이는 천 기자의 실종을 보고하기 위해 천 기자가 근무했던 남양일보사로 파견된, 수색대의 정훈장교 선우 중위에 의해 전개된다.

그런데 그 탐색의 여정이 여의치 않을 것임이 본격적인 탐색이 시작되기 전부터 텍스트의 문면 속에서 상징적으로 시사된다.[11]

> 빠른 걸음걸이로 부두를 걸어나온 중위는 시가지로 들어서자마자 흔히 길이 서툰 사람들이 그렇듯 방향도 가리지 않고 대뜸 지나가는 택시부터 불러 세웠다.
> "남양일보사로, 남양일볼 아시오?"
> "남양일보요? 알구말구요. 하지만 길을 좀 돌아야겠습니다. 중위님이 거꾸로 가는 차를 잡으셨어요."
> 중위는 그제서야 뭔가 생각이 망설여지는 듯 자신의 팔목시계를 들여다본다. 다섯 시 54분. 다소 시간이 바쁘다는 표정이다.

---

11) 그 여부에 있어서는 이후의 텍스트 전개 과정과 그 말미에 이르러서 최종적으로 확인될 일이지만 텍스트가 처음부터 이러한 방향을 시사하고 있음은 일단 주목할 일이다. 텍스트상의 개별 정보들은, 수렴의 차원에서든 전복의 차원에서든 어쨌든 텍스트 전체의 의미 형성에 기여한다는 전제에 기대어 위 인용 정보의 상징성에 주목해 볼 필요가 있는 것이다. (장소진, 앞의 책, 24~28쪽)

　　“아무쪽으로나……빨리만 데려다주시오.”
　　더 이상 망설이고 있을 수가 없는 듯 그는 곧 차 속으로 몸을 디밀었다.

(55쪽)

　　위 인용문에서 특별히 주목할 부분은 선우 중위가 길이 서툴면서도 조급한 마음으로 “거꾸로 가는 차를 잡”았다는 사실이다. 이는 그가 추구하는 탐색의 방향이 결국 “거꾸로”일 가능성을 전하고 있는 것이다. 그리고 그것은 수평적으로 이어지는 서사적 상황의 전개 과정에서 점차 사실로 확인된다.

　　남양일보사에 도착한 선우 중위는 곧바로 편집국장 양주호를 찾아가는데, 이는 양주호가 천 기자의 직속 상사이기 때문이기도 하고, 또 수색 작전 도중 선상에서 천 기자가 그에 대한 이야기를 자주 들려주었기 때문이기도 하다. 그런데 양주호는 천 기자의 실종 사건에 대해 유감의 뜻을 전하려는 선우 중위의 방문에 대해 대단히 무관심하게 더 나아가서는 짜증스러운 듯한 반응을 보인다. 그의 그러한 반응은 분명 일반적인 상식이나 선우 중위의 무의식적인 예상이나 기대를 배반한 것이었다. 더욱이 양주호의 반응은 무관심이나 짜증에서 그치지 않는다. 그는 또한 천 기자의 사인을 자살로 단정해버리기까지 한다. 결국 선우 중위는 양주호의 그러한 일련의 반응들 속에서 “어떤 수수께끼같은 호기심”이 동해 오는 것을 느끼면서 마음속에 묻어 두었던, 은근히 추정되던 정황에 대한, 즉 천 기자가 자살했을 것이라는 추측에 대한 사실 여부를 탐색할 의지를 다진다.[12] 하여 앞서 언급한 두

---

12) “중위 역시 그 천남석의 죽음에는 처음부터 늘 어딘지 석연찮은 구석이 느껴져 온 터였다. (…중략…) 자살일지도 모른다는 생각이었다. 하지만 중위는 양주호 국장 앞에 그런 말을 할 처지가 못 되었다. 섣부른 상상이나 추리만으로 사고를 설명할 수는 없었다.
　　그런데 뜻밖에 양주호 국장이 먼저 천 기자의 죽음을 자살로 추단하고 있었다.

사건의, 즉 섬의 부재라는 사실 확인과 천남석 기자의 실종이라는 두 사건의 상관성에 대한 선우 중위의 탐색이 시작된다. 그리고 그것은 양주호를 매개로 전개된다.

그런데 텍스트는 그러한 탐색의 전개가 난맥상을 드러낼 가능성을 또 다시 시사한다. 이는 탐색의 주체인 선우 중위와 그것의 매개자인 양주호 간의, 사건을 바라보고 이해하는 태도상의 차이를 통해 시사된다. 양주호는 선우 중위와의 짧은 대화 속에서 천 기자에게 파랑도의 부재 확인이 곧 이어도의 부재 확인으로 전이되면서 그로 인해 천 기자가 자살한 것임을 간파해 내고, 그러한 일련의 추측을 그대로 믿어 버린다. 즉 별 다른 사실 관계에 대한 확인 없이 그저 자신의 직관에 의지해서 이제까지의 자신의 추단을 그대로 확신해 버리는 것이다. 이에 반해서, 정작 양주호의 직관적 판단에 근거를 제시한, 그리고 그 자신 역시 양주호와 유사한 추측을 하고 있던 선우 중위는 양주호의 설명에도 여전히 오리무중을 헤매듯 사실 여부에 대한 확인을 고집한다. 즉 상상이나 추리 혹은 추측을 경계하고 객관적인 사실을 중시하는 선우 중위는 자신의 직감을 입증할 합리적인 근거를 필요로 하는 것이다.

그런데 동일 사건에 대한 두 사람의 위와 같은 태도의 차이는 보다 근원적으로 그들이 삶을 바라보고 이해하는 세계관적 차이에서 비롯된다. 두 사람의 확연한 외양의 차이에서 시사되듯[13] 선우 중위는 합

아무것도 새삼스러울 게 없다는 듯 방심스런 그의 목소리가 오리려 더 단정적이었다. 수수께끼가 숨어 있는 것 같았다. 중위는 사실을 알아야 했다." (61~62쪽)

13) 선우 중위는 크지도 작지도 않은 적당한 몸매에 대리석을 깎아지른 듯한 하얀 얼굴에 제복을 입은 사람다운 정중함과 절도 그리고 정결함의 분위기를 지닌, 철저하고 빈틈없는 인상의 인물이다. 그에 반해 양주호는 무겁고 둔해 보이는 몸집에 자루처럼 커다란 윗도리를 입고 있으며 수염마저 깨끗하게 밀지 않고 한쪽 다리마저 절뚝거리는, 둔중하고 투박한 느낌의 인물이다. (「이어도」, 54~57쪽 참조)

리적이고 논리적인 의식으로 세상을 바라보고 이해하고 있다면, 양주호는 직관적이고 비약적인 의식으로 세상을 바라보고 이해하고 있는 것이다.14) 따라서 직관적인 의식을 지닌 양주호를 매개로 합리적 시각에서 탐색을 전개하려는 선우 중위의 시도는 순간순간 벽에 부딪힐 수밖에 없다. 그래도 어쨌거나 선우 중위는 양주호에게 타당한 근거를 들어 그의 추단을 증명할 것을 요구하며 탐색을 전개시켜 나간다.

사실 선우 중위는 그 자신 스스로 천 기자의 자살을 확증할 정보를 일정 정도 가지고 있었다. 서사는 이상과 같은 선우 중위의 탐색의 진행과 관련된 수평적 전개 과정 사이에 선우 중위가 작전 선상에서 천 기자에게 들은 바들을 회고하는 수직적 전개 과정들을 끼워 넣는데, 바로 그러한 수직적 전개 과정 속에서 노출되는 일련의 정보들이 천 기자의 자살을 증거할 만한 충분한 근거가 되는 것들이었다. 따라서 천 기자로부터 그러한 정보를 직접 전해 들은 선우 중위는 그것들을 근거로 천 기자의 자살을 스스로 증거할 수 있었다. 그런데도 선우 중위는 그들 정보들을 그 근거로 인식하지 못 하고 혹은 애써 인식하기를 거부한 채 보다 명확한 그 어떤 사실을 확인하고자 하였다. 그는 아직 밝혀지지 않은 모종의 사실이 있다고 판단하고 있는 것이다.

그도 그럴 것이 작전 선상에서 보여준 천 기자의 이어도에 대한 태도는 일관되게 해석할 수 없는 모순된 면을 담고 있었다. 선우 중위는 작전에 나서기 전에 이미 이어도의 전설과 이어도와 파랑도의 의미적 상관성을 익히 알고 있었는데, 그것은 이어도나 파랑도나 모두 제주도 인들의 이상향적 구원의 세계라는 것이었다.15) 그런데 작전 선상에서

---

14) 양주호가 술을 다섯 말쯤 부어도 속이 차오르지 않을 듯한 커다란 술항아리에 비유되는 것에서 그의 비합리적 속성을 보다 분명하게 확인할 수 있다. (「이어도」, 60쪽 참조)

15) 선우 중위는 이어도가 "오랜 세월 동안 이 제주도 사람들의 입에서 입으로 이야

만난 천 기자가 보여준, 그들 세계에 대한 태도는 양가적이었다. 작전 내내 천 기자는 파랑도를 이어도로 간주해 버린 채 그것의 발견 여부에 대해서는 별반 기대조차 없는 듯 여유만만한 태도를 취하곤 했다. 그러면서도 정작 바다를 향한 그의 시선에는 그것의 발견에 대한 간절한 염원이 담겨 있었고, 또한 실제로 파랑도의 부재가 확인된 순간부터는 이제까지의 여유를 잃고 이어도에 대해 비난과 저주를 퍼부어 대었다.

> "선우 중위도 아시겠지만 이어도란 원래 이 제주도에선 사람이 죽어 저승으로 가서 그 저승의 삶을 누린다는 죽음의 섬 아닙니까? (…중략…) 그런데 언제부턴가 이 제주도 사람들 사이에선 또 그 죽음의 섬을 이승의 생활 속에서 설명하려는 망측스런 버릇들이 생기고 있었던 것 같아요. 유식한 말로 이어도의 꿈이 있기 때문에 현세의 고된 질곡들을 참아낼 수 있었다는 것이지요. 언젠가는 그 섬으로 가서 저승의 복락을 누리게 된다는 희망 때문에 이승에서 어떤 괴로움도 달게 견딜 수가 있노라고 말입니다. 죽음의 섬이 마침내 구원의 섬이 된 것이지요. 그리고 그런 식으로 이 섬은 이승에 살고 있는 사람들의 현세의 생활까지 염치없게 간섭을 해오고 있는 꼴이지 뭡니까."

(70~71쪽)

천 기자에게 이어도는 한낱 죽음의 섬이었다. 그런데 그런 섬이 제주도인들에게 구원의 섬으로 자리하면서 제주도인들로 하여금 현세의

기가 전해 내려온 전설의 섬"이고, "천리 남쪽바다 밖에 파도를 뚫고 꿈처럼 하얗게 솟아 있다는 제주도 사람들의 피안의 섬"이며, "아무도 본 사람은 없었지만, 제주도 사람들의 상상의 눈에선 언제나 선명한 모습을 드러내고 있는 수수께끼의 섬"이고, "누구나 이승의 고된 생이 끝나고 나면 그곳으로 가서 새로운 저승의 복락을 누리게 된다는 제주도 사람들의 구원의 섬"임을 알고 있었다. 또한 파랑도는 그러한 이어도가 보다 구체적이고 현실화된 섬이라는 사실도 알고 있었다. (「이어도」, 65~67쪽 참조)

삶을, 그것도 고된 질곡의 삶을 견디게 하는 것을 천 기자는 용납할
수 없었던 것이다. 그러나 그는 그처럼 비난과 저주를 퍼붓는 속에서
도 무언가에 겁을 먹은 채 극도로 불안해하고 있었다. 그렇다면 이어
도에 대해 그처럼 부정적 의식을 가진 천 기자가 파랑도의 부재, 즉
이어도의 부재에 대해 그렇게 불안해하는 까닭은 무엇인가. 선우 중위
는 파랑도 혹은 이어도에 대한 천 기자의 그러한 양가적이고 모순된
태도를 합리적인 차원에서 이해할 수 없었다. 하여 그는 뭔가 드러나
지 않은 수수께끼같은 비밀이 있다는 판단을 하면서 그 숨겨진 '사실'
을 찾고자 하는 것이다. 그러한 가운데 선우 중위가 기대를 거는 부분
은 천 기자가 마지막으로 들려준, 이어도에 얽힌 천 기자 자신의 유년
시절에 관한 "절망적인 이야기"이다.16)

그렇지만 그 "절망적인 이야기"는 선우 중위의 의식 속에서 아직 전
면적으로 부상되지 않는다. 즉 그것의 구체적 내용이 텍스트상에서 정
보화되지 않고 지연된 채 서사는 다시 양주호를 대상으로 한 수평적
탐색으로 전화되어 버린다. 이는 현재 선우 중위의 탐색의 초점이 천
기자가 들려준 정보에 대한 궁구를 통한 내면적 이해보다는 외적으로
드러나는 사실 확인에 놓여 있음을 의미한다.17) 더불어 이러한 서사적
흐름은 작전 선상에서의 천 기자의 모습을 포함한 일련의 수직적 대
치의 서사들이 아직까지는 온전한 서사적 의미를 확보하지 못하고 있

---

16) "이어도가 문제였다. 천남석의 죽음에 선우 중위의 추측처럼 아직 어떤 밝혀지
지 않은 비밀이 숨겨져 있다면, 그 비밀은 아무래도 그날 밤 천남석의 그 이어도
에 대한 절망적인 이야기 속에 열쇠가 감추어져 있을 가능성이 농후했다." (73쪽)

17) "보다 중요한 것은 그 사실 자체였다. 무슨 일에 대해서나 명확한 사실을 근거로
해야 하는 선우 중위의 사고방식은 그것이 곧 그의 주장이자 공인다운 미덕이었
다. 사실에의 봉사는 언제나 중위를 즐겁게 했다. 사실을 밝혀야 했다. 그는 적지
아니 사명감마저 느끼고 있었다. 사실을 알지 못하면 천 기자의 자살을 믿을 수
없었다." (75쪽)

으며, 나아가 그것들은 보다 진전된 수평적 연속의 서사, 즉 탐색의 서사를 필요로 하고 있음을 시사한다.

다시 전화된 수평적 서사에서 양주호는 사실 확인을 고집하는 선우 중위를 보다 모호한 세계로 끌어들인다. 술집 이어도가 그곳이다. 선우 중위를 술집 이어도로 이끌고 가 자리를 잡은 양주호는 선우 중위에게 "우린 날마다 이어도를 찾아옵니다. 하루라도 이어도를 찾아오지 않으면 못 사니까요."라고, 그곳을 찾아온 이유를 설명한다. 양주호의 그러한 설명은 그가 술집 이어도를 구원의 섬 이어도로 간주하고 있음을 시사한다. 양주호 역시 천 기자가 파랑도를 이어도로 간주해버린 것과 동일한 현상을 빚어내고 있는 것이다. 이는 분명 경계와 구분을 허무는 인식상의 비약을 감행한 행위이다. 그렇다면 그들은 왜 경계와 구분조차 허무는, 그러한 인식상의 비약을 감행한 것일까. 그러면서까지 왜 그들은 그토록 이어도에 집착하는 것일까. 결국 그것은 기표와 기의의 불일치조차도 초월하는 이어도의 절대성과 그곳에 대한 그들의 강한 열망 때문이다. 단 문제는 그곳에의 접근이 객관적이고 사실적인 논리를 통해서가 아니라, 인식상의 비약을 통해서만이 가능하다는 것이다. 하여 양주호가 선우 중위에게 "선우 선생, 오늘 저녁엔 선생도 나와 함께 이어도를 오신 겁니다."라고 말한 것도 일차적으로는 선우 중위를 자신들의 열망의 세계로 초대하기 위한 것이지만, 그것의 보다 깊은 의도는 천 기자의 죽음의 문제를 탐색하고자 하는 선우 중위에게 그 탐색의 방향을 제시하고자 한 것이다. 즉 천 기자의 죽음의 문제를 풀기 위해서는 객관적이고 사실적인 논리가 아니라, 자신들의 내부적인 인식의 틀인 비약적인 관점으로 접근해야 한다는, 탐색의 방향을 양주호는 그렇게 전하고 있는 것이다.

그러나 여전히 그러한 비약적인 인식을 짐작하거나 수용할 수 없는 선우 중위는 요기스러운 분위기를 풍기는 술집 이어도에서 낯설음과 불편함만을 느낀다. 그는 그곳에서 "저승의 섬"과 같은 분위기를 느끼고 더하여 양주호가 끼고도는 술집 여인에게서는 "암무당의 외동딸"과 같은 분위기를 느낀다. 뿐만 아니라 양주호가 한없이 젖어들곤 하는, 술집 여인이 부르는 이어도 노래에서는 처연한 "필생의 슬픔"만을 느낀다. 그런 식으로 선우 중위는 양주호가 이끄는 세계에 좀처럼 동화되지 못한 채, 국외자의 의식 상태로 그곳에 머물러 있는다.

그러면서 그는 드러나지 않은 모종의 사실을 탐색하고자 하는 의지만은 분명히 한다. 하여 그곳에서 서로 다른 의식을 소유한 두 사람 간의 소통되지 않는 논쟁이 시작된다. 양주호는 천 기자가 이어도를 발견했고 그로 인한 절망 때문에, 그것도 "황홀한 절망" 때문에 자살을 했다는 논리를 펼쳐낸다.[18] 더 나아가서 그러한 천 기자의 죽음이 수색대의 파랑도 부재 확인으로 인해 빼앗길 뻔했던 이어도를 "지켜낸 것"이라고까지 주장한다. 양주호의 그와 같은 논리나 주장은 파랑도의 수색 작전에 참여해 파랑도가 실재하지 않는다는 사실을 확인했고 또 천 기자가 실종되기 전까지 함께 있으면서 이어도에 대한 천 기자의 저주어린 이야기를 들었던 선우 중위로서는 도저히 납득할 수 없는 것들이었다. 섬을 원하지도 않았던 사람이 그 나름의 방식으로 섬을 만났으며 또 그것을 지켜냈다는 비약적인 논리를, 객관적인 사실

---

18) "선생이 말한 것처럼 천 기자는 취재를 떠날 때도 실상 섬이 실재하리라는 기대는 가지고 있지 않았다는 쪽이 옳을 겝니다. 작자도 그것을 바라지도 않았구요. 그의 취재 목적도 오히려 그와는 정반대였습니다. 위인은 누구보다도 섬을 믿고 싶어하지 않았던 사람이니까요. 하지만 천 기자는 막상 그가 바랐던 대로 이 세상엔 정말 이어도라는 섬이 실재하고 있지 않다는 사실이 확인되고 난 순간에 오히려 그 섬을 보게 된 것입니다. 그건 참으로 무서운 절망이었을 겝니다. 그는 섬을 찾지 못해서가 아니라 거꾸로 그 섬을 만났기 때문에 절망을 했을 거란 말입니다." (…중략…) "……하지만 그건 참으로 황홀한 절망이었을 겝니다." (83쪽)

에 충실한 선우 중위로서는 받아들일 수 없었던 것이다. 그런데 그런 식으로 둘의 팽팽한 맞섬이 한동안 지속되던 상황에서 양주호는 더 이상의 이의 제기조차 불가능한 원천적인 비약을 단행한다. 선우 중위를 향해 "하지만 그는 누가 뭐래도 역시 이 제주도 사람이었습니다."라고 말하는 것이었다. 그렇다면 천 기자의 죽음의 문제는 국외자적 의식을 고집하는 선우 중위로서는, 사실주의적 의식을 고집하는 선우 중위로서는 영원히 풀 수 없는 미제가 되는 셈이다. 선우 중위의 사실주의적 의식은 이제 철저한 한계에 부딪힌 것이다. 그것으로는 풀 수 없는 세상의 존재에 직면하게 된 까닭이다.

2) 허구와 비약 속의 진실, 그리고 생의 비의

제주도 사람에 대한 이해가 막연한 선우 중위는 양주호의 원천적인 비약을 이해하거나 수용하지 못한다. 더하여 사실에 대한 탐색의 의지도 꺾지 않는다. 그런데 여기에 그러한 선우 중위를 자신들의 인식의 세계로 이끌고자 하는 양주호의 의지 역시 만만치 않은 대를 이룬다. 술집 이어도를 나온 양주호가 통행금지 시간이 다된 상황에서도 제주도에는 통행금지가 없다는 사실을 들어 선우 중위에게 천 기자의 여자를 만나러 천 기자의 집으로 가자는 제의를 하는 것은, 선우 중위가 그것을 "상식에서 벗어난 일"로 여기는 것과는 무관하게, 제주도는 육지와는 다른 질서 혹은 다른 의식 속에 놓여 있음을 우회적으로 시사하는 것이다.

여기서 서사는 다시 수직적 전개로 전환된다. 앞서의 수직적 전개 과정에서 선우 중위의 의식 속으로 채 전경화되지 못했던 "절망적인 이야기"가 비로소 의식화되어 텍스트상의 정보로 제시되고 있는 것이다. 그 "절망적인 이야기"란 천 기자가 어린 시절에 겪었던 이어도에 얽힌 한 맺힘의 이야기인데, 선우 중위가 양주호를 통해 자신과 제주도 사람들과의 거리를, 혹은 차이를 확인한 지금의 시점에서 그 이야기를 떠올린다는 사실은 그가 보다 실질적인 맥락 속에서 그 이야기를 이해할 가능성을 시사하고, 또한 그가 제주도 사람과의 의식상의 거리를 좁혀가는 데 있어서 그것이 매개로 기능할 가능성을 시사한다. 외적 사실 확인에 고착된 선우 중위의 의식에 일단의 균열을 기대할 수 있는 것이다.

    ……소년의 어머니는 무슨 까닭인지 조그만 밭뙈기에서 사시사철 쉬지 않고 돌을 추려내고 있었다. (…중략…) 그런데 그런 때 소년의 어머니한테선 언제나 또 빠짐없이 이어도의 노랫가락이 흘러번졌다.
    가사도 분명치 않고 곡조도 그저 그렇고 그런 소리로 소년의 어머니는 언제나 그렇게 돌을 추리면서 이어도 노랫가락을 웅얼거리고 있었다. 소년의 어머니는 그런 때 입을 움직이는지 어떤지조차 별로 분명치가 않았다. 소년이 곁으로 다가가 보면 어머니가 직접 입으로 소리를 웅얼거리는 것이 아니라 몸 어느 한곳에다 소리를 매달고 다니는 것 같은 착각이 들 때가 많았다.

(89쪽)

천 기자가 어렸을 때 그의 어머니는 밭에서 돌을 고르며 이어도 노랫가락을 흥얼거렸다. 그것은 그녀의 매일의 일상이었고, 그 일상 안에는 고기잡이를 나간, 수평선을 넘어간 남편의 무사귀환을 염원하는 그녀 나름의 간절한 갈구가 담겨 있었다. 남편 혹은 아버지로 상징되는 안정된 세계의 부재가 그녀로 하여금 그와 같은 일상을, 즉 이어도를 꿈꾸는 일상을 살게 한 것이다. 그러한 일상은 어머니에게 현실적 고통과 불안에서 벗어날 수 있는 유일한 대안이었다. 소년의 아버지가 귀환하여 집에 머물 때 비로소 그녀의 입에서 이어도 노랫가락이 멈추는 것이 그를 입증한다.

때로 아버지와 함께 머무는 밤에 잠시 그녀의 이어도 노래 소리가 이어지기도 하지만, 그 때의 노래 소리는 불안한 일상에서의 염원이 아니라 아버지라는 존재로 구체화된 이어도와의 만남의 의례이다. 그러나 그 만남은 영원한 것이 아닌, 단속적이고 간헐적인 것이기에 그녀의 불안한 일상은 또 다시 반복될 수밖에 없다. 소년의 아버지는 이내 다시 바다로 나가고 소년의 어머니는 다시 돌을 일구며 슬픈 이어도 노랫가락을 흥얼거린다. 그것은 벗어날 수 없는 운명의 쳇바퀴이다. 그녀가 이어도를 흥얼거리며 끝이 없을 듯 박혀 있는 돌을 일구는 것은 벗어날 길 없는 운명에서 벗어나고자 하는, 운명을 일구는 행위일 수도 있다. 그러나 그렇다고 그녀의 그러한 행위가 운명의 사슬을 풀어낼 수는 없는 것이기에, 그녀는 이어도라고 하는 이상 세계의 구현이 현실 세계에서가 아닌, 사후 세계에서 이루어지는 것이라는 맥락을 떠안을 수밖에 없다. 하여 그녀의 염원이 담긴 이어도 노랫가락 속에는 비극적인 정조가 자리하고 있다.

그리고 그 비극적인 정조는 이내 구체적인 맥락으로 현현된다. 수평선을 넘어갔던 소년의 아버지가 끝내 돌아오지 않은 사건이 발생한 것이다. 그는 평상시에 아내의 애절함에도 쉼 없이 바다로 나서곤 했다. 그것이 그의 운명이었던 까닭이다. 그런데 문제는 그 운명의 끝자락에 이어도가 놓여 있었다는 사실이다. 이어도를 본 사람은 끝내 이어도를 향해 떠나감으로써 아무도 현실 세계로 돌아오지 않는다는 이야기대로 이전의 출항에서 이어도를 본 소년의 아버지가 새로 출항하여 끝내 돌아오지 않았던 것이다. 그로 인해 소년의 어머니는 남편에 대한 기다림 속에서 숨을 거두고, 소년은 그러한 상황 속에서 아버지의 귀환과 어머니의 소생을 기다려 보지만 역시 모두가 허사로 끝난다. 이어도라는 이상 세계의 존재가 현실 세계를 와해시키는 비극적이고도 역설적인 상황이 전개되면서, 소년은 그 비극과 역설의 응집체가 되어 버린다.

양주호를 통해 제주도 사람들만의 독특한 생의 인식이 자리하고 있음을 감지한 선우 중위는 위와 같은 수직적 정보들을 회고하는 가운데 제주도 사람들만의 생의 인식이란 결국 운명적 의식에 근거하고 있음을 인식한다. 소년의 부모의 생사 문제를 통해 제주도 사람들의 이어도에 매인, 벗어날 수 없는 운명의 질긴 굴레를 확인할 수 있었던 까닭이다. 더불어 선우 중위는 그러한 인식을 토대로 천 기자가 왜 그토록 집요하게 이어도를 거부했는가를 보다 구체적으로 이해하게 된다. 어린 천 기자로서는 현실을 참담하게 부수어 버린 이상을, 그것의 질긴 운명적 굴레를 용납하기 어려웠던 것임을, 하여 그는 그 운명에 대하여 그토록 강한 거부 의식을 지녔던 것임을 선우 중위는 비로소 이해하게 되는 것이다. 선우 중위의 수직적 정보들에 대한 이러한 이해는 그간의 수평적 탐색에 힘입고 있음은 물론이다. 그것은 역으로 수평적 연속 서사의 의미가 수직적 대치 서사의 의미로 수렴되는 것인데, 이러한 현상은 수평적 서사보다 수직적 서사가 텍스트의 의미 형성 과정에 있어서 보다 강력한 힘을 발휘하고 있음을 의미한다.

그렇다고 지금까지의 서사 전개로서 수직적 서사의 모든 의미 체계가 규명되거나 수직적 서사가 수평적 서사의 의미 체계를 전적으로 아우르고 있는 것은 아니다. 수평적 서사 차원에서 선우 중위의 의문이 여전히 계속되는 까닭이다. 그는 파랑도의 부재 확인이 천 기자의 이어도 발견으로 이어지고 그로 인해 천 기자가 "황홀한 절망"에 빠져 자살했을 것이라는 양주호의 추단을 여전히 이해하지 못한다. 양주호의 추단과 선우 중위의 이해 사이에는 여전히 좁혀지지 않은 거리가 남아 있는 것이다. 그런데 그 거리가 점차 선우 중위가 양주호를 향하는 쪽으로 좁혀지기 시작한다. 그것은 양주호의 보이지 않는, 치밀한 유인에 의한 것이기도 하다.

양주호에게 이끌려 천 기자의 집을 찾아간 선우 중위는 "이어도의 어떤 비밀스런 힘에 홀려들고 만 것 같은 야릇한 기분"에 젖어들었다가 결국은 그곳에서 "도깨비 장난 같은 일"을 당한다. 양주호를 대신해 나타난 천 기자의 여인은 바로 술집 이어도에서 만난 "암무당의 외동딸 같은 이어도의 여자"였다. 그런데 그 여인은 천 기자의 죽음의 소식을 들고 온 선우 중위를 보고도 어떤 동요도 보이지 않은 채 다만 새삼스레 천 기자가 돌아올 수 없는 것이 사실인가만을 확인한다. 이러한 상황 전개 속에서 선우 중위는 분명 이어도에 홀린 듯한 기분에 젖어드는 것이다.

여기서 다시 작품은 수직적 전개로 전환되면서 작전 선상에서 천 기자가 실종될 당시의 상황을 전한다. 천 기자는 "칠흑 같은 어둠을 향해 무섭도록 눈을 커다랗게 부라리"면서 "무엇인가를 열심히 찾고 있는" 사람처럼 혹은 "어디론가 넋이 훌쩍 홀려나가 버린" 사람처럼 배의 난간을 부여잡고 서 있다가 이내 사라져 버렸다는 것이다. 천 기자는 결국 이어도에 홀려 그 홀림에 이끌렸던 것이다. 이러한 수직적 정보 제시에 이어 텍스트는 다시 수평적 정보 제시로 전환되는데, 그 내용이 선우 중위 역시 "여자의 침묵에 홀려" 여인에게 이끌려 들어간다는 것이다. 이는 결국 수직적 상황과 수평적 상황이 치환의 관계를 형성하면서[19] 천 기자가 선우 중위로 치환되고 이어도가 여인으로 치환되어, 천 기자의 이어도에 대한 열망과 홀림이 선우 중위의 이어도에 대한 열망과 홀림으로 치환되는 맥락을 형성한다. 하여 비로소 선

---

19) 장소진, 앞의 책, 40쪽 참조.

우 중위의 이어도에 대한, 제주도 사람들의 운명에 대한 이해의 문이 열리기 시작한다. 그런데 이러한 서사의 흐름은 앞서 확인되었듯이 수 평적 탐색의 의미가 수직적 서사의 의미로 수렴되는 맥락 형성 과정 을 보여주면서 수직적 서사의 의미 체계의 강고함을 재확인시켜 준다.

그리고 그 날 밤 선우 중위는 뜻하지 않게 여인과 밤을 보내면서 그 스스로가 이어도가 되는 경험에까지 나아간다. 선우 중위는 천 기자가 돌아올 수 없다는 것을 알고 스스로 옷을 벗은 여인과 알 수 없는 이 끌림에 의해 몸을 섞는 중에 여인의 희미한 웅얼거림, 이어도 소리를 듣게 된다.

> 신음 같기도 하고 한숨소리 같기도 하고, 어떻게 들으면 마치 제주도의 바닷가 어디에서나 들을 수 있는 바다 울음소리나 파도소리 같은 그 웅얼 거림은, 그러나 자세히 들어보니 <이어도>, 그 오랜 제주도 여인들의 슬 픈 민요가락이었다.
>
> 중위는 그만 번쩍 정신이 되돌아왔다. 불시에 등골에서 식은 땀이 솟고 있었다. 천남석의 어머니도 남편이 수평선을 넘어오는 날이면 비로소 그 걱정스런 밤의 어둠 속에서 이어도를 만나곤 했다던가.
>
> (106쪽)

어느덧 선우 중위 자신이 여인에게 이어도가 되어 있었던 것이다. 선우 중위로서는 이처럼 자신의 의지와 무관하게 자신이 이어도가 되 어 버린 상황이 지극히 당혹스럽지만 그러한 상황 자체가 이미 그 자 신이 미처 의식하지 못했던 생의 비의를 담보한 것임을 선우 중위 스 스로도 인정하지 않을 수 없게 된다. 그는 생은 논리로서 설명될 수 있는 단순하고 명쾌한 실체가 아니며, 설명되지 않는 비약이, 규명할 수 없는 허구가 그 본질을 이루기도 하는 것임을 인식하지 않을 수 없 었던 것이다. 결국 그는 "비로소 천남석의 죽음에 대한 수수께끼의 실마리가 풀려 가는 느낌"이라는 고백을 하기에 이른다. 이는 그가 객관적 사실에 대한 자신의 탐색 의지가 그 한계에 직면했음을 인정한 것이다.

물론 선우 중위는 여인과 밤을 보내면서 위에서 언급한 비의적 경험과 더불어 그 비의적 경험을 논리적으로 이해할 만한 몇 가지 새로운 사실들을 알게 된다. 그러나 그 몇 가지 사실들이라는 것도 여인의 과거사에 관계된 것들로 비의적인 운명의 강고함을 재확인시켜 주는 것들이고,[20] 그것들이 제시되는 서사적 전개 방식 역시 여인의 회고에 의한 수직적인 전개를 기본으로 하고 있어, 결국 선우 중위의 사실 탐색에의 의지와 그것의 발현 방식인 수평적 서사 전개의 힘을 약화시키는 결과로 이어진다. 이로써 작품에서 수직적 서사의 의미 체계란 비약과 허구의 진실에 기반한 비의적인 운명의 강고함이며 그것이 이 작품의 중요한 의미 체계임이 보다 분명해진다.

그런데 선우 중위가 알게 된 여인의 특이한 이력 하나는 천 기자가 그녀에게 "두 가지 해괴한 버릇을 숙명처럼 길들여 놓고" 있었다는 사실이다.

여자가 섬을 떠나지 않는 한 잠자리에서 언제나 그 이어도의 노랫가락

---

[20] 선우 중위가 여인에게서 전해 들은 여인의 이력은 이렇다. 여인의 부모는 그녀가 기억조차 할 수 없을 만큼 어렸을 때 "이미 수평선을 넘어가 버렸고" 그리 오래지 않아 그녀의 어린 오라비조차 "다시 그 수평선을 넘어가 버렸다." 하여 여인은 어디 한 군데 기댈 곳 없는 척박한 삶을 살아왔다. 그녀 역시 제주도 사람들의 운명을 짊어지고 살아온 것이다. 그러다가 일 년 전쯤 술집 이어도에서 천 기자를 만나 그 이후로 지금까지 천 기자의 여자로 살아오고 있었다. 천 기자는 그녀를 만난 이후 줄곧 그녀에게 섬을 떠나라고, 운명의 굴레에서 벗어나라고 다그쳤지만, 그녀는 여전히 섬을 떠나지 않고 있었다. 섬의 자장을 벗어나는 일이 그렇게 손쉬운 일은 아니었던 것이다. 그만큼 운명의 굴레는 질기고 모진 것이었다.

을 읊조리도록 한 것이 그 첫 번째였다. 그리고 천남석이 여인에게 길들인 두 번째 작업은 그녀의 미래의 운명에 관한 것이었다. 여자가 언젠가 자기 사내인 천남석이 다시 섬으로 돌아오지 못하게 되는 일이 생길 때 반드시 그 소식을 가지고 오는 남자에게 옷을 벗도록 해놓고 있었다.

(108쪽)

여인이 선우 중위 앞에서 스스럼없이 옷을 벗었던 것이나 선우 중위가 일순간 여인에게 이어도일 수 있었던 것이나, 모두 천 기자의 의도에서 비롯된 행위들이었던 것이다. 여기서 여인의 삶이 천 기자의 어머니의 삶을 반복하고 있음이 확인된다. 과거 천 기자의 어머니가 바다로 나간 남편에게 자신의 전 존재를 매어 놓고 그의 인생의 파장에 자신의 삶을 제한했었듯이 여인 역시 천 기자의 파장 영역에 그녀 자신을 매어 놓고 있는 까닭이다. 아버지와 천 기자는 어머니와 여인의 운명의 틀이었던 것이다. 물론 여인의 매임은 천 기자의 길들임에 의한 것이기는 하나, 그러나 천 기자의 길들임 이전에 그녀 스스로 섬을 떠나지 못했던 사실을 환기해 본다면 그녀의 매임은 이미 천 기자의 길들임 이전부터 비롯된 것임이 보다 분명해진다. 어머니의 경우도 마찬가지인 것이 그녀가 남편에게 자신의 존재를 매어 놓은 것은 그 이전부터 존재했던 운명적인 삶의 양식을 답습한 결과인 까닭이다. 결국 이처럼 스스로의 삶에 운명의 굴레를 씌우고 주체적 삶을 제한하는 모습들이 대를 이어 반복되고 있음은 그만큼 운명이 질기고 모진 것임을 의미하는 것이다.

더하여 어머니와 여인의 삶을 제한했던 아버지와 천 기자의 삶 역시 자율적이고 주체적이지 못했음은 운명의 그러한 성향을 보다 분명하게 드러낸다. 아버지가, "언제까지나 바다를 나가지 않을 수 없는 것처럼 부지런히 수평선을 넘어갔"던 것이나, 수평선을 넘어갔다가 이어도를 보고는 끝내 이어도로 가버린 것은 섬사람의 운명을 따른 것이고, 천 기자가 그토록 이어도를 부정하고자 한 것도 역으로 그 운명으로부터 자유로울 수 없었기 때문이다. 여인들의 운명의 틀이었던 아버지와 천 기자가, 또 다른, 혹은 보다 거대한 운명의 틀의 지배를 받았다는 사실은 운명의 견고성을 보다 분명하게 확인시켜 준다.

단, 두 사람의 태도에 차이가 있다면 아버지가 운명의 틀 앞에 순응적인 자세를 보인 반면 천 기자는 저항의 자세를 보였다는 점이다. 특히나 천 기자는 그 운명으로부터 벗어나고자 무던히도 애를 썼던 것이 사실이다. 그 자신 스스로가 이어도의 존재를 부정한 것은 물론, 술집 이어도의 여인에게 끊임없이 섬을 떠날 것을 종용함으로써 그녀를 섬사람의 운명으로부터 해방시키고자 하였다. 그러나 어쨌거나 결과적으로 그 자신이 여인의 운명의 굴레로 작용하였고, 또한 스스로도 운명의 틀에서 벗어나지 못했던 것이 사실일 때 그의 일련의 몸부림들은 결국 운명의 견고성을 강화시켰을 뿐이다.

이상과 같은 제주도인들에 대한 선우 중위의 상황 이해는 다시 만난 양주호를 통해 보다 강화된다. 선우 중위는 이 정도의 이해와 상황에서 탐색을 마무리짓고 배로 귀환할 작정을 하고 마지막으로 다시 남양일보사를 찾아가 양주호를 만난다. 섬을 떠나겠노라는 여인의 말을 전하기 위해서였다. 그런데 양주호는 선우 중위가 그 말을 전하기도 전에 여인이 섬을 떠날 수 없음을, 그것이 섬사람으로서의 여인의 운명임을, 그리고 그 운명은 바뀔 수 없음을 주장한다. 더불어 천 기자 역시 그러한 운명으로부터 예외일 수 없음을 설파한다. 여자가 섬을 떠나고 싶어할 수도 있다는 선우 중위의 말에 양주호는 다음과 같이 반론한다.

　　"그야 물론 여자가 섬을 떠나고 싶어할 수도 있겠지요. 하지만 섬을 떠나고 싶어한 것으로만 말한다면 여자보다도 천남석 그 녀석 쪽이 훨씬 더 정도가 심했지요. 천남석이 여자에게 그토록 섬을 떠나라고 한 것은 그 여자에 대해서보다 차라리 자기 자신이 섬을 떠나고 싶은 욕망 때문이었으니까. 섬을 떠나고 싶어하면 할수록 그는 더 섬을 떠날 수가 없었을 겁니다. 그게 바로 이 섬에서 태어나고 이 바닷바람에 씻기며 살아온 제주도 사람들입니다. 자신은 섬을 떠나지 못하면서 여자더러만 그러라고 한 것은 이미 그 자신은 자신의 운명을 알고 있었기 때문입니다. 여자도 결국 섬을 떠나진 못합니다."

(114쪽)

　　양주호의 설명 속에는 운명이라는 말의 개념이 그러한 것처럼, 그 어떤 합리적인 논리가 부재한다. 왜 제주도 사람들이 그와 같은 운명에 놓이게 되었는지, 왜 그 운명에서 벗어날 수 없는지 등에 대해서 아무런 근거도, 설명도 없다. 그렇다는 결론만이 있을 뿐이다. 그것은 분명 비약이다. 그러한 설명은 합리성과 타당성을 가리려던 선우 중위의 입장에서 볼 때 수용 불가한 논리이다. 그러나 선우 중위는 자신의 태도와는 천양지차인 양주호에게 오히려 압도당하고 만다. 그는 양주호의 삶에서 "천남석의 그것에 비해 너무도 태연하고 정색스러운" 면을 발견하고 또한 그를 "마치 어떤 커다랗고 불가사의한 괴물처럼" 느낀다. 양주호에게 이어도가, 섬의 운명이 자리하고 있음을 느끼는 것이다. 양주호는 이미 그 모든 것을 자신의 존재 속에 체화시키고 있었던 것이다. 그는 비약이 가지는 비정연함을 뛰어넘어 비약의 정연함을 확보하고 있었다. 천 기자의 실종 문제를 두고 그의 자살 가능성의 사실 여부를 가리고자 나섰던 선우 중위는 보다 분명하게 사실 여부의 무력함에 부딪힌다. 삶의 진실은 그와 같은 사실 여부의 진위 속에 놓여 있는 것이 아닌 것이다. 논리 이전에 체득되는 삶의 감각이 있는 것이고, 믿음과 신뢰가 있는 것이다. 그것이 운명인 것이고 그것이 제주도 사람들에게는 이어도였던 것이다. 그는 이제 양주호의 기세에 눌려 더 이상 입을 열지 못한다. 그저 그의 말에 귀 기울일 뿐이다. 그 비약의 말에.

> "싫든 좋든, 그리고 알고 있든 모르고 있든 이 섬사람들은 언제 어디서나 그 이어도와 함께 살아가고 있습니다. 처음에는 물론 이어도를 그지없이 두려워들 하는 게 사실이지요. 하지만 사람들은 이내 그 이어도를 사랑하고 이어도를 노래하기 시작합니다. 이어도가 없이는 이 섬에선 삶을 계속할 수가 없다는 걸 배우게 되기 때문입니다. 그리고 그러다 마침내 어느 날 그 이어도를 만나 떠나갑니다. 그것이 이 섬사람들의 숙명이자 구원인 것입니다."

(117쪽)

계속해서 양주호는 그 섬사람들의 운명에서 천 기자 역시 예외일 수 없음을 그 역시 섬사람이라는 비약의 논리로 강변해간다. 섬사람으로서의 천 기자 자신이 그 누구보다도 섬을 사랑하였기에 그 섬을 만날 수밖에 없었고, 그만의 방식으로 섬을 만나러 갔다는 것이다. 그리고 그것이 천 기자의 자살이라는 것이다. 그것이 비록 절망이라는 표현으로 드러났을지라도 그것은 분명 "황홀한" 절망이었을 것이라는 것이다. 이제 선우 중위는 양주호의 정연한 비논리 앞에 항복할 수밖에 없게 된다. 그는 양주호의 "비약과 영감투성이의 열변" 앞에서 천 기자의 자살을 수긍한다. 그러면서도 선우 중위는 다시 한번 그 사실의 문제를 짚고 넘어가려 하지만, 양주호의 신념은 단호하다.

> "전 사실을 볼 수 없었으니까요. 사실의 확인 없이 그의 자살을 믿어버릴 수는 없는 일 아닙니까?"

사실적 탐색과 비약적 인식의 역학 **285**

　　"하지만 이번 경우는 그 사실이라는 걸 단념하십시오. 사람들은 때로 사실에서보다는 허구 쪽에서 진실을 만나게 될 때가 있지요. 그런 때 사람들은 그 허구의 진실을 사기 위해 쉽사리 사실을 포기하는 수가 있습니다. 꿈이라고 해도 아마 상관없겠지요. 천남석이 이어도를 만난 것도 아마 그 사실이라는 것을 포기했을 때 비로소 가능했을 것입니다. 그가 주변의 가시적 현실을 모두 포기해버렸을 때 그에게 섬이 보이기 시작했단 말입니다. 당신도 아마 그것을 포기하고 나면 보다 쉽게 천남석의 자살을 믿을 수가 있게 될 겁니다. 그리고 아마 어젯밤부터 내가 당신한테 뭔가 해드리고 싶은 일이 있었다면 당신에게서 바로 그 사실에 대한 집착이나 욕망을 포기시키는 일이었을 겁니다."

(121쪽)

　　사실 양주호는 그 사실이라는 것의 여부를 떠나 천 기자가 "스스로 그의 섬을 찾아갔기를" 간절히 바랐던 것이다. 그런 까닭에 그는 처음부터 사실이라는 것을 포기한 채 천 기자의 죽음을 천 기자가 섬을 찾아 떠난 것으로, 자살한 것으로 믿었던 것이다. 결국 삶이란 질곡일 수밖에 없는 것이고, 따라서 그 질곡을 헤쳐 나가고자 하는 모색이 필연적인 삶의 자세라고 할지라도, 그것은 당위론적인 인식일 뿐이다. 하여 삶에 대한 인식의 많은 부분을 차지하는 것이 운명 의식이고, 그 운명 의식에 부가되는 것이 현실의 질곡에서 헤어날 수 있기를 바라는 염원을 담은 이상이다. 그렇다면 이상은 현실 너머에, 객관적 사실로 증명되거나 설명될 수 없는 현실 너머에 자리할 수밖에 없다. 하여 삶은 사실로만 채워지거나 증명될 수 없는 것이다. 이제 선우 중위는 자리를 털고 일어선다. 그것은 사실에 대한 집착, 더 나아가서 그것에 대한 탐색의 의지를 털고 일어서는 것이다. 애초 그의 탐색은 "거꾸로"의 방향에서 출발한 것이었다. 이렇게 해서 사실을 탐색하고자 하는 의지를 담은 수평적 서사의 맥락은 비약적 허구의 진실을 담은 수직적 서사의 맥락으로 수렴되고, 그 결과로서 비약적 허구의 진실의 의미는 보다 강화된다. 더욱이 그것이 수직적 서사의 지점을 지나 수평적 서사의 흐름 속에서조차 지속되고 있음이 선우 중위와 대립적 위치에 선 양주호에 의해 확인됨으로써 그 의미의 무게가 재확인된다.

그리고 그 비약적 허구의 진실의 의미가 수평적 맥락에서 여전히 유효함은, 텍스트가 말미에서 제시하는, 탐색은 종결되었을지라도 삶은 계속되기 마련이고, 그런 만큼 그 안에 내재된 삶의 비의 또한 계속되기 마련임을 분명하게 확인시켜 주는 사건을 통해서 재차 강조된다. 어느 날, 이어도를 향해 떠나갔다고 믿어졌던 천 기자의 주검이 상처 하나 없이 표류해서 다시 섬으로 돌아온다. 그러고는 그의 주검은 섬을 떠나가지 않는다. 그것은 분명 "신기하고 불가사의한 조화"였다.

> 천남석이 마침내는 자기의 섬을 떠나 이어도로 갔을 거라던 양주호의 말이 사실이 아니었을까. 아니 그 양주호의 말이 사실이라 해도 천남석 자신은 그 사나운 폭풍우 속에서 끝끝내 그 이어도엔 도달할 수가 없었거나, 그것도 아니면 그가 그토록 떠나고 싶어했던 이 섬을 거꾸로 이어도로나 착각한 것이었을까.

(123쪽)

그의 주검의 귀환 문제를 두고 위 인용문에서 서술자가 나열한 대로 혹은 그 이상으로 여러 경우의 수를 상정할 수 있을 것이다. 그러나 그 어느 경우도 사실 확인을 통한 입증은 불가능하다. 그것은 그저 "기이한 일"로, 더하여 삶의 비의로 남을 뿐이다. 하여 사실적 논리로 설명되지 않는 현실 앞에서 삶은 또 한번 신비의 탈을 쓰고 비약과 허구의 진실을 향하는 것이다. 천남석의 주검이 이어도에 대한 부정과 긍정의 모호한 경계선에서 "아직도 무엇을 기다리고 있는 사람"의 모습으로 남아 있는 것은 세계에 대한 지나친 낭만화를 경계한, 그러나 분명 부정할 수 없는 이어도에 대한 꿈을 대변하는 몸짓일 것이다.

3. 맺음말

　본 논문은 이청준의 「이어도」를 대상으로 작품이 가지는 탐색의 구조에 초점을 두고 작품의 이해를 도모하는 가운데 작품이 전하고자 하는 의미를 규명해 보았다. 「이어도」에는 사실과 허구, 혹은 논리와 비약이 인식의 대립의 축을 이루면서, 사실에 대한 논리적인 탐색이 지향되는 가운데, 정작 탐색이 진행되는 과정에서 사실과 논리가 인생의 전면적인 잣대일 수 없으며, 때론 허구와 비약이 인생의 또 다른 축일 수 있다는, 생에 대한 비의적 인지가 깃들여져 있다. 생은 때론 설명될 수 없는 비의를 지닌 채 운명의 이름으로 제한되기도 하는 것임이 드러나는 것이다. 이는 인간의 발달된 인지와 이성만으로는 헤아려지지 않는, 혹은 감당할 수 없는 생의 영역이 존재하는 까닭이다.

　또한 「이어도」는 인간은 그러한 영역에 처했을 때, 즉 자신의 의지의 자장 밖에 존재하는 현실에 직면했을 때 그러한 현실에서 벗어날 수 있는 또 다른 세계를 꿈꿀 수밖에 없음을 보여 준다. 그것이 상시적 죽음의 위기에 처해 있는 제주도인들에게는 이어도로 표상된 것임을 보여 주는 것이다. 물론 그밖의 누군가들에게는 각기 또 다른 이름의 이어도가 존재할 것이다. 이어도로 대표되는 그 꿈의 세계는 분명 국외자적인 시선으로 볼 때는 합리성이 결여된, 비약에 근거한 허구적 세계일 뿐이나 내부인들의 눈으로 볼 때는 분명 현실 극복이 가능한 이상의 세계이며 진실의 세계이다. 하여 모두는 이상과 진실의 세계에 대한 믿음과 열망으로 당장의 현실을 수용하고 더 나아가서는 그것을 극복하려는 의지를 다지는 것이다. 이청준은 바로 그와 같은 인식에 대한 수용 과정을 탐색의 구조를 통해 우리에게 보여주고 있다.

그렇다면 우리는 이상과 같은 「이어도」에 대한 논의를 통해 이청준 문학이 가지는 인식의 지향성을 보다 분명하게 확인할 수 있다. 이청준 문학에서 탐색의 대상은 외적인 행위나 사건이 아니다. 혹은 그것들의 결과물인 그 어떤 물적 대상도 아니다. 그것은 오히려 그 행위나 사건을 바라보고 이해하는 인식 그 자체이다. 그의 문학이 지극히 관념적인 성향을 드러내는 것도 바로 그와 같은 인식의 문제에 초점을 두고 있기 때문일 것이다. 결국 이청준 문학에서 탐색의 구조는 그의 문학이 지향하는 바의 관념성을 보다 설득력 있게 구현하는 미학적 형상화 방식인 셈이다. 관념이 관념 자체로서 제시될 때의 난해성을 이청준은 탐색의 방식을 빌어 과정적으로 제시해 줌으로써, 하여 독자 스스로가 그 과정에 참여하게 함으로써 극복하고 있는 것이다. 「이어도」에서 선우 중위가 보여주었던 일련의 탐색의 과정은 그가 허구와 비약 속에 담긴 생의 진실의 추상성을 이해하고 수용하는 일련의 과정이었음을 상기할 때 이청준 문학의 그와 같은 특징이 보다 분명하게 확인된다.

참고문헌

(사)한국여성연구소,『새 여성학강의』, 동녘, 2003.

강상희,「말과 삶의 현상학」,『한국소설문학대계 46 : 서정인』, 동아출판사, 1995.

권명아,『가족이야기는 어떻게 만들어지는가』, 책세상, 2002.

권성우·우찬제,「대담 : 영혼의 비상학을 위한 자유주의자의 소설 탐색」,『문학정신』 42호, 1990.

권오룡 엮음,『김원일 깊이 읽기』, 문학과지성사, 2002.

권택영,「이청준 소설의 중층 구조」,『이청준 : 깊이 읽기』(권오룡 엮음), 문학과지성사, 1990.

김 현,「가난의 문화의 현장」,『우리시대 우리작가 ⑦ 이동하』(이동하), 동아출판사, 1994.

김경수,「쓸쓸한 그리고 인간적인…-노년소설의 가능성에 대하여」,『NEXT』 34호, 2006. 8.

김경수,「여성성의 탐구와 그 소설화」,『문학의 편견』, 세계사, 1994.

김만수,「자신의 운명을 찾아가기」,『작가세계』, 1994. 가을.

김병익 편,『李淸俊』, 은애, 1979.

김열규,「문학을 위한 정보 환경과 정보 이론」,『문학과 교양』(육재용 편저), 박이정, 1999.

김열규,「民俗과 민간신앙에 비친 죽음」,『죽음의 사색』, 서당, 1989.

김열규,「여성과 집에 관한 시론」,『家와 家門』(김열규 외), 서강대학교 인문과학연구소, 1989.

김열규,『한국문학사』, 탐구당, 1992.

김열규,『한국신화와 무속연구』, 일조각, 1982.

김열규,『恨脈怨流』, 주우, 1982.

김열규 외 공역,『페미니즘과 문학』, 문예출판사, 1993.

김영진,『한국의 아들과 아버지』, 황금가지, 2001.

김용재,『한국 소설의 서사론적 탐구』, 평민사, 1993.

김윤식,「부성 원리의 형식」,『김윤식 선집 2·소설사』, 솔, 1996.

김윤식, 「유년시절을 그린 두 개의 소설」, 『사상계』, 1970. 3.

김은희, 「일·가족, 그리고 성역할의 의미」, 『한국 근현대 가족의 재조명』, 문학과지성사, 1993.

김종회, 『한국소설의 낙원의식 연구』, 문학아카데미, 1990.

김종회·최혜실 편, 『문학으로 보는 성』, 김영사, 2001.

김치수, 『朴景利와 李淸俊』, 민음사, 1982.

김치수 외, 『이청준 論』, 삼인행, 1991.

김화경, 『세계 신화 속의 여성들』, 도원미디어, 2003.

대중문학연구회 편, 『추리소설이란 무엇인가?』, 국학자료원, 1997.

류보선, 「비극성에서 한으로, 운명에서 역사로」, 『작가세계』, 1994. 가을.

문학을생각하는모임, 『한국문학에 나타난 노인의식』, 백남문화사, 1996.

문학을생각하는모임, 『한국노년문학연구Ⅱ』, 국학자료원, 1998.

문학을생각하는모임, 『한국노년문학연구Ⅲ』, 푸른사상, 2002.

박경리, 「작가는 왜 쓰는가」, 『작가세계』, 1994. 가을.

박형지·설혜심, 『제국주의와 남성성』, 아카넷, 2004.

배영기, 『죽음학의 이해』, 교문사, 1992.

변화순, 「남성의 사회적 연결망」, 『남성과 한국사회』(여성한국사회연구회 편), 사회문화연구소, 2000.

서대석, 『한국신화의 연구』, 집문당, 2001.

서정자, 「페미니스트 성장소설과 자기 발견의 체험」, 『한국 여성소설과 비평』, 푸른사상, 2001.

손승영, 「기업과 남성」, 『남성과 한국사회』(여성한국사회연구회 편), 사회문화연구소, 2000.

송승철, 「용병의 교훈」, 『전쟁의 기억, 역사와 문학 하』(동국대학교 한국문학연구소), 월인, 2005.

신희교, 「성장소설과 상상력의 빈곤」, 『현대소설연구』 6호, 한국현대소설학회, 1997.

안숙원, 「오정희의 섬광의 수사학」, 『한국 여성서사체와 그 시학』, 예림기획, 2003.

양진오, 「해원하는 영혼과 죽어가는 노인들」, 『전망의 발견』, 실천문학사, 2003.

염무웅, 「박경리 문학의 매력」, 『세대』, 1967. 6.

오생근 외, 『윤흥길』, 은애, 1979.

오윤호, 「'거울'의 공간성」, 『공간의 시학』(한국소설학회 편), 예림기획, 2002.

오정희, 「나의 소설, 나의 삶」, 『작가세계』, 1995. 6.

온만금·김인수, 『군대와 사회』, 육군사관학교 화랑대 연구소, 2005.

우찬제, 「'텅 빈 충만', 그 여성적 넋의 노래」, 『오정희 문학앨범』(오정희 외), 웅진출판, 1995.

우찬제, 「자유의 질서, 말의 꿈, 반성적 탐색 – 이청준의 소설론」, 『이청준 깊이 읽기』(권오룡 엮음), 문학과지성사, 1999.

유선혜, 「김동리 단편소설 연구」, 서강대학교 석사학위논문, 1994.

유종호, 「여류다움의 거절」, 『동시대의 시와 진실』, 민음사, 1982.

이경재, 『신화해석학』, 다산글방, 2002.

이계수, 「전근대적 군사문화와 군인의 인권」, 『민주법학』 제28호, 민주주의 법학연구회, 2005.

이남호, 「6·25 체험의 지속성과 오래된 사진첩」, 『분단문학비평』(김승환· 신승범 편), 청하, 1987.

이보영·진상범·문석우, 『성장소설이란 무엇인가』, 청예원, 1999.

이수형, 「서정인 초기 소설에 나타난 주체의 타율성과 책임의 관련 양상」, 『한국학논집』 제34집, 계명대학교 한국학연구소, 2007.

이영아, 「신소설에 나타난 '군인'의 형상화 고찰」, 『민족문학사연구』 32권, 민족문학사회, 2006.

이재선, 「전장의 상황 속에 있는 군인들」, 『현대한국소설사 1945~1990』, 민음사, 1991.

이재선, 「집(家)의 시간성과 공간성」, 『家와 家門』(김열규 외), 서강대학교 인문과학연구소, 1989.

이재선, 『우리문학은 어디에서 왔는가』, 소설문학사, 1987.

이재선, 『한국단편소설연구』, 일조각, 1975.

이재선, 『한국문학의 해석』, 새문사, 1981.

이재선, 『한국현대소설사』, 홍성사, 1986.

이효재, 「한국사회의 남성 이데올로기」, 『남성과 한국사회』(여성한국사회연구회 편), 사회문화연구소, 2000.

장경렬, 「슬픔, 괴로움, 고독, 사랑, 그리고 문학」, 『작가세계』, 1994. 가을.

장소연·김형중, 「국가 폭력과 문학」, 『임철우·이창동 외(20세기 한국소설 41)』(최원식 외 엮음), 창비, 2006.

장소진, 「노년의 삶, 생장하는 소멸의 아름다움」, 『지향의 문학, 반향의 비평』, 새미, 2003.

장소진, 「이광수의 무정 연구 – 형성소설의 특징을 중심으로」, 서강대학교 석사학위논문, 1990.

장소진, 「이태준 문학에서 노년의 문제」, 『서강어문』, 9집, 1993.

장소진, 『현대소설 플롯론』, 보고사, 2000.

장영란, 『신화 속의 여성, 여성 속의 신화』, 문예출판사, 2001.

장현섭, 「한국 사회는 핵가족화하고 있는가」, 『한국 근현대 가족의 재조명』, 문학과지성사, 1993.

전정구, 「죽음의 한 연구」, 『글쓰기의 모험』, 청하, 1992.

정명환, 「폐쇄된 사회의 문학」, 『사상계』, 1966. 3.

정유성, 『따로와 끼리 – 남성 지배문화 벗기기』, 책세상, 2004.

조 형, 「자본주의와 가부장제 가족」, 『현대가족과 사회』(한국가족학회 편), 교육과학사, 1994.

조성숙, 「군대문화와 남성」, 『남성과 한국사회』(여성한국사회연구회 편), 사회문화연구소, 2000.

조정문, 「남성학의 여러 연구 관점 및 연구 영역」, 『남성학과 남성운동』(조정문 외), 동문사, 2000.

조혜정, 『한국의 여성과 남성』, 문학과지성사, 1999.

천이두, 「성장소설의 계보와 실상」, 『우리 시대의 문학』, 문학동네, 1998.

최시한, 「현대소설의 구조시학적 연구」, 서강대학교 석사학위논문, 1980.

최재석, 『한국가족연구』, 일지사, 1983.

최현주, 『한국 현대 성장소설의 세계』, 박이정, 2002.

한경혜, 「아버지상의 변화」, 『남성과 한국사회』(여성한국사회연구회 편), 사회문화연구소, 2000.

홍두승, 『한국 군대의 사회학』, 나남, 1993.

이토 키미오, 『남성학 입문』(정채기 역), 교육과학사, 1997.

Bachelard, Gaston, 『공간의 시학』(곽광수 역), 민음사, 1990.

Barrett, Michèle · McIntoch Mary, 『가족은 반사회적인가』(김혜경 역), 여성사, 1994.

Beauvoir, Simone de, 『노년』(홍상희 · 박혜영 역), 책세상, 2007.

Bolen, Jean Shinoda, 『우리 속에 있는 여신들』(조주현 · 조명덕 옮김), 또하나의문화, 1994.

Borges, Jorge L., 「탐정소설론」(박병규 역),『문학정신』, 1992. 10.

Bristow, Joseph, 『섹슈얼리티』(이연정 · 공선희 역), 한나래, 2000.

Campbell, Joseph, 『신화의 힘』(이윤기 옮김), 이끌리오, 2002.

Davis, Lennard J., *Resisting Novels : Ideology and Fiction*, New York & London : Methuen, 1987.

De Vries, Ad, *Dictionary of Symbols and Imagery*, Amsterdam · London : North − Holland Publishing Company, 1976.

Felski, Rita, *Beyond Feminist Aesthetics*, Cambridge · Massachusetts : Harvard University Press, 1989.

Felski, Rita, 『근대성과 페미니즘』(김영찬 · 심진경 역), 거름, 1998.

Foucault, Michel, 『감시와 처벌』(오생근 역), 나남출판, 2003.

Foucault, Michel, 『성의 역사』(이규현 외 공역), 나남, 1990.

Foucault, Michel, 『임상의학의 탄생』(홍성민 역), 이매진, 2006.

Franklin Ⅱ, Clyde W., 『남성학이란 무엇인가』(정채기 역), 삼선, 1996.

Freud, Sigmund, 『창조적인 작가와 몽상』(정장진 역), 열린책들, 1997.

Freud, Sigmund, 『종교의 기원』(이윤기 역), 열린책들, 2003.

Freud, Sigmund, 『성욕에 관한 세 편의 에세이』(김정일 역), 열린책들, 2004.

Freud, Sigmund, 『정신분석학의 근본 개념』(윤희기 역), 열린책들, 2007.

Frevert, Ute, 「병사, 국민으로서 남성성」, 『남성의 역사』(토마스 퀴네 외, 조경식 · 박은주 역), 솔, 2001.

Giddens, Anthony, 『현대사회의 성 · 사랑 · 에로티시즘』(배은경 · 황정미 역), 새물결, 2003.

Girard, René, 『폭력과 성스러움』(김진석 · 박무호 역), 민음사, 2004.

Gittins, Diana, 『가족은 없다』(안호용 · 김홍주 · 배선희 역), 일신사, 1997.

Hunt, Lynn, 『프랑스 혁명의 가족 로망스』(조한욱 역), 새물결, 2000.

Julien, Philippe, 『노아의 외투』(홍준기 역), 한길사, 2000.

Meletinsky, Eleazar M., *The Poetics of Myth,* New York : Routledge, 2000.

Mosse, George L., 『남자의 이미지』(이광조 역), 문예출판사, 2004.

Nealon, Jeffey T., "Work of the Detective, Work of the Writer : Paul Auster's *City of Glass*", Modern Fiction Study, Vol.42, Num.1, Spring 1996.

Ricoeur, Paul, 『해석의 이론』(김윤성·조현범 역), 서광사, 1998.

Robert, Marthe, 『기원의 소설, 소설의 기원』(김치수·이윤옥 역), 문학과지성사, 2001.

Schlaffer, Hannelore, 『노년의 미학』(김선형 역), 경남대학교출판부, 2005.

Thurer, Shari L., 『어머니의 신화』(박미경 역), 까치, 1995.

Todorov, Tzvetan, 『산문의 시학』(신동욱 역), 문예출판사, 1992.

Turner, Bryan S., 『몸과 사회』(임인숙 역), 몸과마음. 2002.

Vincent, John, *Old Age*, Taylor & Francis Group : Rouledge, 2003.

Wright, Austin M., *The Formal Principle in the Novel*, Ithaca and London : Cornell University Press, 1982.

Wyatt-Brown, Anne M., 「노년, 성, 그리고 창조성」(서정자 역), 『한국 여성 소설과 비평』, 푸른사상, 2001.

저자 장소진

서강대학교 국문과 및 동 대학원에서 문학 수업, 현대소설 전공, 문학박사.
동국대학교 국어교육과에서 박사 후 과정 연수.
조선일보 신춘문예 평론 부분 당선, 문학평론가.
한국문화예술진흥원 선정, "내일을 여는 젊은 작가 창작기금" 수혜.
현재 동덕여자대학교 교양교직학부 전임강사 재직.

주요 논저
저서 :『한국현대소설과 플롯』,『지향의 문학, 반향의 비평』
논문 :「수사적 읽기와 수사적 글쓰기」,「최명익 소설의 수사학적 연구」,「이태준 문학에
　　　서 노인의 문제」,「김유정의 소설「소낙비」와「안해」연구」,「한국 근대 단편소설
　　　의 서사 양식 연구」,「자기비판과 소설의 목소리」등.

한국현대소설의 주제론적 탐색

초판인쇄　2011년 9월 2일
초판발행　2011년 9월 15일
지은이　장소진
펴낸이　이대현
편　집　박선주
디자인　이홍주
펴낸곳　도서출판 역락
　　　　서울 서초구 반포4동 577－25 문창빌딩 2층
　　　　전화 02－3409－2058(영업부), 2060(편집부) ㅣ FAX 3409－2059
　　　　이메일 youkrack@hanmail.net
　　　　등록 1999년 4월 19일 제303－2002－000014호
ISBN　978－89－5556－925－4 93810

정　가　21,000원

＊잘못된 책은 교환해 드립니다.